히든 픽처스

HIDDEN PICTURES

히든 픽처스

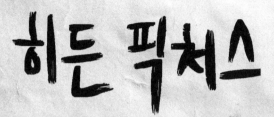

제이슨 르쿨락 지음 | 윌 슈텔레 · 두기 호너 그림
유소영 옮김

문학수첩

줄리에게

1장.

몇 년 전, 나는 돈에 쪼들려서 펜실베이니아 대학의 한 연구 프로젝트에 자원했다. 안내받은 대로 웨스트 필라델피아의 대학 의료센터로 가보니, 넓은 강당은 18세부터 35세 사이의 여성들로 가득 차있었다. 의자가 부족했기 때문에, 거의 마지막으로 도착한 나는 바닥에 쭈그리고 앉아 덜덜 떨어야 했다. 공짜 커피와 초콜릿 도넛이 있었고 대형 텔레비전에서 게임쇼 〈얼마인지 맞혀보세요〉가 흘러나왔지만, 다들 자기 전화만 들여다보고 있었다. 자동차등록국 대기실 분위기였으나, 모두 시급을 받고 있었기 때문에 사람들은 하루 종일이라도 기꺼이 기다릴 것 같았다.

흰 실험복 차림의 박사가 일어나서 자기소개를 했다. 이름은 수전이었나 스테이시였나 서맨사였나 그랬고, 임상연구 프로그램 연구원이었다. 그녀는 각종 면책 조항과 주의 사항을 읽어주고 시급은 수표나 현금이 아니라 아마존 상품권 형태로 지급된다는 점도 고지했다. 몇몇이 툴툴거렸지만 나는 상관없었다. 상품권을 달러당 80센트로

쳐서 매입해 주는 남자친구가 있었기 때문에 그거면 충분했다.

몇 분에 한 번씩 수전(확실히는 모르겠다)이 서류철에서 이름을 부르면 한 사람이 일어나서 강당을 나갔다. 아무도 돌아오지 않았다. 곧 빈자리가 많이 생겼지만, 나는 움직이면 토할 것 같아서 바닥에 그대로 앉아있었다. 온몸이 욱신거렸고 한기가 들었다. 사전 신체검사를 하지 않는다는 정보를 듣고—소변 검사를 하거나 맥박을 재거나 기타 검사를 통해 지원자를 탈락시키지 않는다는 뜻이다—나는 옥시콘틴 한 알을 입에 넣고 노란 코팅이 벗겨질 때까지 빨았다. 그런 다음 다시 손바닥에 뱉어 엄지로 으깨서 3분의 1 정도를 코로 흡입했다. 정신이 들 만큼만. 나머지는 나중에 다시 사용할 수 있도록 작은 은박지에 다시 쌌다. 그러고 나니 떨림이 멈췄고 바닥에 앉아있는 것도 그리 고역은 아니었다.

두 시간쯤 지난 뒤 박사가 마침내 "퀸? 맬러리 퀸?" 하고 불렀고, 나는 무거운 겨울 파카를 바닥에 질질 끌며 복도를 걸어 그쪽으로 갔다. 약에 취한 상태라는 것을 눈치챘는지 못 챘는지, 박사는 아무 말도 하지 않았다. 그냥 나이(19세)와 생일(3월 3일)만 묻고 대답을 서류철의 정보와 대조했다. 이 정도면 멀쩡한 정신이라고 판단했는지, 그녀는 앞장서서 미로 같은 복도를 지나 창문 없는 작은 방으로 나를 데려갔다.

젊은 남자 다섯 명이 한 줄로 간이의자에 앉아있었다. 모두 바닥을 내려다보고 있어서 얼굴은 볼 수 없었다. 어쨌든 의대생이나 레지던트 같았다. 방금 옷장에서 꺼낸 듯 접은 자국이 선명한 밝은 감색 수술복 차림이었다.

"자, 맬러리, 이 사람들을 마주 보고 방 앞쪽에 서세요. 여기 엑스

레이 앞에. 네, 바로 거기. 지금부터 과정을 알려드린 뒤에 눈을 가리겠습니다." 그녀는 검은 안대를 손에 들고 있었다. 엄마가 잠잘 때 사용하던 것과 같은 부드러운 면 안대였다.

박사는 지금 바닥을 바라보고 있는 남자들이 잠시 후 모두 내 몸을 볼 거라고 했다. 몸에 '남자의 시선'이 느껴질 때 손을 드는 것이 내가 할 일이었다. 그 느낌이 드는 동안 손을 계속 들고 있다가 느낌이 사라지면 다시 손을 내리라는 것이었다.

"실험은 5분 동안 진행되고요, 끝난 뒤에 반복할 수도 있습니다. 시작하기 전에 질문 있습니까?"

나는 웃기 시작했다. "네, 《그레이의 50가지 그림자》 읽어보셨어요? 이건 12장에 나왔던 내용 같네요."

가벼운 농담으로 던진 말이었고 수전도 예의상 미소 지었지만, 남자들은 아무도 관심이 없었다. 모두 서류철만 만지작거리며 스톱워치를 동기화시키고 있었다. 방 안의 분위기는 사무적이고 아주 진지했다. 수전은 내 눈에 안대를 씌우고 줄이 너무 당기지 않게 조절해 주었다. "좋습니다, 맬러리. 괜찮아요?"

"네."

"시작할 준비 됐나요?"

"네."

"그럼 셋을 세면 시작하겠습니다. 남자분들, 시계 준비하세요. 하나, 둘, 셋."

남자들이 가슴이나 엉덩이 등 내 몸 구석구석을 쳐다볼 거라고 의식하면서 눈을 가린 채 정적만 흐르는 방에 5분 동안 가만히 서있으려니, 기분이 아주 이상했다. 무슨 일이 일어나고 있는지 짐작할 만한 소리나 단서는 전혀 없었다. 하지만 사람들이 나를 쳐다보고 있다는 것은 분명 느낄 수 있었다. 나는 몇 번 손을 들었다가 다시 내렸고, 5분이 한 시간처럼 흘렀다. 끝난 뒤에 수전은 실험을 한 번 더 한다고 했고, 우리는 다시 처음부터 시작했다. 그러고 나서 그녀는 세 번째로 반복한다고 했다! 마침내 안대가 풀리자, 남자들은 일제히 일어나 내가 아카데미상이라도 탄 것처럼 박수를 치기 시작했다.

수전은 사흘 동안 백 명 넘는 여자들에게 같은 실험을 했는데 만점에 가까운 점수를 기록한 것은 내가 처음이었다며, 세 번을 합쳐 정확도 97퍼센트였다고 했다.

그녀는 남자들에게 휴식 시간을 주고 나를 자기 사무실로 데려가서 질문하기 시작했다. 예를 들어, 남자들이 쳐다보고 있다는 것을 어떻게 알았는지. 나는 설명할 말이 없었다. 그냥 알았다. 감각의 주변부에서 무슨 기척이 느껴지는 직감적인 감각이었다고 해야 하나. 당신들도 아마 느낀 적이 있을 것이다. 무슨 말인지 알 것이다.

"그리고 무슨 소리도 들렸어요."

그녀의 눈이 커졌다. "그래요? 들었다고요?"

"가끔. 아주 높은 소리였어요. 모기가 귓전에서 윙윙거리는 그런 소리."

그녀는 랩톱으로 손을 뻗다가 흥분한 나머지 떨어뜨릴 뻔했다. 한참 자판을 두드리더니 그녀는 일주일 뒤에 다시 와서 실험을 더 해보지 않겠느냐고 물었다. 나는 시간당 20달러를 주면 얼마든지 오겠다고 했다. 휴대전화 번호를 알려주었고, 그녀는 다시 전화해서 약속을 잡겠다고 했다. 하지만 바로 그날 밤, 옥시콘틴 80밀리그램 다섯 알에 아이폰을 팔아치웠으니 박사는 내게 연락할 방법이 없었을 것이고, 다시 소식은 들려오지 않았다.

약을 끊고 나니 후회되는 일이 수없이 많다. 아이폰을 팔아치운 정도는 아무것도 아니다. 그래도 가끔 그 실험이 떠오르면 궁금해진다. 온라인에서 박사를 찾아보려 했지만 이름조차 기억나지 않았다. 어느 날 아침에는 버스를 타고 대학병원에 가서 그 강당을 찾아보았지만, 교정은 완전히 바뀌어 있었다. 새 건물이 잔뜩 들어서 있었고 온통 뒤죽박죽이었다. 구글에서 '시선 감지', '시선 인지' 같은 구절을 입력해 보기도 했지만, 실재하는 현상이 아니라는 검색 결과만 나올 뿐이었다. '뒤통수에 눈이 달린' 사람이 있다는 증거는 없었다.

이러다 보니 나도 실험 자체가 실제 일어났던 사건이 아니라 옥시코돈과 헤로인, 기타 약물을 남용하는 동안 생긴 많은 엉터리 기억 중 하나라는 결론을 내릴 수밖에 없었다. 내 도우미sponsor(중독자에게 일대일로 멘토 역할을 해주는 재활 선배. 치료사나 의사와는 다르다—옮긴이) 러셀의 말에 따르면 중독자에게 엉터리 기억은 흔한 일이라고 한다. 약에 취하기 위해 저지른 온갖 수치스러운 짓들, 나를 사랑하는 착한 사람들의 마음을 아프게 한 한심한 짓들, 이런 현실의 기억에 침잠하는 것을 피하려고 중독자의 두뇌는 행복한 환상을 '기억'한다는 것이다. 러셀은 이렇게 지적한다.

"네 이야기를 따져보면, 누구나 알아주는 아이비리그 대학에 입성했다. 옥시코돈에 절었고, 그러거나 말거나 누구 하나 신경 쓰지 않았다. 그러다가 잘생긴 젊은 의사들이 가득 찬 방에 들어갔다. 그들이 15분 동안 네 몸을 쳐다보고 있다가 기립박수를 쳤다! 뻔하잖아, 퀸!

지그문트 프로이트가 아니라도 왜 그런 생각을 하게 됐는지는 뻔히 알겠다!"

그래, 맞는 말이다. 재활에서 가장 힘든 부분 중 하나는 자신의 두뇌를 더 이상 신뢰할 수 없다는 사실을 받아들이는 것이다. 아니, 자신의 뇌가 최악의 적으로 돌변했다는 사실을 이해해야 한다. 뇌는 나쁜 선택을 하게 만들고, 논리와 상식을 무시하고, 너무나 소중한 기억들을 불가능한 환상으로 왜곡시킨다.

하지만 절대적인 진실도 있다.

내 이름은 맬러리 퀸, 스물한 살이다.

18개월째 재활하고 있고, 알코올이나 마약에 손을 대고 싶은 욕구가 조금도 없다.

재활 12단계를 밟았고, 구세주 예수 그리스도께 인생을 바쳤다. 길모퉁이에 서서 행인들에게 성경책을 나눠준다거나 하지는 않지만, 계속 멀쩡한 정신으로 살 수 있게 도와달라고 매일같이 기도하며, 지금까지는 잘되고 있다.

나는 필라델피아 북동쪽에 위치한 세이프하버에 산다. 시에서 후원하는, 회복 단계 여성을 위한 재활 쉼터다. 다들 약물 의존에서 벗어났다는 것을 증명하고 개인적인 자유를 상당히 누리고 있는 사람들이기 때문에, 우리는 '중기 재활 쉼터' 대신 '3분기 쉼터'라고 부른다. 식료품도 직접 사고, 요리도 직접 하고, 이제 거추장스러운 생활 수칙도 별로 없다.

월요일부터 금요일까지, 나는 두 살부터 다섯 살 사이의 어린 학자 60명을 돌보는 베키 아주머니의 보육 학원에서 조교 노릇을 한다. 쥐가 돌아다니는 연립주택에서 기저귀를 갈고, 골드피시 크래커를 나놔주고, 〈세서미 스트리트〉 DVD를 틀어주는 일이다. 일이 끝나면 달리기를 한 뒤 모임에 참석하거나, 곧장 세이프하버에 들어가서 하우스메이트들과 같이 〈사랑의 항해Sailing into Love〉나 〈영원히 내 가슴에 Forever in My Heart〉 같은 홀마크 채널 영화를 본다. 시시하다고 비웃을지 몰라도, 홀마크 채널에서 창녀들이 하얀 가루를 코로 흡입하는 장면이 나올 일은 없으니까. 그런 장면이 내 머릿속을 차지하면 곤란하다.

러셀이 나를 돕겠다고 나선 것은 내가 한때 장거리 육상 선수였고, 그는 오랫동안 단거리 육상 선수를 훈련시킨 경험이 있기 때문이었다. 그는 1988년 하계 올림픽 미국 선수단의 코치였다. 아칸소 팀과 스탠퍼드 팀을 이끌고 전미대학육상선수권대회에 출전하기도 했다. 그러던 어느 날 메스암페타민에 취해서 운전하다가 옆집 이웃을 치는 사고를 냈다. 과실치사로 5년형을 받아 수감되었고, 이후 목사 안수를 받았다. 지금은 한 번에 대여섯 명의 중독자를 돕고 있는데, 대부분 나처럼 한물 간 운동선수다.

러셀은 내게 훈련을 다시 시작하겠다는 의욕을 불러일으켜 주었고 (그는 '재활을 향한 달리기'라고 한다), 스쿨킬 강변에서 장거리와 단거리 달리기, YMCA 체육관에서 근력운동과 체력관리 일정을 번갈아 가며 매주 내게 적합한 훈련 프로그램을 짜주고 있다. 러셀은 68세에다 인공 고관절 수술을 했지만, 아직도 벤치프레스 90킬로그램을 거뜬히 들어 올리고 주말마다 나란히 훈련하며 이런저런 조언과 격려를 해준다. 여성 육상 선수는 35세가 정점이기 때문에 나는 아직 앞길이 한참 남았다고 입버릇처럼 말하기도 한다.

한편 그는 미래를 위한 계획을 세우라고, 옛 친구들과 옛 습관에서 벗어나 새로운 환경에서 새출발하라고 권한다. 자기 여동생의 친구 부부인 테드와 캐럴라인 맥스웰을 소개해 준 것도 그래서였다. 최근 뉴저지 스프링브룩으로 이사한 부부는 다섯 살 난 아들 테디를 돌볼 사람을 찾고 있었다.

"얼마 전에 바르셀로나에서 귀국했어. 아빠는 컴퓨터 업계에서 일한다지. 아니, 경영 쪽이던가? 돈 많이 버는 일인 모양인데, 자세한 건 모르겠고. 가을부터 테디를 학교에 보내려고 돌아왔다고 해. 아빠 말고, 아이 이름이 테디야. 유치원. 그래서 9월까지 같이 있을 사람을 찾고 있어. 한데 마음이 맞으면, 모르지? 계속 쓰겠다고 할 수도."

러셀은 굳이 면접 자리까지 나를 차로 바래다준다. 그는 운동하지 않는 날에도 늘 체육관에 가는 것처럼 입고 다니는 부류다. 오늘은 흰 사선 무늬가 있는 검은 아디다스 운동복 차림이다. 우리는 SUV를 타고 왼쪽 차선에서 다른 차들을 제치며 벤 프랭클린 다리를 지나고 있고, 나는 유리창 위쪽 손잡이를 꽉 붙들고 겁먹지 않으려고 애쓰며 무릎만 내려다보고 있다. 나는 차 타는 것을 그다지 좋아하지 않는다. 어딜 가든 버스와 지하철을 이용하고, 필라델피아를 벗어나는 것도 거의 1년 만이다. 고작 15킬로미터 떨어진 교외로 나왔는데 우주선을 타고 화성으로 쏘아 올려진 기분이다.

"왜 그러냐?" 러셀은 묻는다.

"아무것도 아니에요."

"얼었구나, 퀸. 긴장 풀어."

거대한 볼트 고속버스가 오른쪽에서 달리는데 어떻게 긴장을 풀어? 바퀴 달린 타이타닉이 창밖으로 손을 뻗으면 닿을 정도로 가까이 있는 것 같다. 나는 소리 지르지 않고 말을 하려고 버스가 지나갈 때까지 기다린 뒤에 입을 연다.

"엄마는요?"

"캐럴라인 맥스웰. 버지니아 재향군인병원 상담사야. 내 여동생 지니가 일하는 곳이지. 거기서 소개받은 거다."

"그쪽은 저에 대해 얼마나 알고 있어요?"

그는 어깨를 으쓱한다. "약을 끊은 지 18개월 됐다는 거. 내가 최고로 추천한다는 거."

"그런 뜻이 아니라요."

"걱정 마. 네 이야기는 전부 해줬는데, 얼른 만나고 싶다는구나." 내가 믿지 않는 것처럼 보였는지 러셀은 계속 말을 잇는다. "아이 엄마는 중독자를 치료하는 직업에 종사하는 사람이야. 환자들은 퇴역군인들이고. 해군 특수부대나 아프간 전쟁 트라우마로 진짜 망가진 사람들 말이야. 오해하지 않았으면 하지만, 퀸, 그 사람들에 비하면 네 사연은 그렇게 대단할 것도 없어."

지프를 타고 가던 어느 한심한 종자가 창밖으로 비닐봉지를 던진다. 피할 공간이 없어서 시속 100킬로미터로 그냥 들이받았더니 퍽 하고 유리 부서지는 소리가 요란하게 난다. 폭탄 터지는 소리 같다. 러셀은 그저 에어컨에 손을 뻗어 온도를 두 단 낮춘다. 무릎만 내려다보며 앉아있으니, 어느새 엔진이 차츰 속도를 늦추고 자동차는 고속도로 나들목에 들어서서 완만한 곡선 도로를 달리기 시작한다.

스프링브룩은 독립전쟁 시대에 형성된 남부 뉴저지의 작은 마을 중 하나다. 온통 앞마당 포치에 미국 국기를 내건 콜로니얼풍과 빅토리아풍의 고풍스러운 집들뿐이다. 도로는 매끈하게 포장되어 있고, 보도는 단정하고 깔끔하다. 쓰레기 한 점 없다.

신호등 앞에 멈춰 서고 러셀이 유리창을 내린다.

"들리니?"

"아무것도 안 들리는데요."

"내 말이 그거야. 평화로운 곳이다. 네게 완벽한 마을이야."

신호등이 녹색으로 바뀐다. 우리는 가게와 식당이 늘어선 거리를 세 블록 달린다. 태국 식당, 스무디 가게, 채식주의 빵집, 애완견 탁아소, 요가 스튜디오를 지난다. 방과 후 수학 학원, 작은 책방 겸 카페도 있다. 물론 스타벅스도 있고, 그 앞에 10대 청소년들이 잔뜩 모여서 아이폰을 두드리고 있다. 대형마트 타깃 광고에 나오는 아이들 같다. 옷차림이 알록달록하고, 신발은 모두 새것이다.

옆길로 꺾어들자, 완벽한 교외의 집들이 하나씩 지나간다. 위풍당당하게 우뚝 선 나무들이 보도에 그늘을 드리우고 거리를 색으로 물들이고 있다. '아이들이 살고 있습니다. 속도를 늦추세요!'라고 커다란 활자로 써 붙인 알림판도 눈에 띈다. 사거리에 다다르자 형광색 교통안전 조끼 차림의 교통정리 대원이 미소 띤 얼굴로 지나가라고 손짓한다. 세세한 곳까지 완벽한 것이 마치 영화 세트장에서 돌아다니는 기분이다.

이윽고 러셀은 길가의 수양버들 그늘 아래 차를 세운다. "자, 준비됐냐, 퀸?"

"모르겠어요."

나는 차양을 내려서 거울에 얼굴을 살핀다. 러셀이 추천한 대로, 여름캠프 강사 같은 녹색 크루넥 셔츠, 면바지, 먼지 하나 묻지 않은 하얀색 케즈 스니커즈 차림이다. 허리까지 길렀던 머리채는 어제 암환자 자선단체에 팔아버렸다. 경쾌한 검정색 단발을 한 내 모습은 나 자신도 알아보기 힘들 지경이다.

"내가 두 가지만 조언을 하마." 러셀이 말한다. "첫째, 아이가 재능이 많네요, 이 표현을 반드시 해."

"그걸 어떻게 알아요?"

"상관없어. 이 마을에서는 모든 아이들한테 재능이 많아. 대화할 때 그 말을 요령껏 집어넣으면 돼."

"알겠습니다. 다른 한 가지는요?"

"음, 면접이 잘 안 됐다? 저쪽에서 망설이는 것 같다? 그럼 이걸 보여줘라."

그는 글러브박스를 열더니 저 집 안에 절대 갖고 가기 싫은 물건을 보여준다.

"아, 러셀, 뭐예요."

"가져가, 퀸. 비장의 카드라고 생각해. 굳이 쓸 필요는 없지만, 필요할지도 모르니까."

재활센터에서 무시무시한 이야기를 많이 들었기 때문에 그의 말이 맞을 수 있다는 것을 알고 있다. 나는 그 멍청한 물건을 집어 들고 가방에 깊이 쑤셔 넣는다.

"좋아요. 태워주셔서 감사합니다."

"스타벅스에서 기다리마. 끝나면 전화해. 다시 집까지 태워줄 테니까."

나는 괜찮다, 기차를 타고 필라델피아로 돌아가면 된다, 도로가 붐비기 전에 빨리 돌아가시라고 한다.

"좋아, 그래도 끝나면 전화해야 한다." 그는 말한다. "어떻게 됐는지 자세히 듣고 싶어. 알겠지?"

2장.

차에서 내리니 6월 오후의 후덥지근한 18
날씨다. 러셀은 경적을 울리며 멀어졌고, 이제 돌아갈 곳은 없다. 맥스웰 부부의 집은 노란색 목재 외장에 하얀 테두리 장식을 한 웅장하고 고전적인 빅토리아풍 3층 저택이다. 집을 둘러싼 널찍한 포치에는 등나무 가구와 데이지, 수선화, 베고니아 등 노란 꽃이 가득 핀 화분이 놓여있다. 넓은 숲이 집 뒤쪽을 감싸고 있어서—공원일까?—거리에는 새소리가 가득하고, 찌르르 맴맴 벌레 우는 소리도 들려온다.

나는 판석을 밟고 집에 다가가서 포치로 올라선다. 초인종을 누르니 어린 소년이 나온다. 오렌지색이 도는 빨강 머리가 비죽비죽 곤두서 있다. 트롤 인형을 연상시켰다.

나는 쭈그려 앉아서 아이와 눈을 맞춘다.

"네 이름이 테디겠구나."

소년은 수줍은 미소를 짓는다.

"난 맬러리 퀸이야. 집에…."

아이는 돌아서더니 계단을 뛰어올라 2층으로 사라진다.

"테디?"

어떻게 해야 할지 알 수 없다. 내 앞에는 작은 현관과 주방으로 이어지는 복도가 있다. 왼쪽에 식당, 오른쪽에 거실이 있고, 집 전체에 단단한 소나무 마루가 근사하게 깔려있다. 중앙냉방 장치를 통과한 공기의 신선하고 깨끗한 냄새가 흘러나오고, 방금 바닥을 대대적으로 닦았는지 머피오일 향도 감돈다. 가구들은 깨끗하고 현대적이고, 크레이트앤드배럴 전시장에서 방금 가져온 듯 전부 새 물건이다.

초인종을 눌렀지만 소리가 나지 않는다. 세 번 더 누른다. 마찬가지다.

"계세요?"

집 반대쪽 끝, 부엌에서 여자로 보이는 윤곽이 이쪽으로 돌아서서 유심히 쳐다보는 것이 눈에 띈다.

"맬러리? 오셨나요?"

"네! 안녕하세요! 초인종을 눌렀는데…."

"알아요. 미안합니다. 고쳐야 해요."

내가 도착한 걸 테디가 어떻게 알았는지 궁금할 사이도 없이, 여자는 나를 맞으러 부엌에서 나온다. 이렇게 우아한 걸음걸이는 본 적이 없다. 발이 바닥에 닿지도 않는 듯 소리 없는 움직임이다. 키가 크고 날씬하며, 금발에 하얀 피부, 이 세상 사람 같지 않을 정도로 섬세한 얼굴 윤곽을 지니고 있다.

"전 캐럴라인이에요."

손을 내밀었는데, 그녀는 나를 얼싸안는나. 온기와 공감을 발산하는 종류의 인간이다. 그녀는 필요 이상으로 나를 약간 오래 안고 있었다.

“오셔서 정말 반가워요. 러셀이 칭찬을 참 많이 했답니다. 끊은 지 18개월 됐다고요?”

“18개월하고 반달이요.”

“대단해요. 그런 온갖 일들을 다 겪었으면서? 정말 대단해요, 맬러리. 자랑스럽게 생각해도 됩니다.”

울음이 터질 것 같아서 겁이 난다. 다짜고짜, 인사를 나누자마자, 집 안에 발을 들이기도 전에 재활 이야기를 하게 될 거라고는 예상치 못했기 때문이다. 하지만 최악의 카드부터 모두 펼쳐 보이고 나니 한편으로는 오히려 속이 후련하다.

“쉬운 일은 아니었지만, 하루하루 더 수월해지네요.”

“환자들에게 내가 하는 말이 그거랍니다.” 그녀는 물러서서 나를 머리끝부터 발끝까지 살펴보더니 미소 짓는다. “보기 좋네요! 이렇게 건강하고, 혈색도 좋다니!”

실내는 20도, 후덥지근한 바깥 날씨를 피해 집 안으로 들어오니 상쾌하고 기분 좋다. 나는 캐럴라인을 따라 계단 아래를 통과한다. 부엌에는 자연광이 가득 차있고, 요리 채널 프로그램 세트장처럼 조리도구가 마련되어 있다. 대형 냉장고 하나, 소형 냉장고 하나, 가스레인지는 8구. 사각형 싱크대는 폭이 넓어서 수도꼭지가 세 개나 있다. 수십 개에 달하는 서랍과 찬장은 모양이 가지각색이고 크기도 다 다르다.

캐럴라인은 작은 문을 연다. 이번에는 미니 냉장고 안에 차가운 음료가 잔뜩 들어있다. “어디 보자, 탄산수, 코코넛워터, 아이스티….”

“탄산수 주세요.” 나는 뒷마당 쪽으로 창문이 나있는 벽을 향해 돌아선다. "부엌이 참 아름답네요."

"넓죠? 세 식구한테는 너무 커요. 한데 이 집의 다른 부분들이 너무 마음에 들어서 선택했어요. 집 바로 뒤에 공원이 있는데, 보셨어요? 테디는 숲을 돌아다니는 걸 좋아해요."

"재미있을 것 같아요."

"진드기가 붙었나 늘 살펴봐야 하죠. 벼룩 방지 목걸이를 사줄까 생각 중이에요."

그녀가 유리잔을 냉장고 얼음 배출구에 갖다 대자 진주 결정처럼 작은 얼음 수십 개가 가볍게 달그락거리며—집 앞 포치에 달린 풍경 소리 같다—쏟아져 나온다. 마술을 보는 것 같다. 그녀는 거품이 올라가는 탄산수로 잔을 채워 내게 건넨다. "샌드위치 어때요? 먹을 거 좀 드릴까요?"

내가 됐다는 뜻으로 고개를 저었지만, 캐럴라인은 냉장고를 연다. 각종 신선한 농산물과 식료품이 진열되어 있다. 전지유와 두유 병, 동물복지 닭이 낳은 갈색 달걀 꾸러미, 500밀리리터 병에 든 페스토와 후무스, 피코데가요. 치즈 덩어리와 병에 든 케피르, 흰 그물망에서 녹색 잎이 삐져나오는 채소 꾸러미도 있다. 게다가 과일! 뚜껑 달린 특대 용기에 담긴 딸기와 블루베리, 라즈베리, 블랙베리, 멜론. 캐럴라인은 미니 당근 봉투와 후무스 병을 집어 들고 팔꿈치로 냉장고를 닫는다. 문짝에 아이가 그린 그림이 눈에 띄었다. 서툰 솜씨로 어설프게 그린 토끼 초상이다. 테디가 그렸느냐고 물으니 캐럴라인은 고개를 끄덕인다. "이사 온 지 6주밖에 안 됐는데 벌써 반려동물을 갖고 싶은가 봐요. 일단 짐부터 정리해야 한다고 했어요."

"아이가 재능이 많아요." 말하면서도, 마음에도 없는 말 같지 않을까, 너무 서두르는 게 아닌가 걱정스럽다.

하지만 캐럴라인은 내 말에 동의한다!

"아, 그럼요. 또래에 비해 성장이 정말 빨라요. 다들 그러더라고요."

우리는 작은 아침 식사용 탁자에 앉았고, 그녀는 종이 한 장을 건넨다. "남편이 요구사항을 정리했어요. 별다를 건 전혀 없는데, 어쨌든 용무부터 끝내죠."

우리 집 규칙

1. 약물 금지
2. 음주 금지
3. 흡연 금지
4. 욕설 금지
5. 전자기기 금지
6. 육류 금지
7. 불량식품 금지
8. 허락 없이 손님 금지
9. 소셜미디어에 테디 사진 게시 금지
10. 종교나 미신 금지. 과학을 가르칠 것

타이프로 친 목록 아래에 섬세하고 여성적인 필체로 열한 번째 규칙이 적혀있다.

재미있게 놀 것! ^^

캐럴라인은 내가 다 읽기도 전에 규칙에 대해 사과하기 시작한다. "7번 규칙은 엄격하게 지키라는 뜻은 아니에요. 컵케이크를 만들고 싶거나 테디에게 아이스크림을 사주고 싶으면, 그 정도는 괜찮아요. 탄산음료만 피해주세요. 그리고 10번은 남편이 굳이 넣자고 해서. 엔지니어거든요. 첨단기술 분야에서 일해요. 그러니 우리 집에서 과학은 매우 중요해요. 기도도 하지 않고 크리스마스도 지내지 않아요. 누가 재채기를 했을 때 '신의 가호가 있기를God Bless You', 이런 말조차 안 하죠."

"그럼 뭐라고 하나요?"

"게준트하이트Gesundheit, 몸조심! 이 정도죠. 둘 다 같은 뜻이에요."

변명하는 듯한 말투다. 그녀의 시선은 내 목에 걸린 작은 금 십자가를 바라보고 있다. 첫 성찬식 때 어머니가 준 선물이었다. 나는 캐럴라인에게 규칙을 지키는 것은 문제없다고 다짐한다. "테디의 종교는 부모님이 정하실 문제지, 저와는 관계없어요. 전 그저 아이를 안전하게 보살피고 아껴주는 환경을 만들어 주면 된다고 생각합니다."

캐럴라인은 마음이 놓인 것 같다. "그리고 재미있게 해주세요. 그게 11번 규칙이에요. 특별히 소풍을 가고 싶다? 박물관이나 동물원 같은 데? 그런 비용은 얼마든지 댈게요."

업무와 책임에 대해 잠시 이야기를 나누었을 뿐, 캐럴라인은 개인적인 질문은 별로 하지 않았다. 나는 필라델피아 남부, 운동 경기장 바로 위쪽 섕크 스트리트에서 자랐다고 했다. 어머니와 여동생과 같이 살았고, 이웃집 아이들 보는 일을 늘 했다. 센트럴 고등학교에 다녔고, 운동선수 전액 장학금으로 펜실베이니아 주립대에 진학한 뒤에 생활이 엇나가기 시작했다. 러셀에게서 나머지 이야기를 들었는지, 캐럴라인은 굳이 그 뒤의 한심한 사연을 묻지 않는다.

대신 이렇게만 말한다. “그럼 테디가 어디 있는지 찾아볼까요? 둘이 한번 어울려 보세요.”

가족실은 부엌 바로 앞이다. 소파 세트와 장난감이 가득 찬 상자, 푹신한 러그가 있는 아늑하고 격의 없는 공간이다. 벽에는 책장이 늘어서 있고, 〈리골레토〉, 〈팔리아치〉, 〈라트라비아타〉 등 액자에 끼운 뉴욕 메트로폴리탄 오페라 포스터가 붙어있다. 캐럴라인은 남편이 가장 좋아한 세 가지 공연이라며, 테디가 태어나기 전에는 늘 링컨센터를 드나들었다고 한다.

아이는 스케치북과 노란 몸통의 HB 연필을 늘어놓고 러그 위에 엎드려 있다. 내가 들어가자 아이는 쳐다보더니 장난꾸러기처럼 미소 짓고 곧 다시 작품에 몰두한다.

“안녕, 또 만났네. 그림 그리니?”

아이는 짐짓 과장된 몸짓으로 크게 어깨를 으쓱한다. 아직도 수줍은지 대답은 하지 않는다.

“테디.” 캐럴라인이 끼어든다. “맬러리가 너한테 물어봤잖아.”

아이는 다시 어깨를 으쓱하더니 그림 속으로 숨어버리고 싶은지 코가 종이에 거의 닿을 정도로 얼굴을 가까이 댄다. 그리고 왼손으로 연필을 쥔다.

“아, 왼손잡이구나!” 내가 말한다. “나도 그런데.”

“전 세계 지도자들에게는 흔한 특성이라죠.” 캐럴라인은 말한다. “버락 오바마, 빌 클린턴, 로널드 레이건. 전부 다 왼손잡이예요.”

테디가 몸을 움직여서 무슨 그림을 그리는지 어깨 너머로 볼 수가 없다.

"널 보니 내 여동생이 생각난다." 나는 테디에게 말한다. "동생이 너만 할 때 그림 그리는 걸 좋아했어. 커다란 타파웨어 용기에 크레용이 가득 담겨있었지."

캐럴라인은 소파 밑으로 손을 뻗어 크레용으로 가득 찬 대형 타파웨어 통을 꺼낸다. "이런 거요?"

"딱 그거예요!"

그녀는 가볍고 유쾌하게 웃는다. "웃긴 이야기 하나 해줄까요? 바르셀로나에서 사는 동안, 테디는 연필을 손에 쥔 적이 없어요. 마커, 핑거페인트, 수채화 물감, 안 사준 게 없는데도 미술에 전혀 관심이 없었죠. 한데 미국으로 돌아오자마자? 이 집에 들어서자마자? 갑자기 아이가 파블로 피카소로 돌변한 거예요. 요즘은 미친 듯이 그린답니다."

캐럴라인은 커피 탁자 위쪽 판을 들어 올린다. 물건을 넣어두는 상자 겸용이다. 그녀는 두께 3센티미터가량의 종이 묶음을 꺼낸다. "남편은 별걸 다 보관한다고 놀리는데, 난 어쩔 수가 없어요. 보시겠어요?"

"그럼요."

바닥에 엎드려 있던 테디의 연필이 우뚝 멈춘다. 몸 전체가 굳는다. 아이가 대화에 귀를 기울이고 있다는 것을, 내 반응에 관심이 집중되어 있다는 것을 알 수 있다.

"아, 이 첫 그림은 정말 좋네요." 나는 캐럴라인에게 말한다. "말인가요?"

"네, 그런 것 같아요."

"아냐, 아냐, 아냐." 테디는 바닥에서 벌떡 일어나서 내 옆으로 온다. "그건 염소예요. 머리에 뿔이 달려있잖아요, 여기. 그리고 턱수염. 말은 턱수염이 없어요." 아이는 내 무릎에 몸을 기울이고 페이지를 넘겨 다음 그림을 보여준다.

"이건 집 앞 수양버들이니?"

"맞아요, 수양버들. 기어 올라가면 새 둥지를 볼 수 있어요."

나는 계속 페이지를 넘겼고, 곧 테디는 내 품에서 마음을 놓고 가슴에 고개를 기댄다. 커다란 강아지를 안고 있는 기분이다. 아이의 몸은 따뜻하고, 건조기에서 막 나온 세탁물 냄새가 난다. 캐럴라인은 옆에 앉은 채 우리 둘의 반응을 지켜보고 있다. 흐뭇한 것 같다.

대체로 동물들, 햇살 아래서 미소 짓는 사람들의 얼굴 등 보통 아이들이 그릴 만한 그림이다. 테디는 그림마다 내 반응을 살피면서 칭찬을 스펀지처럼 빨아들인다.

캐럴라인은 마지막 그림을 보고 놀란 것 같다. “이 그림은 치운 줄 알았는데.” 하지만 이제 설명하지 않을 수 없는 상황이다. “이건 테디와, 음, 특별한 친구예요.”

“애냐. 그 친구 이름은 애냐예요.”

“그래, 애냐.” 캐럴라인은 장단을 맞춰달라는 뜻으로 나를 향해 한쪽 눈을 깜빡한다. “엄마, 아빠가 일하고 있을 때 테디랑 놀아주니까 우리 모두 애냐를 좋아해요.”

나는 애냐가 뭔가 특이한 상상 속의 놀이 동무인 것 같아서 좋은 말을 해주기로 한다. “애냐가 같이 있다니 좋을 거예요. 특히나 낯선 도시에 갓 이사 와서 아직 다른 애들을 만나보지 못한 소년이니까요.”

“맞아요!” 캐럴라인은 내가 상황을 곧장 파악하는 걸 보고 마음을 놓는다. “바로 그거죠.”

“애냐가 지금도 있니? 이 방에 우리랑 같이 있어?”

테디는 가족실을 둘러보더니 다시 그림을 바라본다.

“아뇨.”

“어디 있어?”

“몰라요.”

“나중에, 오늘 밤에 만날 거니?”

“매일 밤 봐요.” 테디는 말한다. “내 침대 밑에서 자거든요. 노랫소리를 들을 수 있어요.”

그때 현관에서 초인종이 울리더니 현관문이 열렸다 닫히는 소리가 들린다. 남자 목소리다. “나 왔어!”

“가족실에 있어!” 캐럴라인은 소리치고 테디를 바라본다. “아빠 오셨다!”

테디는 아버지를 맞으러 달려 나갔고, 나는 캐럴라인에게 그림을 돌려준다. "이건… 흥미롭네요."

그녀는 고개를 저으며 웃는다. "아이가 귀신에 홀린 게 아니라요. 그럴 리가요. 그냥 아주 특이한 단계예요. 많은 아동이 상상 속의 친구를 갖고 있지요. 소아과 전문의 동료 말로는 대단히 흔한 일이라고 해요."

당황한 것 같다. 나는 얼른 극히 정상적인 현상이라고 말한다. "이사 때문에 그럴 거예요. 같이 놀 사람이 필요해서 자기가 만들어 낸 거 아닐까요."

"생김새가 이렇게 특이하지만 않으면 좋을 텐데. 이걸 냉장고에 어떻게 붙여두겠어요?" 캐럴라인은 그림 앞면을 밑으로 가게 뒤집어서 다른 그림 사이에 끼운다. "하지만 확실한 건요, 맬러리, 당신이 여기서 일을 시작하게 되면 틀림없이 상상 속의 친구는 잊어버릴 거예요. 새 베이비시터랑 노는 게 너무 즐거워서요!"

캐럴라인의 말투가 반갑다. 면접은 끝났고 난 일자리를 얻은 것 같다. 이제 그냥 문제를 해결하는 단계인 것 같다. "여기 운동장에는 아이들이 바글거릴 거예요." 나는 말한다. "학교에 들어가기 전에 테디가 진짜 친구들을 잔뜩 사귀도록 도와줄게요."

"그럼 더할 나위 없이 좋겠죠." 캐럴라인은 말한다. 복도로 나오니 다가오는 발소리가 들린다. 그녀는 내게 슬쩍 몸을 기울인다. "남편에 대해서도 미리 말씀드릴 게 있는데요. 당신 이력에 대해 사실 약간 불편한 마음이 있는 모양이에요. 중독 문제요. 그래서 거절할 이유를 찾으려고 할 거예요. 하지만 걱정하지는 마세요."

"그럼 제가 어떻게…."

"그리고 맥스웰 씨라고 불러주세요. 테드 말고. 그쪽을 좋아할 거예요."

미처 무슨 뜻인지 묻기 전에 캐럴라인은 다시 떨어져 섰고, 남편이 웃고 있는 테디를 허리에 끼어지고 들어온다. 테드 맥스웰은 예상보다 나이가 많다. 캐럴라인보다 10년, 15년 정도는 연상 같고, 키 큰 체구, 희끗거리는 머리, 검은 테 안경, 턱수염을 지니고 있다. 디자이너 청바지, 닳은 데가 있는 옥스퍼드 신발, 스포츠코트, 브이넥 티셔츠. 캐주얼하게 보이지만 짐작보다 열 배는 더 비싼 종류의 옷차림이다.

캐럴라인은 키스로 그를 맞는다.

"여보, 이쪽이 맬러리야."

나는 일어서서 그와 악수를 나눈다. "안녕하세요, 맥스웰 씨."

"늦어서 미안합니다. 갑자기 일이 생겨서요." 그와 캐럴라인은 시선을 교환한다. 이런 일이 자주 있는 모양이다. "면접은 어떻게 됐어?"

"아주 잘됐어." 캐럴라인은 말한다.

"아주아주 잘됐어요!" 테디는 소리치더니 아버지의 팔에서 빠져나와 산타클로스에게 크리스마스에 원하는 선물을 읊으려는 아이처럼 다시 내 무릎에 뛰어든다. "맬러리, 숨바꼭질 좋아해요?"

"숨바꼭질 아주 좋아하지. 특히 크고 오래된 집에 방도 많으면."

"우리 집이 그래요!" 테디는 놀란 듯 눈을 커다랗게 뜨고 가족실을 둘러본다. "크고 오래된 집이잖아요! 방도 많고요!"

나는 테디를 살짝 꼬집는다. "완벽하네!"

테드는 대화가 흘러가는 방향이 불편한 것 같다. 그는 아들을 붙잡고 달래서 내 무릎에서 끌어내린다. "자, 우리는 면접을 봐야 한다.

어른들끼리 진지한 이야기를 해야 해. 엄마, 아빠가 맬러리에게 물어볼 중요한 질문이 있단다. 그러니까 넌 이제 2층으로 올라가라. 알겠지? 레고 놀이 하면서….”

캐럴라인이 끼어든다. “여보, 그 이야기는 우리가 다 했어. 이제 맬러리를 밖으로 데려가서 손님용 별채를 보여주고 싶은데.”

“나도 따로 묻고 싶은 게 있어. 5분만 줘.”

테드는 아들을 살짝 밀어서 2층으로 보낸다. 그는 외투 단추를 풀고 내 맞은편에 앉는다. 생각만큼 날렵하지는 않지만—배가 약간 나와있었다—살이 붙은 쪽이 어울렸다. 잘 먹고 잘 가꾼 외모다.

“이력서를 따로 갖고 오셨습니까?”

나는 고개를 젓는다. “아뇨.”

“괜찮습니다. 여기 어디 있을 겁니다.”

그는 서류가방을 열고 서류가 잔뜩 든 종이 폴더를 꺼낸다. 파일을 넘길 때 보니, 다른 지원자의 편지와 이력서가 가득 들어있다. 50명은 되는 것 같다. “이거군요, 맬러리 퀸.” 그가 꺼내는 내 이력서에는 손으로 쓴 주석이 잔뜩 달려있다.

“센트럴 고등학교, 대학은 안 나왔다, 맞지요?”

“아직.”

“가을에 등록할 생각인가요?”

“아뇨.”

“봄에는?”

“아뇨. 하지만 머지않아 복학하고 싶어요.”

테드는 내 이력서를 보더니 이해가 잘 안 된다는 듯 눈을 가늘게 뜨며 고개를 갸우뚱한다. “할 줄 아는 외국어가 있다는 내용은 없군요.”

"네, 없습니다. 필라델피아 남부 사투리도 외국어로 친다면 모를까요. '예, 어서 옵서.'"

캐럴라인은 웃는다. "그거 정말 재밌네요!"

테드는 서류에 작게 검정색 X 표시만 한다.

"악기는? 피아노나 바이올린?"

"아뇨."

"시각예술은? 그림, 드로잉, 조각?"

"아뇨."

"여행은 많이 해보셨습니까? 해외여행은?"

"열 살 때 디즈니랜드에 가봤어요."

그는 내 이력서에 다시 X자를 적는다.

"지금은 베키 아주머니 밑에서 일한다고요?"

"진짜 아주머니가 아니고요. 그냥 아동센터 이름이에요. 베키 아주머니의 보육 학원. 이니셜이 ABC, 쉽잖아요."

그는 메모를 꼼꼼히 들여다본다. "그렇군요, 맞아요. 이제 기억납니다. 재활 친화 작업장이었군요. 당신 한 사람을 고용하면 학원이 주 정부에서 얼마씩 받는지 알아요?"

캐럴라인은 미간을 찌푸린다. "여보, 그런 질문이 꼭 필요해?"

"그냥 궁금해서 그래."

"괜찮습니다." 나는 그녀에게 말한다. "펜실베이니아주에서 제 급여의 3분의 1을 지급하고 있어요."

"전부 우리가 내는 돈이지요." 테드는 복잡한 계산이라도 하는지 내 이력서 여백에 숫자를 휘갈겨 적는다.

"테드, 다른 질문 있어?" 캐럴라인은 묻는다. "맬러리를 너무 오래 붙잡았어. 별채도 보여줘야 한다고."

"좋아. 필요한 건 다 물었어." 그가 내 이력서를 서류철 맨 아래에 끼워 넣는 것은 놓칠 수가 없다. "만나서 반가웠어요, 맬러리. 와줘서 고맙습니다."

"테드는 신경 쓰지 말아요." 캐럴라인은 잠시 후 뒷마당으로 통하는 여닫이 유리문을 지나 부엌을 나서며 말한다. "아주 똑똑한 사람이에요. 컴퓨터라면 마술사처럼 다루는데, 사람들과 소통할 때는 어색한 데가 많아요. 재활이 어떤 건지 전혀 모르고. 당신을 들이는 걸 모험이라고 생각하고 있어요. 남편은 펜실베이니아 대학생이 들어왔으면 하더군요. 학력고사 1,600점짜리 우등생. 하지만 내가 당신도 기회를 얻을 자격이 있다고 설득할 테니까, 걱정 마세요."

맥스웰 부부의 넓은 뒷마당에는 푸른 잔디가 깔려있고, 키 큰 나무와 관목, 알록달록한 화단이 주변을 둘러싸고 있다. 마당 한가운데에는 라스베이거스 카지노처럼 주위에 간이의자와 파라솔이 배치된 멋진 수영장이 있다.

"아름다워요!"

"우리만의 오아시스죠. 테디는 여기서 노는 걸 좋아해요."

우리는 트램펄린 표면처럼 탄탄하고 힘 있는 잔디 정원을 가로지른다. 캐럴라인은 마당 끝의 작은 길을 가리키며 헤이든스글렌으로 내려가는 길이라고 알려준다. 산책로와 하천이 이리저리 이어지는 1.2제곱킬로미터 넓이의 자연보호구역이다. "물가는 위험하니까 테디는 혼자 내보내지 않아요. 하지만 당신이 원하면 언제든지 데리고 나가도 좋겠죠. 옻나무만 조심하세요."

마당을 완전히 가로지른 뒤에야 마침내 손님용 별채가 눈에 띈다. 마치 숲이 한참 집어 삼키는 중인 듯 나무 뒤에 반쯤 숨겨져 있다. 소박한 목재, A자형 지붕, 《헨젤과 그레텔》 동화의 과자 집을 연상시키는 스위스풍 오두막이다. 계단 세 칸을 올라 작은 포치에 올라선 뒤, 캐럴라인은 작은 현관문 자물쇠를 연다. "이전 주인은 여기에 잔디 깎는 기계를 뒀어요. 정원용 창고로 사용했더군요. 내가 당신을 위해 개조했어요."

별채는 그저 방 한 칸인데, 작지만 먼지 한 점 없이 깨끗하다. 벽은 흰색이고, 지붕에는 서까래가 드러나 있으며, 굵은 갈색 통나무가 천장을 가로세로로 받치고 있다. 윤기 낸 마루는 너무나 새것 같아서 스니커즈를 벗어야 할 것 같은 기분이다. 오른쪽에는 작은 주방, 왼쪽에는 엄청 편안해 보이는 침대가 있다. 희고 푹신한 이불과 거대한 베개 네 개가 깔려있다.

"아름다워요." 나는 캐럴라인에게 말한다.

"약간 좁긴 하지만, 하루 종일 테디한테 시달리다 보면 혼자 있는 시간이 소중할 거예요. 침대는 새것이랍니다. 한번 누워보세요."

나는 매트리스 가장자리에 걸터앉아 몸을 눕힌다. 구름 위에 떨어지는 기분이다. "세상에."

"브렌트우드의 필로톱 매트리스예요. 몸을 받쳐주는 용수철이 3천 개래요. 테드와 내가 쓰는 침실에도 같은 침대를 들였어요."

별채 반대쪽 끝에는 문이 두 개 있다. 한쪽은 선반이 설치된 얕은 벽장, 다른 한쪽은 세상에서 제일 작아 보이는 화장실이다. 샤워기와 변기, 세면대까지 다 있다. 화장실에 들어가 보니 고개를 숙이지 않고 아슬아슬하게 샤워 수전 밑을 지나칠 정도의 높이다.

별채를 다 둘러보는 데는 1분도 채 걸리지 않았지만, 좀 더 오래 모든 것을 샅샅이 살펴보아야 할 것 같은 의무감이 느껴진다. 캐럴라인은 별채 안에 소소하고 사려 깊은 장식 요소를 잔뜩 배치해 놓았다. 침대 옆 독서등, 접이식 다리미판, USB 휴대전화 충전기, 공기 순환을 위한 실링팬까지. 주방 선반에도 기본적인 물품이 갖춰져 있다. 접시와 유리컵, 머그잔과 은 식기, 모두 본채에서 사용하는 것과 동일한 고급 물품이다. 게다가 간단한 식료품도 몇 가지 있다. 올리브유, 밀가루, 베이킹소다, 소금, 후추. 캐럴라인은 요리를 직접 하고 싶으냐고 물었고, 나는 아직 배우는 중이라고 대답한다. "나도 그래요." 그녀는 웃는다. "같이 이것저것 해볼까요."

그때 포치에서 묵직한 발걸음 소리가 들리더니 테드 맥스웰이 문을 연다. 그는 스포츠코트 대신 하늘색 폴로셔츠로 갈아입었는데, 편한 차림인데도 여전히 위압적인 분위기가 있다. 나는 그를 다시 만나지 않고 면접을 끝냈으면 했었다.

"테디가 당신을 찾아." 그가 캐럴라인에게 말한다. "나머지는 내가 안내해 드리지."

봐야 할 곳은 다 보았기 때문에 난감했지만, 캐럴라인은 내가 뭐라 말하기 전에 문을 나선다. 테드는 그대로 서서 내가 수건과 이불이라도 훔쳐 갈 사람인 것처럼 쳐다보고 있다.

나는 미소 짓는다. "여긴 정말 좋네요."

"일인용 숙소입니다. 허락 없이 사람을 들이면 안 돼요. 누굴 재우는 건 절대 금지입니다. 테디한테 혼란스러울 테니까요. 문제가 될까요?"

"아뇨. 사귀는 사람 없어요."

그는 내가 요점을 못 알아듣는 것이 답답한지 고개를 젓는다. "당신이 누굴 사귀고 말고를 우리가 금지할 수는 없지 않습니까. 법적으로. 내 집 마당에 낯선 사람이 드나드는 게 싫은 겁니다."

"알겠습니다. 괜찮아요." 그래도 조금 진전이 있는 거라고, 함께 관계를 만들어 나가는 단계로 한 발짝 내딛은 거라고 믿고 싶다. "다른 걱정이 있으신가요?"

그는 피식 웃는다. "시간이 얼마나 있으시지요?"

"필요하다면 얼마든지요. 전 이 일을 정말 하고 싶어요."

그는 창가로 다가가더니 바깥의 작은 소나무를 가리킨다. "이야기 하나 해드릴까요. 우리가 이 집에 이사 온 날 캐럴라인과 테디는 저 나무 아래에서 아기 새를 발견했어요. 둥지에서 떨어진 것 같았습니다. 밀려났든지, 모르죠. 어쨌든 아내는 너무너무 마음이 따뜻한 사람이라 신발 상자를 찾아서 그 안에 종잇조각을 가득 넣고 아기 새에게 스포이드로 설탕물을 먹이기 시작했습니다. 그동안 진입로에는 이삿짐이 도착하고 나는 빨리 짐을 풀고 다시 일상을 시작하고 싶어서 급한데, 캐럴라인은 테디에게 이 아기 새가 다시 튼튼해지도록 잘 돌봐주면 나무 꼭대기로 다시 높이 날아오를 수 있을 거라는 말만 하고 있었어요. 물론 테디는 좋아했지요. 새에게 로버트라는 이름을 붙이고 한 시간에 한 번씩 살펴보고, 자기 동생처럼 돌봤습니다. 하지만 48시간 뒤에 로버트는 죽었어요. 맬러리, 테디는 일주일 동안 울었습니다. 비통해했어요. 아기 새 한 마리 때문에. 그러니 요점은, 우리는 같이 살 사람을 선택하는 데 정말 신중해야 한다는 겁니다. 이력을 볼 때, 당신을 택한다는 것은 너무 도박인 것 같아요."

내가 뭐라고 반박할 수 있을까? 급여가 좋은 일자리이고, 테드 앞에는 마약 중독을 경험한 적이 없는 여자들의 지원서가 쌓여있을 것이다. 심폐소생술까지 배운 간호학교 졸업생이나, 집에서 엔칠라다 베르데를 만들면서 스페인어 교육까지 자연스럽게 시켜줄 수 있는, 손자 다섯 명을 둔 온두라스 출신 할머니를 고용할 수도 있다. 이런 선택지를 두고 왜 나라는 모험을 해야 하나? 나는 이제 남은 최선의 희망은 비장의 카드뿐이라는 것을 깨달았다. 차에서 내리기 전에 러셀이 마지막 순간에 준 선물.

"해결책이 있어요." 나는 가방에 손을 넣어 작고 얇은 종이 포장을 꺼낸다. 우편엽서 크기였고 아래쪽에 면 재질의 꼬리표가 다섯 개 달려있다. "이건 마약 복용 여부를 시험하는 카드입니다. 아마존에서 개당 1달러에 파는데, 제 급여로 기꺼이 충당할게요. 메스암페타민, 아편, 암페타민, 코카인, 마리화나 성분을 검출합니다. 결과를 확인하는 데 5분밖에 안 걸려요. 제가 매주, 원하시는 날짜에 무작위로 이 검사를 자발적으로 제출할 수도 있으니, 걱정하지 않으셔도 됩니다. 이러면 마음이 좀 편해지시겠어요?"

카드를 테드에게 내밀자, 그는 역겨운 듯, 벌써 누렇고 뜨끈한 오줌이라도 묻어있다는 듯, 카드를 멀찍이 손에 들고 지켜본다. "아니, 이게 문제라는 거요." 그는 말한다. "당신은 좋은 사람 같아요. 진심으로 행운을 빕니다. 하지만 난 매주 컵에 소변을 볼 필요가 없는 육아도우미를 고르고 싶어요. 이해하시겠지요?"

캐럴라인과 테드가 부엌에서 말다툼을 벌이는 동안 나는 본채 현관에서 기다린다. 대화 내용은 자세히 들리지 않지만, 누가 무엇을 놓고 입씨름을 벌이는지는 알 수 있다. 캐럴라인의 목소리는 끈기 있고 사정하는 투이고, 테드의 응답은 짧고, 차갑고, 단답형이다. 바이올린과 전기드릴의 이중주를 듣는 것 같다.

마침내 그들은 상기된 얼굴로 현관으로 돌아왔고, 캐럴라인은 억지로 미소 짓는다. "기다리게 해서 미안해요. 우리끼리 이야기를 좀 더 한 뒤에 연락드리죠. 괜찮죠?"

테드가 문을 열고, 사실상 나를 무더운 여름 열기 속으로 밀어내듯이 내보낸다. 집 앞쪽은 뒷마당보다 훨씬 덥다. 낙원과 현실의 경계선에 서있는 기분이다. 나는 아무렇지 않은 얼굴을 하고 면접에 대해 그들에게 감사 인사를 한다. 정말 이 자리를 얻고 싶다, 이 가족과 같이 일하는 것이 즐거울 것 같다고. "두 분이 마음을 놓으실 수 있도록 제가 할 수 있는 일이 있다면, 뭐든지 말씀해 주세요."

그들이 문을 닫으려는 순간, 꼬마 테디가 부모님의 다리 사이로 빠져나오더니 내 손에 종이 한 장을 쥐어준다. "맬러리, 내가 그림을 그렸어요. 선물이에요. 집에 가져가세요."

캐럴라인은 내 어깨 너머로 그림을 보더니 숨을 훅 하고 들이마신다. "세상에, 테디, 정말 아름답구나!"

그저 막대기처럼 그린 두 사람일 뿐이지만, 마음에 절실하게 와닿는 따스함이 있다. 나는 쭈그리고 앉아 테디와 눈을 맞추었고, 이번에는 테디도 움찔하거나 도망치지 않는다. "난 이 그림이 정말 좋아, 테디. 집에 가자마자 벽에 걸어놓을게. 정말 고마워." 얼른 포옹하려고 팔을 벌렸더니, 테디는 짧은 팔로 내 목을 감고 어깨에 얼굴을 묻으며 힘껏 끌어안는다. 몇 달 만에 처음 경험하는 육체적인 접촉에 내 감정도 벅차오르는 것이 느껴진다. 눈가에서 눈물이 배어 나와서 나는 웃으며 닦는다. 테디의 아버지는 나를 믿지 않는지도 모르지만, 언젠가 다시 중독에 빠져들 낙오자라고 생각하는지도 모르지만, 귀여운 그의 아들은 내가 천사라고 생각한다. "고마워, 테디. 고마워, 정말 고마워, 고마워."

나는 천천히 기차역으로 향한다. 그늘진 뒷길에 들어서서 분필로 그림을 그리는 소녀와 진입로에서 농구를 하는 10대 소년들, 스프링클러가 쉭쉭 소리를 내며 물을 뿌리는 정원을 지난다. 소박한 쇼핑 거리에 들어서서 스무디 가게와 10대들이 무리 지어 있는 스타벅스를 지난다. 스프링브룩에서 자란다면 얼마나 좋을까. 모든 사람들이 살아가는 데 필요한 돈을 충분히 갖고 있고 나쁜 일은 절대 일어나지 않는 마을. 떠나고 싶지 않았다.

나는 스타벅스에 들어가서 아이스 딸기레모네이드를 주문한다. 재활 중인 중독자로서 나는 정신적인 자극을 주는 음료에는 손을 대지 않기로 결심했는데, 카페인도 거기 속한다(하지만 아주 악착같지는 않다. 초콜릿은 카페인 함량이 2밀리그램 정도니까 예외로 해도 된다). 뚜껑에 빨대를 꽂는데, 매장 반대편에서 블랙커피를 마시며 《필라델피아 인콰이어러》 스포츠면을 보고 있는 러셀이 눈에 띈다. 그는 아마 미국에서 종이 신문을 아직도 구매하는 마지막 인류일 것이다.

"기다리지 않으셔도 됐는데요." 내가 말한다.

그는 신문을 접고 미소 짓는다. "네가 여기 올 것 같았어. 어떻게 됐는지 궁금하구나. 전부 다 말해봐."

"끔찍했어요."

"무슨 일이 있었는데?"

"비장의 카드가 재앙이었어요. 안 통했어요."

러셀은 웃기 시작한다. "퀸, 그 집 엄마가 벌써 나한테 전화했어. 10분 전에. 네가 그 집을 나서자마자."

"그래요?"

"다른 집에 혹시 널 빼앗길까 봐 걱정하더구나. 최대한 빨리 일을 시작해 달래."

3장.

짐을 꾸리는 데는 10분밖에 걸리지 않았다. 내 개인 소지품은 많지 않다. 옷가지와 세면도구, 성경책 한 권이 전부다. 러셀이 중고 슈트케이스를 줬기 때문에 쓰레기봉투에 짐을 쑤셔 넣을 필요가 없었다. 세이프하버의 하우스메이트들은 포장해 온 중국 음식과 마트표 케이크로 조촐한 작별 파티를 열어주었다. 면접을 보고 고작 사흘 뒤, 나는 필라델피아를 떠나 육아도우미로서 새로이 출발할 준비를 마치고 다시 꿈의 나라로 향한다. 48

아직 나에 대해 찜찜한 마음이 있는지 알 수 없지만, 테드는 그런 마음을 감쪽같이 숨긴다. 그와 테디가 기차역까지 나를 마중 나왔고, 테디는 흰 데이지 꽃다발을 들고 있다. "내가 골랐는데요." 아이는 말했다. "아빠가 사줬어요."

아이 아버지는 만류에도 불구하고 슈트케이스를 차까지 들어주었고, 집으로 가는 길에 잠시 동네를 한 바퀴 돌면서 피자 가게와 서점, 달리기와 자전거를 즐기는 사람들 사이에 인기 많은 옛 철로가 어디 있는지 알려준다. 이전의 테드 맥스웰, 무표정한 얼굴로 외국어와 해외여행에 대해 꼬치꼬치 캐묻던 엔지니어는 온데간데없다. 새로운 테드 맥스웰은 유쾌하고 격식을 차리지 않았고("아, 테드라고 불러줘요!") 옷차림도 더 편안하다. 바르셀로나 축구팀 셔츠와 청바지, 깨끗한 뉴발란스 995 운동화 차림이다.

그날 오후 캐럴라인은 별채에 짐을 풀고 정돈하는 일을 도와준다. 테드의 급작스러운 변화에 대해 물어보았더니 그녀는 웃는다. "마음을 풀 거라고 했잖아요. 테디가 당신을 얼마나 좋아하는지 뻔히 보이니까요. 우리가 면접을 본 어느 누구보다 더 좋아했어요. 너무 쉬운 결정이었다고요."

저녁 식사는 판석이 깔린 뒷마당 파티오에서 모두 함께 했다. 테드는 전매특허라면서 새우와 관자 케밥을 구웠고, 캐럴라인은 집에서 만든 초콜릿 라바케이크를 내놓았다. 테디는 내가 여름 내내, 매일, 하루 종일 같이 살게 된 것이 아직 믿기지 않는지 빙글빙글 돌면서 풀밭을 뛰어다닌다. "믿어지지 않아, 믿어지지 않아!" 아이는 소리 지르고 다시 기쁨에 겨워 풀밭으로 뛰쳐나간다.

"나도 믿어지지 않아." 나는 아이에게 말한다. "여기 오게 돼서 정말 기뻐."

디저트를 마치기도 전에 나는 벌써 가족의 일원이 된 기분이었다. 캐럴라인과 테드는 다정하고 편안한 애정을 서로에게 표현한다. 말을 대신 마친다든지, 상대의 접시에 놓인 음식을 먹는다든지, 15년 전 링컨센터 내 반스앤드노블에서 두 사람이 맺어진 동화 같은 이야기를 들려주기도 한다. 이야기 중간쯤에서 테드의 손은 반사적으로 아내의 무릎으로 향했고, 그녀는 자기 손을 그 위에 올려놓고 손가락이 서로 얽히게 쥔다.

의견이 엇갈릴 때조차 우스꽝스럽고 흉겹다. 식사 중 테디가 욕실에 가야겠다고 한다. 내가 같이 가겠다고 했더니, 테디는 거절한다. "난 다섯 살이에요. 욕실은 사적인 공간이라고요."

"그렇지." 테드가 말한다. "잊지 말고 손도 씻어라."

나는 아이보다 못한 기분으로 다시 자리에 앉았지만, 캐럴라인은 걱정하지 말라고 한다. "테디한테는 새로운 단계랍니다. 독립성을 행사하려는 거예요."

"교도소에 들어갈 짓은 안 되고." 테드가 덧붙인다.

캐럴라인은 이 농담이 거슬린 것 같다. 무슨 뜻인지 몰라 어리둥절했더니 그녀가 설명해 준다.

"몇 달 전에 사고가 있었어요. 테디가 다른 애들 앞에서 자기 몸을 보였죠. 거길 노출한 거예요. 남자아이들이 흔히 하는 행동인데, 나한테는 낯선 경험이라 지나치게 반응했나 봐요."

"무슨 성추행쯤 되는 것처럼." 테드가 웃는다.

"성인 남성이었다면 당연히 성추행이지. 내 말은 그거였어, 테드." 캐럴라인은 나를 향한다. "어쨌든 말을 좀 더 조심했어야 했던 건 맞아요."

"신발 끈도 혼자 못 매는 아이를 두고 성추행범이 뭐야."

캐럴라인은 과장된 동작으로 남편의 손을 무릎에서 밀어낸다. "요점은, 테디도 하나 배웠잖아. 중요 부위는 사적인 영역이라고. 낯선 사람한테 보여서는 안 된다고. 다음에는 동의와 부적절한 접촉에 대해 가르쳐야겠지. 그런 걸 배우는 것도 중요한 일이니까."

"백 퍼센트 동감이야." 테드는 말한다. "장담하지만, 캐럴라인, 자기 반에서 가장 잘 배운 아이일 거야. 걱정 안 해도 돼."

"정말 착한 아이잖아요." 나도 말한다. "두 분이 이렇게 가르치시니까, 아무 문제 없을 거예요."

캐럴라인은 남편의 손을 잡고 다시 무릎 위에 올려놓는다. "당신 말이 맞는다는 건 알아. 그래도 걱정이 돼. 어쩔 수가 없다고!"

대화가 더 진전되기 전, 얼른 놀고 싶어 죽겠는지 테디가 숨을 헐떡이면서 반짝이는 눈으로 돌아온다.

"호랑이도 제 말 하면 온다더니!" 테드는 웃는다.

51 디저트까지 먹고 수영장에 들어갈 때가 되자, 수영복이 없다는 사실을 실토하지 않을 수 없었다. 나는 고등학교를 졸업한 뒤로 수영을 해본 적이 없다. 바로 다음 날 나는 테드에게서 급여 500달러를 미리 받아 캐럴라인이 운전하는 차를 타고 수영복을 사러 갔다. 그날 오후 캐럴라인은 옷걸이째로 옷 10여 벌을 들고 별채에 들렀다. 모두 새 옷 아니면 거의 입지 않은 버버리와 디오르, DKNY 드레스 및 셔츠였다. 자기 몸에는 이제 맞지 않는다, 8 사이즈로 몸이 불었다, 그러니 내가 입을 만큼 입다가 자선단체에 넘기면 된다는 것이다.

"그리고 과민하다고 생각할지 모르겠지만, 당신 주려고 이걸 샀어요." 그녀는 위쪽에 작은 철제 침 두 개가 달린 분홍색 손전등을 건넨다. "밤에 달리기할 때 쓰세요."

스위치를 켜보니 요란하게 지직거리며 전류가 흐른다. 나는 너무 놀라서 곧장 떨어뜨렸고, 전등은 바닥에 달그락 구른다.

"죄송해요! 전 그게…."

"아뇨, 아뇨, 미리 이야기할걸. 이건 미니 전기충격기예요. 열쇠고리에 달고 다녀요." 그녀는 바닥에서 충격기를 집어 들고 기능을 보여준다. '전등', '충격'이라고 적힌 버튼이 있고, '켜짐/꺼짐' 안전 스위치도 있다. "600만 볼트예요. 잘 작동하나 싶어서 내 걸로 테드한테 시험해 봤는데요, 번개에 맞은 기분이라고 하더군요."

캐럴라인이 호신용 무기를 갖고 다닌다는 것은 놀랍지 않다. 재향병원에서 그녀가 담당하는 환자 중에 정신적인 문제가 있는 사람들이 많다는 이야기는 이미 들었다. 하지만 내가 스프링브룩에서 조깅을 할 때도 굳이 충격기가 필요할까?

"여기 범죄가 많나요?"

"거의 없어요. 한데 2주 전? 당신 또래의 여자가 차량 강도를 당했어요. 웨그먼스 주차장 안에서요. 어떤 남자가 현금인출기로 가서 300달러를 뽑아 오라고 했대요. 그러니 미리 준비해 두는 게 든든하지 않을까요?"

그녀는 반응을 기대하는 눈빛이고, 내가 열쇠고리를 꺼내 충격기를 다는 모습을 볼 때까지 만족하지 않을 것 같다. 새삼 어머니가 염려해 주는 것 같다.

"마음에 들어요." 나는 캐럴라인에게 말한다. "고맙습니다."

일 자체는 쉬운 편이었고, 나는 새로운 일과에 빠르게 적응했다. 전형적인 하루 일정은 다음과 같다.

6:30—숲에서 짹짹거리는 새소리 때문에 알람 시계 없이도 일찍

일어난다. 가운을 걸치고 뜨거운 차와 오트밀을 만들어서 포치에 앉아 수영장 너머로 해가 뜨는 것을 바라본다. 온갖 야생동물이 마당 가장자리에서 풀을 뜯는 모습도 보인다. 다람쥐, 여우, 토끼, 라쿤, 이따금 사슴. 옛날 만화 영화에 나오는 백설공주가 된 기분이다. 나는 동물들과 같이 아침을 먹으려고 블루베리와 해바라기씨를 접시에 덜어 내놓기 시작했다.

7:30—마당을 가로질러 파티오 여닫이문을 통해 본채로 들어간다. 테드는 일찍 출근하기 때문에 이미 집에 없다. 캐럴라인은 아들을 위해 따로 조리한 아침 식사를 꼬박꼬박 준비한다. 테디는 집에서 만든 와플을 좋아하기 때문에, 특별히 미키마우스 모양 틀로 굽는다. 캐럴라인이 출근 준비를 하는 동안 나는 주방을 치우고, 마침내 엄마가 집을 나설 때가 되면 테디와 내가 진입로로 따라 나가서 잘 다녀오라고 손을 흔든다.

8:00—하루를 본격적으로 시작하기 전, 테디와 나는 두 가지 사소한 일과를 마쳐야 한다. 우선 테디의 옷을 꺼내야 하는데, 항상 똑같은 옷을 입기 때문에 이건 쉽다. 갭 키즈에서 산 귀여운 옷가지들이 옷장에 가득 들어있지만, 테디는 항상 똑같은 보라색 줄무늬 셔츠만 고집한다. 캐럴라인은 세탁하다 지쳐 갭에서 똑같은 셔츠 다섯 장을 더 사놓았다. 엄마는 원하는 대로 해줄 생각이지만, 나한테는 그래도 다른 옷을 '살짝 권해보라고' 부탁했다. 옷을 꺼내놓을 때 몇 가지 다른 선택지도 같이 내놓지만, 그래도 아이는 항상 똑같은 보라색 줄무늬만 고른다. 그 뒤에 양치질을 도와주고 용변을 보는 동안 욕실 밖에

서 기다리고 나면, 이제 하루를 시작할 준비가 끝난다.

8:30—나는 중요한 활동이나 외출을 중심으로 매일 오전 일정을 구성한다. '구연동화 시간'에 맞춰 도서관으로 걸어간다거나, 슈퍼마켓에 가서 쿠키 재료를 사거나 하는 식이다. 테디는 까다롭지 않아서 내가 하자고 하는 일을 거절하는 법이 없다. 시내에 가서 치약을 사야 한다고 하면, 마치 식스플래그스 테마파크에 가자고 한 것처럼 들뜬다. 같이 있으면 즐거운 아이다. 영리하고, 다정다감하고, 늘 엉뚱한 질문을 한다. 사각형의 반대말은 뭐예요? 여자애들은 왜 머리를 길러요? 세상에 있는 모든 것들은 '진짜'예요? 테디의 말을 듣고 있으면 지루하지 않다. 내게 없었던 남동생 같은 존재다.

12:00—오전 일과가 끝나면, 간단한 점심을 준비한다. 맥앤드치즈나 피자 베이글, 치킨 너깃, 이런 것들이다. 테디는 침실로 가서 휴식 시간을 갖고, 나도 한 시간 동안 자유 시간을 가진다. 주로 책을 읽거나 헤드폰으로 팟캐스트를 듣는다. 혹은 그냥 소파에 누워 20분쯤 쪽잠을 잔다. 그러다 보면 테디가 아래층으로 내려와서 날 흔들어 깨운다. 손에는 새로 그린 그림을 한두 장 들고 있다. 숲에서 산책했던 장면이라든가, 뒷마당에서 노는 장면, 내 별채를 구경했던 장면 등 우리가 했던 일을 그릴 때가 많다. 나는 이런 그림들을 별채 냉장고에 붙여놓는다. 아이의 미술적 성장을 기록하는 갤러리라고나 할까.

2:00—하루 중 가장 더울 무렵이기 때문에, 집 안에서 '뱀과 사다리'나 '마우스트랩' 같은 보드게임을 하다가 선크림을 바르고 수영장

으로 나간다. 테디는 헤엄칠 줄 모르기 때문에(나도 잘 못한다), 물에 들어가기 전에 튜브를 꼭 끼워준다. 술래잡기도 하고, 긴 튜브로 칼싸움도 한다. 커다란 튜브 보트를 타고 영화 〈캐스트 어웨이〉나 〈타이타닉〉 주인공 흉내도 낸다.

5:00—캐럴라인이 집에 오고, 저녁 준비를 하는 동안 나는 테디와 그날 하루 동안 무엇을 했는지 보고한다. 그런 다음 러셀이 짜준 계획표에 따라 5킬로미터에서 13킬로미터 사이로 달리기를 하러 밖으로 나간다. 보도에 나와 있는 사람들, 정원에 물 주는 사람들, 온갖 사람들을 지나치지만, 모두 내가 그냥 스프링브룩 주민일 거라고 생각한다. 이웃 몇몇은 손을 흔들고 인사를 건네기도 한다. 내가 평생 여기 살았던 사람인 양, 대학에 다니다 여름 방학을 맞아 집에 돌아온 어느 집 딸인 양. 그 기분은, 공동체의 일원이라는 기분은 정말 좋다. 마침내 내가 속한 곳에 도착했다는 기분이다.

7:00—조깅을 마치면 세상에서 가장 작은 욕실에서 얼른 샤워를 마치고 별채의 작은 부엌에서 간단한 저녁 식사를 준비한다. 일주일에 한두 번, 나는 시내로 걸어가서 동네 가게나 식당을 둘러본다. 리디머 교회 지하에서 열리는 공개 모임에 참석하기도 한다. 토론회를 이끄는 사람들이 훌륭하고 참가자들도 우호적이지만, 내가 언제나 열 살 이상 어린 사람이다 보니 새 친구를 많이 기대할 수는 없다. 모임이 끝난 뒤 다들 2차로 베이커리 카페 파네라브레드에 가서 아이들, 주택융자금, 직장에 대해 불만을 토로하는 자리에도 나는 끼지 않는다. 맥스웰 저택에서 지낸 지도 2주, 온갖 유혹에서 차단된 환경에 안전하게 자리 잡고 나니, 무슨 모임이 필요한가 싶은 생각도 든다. 무엇이든 나 혼자 알아서 할 수 있을 것 같다.

9:00—이 시간에는 대체로 침대에 누워 도서관에서 빌려 온 책을 읽거나 휴대전화로 영화를 본다. 스스로에 대한 선물로 홀마크 채널

에 가입했기 때문에 한 달 5.99달러로 로맨스 영화를 무제한 관람할 수 있는데, 이건 피로를 풀고 하루를 마감하는 완벽한 방법이다. 불을 끄고 베개에 고개를 눕히면, 이제 언제까지나 행복한 삶이 계속될 거라는 편안함에 젖는다. 가족이 다시 만나고, 악당들은 도망가고, 보물도 찾고, 명예도 회복하는 결말.

따분하게 들릴지도 모르겠다. 대단한 일은 아니니까. 나는 세상을 변화시키거나 암 치료법을 개발할 수 있는 사람도 아니다. 그러나 그 모든 고난 끝에 나는 마침내 커다란 한 걸음을 내딛은 기분이고 스스로가 자랑스럽다. 이제 살 곳이 있고, 안정적인 급여도 나온다. 몸에 좋은 음식을 만들어 먹고, 일주일에 200달러씩 저축한다. 테디를 돌보는 나의 일도 중요하다고 느낀다. 테드와 캐럴라인이 나에 대해 보여주는 절대적인 신뢰를 통해 인정받는다는 기분도 느낀다.

특히 테드. 그는 매일 아침 여섯 시 반에 출근하기 때문에, 낮에 그를 볼 기회는 별로 없다. 하지만 밤에, 조깅을 하고 돌아오는 길에 이따금 마주친다. 그는 노트북을 펼치고 와인 한 잔을 따른 채 파티오에 앉아있거나 풀에서 왕복을 하다가 나를 손짓으로 불러서 조깅이 어땠느냐고 물어본다. 오늘 하루 테디와 어떻게 지냈는지 묻기도 하고, 나이키, 펫스마트, 질레트, 엘엘빈 등 이런저런 브랜드에 대해 내 의견을 청하기도 한다. 테드의 회사는 세계 각지의 대기업이 사용하는 '백엔드 소프트웨어'라는 걸 만드는데, 그래서 항상 새로운 협업 대상을 찾아야 한다는 것이다. "어반아웃피터스 어때요?" 그는 이런 식으로 묻는다. "크래커배럴에서 식사해 봤어요?" 그는 내 의견이 진짜 회사의 결정에 영향을 미친다는 듯 내 대답에 진지하게 귀를 기울인다.

솔직히 으쓱한 기분이다. 러셀을 제외하고는, 내가 무슨 생각을 하는지 신경 쓰는 사람을 만나본 적이 별로 없었으니까. 그래서 테드와 마주치면 항상 반갑고, 그가 이야기하자고 부르면 언제나 살짝 짜릿한 기분마저 느낀다.

묘하게도 새 일자리에서 내게 골칫거리를 안겨주는 유일한 사람은 세상에 존재하지 않는 사람, 바로 애냐다. 테디의 상상 속 단짝은 내 지시를 따르지 말라고 옆에서 부추기는 짜증스러운 습관을 갖고 있다. 어느 날, 나는 테디에게 지저분한 옷가지를 가져다가 세탁물 바구니에 넣으라고 했다. 두 시간 뒤 침실에 돌아가 보니, 옷가지는 바닥에 그대로 널려있다. "엄마가 해줄 거라고 애냐가 그랬어요." 테디가 말했다. "엄마가 할 일이라고요."

한번은 점심 식사로 바삭바삭한 두부 튀김을 하고 있는데, 테디가 햄버거를 먹고 싶다고 한다. 나는 안 된다고 했다. 환경에 좋지 않고 소 목축은 가장 큰 규모의 온실가스 배출원이기 때문에 이 집에서는 붉은색 고기를 먹지 않는다고 설명해 준다. 두부와 흰 밥을 접시에 담아주었더니, 테디는 포크로 음식을 뒤적거리기만 한다. "애냐는 고기가 정말 맛있을 거래요. 두부는 쓰레기래요."

아동심리 전문가는 아니지만, 테디가 하는 행동의 의미는 알 수 있다. 애냐를 핑계 삼아 자기 뜻대로 하려는 것이다. 캐럴라인에게 조언을 구했더니, 그냥 끈기를 갖고 기다려 주면 문제는 저절로 사라질 거라고 한다. "벌써 좋아지고 있어요. 내가 집에 돌아오면 '맬러리가 이랬어', '맬러리가 저랬어' 이런 이야기뿐이야. 애냐라는 이름은 일주일째 한 번도 못 들었는걸."

하지만 테드는 좀 더 엄한 태도를 취해달라고 한다. "애냐는 골칫거리야. 집안 규칙은 애냐가 만드는 게 아니라 우리가 만드는 겁니다. 다음에 자기 의견을 내세우면, 테디에게 애냐는 실제가 아니라고 해요."

나는 이 두 입장 사이에서 중도적인 방식을 택하기로 한다. 어느 날 오후 테디가 2층에서 휴식 시간을 보내는 동안, 나는 아이가 좋아하는 스니커두들 쿠키를 한 판 구웠다. 그가 새 그림을 갖고 내려오자, 나는 식탁으로 아이를 불렀다. 쿠키와 시원한 우유 두 잔을 내놓고, 애냐에 대해 더 이야기해 보라고 자연스럽게 말을 꺼낸다.

"무슨 뜻이에요?" 테디는 곧장 경계 태세를 취한다.

"어디서 만났어? 애냐가 좋아하는 색깔은? 몇 살이야?"

테디는 이 모든 질문에 답할 말이 없다는 듯 어깨를 으쓱한다. 갑자기 눈을 마주치기가 싫은지 시선이 부엌을 돌아다닌다.

"애냐는 직업이 있니?"

"몰라요."

"하루 종일 뭐 해?"

"잘 모르겠어요."

"네 침실 밖으로 나온 적이 있니?"

테디는 탁자 너머 빈 의자 쪽을 흘끗 본다.

"가끔."

나는 의자를 본다.

"지금 애냐가 여기 있어? 우리랑 같이 앉아있니?"

아이는 고개를 젓는다. "아뇨."

"애냐도 쿠키를 좋아해?"

"지금 여기 없어요, 맬러리."

"너와 애냐는 무슨 이야기를 하니?"

테디는 쿠키가 코앞에 닿을 만큼 얼굴을 접시 가까이 가져다 댄다. “애냐가 실제가 아니라는 건 알아요.” 그는 속삭인다. “증명할 필요는 없어요.”

슬프고 실망한 듯한 목소리다. 순간 죄책감이 밀려온다. 산타클로스가 없다는 걸 인정하라고 다섯 살 아이한테 을러댄 기분이다.

“들어봐, 테디. 내 여동생 베스도 애냐 같은 친구가 있었어. 그 친구의 이름은 카시오페이아였단다. 예쁜 이름이지? 낮에 카시오페이아는 〈디즈니 온 아이스〉 쇼에서 일하면서 온 세상을 돌아다녔어. 하지만 밤마다 필라델피아 남부의 우리 연립주택으로 돌아와서 침실 바닥에서 잤지. 눈에 보이지 않았기 때문에 혹시 깔고 눕지 않을까 조심해야 했어.”

“베스는 카시오페이아가 진짜라고 생각했어요?”

“우리가 진짜인 척했어. 아무 문제 없었지. 베스는 규칙을 어기기 위해서 카시오페이아 핑계를 대진 않았으니까. 이해가 되니?”

“알 것 같아요.” 테디는 갑자기 옆구리가 아프기라도 한지 의자에서 고쳐 앉는다. “화장실에 갔다 올게요. 큰 거를 봐야겠어요.” 그는 의자에서 기어 내려가서 얼른 부엌을 나선다.

테디는 간식에 전혀 손을 대지 않았다. 나는 투명 랩으로 접시를 덮고 아이가 남긴 우유 잔도 그대로 냉장고에 넣어두었다. 그런 뒤 싱크대로 가서 접시를 전부 씻었다. 설거지를 마칠 때까지도 테디는 여전히 욕실에 있다. 나는 탁자에 앉은 뒤 아직 아이가 오늘 그린 그림을 감상하지 않은 것을 깨닫고, 손을 뻗어 앞면이 위로 오도록 종이를 뒤집는다.

4장.

부모님이 전자기기 사용 시간에 대해 엄격한 규율을 정했기 때문에, 테디는 〈스타워즈〉나 〈토이 스토리〉, 기타 아이들이 좋아하는 영화를 보지 못했다. 〈세서미 스트리트〉조차 허락되지 않는다. 하지만 일주일에 한 번 맥스웰 가족은 가족실에 모여 '가족 영화의 밤'을 보낸다. 캐럴라인은 팝콘을 만들고, 테드는 '진정한 예술적 가치'가 있는 영화를 튼다. 대체로 옛날 영화거나 외국어 자막이 붙은 영화이고, 어디서 제목을 들어본 적이 있는 영화는 〈오즈의 마법사〉가 유일했다. 테디는 이 줄거리를 몹시 좋아하고, 자기가 제일 좋아하는 영화라고 한다.

그래서 수영장에 나가서 놀 때는 종종 '오즈의 나라'라는 놀이를 한다. 튜브 보트에 달라붙어서 테디가 도로시 역할을 맡고, 내가 토토, 허수아비, 나쁜 마녀, 기타 먼치킨 등 다른 등장인물을 모두 담당하는 식이다. 나는 솜씨를 총동원해서 노래하고 춤추고 날개 달린 원숭이처럼 팔도 펄럭이며 브로드웨이 개막 날처럼 열연을 펼친다. 결말까지는 거의 한 시간쯤 걸리고, 보트는 뜨거운 공기가 가득 찬 기구로 변해서 테디와 도로시를 캔자스로 데려간다. 이야기를 마치고 마지막 인사를 할 때쯤에는 몸이 너무 식어서 이가 딱딱 부딪힐 지경이다. 물 밖으로 나가야 한다.

"안 돼!" 테디가 외친다.

"미안해, 테디베어. 난 얼어 죽겠어."

나는 풀 가장자리의 콘크리트 바닥에 수건을 깔고 햇빛 아래 몸을 말린다. 기온이 30도를 훌쩍 넘을 만큼 치솟았기에 강렬한 햇빛이 한기를 금세 날려준다. 테디는 근처에서 계속 첨벙거리고 있다. 지금 하는 장난은 분수대의 날개 달린 천사처럼 물을 입에 가득 머금었다가 뱉는 놀이다.

"그러지 마." 나는 말한다. "물에는 염소가 있어."

"몸이 아파질까요?"

"많이 삼키면."

"그럼 죽어요?"

갑자기 아이는 아주 근심스러워진다. 나는 고개를 젓는다.

"수영장 물을 전부 다 마시면, 아마 죽겠지. 하지만 약간이라도 마시지 마, 알았지?"

테디는 보트에 올라 풀 가장자리로 노를 저어 와서 나란히 눕는다. 테디는 보트 위에, 나는 바닥에.

"맬러리?"

"응?"

"사람이 죽으면 어떻게 돼요?"

나는 돌아본다. 테디는 물속을 바라보고 있다.

"무슨 뜻이니?"

"그러니까, 몸 안에 있는 사람은 어떻게 되는 걸까요?"

이 주제에 대해 나는 굳은 신념을 갖고 있다. 나는 하느님이 주신 영원한 생명을 믿는다. 나는 여동생 베스가 지금 천사들에 둘러싸여 있다는 사실을 통해 큰 힘을 얻는다. 운이 좋다면, 언젠가 우리는 천국에서 다시 만날 것이라는 사실도 알고 있다. 하지만 이런 신념을 테디에게 말하지는 않는다. 나는 아직도 면접 때 숙지한 10번 규칙을 기억하고 있다. 종교나 미신 금지. 과학을 가르칠 것.

"부모님께 여쭤보렴."

"왜 맬러리는 말 안 해요?"

"난 답을 잘 모르겠어."

"죽은 뒤에도 계속 살아있는 사람도 있을까요?"

"유령처럼?"

"아뇨, 무서운 사람 말고요." 아이는 자신을 표현하느라 애를 먹고 있다. 우리 모두 이런 주제를 다룰 때는 마찬가지일 것이다. "사람의 한 부분이 살아있을 수 있을까요?"

"그건 크고 복잡한 문제야, 테디. 정말 부모님께 여쭤봐야 할 것 같다."

내가 대답하지 않자 테디는 갑갑한 모양이지만, 내가 도와주지 않는다는 사실을 받아들인 것 같다. "그럼 오즈의 나라 놀이 또 할 수 있어요?"

"방금 끝났잖아!"

"녹는 장면만요. 끝부분만."

"좋아. 하지만 물에 다시 들어가지는 않을 거야."

나는 일어나서 수건으로 어깨를 감싸고 마녀의 망토처럼 쥔다. 손가락을 새 발톱처럼 오므리고 미치광이처럼 웃는다. "가만두지 않겠다, 이 녀석. 그 강아지도!" 테디는 내게 물을 튀겼고, 나는 나무에서 새들이 놀라 날아오르도록 커다랗게 외친다. "오, 저주받은 쥐새끼 녀석! 네가 무슨 짓을 했는지 보라고!" 대단히 극적인 동작으로 나는 파티오에 주저앉아 팔을 흔들며 고통에 몸부림친다. "내 몸이 녹고 있어! 내 몸이 녹고 있어! 아, 세상에! 세상에!" 내가 벌렁 쓰러져서 눈을 감고 혀를 축 내밀자, 테디는 웃으며 박수를 친다. 나는 마지막으로 몇 번 다리에 경련을 일으키다 잠잠해진다.

"음, 여보세요?"

나는 눈을 뜬다.

수영장 울타리 건너편, 1미터 남짓 떨어진 곳에 젊은 남자가 서있다. 마른 몸매였지만 체구는 좋고, 풀물이 밴 카키복 바지와 럿거스 대학교 티셔츠, 작업용 장갑 차림이다. "론 킹에서 나왔는데요. 정원 관리회사요."

"올라(안녕), 에이드리언!" 테디가 소리친다.

에이드리언은 그에게 윙크한다. "올라, 테디. 꼬모 에스따스(잘 지냈니)?"

수건을 몸에 걸치려고 하지만 이미 그 위에 누워있기 때문에, 나는 배를 보이고 뒤집어진 풍뎅이처럼 허우적거린다.

"괜찮으시다면 대형 잔디깎이를 가져올게요. 미리 알려드리려고요. 꽤 시끄럽거든요."

"그러세요." 내가 답한다. "우린 안에 들어가 있을게요."

"아냐, 구경해야 해요!" 테디가 말한다.

에이드리언은 기계를 가지러 가고, 나는 테디를 본다. "왜 구경해야 한다는 거니?"

"난 잔디 깎는 기계가 좋으니까요! 멋있어요!"

기계가 나타나기도 전에 소리부터 귀에 들어온다. 요란한 가솔린 엔진이 성스러운 뒷마당의 정적을 가른다. 그때 트랙터와 고카트 사이의 형태를 한 기계에 올라앉은 에이드리언이 집 옆쪽에서 나타난다. 그는 사륜오토바이 타듯 뒷자리에 서서 운전대 쪽으로 몸을 기울이고 있고, 기계가 지나가는 자리마다 갓 깎은 잔디가 줄줄이 남는다. 테디는 풀에서 나와서 좀 더 잘 보려고 울타리 쪽으로 달려간다. 정원사는 지나친 속도로 모퉁이를 돌고, 한참 후진하기도 하고, 앞이 안 보일 정도로 모자를 깊이 눌러쓰기도 하며 솜씨 자랑을 하고 있다. 어린아이에게 좋은 본보기는 아니지만, 테디는 눈을 떼지 못하고 있다. 입을 딱 벌리고 〈태양의 서커스〉 공연을 관람하듯 경탄하는 표정이다. 마지막을 장식하는 의미에서 에이드리언은 후진으로 속도를 한껏 내다가 다시 기어를 직진으로 바꾸고 우리 쪽으로 다가오며 앞바퀴를 3초 동안 번쩍 든다. 기계 톱날이 공중에서 무시무시한 속도로 회전하는 광경이 눈앞에서 펼쳐진다. 수영장 울타리를 겨우 몇십 센티미터 남기고, 동체는 요란하게 쿵 소리를 내며 다시 땅에 내려앉는다.

에이드리언은 옆으로 훌쩍 뛰어내리며 테디에게 열쇠를 내민다. "너도 한번 돌려볼래?"

"정말요?" 테디는 묻는다.

"안 돼!" 내가 말한다. "절대 안 됩니다."

"여섯 살이 되면." 에이드리언은 아이에게 윙크한다. "새 친구를 나한테도 소개시켜 줄래?"

테디는 어깨를 으쓱한다. "내 베이비시터예요."

"맬러리 퀸이에요."

"만나서 반가워요, 맬러리."

그는 장갑을 벗고 손을 내민다. 이쪽이 수영복 차림이고 그쪽은 진흙과 잔디 조각을 뒤집어쓰고 있다는 것을 감안할 때, 묘하게 격식을 차린 동작이다. 그에게 단순한 겉보기 이상의 뭔가가 있을 것 같다는 느낌이 처음 든다. 손바닥 안쪽은 가죽처럼 단단하다.

갑자기 테디는 뭔가 기억났다면서 아이가 마음대로 오가지 못하게 막아놓은 수영장 문을 열려고 씨름하기 시작한다.

"어디 가려고?"

"에이드리언에게 줄 그림을 그렸어요. 안에 있어요. 내 방에요."

나는 걸쇠를 벗겨 테디를 나오게 하고, 테디는 정원을 달리기 시작한다. "발이 아직 젖었잖아!" 나는 뒤에서 소리친다. "계단 조심해!"

"알았어요!" 그는 외친다.

테디가 돌아올 때까지 에이드리언과 나는 억지로 어색한 대화를 나누어야 한다. 나이를 짐작하기 어려운 외모다. 몸은 완전히 성인이지만—키가 크고, 날렵하고, 구릿빛이었고, 근육질이었다—얼굴은 아직 소년 같고 수줍음이 약간 서려있다. 열일곱 살부터 스물다섯 살까지, 몇 살이라고 해도 어울릴 것 같다.

"저 아이 귀엽죠." 에이드리언이 말한다. "바르셀로나에서 스페인어를 조금 배웠다고 해서, 내가 새로운 표현을 가르쳐 주고 있어요. 정식 근무를 하고 있어요?"

"여름 동안만요. 테디는 9월이면 학교에 들어가요."

"그쪽은? 어디로 갑니까?"

나는 그가 나를 같은 학생으로 생각했다는 것을 깨닫는다. 이웃이라고, 젊은 여자들 모두가 4년제 대학에 다니는 이곳 스프링브룩 주민이라고 생각할 것이다. 아니라고 말하려고 했지만, 실패자처럼 들리지 않게 '아무 데도 안 다녀요'라는 말을 하려면 어떻게 해야 할지 알 수 없다. 내 끔찍한 사연을 모두 들려줄 수도 있겠지만, 가벼운 잡담 자리에서는 이 오해를 그대로 남겨두는 게 나을 것 같다. 나는 인생이 빗나가지 않은 척, 모든 것이 계획대로 되어가는 척한다.

"펜실베이니아 주립대. 여성 크로스컨트리팀에 있어요."

"설마! 빅 텐(미국 중서부에서 시작해 동부까지 영역을 확장한, 10여 개의 명문대가 참여한 스포츠 리그—옮긴이) 소속 운동부?"

"그렇기는 한데, 영광은 풋볼팀에게 다 돌아가죠. ESPN에 우리가 나올 일은 없어요."

거짓말을 하는 것이 잘못이라는 건 안다. 재활의 아주 큰 부분은, 어쩌면 가장 중요한 부분은 자신의 과거를 있는 그대로 받아들이고 자신이 저지른 실수를 전부 인정하는 것이다. 하지만 환상이 현실인 양, 여전히 평범한 10대의 꿈을 지닌 평범한 10대 노릇을 하는 기분은 솔직히 매우 좋았다.

갑자기 무슨 생각이 났는지, 에이드리언은 손가락을 딱 울린다. "밤에 조깅해요? 이 동네에서?"

"그게 나예요."

"훈련하는 걸 봤어요! 정말 빠르더라고요!"

해 진 뒤에 정원사가 이 동네에서 무슨 일을 하지, 하는 의문이 스치지만, 테디가 종이를 쥔 채 이미 마당을 달려오고 있었기 때문에 물어볼 틈이 없다. "여기요." 아이는 숨을 몰아쉬며 말한다. "아저씨 주려고 챙겨놨어요."

"아, 정말 멋진데!" 에이드리언은 말한다. "선글라스도! 날 멋지게 그렸는걸. 그렇죠?" 그는 내게 그림을 보여주고, 나는 웃지 않을 수 없다. 그는 교수대 게임에서 목이 매달린 막대기 인형 같다.

"잘생겼네." 나도 동의한다.

"무이 구아뽀." 에이드리언은 테디에게 말한다. "이게 이번 주의 단어다. 아주아주 잘생겼다는 뜻이야."

"무이 구아뽀?"

"부에노! 완벽해!"

마당 건너편에서 지긋한 남자가 본채 옆으로 나타난다. 작은 키, 주름진 갈색 피부, 짧게 친 희끗희끗한 머리를 하고 있다. 그는 뭔가 못마땅한 기색이 역력한 말투로 에이드리언의 이름을 부른다. "케 데 모노스 에스타스 아시엔도(도대체 뭘 하고 있냐)?"

에이드리언은 그에게 손을 흔들고 이쪽으로 재미있다는 눈빛을 보낸다.

"엘 헤페예요. 난 가야 합니다. 2주 뒤에 다시 올게, 테디. 그림 고마워. 그리고 훈련 잘하세요, 맬러리. ESPN에 나오는지 찾아보겠습니다."

"프리사(빨리)!" 남자는 소리친다. "벤 아키(이리 와)!"

"알았어요, 알았다고요!" 에이드리언은 마주 외친다. 그는 잔디 깎는 기계에 올라타서 시동을 걸고 눈 깜짝할 사이에 마당을 가로지른다. 스페인어로 그가 뭐라 사과하는 소리가 들리지만, 남자는 그저 소리만 지른다. 그들은 계속 말다툼을 하며 집 옆을 돌아 사라진다. 나도 기본적인 스페인어는 고등학교에서 배웠지만—엘 헤페가 '사장님'이라는 것은 아직 기억하고 있다—그들이 말하는 속도가 너무 빨라 따라잡기 힘들다.

테디는 걱정스러운 것 같다. "에이드리언이 야단맞는 거예요?"

"그건 아니어야 할 텐데." 나는 새삼 마당을 둘러본다. 에이드리언이 무모한 속도로 재주를 부리며 새로 깎은 잔디밭은 멋있다.

맥스웰 부부의 저택 뒤쪽에는 수영한 뒤 물기를 씻어낼 수 있는 소형 옥외 샤워시설이 있다. 구식 공중전화 부스처럼 생긴 작은 나무 칸막이인데, 캐럴라인은 그 안에 터무니없이 값비싼 샴푸와 바디워시를 비치했다. 테디가 먼저 들어가서 씻는 동안, 나는 문밖에서 머리를 감아라, 수영복은 벗어라, 큰 소리로 이런저런 지시를 내린다. 샤워를 마친 뒤, 테디는 비치타월을 몸에 감고 비척비척 걸어 나온다. "나는 야채 부리토다!"

"귀여워라. 이제 옷 입고 2층에서 보자."

나도 수건을 걸고 칸막이에 들어가려는데, 여자 목소리가 내 이름을 부른다. "맬러리, 맞지? 새 베이비시터?"

돌아보니 옆집에 사는 이웃이다. 엉덩이가 커다랗고 걸음걸이가 뒤뚱거리는 키 작은 노인이 서둘러 정원을 가로질러 다가오고 있다. 아주 괴짜고 집 밖에 나오지 않는 사람이라고 캐럴라인이 일러준 적이 있는데, 그 노인이 지금 하늘색 하와이안 드레스 차림에 장신구를 잔뜩 휘감은 모습으로 나타난 것이다. 수정 장식을 단 금목걸이, 커다란 고리 귀걸이, 짤랑거리는 팔찌, 손가락과 발가락에는 보석 반지를 끼고 있다. "난 미치예요, 아가씨. 옆집에 살지. 동네에 새로 오셨으니 이웃 간에 귀띔할 게 있어서. 저 조경사가 올 때 말이지? 풀장 옆에 앉아있지 마. 그렇게 몸을 훤히 드러내고." 그녀는 내 상체를 향해 손짓한다. "이런 걸 도발이라고 하는 거지."

그녀는 좀 더 가까이 다가온다. 고약한 마리화나 냄새가 확 풍긴다.

목욕을 할 때가 됐든가, 대마에 취했든가, 양쪽 다 같다. “뭐라고요?”

“아가씨는 몸매가 그리 예쁘니 자랑하고 싶겠지. 자유의 나라 아니야? 나도 자유주의자야. 좋으실 대로 하라고. 하지만 저 멕시코인들이 돌아다닐 때는 당신도 절제하는 모습을 보여야지. 상식적으로. 본인의 안전을 위해서. 무슨 말인지 알아들어?” 뭐라 대답하려 했지만, 그녀는 말을 계속한다. “인종주의자처럼 들릴지 모르겠지만, 사실이니까. 저 남자들은 이미 국경을 넘어올 때 법을 어긴 사람들이야. 범죄자가 뒷마당에서 혼자 있는 여자를 보면 주체를 못 한다고.”

“진심으로 하는 말씀이세요?”

그녀는 자기 말을 명심하라는 듯 내 손목을 잡는다. 그녀의 손은 떨리고 있다. “아가씨, 난 아주 진지해. 빨리 엉덩이 가려.”

머리 위에서 테디가 열린 자기 방 창가 방충망 안에서 외친다. “맬러리, 아이스바 먹어도 돼요?”

“내가 샤워 마치면. 5분만 기다려.”

미치는 테디에게 손을 흔들고, 아이는 시야에서 사라진다. “귀여운 애야. 얼굴이 어쩌면 저렇게 예쁠까. 부모들은 별로 마음에 들지 않지만. 약간 거만해. 당신도 느꼈어?”

“저는….”

“이사 오던 날 말이야. 내가 라자냐를 만들었어. 이웃끼리 인사하려고. 현관으로 들고 갔는데, 여자가 내게 뭐라는 줄 알아? ‘죄송합니다만, 선물은 받을 수가 없네요.’ 다진 고기가 들어있다고 말이야!”

“어쩌면….”

“그 상황에서 그렇게 나오면 안 되지. 미소 지으며 감사 인사를 한 다음 받아 들고 안으로 들어가는 게 먼저지. 그런 다음에 버리든가 말든가 해야 되는 거 아니야, 주는 사람 면전에 대고 도로 던지는 게 아니라. 무례해. 아버지란 사람은 더해! 같이 살기 힘들지?"

"사실…."

"에그, 아직 어려서 그래. 아직 사람들을 읽을 줄 모르지 뭐. 난 마음이 따뜻하고 공감력이 뛰어난 사람이야. 직업적으로 기를 읽지. 하루 종일 손님들이 우리 집 문을 두드리는 게 보일 텐데, 걱정하지 마, 수상한 일은 아니니까. 자궁절제술을 받은 뒤로 그쪽으로는 흥미를 잃었다고." 여자는 내게 윙크한다. "한데 별채는 지내기 어때? 초조해지거나 하지는 않고? 밤에 혼자 지내다 보면 말이야."

"초조하다니요?"

"사연 때문에."

"무슨 사연요?"

대화를 시작한 뒤 처음으로 미치는 뭐라 말해야 좋을지 모르는 것 같다. 그녀는 머리채를 한 움큼 만지작거리며 손가락으로 비틀다가 머리카락 한 가닥을 골라낸다. 그러고는 그걸 잡아 뽑더니 어깨 너머로 던진다. "부모들한테 물어봐."

"얼마 전에 이사 왔잖아요. 그분들은 아무것도 몰라요. 무슨 말씀을 하시는 거예요?"

"내가 어렸을 때, 그 별채는 '악마의 집'이라고 불렸어. 다가가서 창문으로 훔쳐보는 내기를 하기도 했지. 포치에 선 채로 100까지 세고 오면 오빠가 25센트 동전을 하나씩 준다고 했는데, 난 항상 그 전에 도망쳤어."

"왜요?"

"여자가 살해당했거든. 애니 배럿. 예술가야. 화가였는데, 그 별채를 작업실로 썼지."

"저 별채에서 그 여자가 살해당했다고요?"

"시체는 찾지 못했어. 아주 오래전 일이야, 제2차 세계대전 직후."

테디의 얼굴이 2층 창문에서 다시 나타난다. "아직 5분 안 지났어요?"

"곧 갈게."

미치를 돌아보니, 그녀는 이미 마당 저쪽을 향해 뒷걸음질 치고 있다. "어린 천사를 기다리게 하지 마. 아이스크림 맛있게 먹으라고."

"잠깐만요. 그래서 그 이야기는 어떻게 됐어요?"

"별 내용 없어. 애니가 죽은 뒤, 아니 실종됐다고 해야 하나, 가족은 별채를 조경용 창고로 사용했어. 사람을 들이지 않았지. 칠십 몇 년 동안 그 상태로 죽 지냈던 거야. 이번 달까지."

캐럴라인은 미니밴에 식료품을 가득 싣고 돌아왔고, 나는 봉투를 전부 내리고 정리하는 일을 돕는다. 테디는 위층 자기 방에서 그림을 그리고 있기 때문에, 이 틈을 타서 미치 이야기를 물어보기로 했다.

"괴짜라고 했잖아." 캐럴라인이 말한다. "우체부가 자기 비자 카드 청구서를 몰래 열어보고 신용점수를 알아낸다는 사람이야. 피해망상증이라고."

"여자가 살해당했다고 했어요."

"80년 전 일이잖아. 여긴 아주 유서 깊은 동네야, 맬러리. 집집마다 무서운 사연 하나 없는 곳이 없어." 캐럴라인은 냉장고 문을 열고 야채 칸에 시금치, 케일, 뿌리에 아직 흙이 묻어있는 무 한 다발을 차곡차곡 넣는다. "게다가 지난 주인은 여기 40년 동안 살았으니, 별 문제 없었던 거 아니겠어."

"네, 그렇겠네요." 나는 식료품용 천 가방에 손을 넣어 코코넛워터 여섯 개들이 꾸러미를 꺼낸다. "어쨌든 그 사람들이 별채를 창고로 사용한 건 맞죠? 아무도 거기서 지낸 사람이 없었던 거죠."

캐럴라인은 짜증스러워 보인다. 재향병원에서 힘든 하루를 보내고 집에 돌아오자마자 누군가 곤란한 질문을 퍼붓는 것이 달갑지 않은 모양이다. "맬러리, 그 여자는 내가 보는 환자들을 다 합친 것보다 약을 더 많이 했을 거야. 어떻게 아직 살아있는지 모르겠지만, 분명 온전한 정신은 아니라고. 신경질적이고, 불안해하고, 강박적인 사람이야. 당신의 중독 문제에 대해 염려하는 사람으로서, 그 여자와 교류하는 건 가급적 삼가라고 강력하게 권하고 싶네요. 알겠죠?"

"아, 네. 알아요." 나는 말한다. 기분이 좋지 않다. 캐럴라인이 내게 목소리를 높인 것은 이번이 처음이다. 나는 아무 말 없이 그저 식료품 창고를 열고 아보리오쌀과 쿠스쿠스, 통곡물 크래커를 상자에서 풀어 차곡차곡 들여놓는다. 납작귀리, 생아몬드, 대추야자, 괴상하게 쪼그라든 버섯이 든 상자도 끝없이 풀어놓는다. 모든 식료품을 정리한 뒤, 나는 캐럴라인에게 나가보겠다고 한다. 그녀는 내가 아직 속이 상해있다는 것을 느끼는지 다가와서 내 어깨에 한 손을 얹는다.

"저, 우리 집 2층에 정말 멋진 손님용 침실이 있어. 혹시 본채로 옮기고 싶으면 얼마든지 와도 돼. 테디는 정말 좋아하겠지. 어떻게 생각해?"

캐럴라인이 이미 한 팔로 내 어깨를 감싸고 있으니, 일종의 포옹 비슷한 자세로 변했다. "괜찮아요. 내 공간이 있는 게 좋아요. 바깥

세상에 대비한 훈련도 되고요."

"마음이 바뀌면 말만 해. 언제든지 본채로 들어와도 되니까."

그날 밤에 나는 좋은 스니커즈를 신고 달리기를 하러 나갔다. 날이 저물 때까지 기다렸지만, 날씨는 여전히 후텁지근하고 고약했다. 스스로를 채찍질하며 고통 속에서 달리는 기분은 좋다. 러셀이 해준 말 중에 좋아하는 표현이 있다. 자신의 신체에 무리한 요구를 해봐야 얼마나 견딜 수 있는지 알게 된다는 것이다. 그날 밤, 나는 자신에게 많은 요구를 했다. 으슥한 가로등 주위에 윙윙거리는 날파리를 뚫고 에어컨 소음을 헤치며, 동네 보도에서 왔다 갔다 하며 있는 힘껏 끊어 달린다. 38분 동안 8.4킬로미터를 달린 뒤, 나는 혼미한 상태로 기진맥진해서 집으로 걸어온다.

나는 다시 샤워를 한 뒤 냉동 피자를 토스터 오븐에 데워서 간단한 저녁을 만들고 디저트로 벤앤제리스 아이스크림 반 파인트도 먹는다. 그럴 자격이 있다는 기분이다.

모든 일이 끝나자, 아홉 시가 지난 시각이다. 나는 침대 옆 전등만 남기고 모든 불을 끈다. 휴대전화를 들고 커다란 흰 침대에 누워 〈겨울 사랑〉이라는 제목의 홀마크 영화를 튼다. 하지만 집중하기가 힘들다. 전에 본 적이 있는지, 다른 홀마크 영화와 대동소이한 줄거리라서인지 알 수 없다. 게다가 별채 안 공기도 약간 갑갑하다. 나는 일어나서 커튼을 걷는다.

현관 옆에 큰 창문이 있고 침대 옆에 작은 창문이 있는데, 밤에는 맞바람이 잘 통하도록 둘 다 열어둔다. 실링팬은 느릿느릿 게으르게 돌고 있다. 바깥 숲에서 귀뚜라미가 울고 있고, 가끔은 작은 짐승들이 가볍게 낙엽을 밟으며 숲을 돌아다니는 소리가 들리기도 한다.

나는 침대로 돌아가서 영화를 다시 튼다. 1분에 한 번씩 불빛에 이끌린 나방이 날아와서 방충망에 부딪힌다. 침대 옆 벽에서 탁탁탁 두드리는 소리가 들리지만, 그건 그냥 나뭇가지라는 것을 알고 있다. 별채 밖 세 방향으로 나무들이 가까이 자라고 있기 때문에 바람이 조금만 불어도 벽에 가지가 긁힌다. 나는 문을 흘끗 보고 잠겨있는지 확인한다. 잠겨있기는 하지만, 아주 약한 자물쇠이기 때문에 마음먹고 들어오려는 사람을 막을 수는 없을 것이다.

문득 무슨 소리가 들린다. 귓가에서 날아다니는 모기처럼 높은 주파수로 윙윙거리는 소리다. 손을 허공에 흔들어 보지만, 잠시 후 소리는 다시 돌아온다. 시야 가장자리에, 손이 닿을까 말까 하는 정도의 거리에서 회색 점이 스쳐 지나간다. 펜실베이니아 대학의 박사와 실제 있었던 일이 아니었던 실험이 다시 떠오른다.

누군가 나를 보고 있을지도 모른다는 느낌이 처음으로 든 것이 그날 밤이다.

5장

주말은 대체로 고요하다. 캐럴라인과 테드는 보통 가족 일정을 계획한다. 바닷가의 날을 정해서 해변에 차를 몰고 나가기도 하고, 테디를 데리고 시내 박물관에 가기도 한다. 항상 같이 가자고 초대하지만, 나는 늘 거절한다. 가족끼리 오붓하게 보내는 시간을 방해하고 싶지 않기 때문이다. 대신 그냥 별채에서 빈둥거리며 애써 바쁘게 지내려고 노력한다. 손이 한가하면 유혹이 찾아들기도 하니까. 토요일 밤, 미국 내 수백만 명의 젊은이들이 술을 마시고 연애를 하고 웃고 사랑을 나누는 시간, 나는 클로록스 표백제를 들고 변기 앞에 쭈그리고 앉아 욕실 바닥의 줄눈을 닦는다. 일요일이라고 더 낫지는 않다. 동네의 교회란 교회는 모두 가보았지만, 아직 특별히 마음에 끌리는 곳은 없었다. 어딜 가나 20년 이상 나이 차이가 나는 최연소자이다 보니, 마치 동물원에 온 신기한 짐승인 양 다른 신도들이 나를 쳐다보는 시선이 싫다.

때로 소셜미디어에 돌아가서 인스타그램과 페이스북 계정을 되살리고 싶은 충동을 느끼기도 하지만, 중독 상담사 선생님들 모두가 멀리하라고 주의를 준 바 있었다. 이런 사이트 자체가 중독 위험이 있기도 하고, 젊은 사람의 자존감을 망가뜨린다는 것이었다. 그래서 나는 단순한, 현실의 즐거움으로 바쁘게 지내려고 노력한다. 달리기, 요리, 산책 등이다.

하지만 주말이 끝나고 마침내 다시 업무에 복귀할 수 있을 때 나는 가장 행복하다. 월요일 아침, 본채에 들어서 보니 테디가 부엌 탁자 아래 숨어서 플라스틱 농장 동물들과 놀고 있다.

"안녕, 테디베어! 어떻게 지냈어?"

테디는 플라스틱 소를 들어 보이고 음매 운다.

"이야, 소로 변한 거야? 오늘은 내가 소 돌보기를 해야겠네! 재미있겠다!"

캐럴라인이 자동차 열쇠와 휴대전화, 종이가 가득 든 폴더 몇 개를 들고 빠르게 부엌을 가로지르더니 내게 잠시 현관에서 이야기 좀 하자고 한다. 테디에게 들리지 않을 곳까지 나온 뒤, 그녀는 아이가 침대에 오줌을 싸서 시트를 세탁기에 넣었다고 한다. "다 마르면 건조기로 옮겨주겠어? 침대에는 새 시트를 깔아놨어."

"그럼요. 애는 괜찮나요?"

"괜찮아. 그냥 민망한 모양이네. 요즘 이런 일이 잦아. 이사 스트레스 때문인가 봐." 그녀는 현관 장에서 손가방을 집어 들고 어깨에 걸친다. "나한테 들은 티는 내지 마. 아이는 당신한테 말하지 말래."

"절대 말하지 않을게요."

"고마워, 맬러리. 당신 덕분에 살아!"

테디가 가장 좋아하는 오전 활동은 저택과 인접한 '마법의 숲 탐험하기'다. 머리 위에 나무가 울창하게 드리워 있어서 아무리 따뜻한 날에도 숲속은 시원하다. 산책로에 따로 표시나 이름이 없기 때문에, 우리가 마음대로 이름을 정했다. '노란 벽돌길'은 별채 뒤쪽에서 시작해서 에지우드 스트리트를 따라 들어선 집들과 평행하게 뻗은, 평평하고 단단하게 다져진 길이다. 이 길을 따라가면 '용의 알'이라는 커다란 회색 암석이 나오고, 거기서 방향을 꺾으면 더 좁은 오솔길 '용의 고개'가 빽빽한 가시나무 관목 사이로 구불구불 이어진다. 가시에 긁히지 않도록 손을 뻗은 채 한 줄로 걸어야 한다. 계속 걸어 계곡을 내려가면 '왕의 강'이 나오고, 조류와 괴상한 버섯으로 뒤덮인 채 썩어가는 긴 나무 둥치 '이끼투성이 다리'가 양쪽 기슭을 잇고 있다. 살금살금 다리를 건너 계속 길을 따라가면 '거대한 콩나무'가 나온다. 하늘에 닿을 듯 가지를 한껏 뻗은, 숲에서 가장 큰 나무다.

테디는 이런 식으로 표현하는 것을 좋아한다. 숲길을 걸으며 어쩌다 왕실을 떠나 집으로 돌아갈 길을 찾고 있는 용감한 남매, '테디 왕자와 맬러리 공주'의 모험 이야기를 구구절절 풀어낸다. 오전 내내 걷는 동안 사람 하나 마주치지 않을 때도 있다. 이따금 개와 산책하는 사람 한둘. 하지만 아이는 거의 없다. 테디가 여기를 좋아하는 것도 그것 때문이 아닐까 하는 생각이 든다.

하지만 캐럴라인에게 이런 추측을 말하지는 않는다.

두 시간 동안 숲을 걷다가 점심 생각이 나서 집으로 돌아온 뒤, 나는 그릴드치즈 샌드위치를 만든다. 테디는 위층으로 올라가 휴식 시간을 가지고 있고, 나는 침대 시트를 건조기에 넣지 않은 것이 떠올라서 세탁실이 있는 위층으로 향한다.

테디의 방을 지나치는데, 아이가 혼자서 뭐라 말하는 소리가 들린다. 나는 멈춰 서서 문에 귀를 대보지만, 띄엄띄엄 몇몇 단어와 단편적인 내용밖에 들리지 않는다. 상대가 말을 대부분 다 하는 상황에서 한쪽의 통화 내용만 듣는 것 같다. 한 번 말하는 사이마다 길고 짧은 침묵이 흐른다.

"그럴지도? 하지만 나는…."

"…………."

"모르겠어."

"…………."

"구름? 큰 구름? 푹신푹신한?"

"……………………………."

"미안해. 이해하기가 어려워…."

"……………………………………………………."

"별? 그래, 별!"

"………………………………………………."

"많은 별, 알았어."

"………………………………………………………………."

너무나 궁금해서 노크를 하고 싶다. 하지만 집 전화가 울리기 시작해서, 나는 방문 앞을 떠나 서둘러 아래층으로 내려간다.

테드와 캐럴라인 둘 다 휴대전화가 있지만, 혹시 모를 긴급 상황을 대비해 테디가 직접 911에 전화를 걸 수 있도록 집에 일반전화도 굳이 두고 있다. 전화를 받으니, 상대는 스프링브룩 초등학교 교장이라고 한다. "캐럴라인 맥스웰 씨인가요?"

나는 육아도우미라고 했고, 그녀는 급한 일은 아니라고 강조한다.

새로 입학하게 된 맥스웰 가족에게 직접 환영 인사를 하려고 전화했다는 것이다. "입학식 이전에 모든 학부모에게 미리 연락하고 싶어서요. 여러 모로 근심들이 많으시니까요."

나는 그녀의 이름과 전화번호를 받아 적고 캐럴라인에게 전하겠다고 한다. 잠시 후 테디가 새 그림을 가지고 부엌으로 들어온다. 아이는 그림을 탁자에 엎어놓고 의자에 기어 올라가 앉는다. "녹색 피망 먹어도 돼요?"

"그럼."

녹색 피망은 테디가 제일 좋아하는 간식이라서 캐럴라인이 늘 한 다스씩 사놓는다. 나는 냉장고에서 피망을 꺼내 찬물에 씻고 줄기를 도려낸다. 꼭대기를 고리처럼 잘라놓고, 나머지는 한 입에 먹을 만한 크기로 길게 자른다.

나란히 탁자에 앉아 테디가 맛있게 피망을 먹는 동안, 나는 오늘 가져온 그림으로 시선을 돌린다. 남자가 울창하고 빽빽한 숲에서 뒷걸음질 치는 장면이다. 그는 여자의 발목을 잡아 시체처럼 땅에 끌고 있다. 배경의 나무 사이로 초승달과 총총한 작은 별들이 보인다.

"테디? 이건 뭐니?"

테디는 어깨를 으쓱한다. "게임이에요."

"무슨 게임?"

그는 피망을 한 입 베어 물고 씹으면서 답한다. "애냐가 이야기를 연기하면 내가 그려요."

"픽셔너리 게임처럼?"

테디는 코웃음을 친다. 녹색 피망 조각이 탁자에 온통 튄다. "픽셔너리?!" 아이는 웃음을 터뜨리며 의자에 등을 기대고, 나는 키친타월을 가져다가 탁자를 닦는다. "애냐는 픽셔너리 같은 거 못해요!"

나는 아이를 부드럽게 진정시켜서 물을 한 모금 마시게 한다.

"처음부터 찬찬히 말해봐." 나는 가벼운 말투를 유지하려고 애쓴다. 놀라 자빠진 목소리를 내면 곤란하다. "어떤 게임인지 설명해 달라고."

"말했잖아요, 맬러리. 애냐가 연기로 이야기를 보여주면 내가 그리는 거라고요. 그게 다예요. 게임의 전부예요."

"그럼 남자는 누구야?"

"몰라요."

"이 남자가 애냐를 해쳤어?"

"내가 어떻게 알아요? 한데 픽셔너리 게임은 아니라고요! 애냐는 보드게임 못해요!"

그는 다시 의자에서 뒤로 몸을 젖히고 키들키들 웃는다. 아이들만 웃을 수 있는, 아무 근심 걱정 없이 태평한 웃음이다. 워낙 즐겁고 진심에서 우러나오는 웃음이어서, 놀란 마음이 조금 가라앉는 것 같다. 분명 테디의 마음에 거리끼는 것은 없다. 여느 아이들과 마찬가지로 행복한 것 같다. 괴상한 상상 속의 친구를 만들어서, 괴상한 상상 속의 놀이를 함께 하는 것이다. 그게 뭐 어때?

계속 의자에서 뒹굴뒹굴하는 테드를 두고, 나는 일어나서 그림을 가지고 부엌을 가로지른다. 캐럴라인은 나중에 스캔해서 컴퓨터로 옮길 수 있도록 영수증 서랍에 넣어둔 파일 폴더에 테디의 그림을 넣어달라고 했다.

하지만 테디가 그 장면을 보았다.

그는 웃음을 멈추고 고개를 젓는다.

“그건 엄마나 아빠한테 보여주지 마세요. 애냐가 누나한테 주래요.”

그날 밤에 나는 베스트바이가 있는 넓은 상가까지 1.6킬로미터를 걸어가서 급여로 싸구려 태블릿 컴퓨터를 샀다. 별채로 돌아오니 여덟 시다. 나는 문을 잠그고, 잠옷으로 갈아입고, 새 장난감과 함께 침대에 든다. 태블릿을 세팅하고 맥스웰 저택의 와이파이 네트워크에 접속하는 데는 몇 분밖에 걸리지 않는다.

‘애니 배럿’이라는 이름을 검색하니, 1천 6백만 개의 결과가 뜬다. 결혼 기록, 건축회사, 엣시 전자상거래, 요가 교습, 링크드인 소개 글 등등. ‘애니 배럿+스프링브룩’과 ‘애니 배럿+예술가’, ‘애니 배럿+사망+살해’를 찾아보았지만, 이 중 어떤 검색어로도 도움 될 만한 정보가 뜨지 않았다. 인터넷에는 그녀가 존재했던 기록이 없다.

내 머리 바로 위쪽, 바깥에서 뭔가가 방충망에 부딪힌다. 숲속 어디에나 있는 통통한 갈색 나방이라는 것은 알고 있다. 나무껍질 같은 색깔과 질감이기 때문에 몸을 쉽게 숨길 수 있지만, 창문 방충망 안쪽에서는 여러 부분으로 구획된 반질거리는 배와 세 쌍의 다리, 실룩거리는 더듬이 한 쌍이 보인다. 방충망을 흔들어서 나방을 떨어뜨렸지만, 몇 초 뒤에 다시 돌아와서 달라붙는다. 혹시 방충망에 틈이 있어서 날아 들어오지는 않을까, 침대 옆 전등 주위에 무리 짓지 않을까 걱정스럽다.

전등 옆에는 애냐가 숲에서 끌려 다니는 그림이 놓여있다. 이렇게 갖고 있는 것이 잘한 일일까. 캐럴라인이 집으로 돌아온 순간 곧장 넘겼어야 하는 게 아닐까. 아니, 그냥 구겨서 쓰레기통에 던져 넣는 것이 나았을지도. 테디가 머리카락을 표현한 것이, 길고 치렁치렁한 검은 머리채가 내장처럼 몸 뒤로 질질 끌리는 부분이 특히 싫다. 전등 옆에서 날카로운 소리가 울리고, 벌떡 일어나서 침대 밖으로 나온 순간, 나는 그것이 전화벨이라는 것을 깨닫는다. 수신 전화 음량을 너무 높이 설정해 놓은 모양이다.

“퀸!” 러셀이 말한다. “너무 늦게 전화했니?”

전형적인 러셀의 질문이다. 겨우 8시 45분이지만, 그는 운동을 진지하게 하는 사람들은 9시 30분에 불을 꺼야 한다고 설교한다.

“괜찮아요. 무슨 일이에요?”

“네 햄스트링 때문에 전화했어. 며칠 전에 네가 당긴다고 했잖아.”

“지금은 나아졌어요.”

“오늘은 얼마나 뛰었지?”

“6.5킬로미터, 31분이요.”

“피곤하냐?”

“아뇨, 괜찮아요.”

“조금 더 밀어붙여 볼까?”

나는 그림에서, 여자 몸 뒤로 질질 끌리는 검은 머리채에서 시선을 뗄 수가 없다.

어떤 어린아이가 이런 그림을 그리지?

"퀸?"

"아, 죄송해요."

"무슨 일 있니?"

모기 소리가 들린다. 나는 오른쪽 뺨을 세게 때린다. 검은 재가 뭉개져 있을 거라고 생각하고 손바닥을 펼쳤지만, 피부는 깨끗하다.

"괜찮아요. 약간 피곤해요."

"방금 피곤하지 않다고 했잖아."

무슨 일이 있다는 것을 직감했는지, 그의 목소리가 약간 변한다.

"가족들이 너한테 잘해주니?"

"정말 잘해줘요."

"아이는? 토미? 토니? 토비?"

"테디요. 착해요. 우린 잘 지내요."

잠시, 러셀에게 애냐에 관한 상황을 털어놓을까 하는 생각이 들었지만, 어디서 말을 시작해야 할지 알 수 없다. 있는 그대로 말한다면, 내가 다시 약을 한다고 생각할지도 모른다.

"사소한 이상 증상은 없고?"

"어떤 증상이요?"

"기억이 잘 안 난다든가, 건망증 같은 건?"

"아뇨, 그런 일은 없었어요."

"진지하게 묻는 거다, 퀸. 상황이 상황이니만큼, 그럴 수 있어. 새 일자리, 새로운 환경에 적응하는 스트레스 때문에."

"기억력은 괜찮아요. 아주 오랫동안 그런 문제는 없었어요."

"좋아, 좋아, 좋아." 내 체력훈련 기록을 수정하는지, 컴퓨터를 두드리는 소리가 들린다. "맥스웰 부부 집에는 수영장이 있지? 너도 사용할 수 있니?"

"그럼요."

"길이는 얼마나 돼? 대략."

"10미터 정도?"

"유튜브 비디오를 이메일로 보내마. 수영 훈련 영상이야. 쉽고 몸에 부담이 적은 크로스트레이닝이다. 일주일에 2, 3회, 알겠지?"

"네."

내 목소리에 아직 어딘가 마음에 걸리는 데가 있는 모양이다. "그리고 필요한 게 있으면 전화해, 알았지? 내가 캐나다에 사는 것도 아니고, 40분 거리 아니야."

"걱정 마세요, 코치님. 전 괜찮아요."

6장.

93

나는 수영을 잘 못한다. 어린 시절 동네에 공공 수영장이 있었지만, 여름에는 더러운 물에 수백 명의 아이들이 꽥꽥 소리를 지르며 1미터 간격으로 빼곡하게 서있어서 거의 동물원 꼴이었다. 왕복 수영은 할 수가 없었다. 누워서 물에 뜰 정도의 공간도 없었다. 어머니는 결막염에 걸릴지도 모르니 물속에 머리를 집어넣지 말라고 나와 여동생에게 당부했다.

그래서 러셀의 새 훈련 일정은 기대가 되지 않았다. 마침내 수영장으로 나간 것은 다음 날 밤 열 시가 지나서였다. 맥스웰 저택 뒷마당은 해가 지면 낯선 곳이다. 필라델피아에서 엎어지면 코 닿을 곳이지만, 이 시각에는 시골 오지 깊숙이 들어온 분위기다. 유일한 광원은 달과 별, 수영장 바닥에 설치된 할로겐 전등뿐이다. 물은 으스스한 물이다. 수면은 방사성 플라스마처럼 파란빛 네온으로 일렁거리며 집 뒤쪽에 묘한 그림자를 드리운다.

따뜻한 저녁이어서 시원한 물에 몸을 담그니 기분이 좋다. 호흡을 하러 다시 수면으로 고개를 내밀고 눈을 뜨자, 숲이 성큼 다가온 것 같다. 모든 나무들이 슬그머니 전진한 것 같고, 심지어 귀뚜라미 합창조차 더 요란하게 들린다. 수영장 울타리와 숲 경계 사이에 깔린 6미터 폭의 잔디밭이 시야에서 사라져서 생긴 시각적 착시일 뿐이며, 바라보는 각도가 달라져서 깊이가 밋밋해 보인다는 것은 알고 있다. 그래도 기분이 이상한 것은 어쩔 수 없다.

나는 수영장 가장자리를 붙잡고 5분 동안 발차기 운동으로 몸을 푼다. 본채는 아래층 불이 다 켜져있어서 부엌 안이 환히 보이지만, 테드나 캐럴라인은 눈에 띄지 않는다. 아마 대부분의 저녁에 그러듯이 가족실에 앉아서 와인을 마시며 책을 읽고 있을 것이다.

몸이 풀린 뒤 나는 벽을 발로 차고 서툰 자유형으로 헤엄치기 시작한다. 목표는 수영장 끝에서 끝까지 왔다 갔다 열 바퀴다. 하지만 세 바퀴째를 절반쯤 돌고 나니, 목표를 채우지 못할 것이 분명해진다. 삼각근과 삼두근이 타는 것 같다. 상체 전체가 형편없는 상태다. 종아리까지 뻣뻣해지기 시작한다. 물속 깊이 들어가서 네 바퀴째를 돌고 다섯 바퀴를 반쯤 돈 뒤, 멈춰야 했다. 나는 수영장 옆을 붙잡고 숨을 몰아쉰다.

그때 숲에서 가볍게 바삭하는 소리가 들린다.

누군가 마른 나뭇가지에 몸의 무게를 전부 실어서 부러뜨리는 소리다. 숲 쪽으로 고개를 돌려 어둑어둑한 그늘을 열심히 바라보지만, 아무것도 보이지 않는다. 하지만 무언가, 아니 누군가 움직이는 소리가 분명 들렸다. 마른 낙엽을 밟는 가벼운 발소리가 내 별채 쪽으로 걸어가는….

"물은 어때?"

다시 돌아보니 웃통을 벗고 수영복 차림을 한 테드가 어깨에 수건을 건 채 수영장 문을 열고 들어서고 있다. 그는 일주일에 몇 번씩 밤에 수영하지만, 이렇게 늦게 나온 건 처음이다. 나는 사다리 쪽으로 가면서 말한다. "나가려던 참이었어요."

"괜찮아. 공간이 넓으니까. 맬러리는 거기서 출발하고, 난 여기서 출발하면 돼."

그는 수건을 의자에 걸더니 수영장 가장자리에서 망설이지 않고 물에 뛰어든다. 그의 신호로 우리는 수영장 양쪽 끝에서 평행하게 출발한다. 상식적으로는 수영장 한가운데서 딱 한 번 서로를 지나쳐야겠지만, 테드가 워낙 빨라서 1분 만에 나를 한 바퀴 앞선다. 솜씨가 탁월하다. 호흡을 도대체 언제 하는지, 수영장 거의 끝에서 끝까지 잠수 상태로 주파할 정도다. 소리 하나 내지 않고 상어처럼 헤엄치는 그에 비하면, 나는 취해서 배 밖으로 떨어진 유람선 승객처럼 허우적거리는 꼴이다. 나는 겨우 세 바퀴를 더 돈 뒤에 포기한다. 테드는 여섯 바퀴를 더 돈 뒤에 내 옆에서 멈춘다.

"정말 잘하시네요." 내가 말한다.

"고등학교 때는 더 잘했어. 코치가 훌륭했지."

"부러워요. 난 유튜브를 보고 배우는데요."

"그럼 주제넘지만 나라도 조언을 좀 할까? 호흡을 너무 자주 하더군. 스트로크 두 번에 한 번씩 호흡해 봐. 항상 오른쪽, 아니면 항상 왼쪽에서, 편한 대로."

그는 시도해 보라고 했고, 나는 가장자리를 차고 나가 그의 조언대로 헤엄쳐 본다. 즉시 효과가 나타난다. 호흡은 절반인데도 속도는 두 배 더 난다.

"더 좋지?"

"훨씬 좋네요. 다른 조언은 없으세요?"

"아니, 그게 최고의 비결이야. 수영은 코치들이 숨 쉬라고 선수에게 소리치는 유일한 운동이지. 연습하면 좋아질 거야."

"고마워요."

마무리할 생각으로, 나는 수영장 사다리를 붙잡고 나온다. 말려 올라간 수영복을 잡아당기려고 손을 뻗었지만, 그가 먼저 보았다.

"플라이어스 화이팅." 그는 말한다.

엉덩이 밑에 새긴 작은 문신이다. 필라델피아 하키팀을 상징하는 북실북실한 오렌지색 마스코트. 이 집에서는 애써 숨겨왔기 때문에 들통 난 것이 나 자신에게 화가 난다.

"실수였어요. 돈을 모으면 곧바로 레이저로 지워버릴 거예요."

"하키 좋아해?"

나는 고개를 젓는다. 경기에서 뛰어본 적도 없다. 심지어 구경조차 한 적이 없다. 단지 2년 전, 처방전 약을 공급해 주던 나이 많은 남자가 일편단심 하키 사랑이었다. 아이잭은 서른여덟 살, 그의 아버지가 1970년대에 플라이어스 선수였다. 돈을 많이 벌어놓고 일찍 세상을 떠난 아버지의 재산을 아이잭이 천천히 탕진하고 있었다. 두어 사람이 아이잭의 콘도에서 같이 살다시피 하면서 바닥에서 자기도 하고 가끔 침대도 같이 썼는데, 나는 멋진 여자애로 잘 보이면 계속 곁에 두지 않을까 싶어 문신까지 했다. 하지만 계획은 실패로 돌아갔다. 닷새 후 붕대를 풀기도 전에 아이잭은 마약 소지죄로 체포되었고, 집주인은 우리 모두를 다시 거리로 쫓아냈다.

테드는 계속 설명을 기다리고 있다.

"어리석은 짓이었어요. 제정신이 아니었죠."

"음, 당신만 그런 게 아니야. 캐럴라인도 문신이 있는데 지워버리고 싶어 하지. 대학에서 예술광 시절을 겪었거든."

사려 깊은 말이지만, 내 기분이 나아지지는 않는다. 캐럴라인의 문신은 분명 고상한 취향일 것이다. 장미나 초승달, 의미 있는 한자, 이런 것. 눈을 휘둥그렇게 뜬 괴물 그림은 아니겠지. 캐럴라인의 문신은 어디에 숨어있느냐고 물어보는데, 다시 요란하게 바삭 소리가 난다.

우리 둘 다 숲을 돌아본다.

"누가 저기 있어요. 아까도 누가 걸어 다니는 소리가 났어요."

"토끼겠지."

다시 바삭, 이어서 놀라 다급하게 허우적거리는 소리, 작은 동물이 숲을 가로지르는 소리가 난다.

"이건 토끼 맞네요. 한데 아까 당신이 나오기 전에, 그때는 더 컸어요. 인기척 같았어요."

"10대 아이들인가. 저 숲은 고등학생들한테 인기 많을 것 같군."

"한밤중에는 더해요. 가끔 침대에 누워있으면 별채 유리창 바로 밖에 누가 있는 것 같은 소리도 나요."

"미치한테 괴상한 이야기를 들은 탓도 있을 테고." 그는 윙크한다. "캐럴라인한테 들었어."

"흥미로운 분이더군요."

"가급적 피해, 맬러리. 기를 읽는 사업? 낯선 사람들이 진입로에 차를 세우고 뒷문을 두드리고, 현금으로 돈을 내고? 수상쩍어. 난 그 여자 안 믿어."

테드가 심령술사를 접한 경험이 별로 없다는 것은 알 수 있다. 내 어린 시절에는 동네 피자가게 안쪽에서 카드 점을 쳐주던 구버 부인이라는 이웃이 있었다. 웨이트리스가 10만 달러짜리 즉석복권에 당첨될 거라는 예언을 적중시켜 전설이 된 사람이었다. 청혼, 바람둥이 남자친구, 기타 애정 문제 상담도 했다. 친구들과 나는 구버 부인을 '예언자'라고 부르면서《인콰이어러》1면보다 더 신뢰했다.

하지만 테드가 이런 걸 이해할 것 같지는 않다. 이빨요정이 뭔지도 모를 것이다. 며칠 전 테디가 어금니를 뱉었는데, 테드는 그저 지갑을 집어 들더니 1달러를 꺼내 주었다. 수수께끼도, 환호도, 한밤중에 들키지 않게 살금살금 침대에 기어 들어가는 스릴도 모르는 사람이다.

"해가 되는 사람은 아닐 거예요."

"안 좋은 거래도 할걸. 증거는 없지만, 내가 지켜보고 있어. 그 사람이 있을 때는 조심해야 해, 알겠지?"

나는 오른손을 든다. "맹세합니다."

"진심이야, 맬러리."

"알아요. 고마워요. 조심할게요."

수영장 문을 열고 나가려는데, 캐럴라인이 출근용 옷차림으로 노트와 연필을 든 채 마당을 건너오고 있다. "맬러리, 잠깐만. 어제 전화받았어? 테디 학교에서?"

순간 나는 실수했다는 것을 깨닫는다. 통화했던 기억도 나고, 교장의 전화번호를 쪽지에 적어두었던 기억도 난다. 한데 바로 그때 테디가 이상한 그림을 가지고 부엌으로 들어와서 정신이 딴 데 팔렸던 것이다.

"네, 교장선생님이요. 별채에 메모해 둔 게 있어요. 아직 제 바지 주머니에 있을 거예요. 제가 얼른…."

캐럴라인은 고개를 젓는다. "괜찮아. 이메일을 보냈더군. 한데 어제 확인했다면 좋았겠지."

"네. 죄송합니다."

"마감을 하나라도 놓치면 테디가 입학 허가를 잃어. 유치원 수업은 대기자 명단이 서른 명이 넘는다고."

"알아요, 알아요."

캐럴라인은 내 말을 자른다. "안다는 말 그만해. 정말 알았다면 진작 메모를 전해줬겠지. 다음에는 더 조심하도록 해줘."

그녀는 돌아서서 집으로 향한다. 나는 충격을 받았다. 그녀가 내게 정말로 소리친 것은 처음이다. 테드는 서둘러 수영장에서 나와 내 어깨에 손을 얹는다. "너무 걱정하지 마."

"죄송합니다, 테드. 정말 어떻게 말씀드려야 할지."

"아내는 당신이 아니라 학교 때문에 화가 나있어. 요구하는 서류가 너무 많아서. 예방주사며 알러지며 행동검사 보고서며, 별것도 아닌 유치원 지원서가 내 세금 신고 서류보다 더 두껍다니까."

"정말 무심코 저지른 실수였어요. 전화번호도 다 적어놨는데, 테디가 들고 온 것 때문에 정신이 팔려서." 나는 다급히 상황을 설명하느라 그림까지 묘사하기 시작하지만, 테드는 내 말을 끊는다. 빨리 들어가고 싶은 것 같다. 캐럴라인의 윤곽이 유리문 안에서 우리를 지켜보고 있다.

"아내는 누그러질 거야. 걱정 말고. 내일이 되면 기억도 못 할걸."

그는 편안한 목소리로 말하지만 서둘러 멀어진다. 멀리 윤곽선으로 변한 그는 캐럴라인 옆에 서더니 그녀를 포옹한다. 그녀는 전등 스위치에 손을 뻗었고, 그다음은 아무것도 보이지 않는다.

산들바람이 불고, 몸이 떨린다. 나는 수건을 허리에 두르고 별채로 돌아간다. 문을 잠그고 잠옷으로 갈아입는데, 다시 발소리가 들린다. 부드러운 잔디를 밟는 가벼운 걸음, 이번에는 내 방 창문 바로 바깥이다. 커튼을 걷고 밖을 내다보려고 하지만, 방충망 너머로 보이는 것은 꿈틀거리는 나방뿐이다.

사슴일 거야. 나는 자신에게 말한다. 그냥 사슴이야.

나는 커튼을 닫고, 불을 끄고, 침대에 누워 담요를 턱까지 끌어 덮는다. 바깥에서는 뭔가 내 침대 바로 뒤에서 움직이고 있다. 벽 반대편에서 별채를 살피며 안으로 들어올 통로가 없나 주변을 한 바퀴 도는 것을 느낄 수 있다. 큰 소리가 나면 놀라서 도망치지 않을까 싶어, 나는 손가락을 굽혀 주먹을 꽉 쥐고 벽을 친다.

한데 그 물체는 별채 아래쪽으로 몸을 숙이고 바닥 널빤지 아래 흙을 파며 기어 들어가기 시작한다. 그 안에 뭐가 들어갈 수 있을까. 건물은 땅에서 기껏해야 50센티미터 정도 떨어져 있을 텐데. 사슴이 거기 들어갈 리는 없지만, 소리로 봐서는 분명 사슴처럼 덩치가 큰 것 같다. 침대에 일어나 앉아 바닥을 굴렀지만 소용없다. "저리 가." 나는 겁을 먹고 도망치라고 다시 소리친다.

한데 짐승은 더 깊이 파고 들어가서 방 한가운데로 꿈틀거리고 들어온다. 나는 일어나서 불을 켠다. 네 발로 바닥에 엎드려 소리가 나는 지점을 따라 귀를 기울인다. 양탄자를 걷어보니, 마루에 사각형의 윤곽이 있다. 사람이 기어서 드나들 수 있을 만한 출입구다. 손잡이나 경첩은 보이지 않고, 손을 넣어 출입문을 들어 올릴 수 있도록 타원형으로 깎아낸 공간이 두 개 있다.

이렇게 늦은 시간만 아니라면, 캐럴라인이 내게 화가 나있지만 않았다면, 맥스웰 부부를 불러서 도와달라고 했을 것이다. 하지만 나는 문제를 혼자 해결하겠다고 다짐했다. 부엌으로 가서 플라스틱 주전자에 물을 가득 담았다. 무엇인지는 몰라도, 소리로 짐작되는 만큼 클 리가 없다. 소리는 어둠 속에서, 특히 밤늦게는 착각하기 쉽다. 바닥에 무릎을 꿇고 출입구를 들어 올리려고 해보지만, 꿈쩍도 하지 않는다. 여름의 습기가 나무를 팽창시켜 구멍을 꽉 막고 있다. 손가락이 아프고 뾰족한 마른 나무가 부드러운 피부에 파고들지만, 나는 두 손을 한 공간에 집어넣어 힘을 모두 쏟아붓는다. 마침내 커다란 퍽 소리와 함께 회색 먼지구름이 일더니, 출입구가 샴페인 병에서 터져 나오는 코르크처럼 바닥에서 빠져나온다. 나는 널빤지를 붙잡고 방패처럼 가슴에 갖다 댄다. 그런 다음 상체를 굽혀 구멍 안을 들여다본다.

어두워서 아무것도 보이지 않는다. 아래 땅은 모닥불을 피우고 남은 재처럼 바싹 말라 아무것도 자라지 않는 흙이다. 별채는 고요하다. 뭔지는 몰라도, 짐승은 사라진 것 같다. 밑에는 군데군데 거무스름한 회색 흙더미 외에 아무것도 없다. 숨을 참고 있었다는 것을 깨닫고, 나는 안도의 한숨을 내쉰다. 출입구를 여느라 소란을 피웠으니 놀라 도망친 게 분명하다.

한데 그때 재가 움직이고 검은 점이 깜빡인다. 나는 흉한 분홍색 발톱과 길고 날카로운 이를 드러낸 채 뒷다리로 서서 대적할 태세를 취하고 있는 짐승을 마주 보고 있다. 내 비명 소리가 밤공기를 가른다. 나는 널빤지를 다시 바닥에 떨어뜨리고 온몸의 무게로 그 위를 누른다. 주먹으로 가장자리를 두드려 구멍에 맞춰 넣으려고 해보지만, 더 이상 들어가지 않는다. 캐럴라인이 예비 열쇠로 문을 따고 눈 깜짝할 사이 별채에 들어온다. 그녀는 나이트가운 차림이고, 테드는 웃통을 벗은 채 파자마 바지 바람으로 그 뒤에 서있다. 별채 아래에서 다시 소리가 들린다. 마루 밑에서 몸부림치는 소리다.

"쥐예요." 나는 그들에게 말한다. 그들이 와주어서, 혼자가 아니어서 너무나 마음이 놓인다. "제가 평생 본 것 중에 제일 큰 쥐였어요."

테드는 플라스틱 물 주전자를 밖으로 가지고 나갔고, 캐럴라인은 내 어깨에 손을 짚고 괜찮다고 달래준다. 우리는 힘을 합쳐 널빤지를 90도 돌려 구멍에 넣었고, 움직이지 않도록 내가 붙잡고 있는 동안 그녀가 모서리를 두드려 다시 끼워 맞춘다. 다 끼운 뒤에도, 혹시 움직이지 않을까 겁이 나고 금방이라도 바닥에서 튀어오를 것 같아 무섭다. 캐럴라인은 옆에 서서 나를 안고 있다. 열린 창밖에서 물을 끼얹는 소리가 들린다.

잠시 후 테드가 빈 주전자를 들고 돌아온다. "주머니쥐였어." 그는 씩 웃는다. "그냥 쥐가 아니라. 아주 빨리 도망갔지만 내가 잡았어."

"그게 어쩌다 별채 밑으로 들어갔을까?"

"벽면 격자에 구멍이 있더군. 서쪽 벽에. 작은 부분이 썩어 떨어진 것 같아." 캐럴라인은 얼굴을 찌푸리고 뭐라 말하려 하지만 테드가 앞지른다. "알아, 알아. 내일 홈디포에 다녀와서 고칠게."

"내일 아침 일찍, 테드. 맬러리가 얼마나 놀랐겠어! 물리기라도 하면 어떡해? 광견병이라도 있으면?"

"전 괜찮아요." 내가 말한다.

"괜찮다잖아." 테드가 말하지만, 캐럴라인은 기색이 변하지 않는다. 그녀는 바닥의 출입구를 바라본다. "또 오면 어떡하지?"

거의 자정 가까운 시각이지만, 캐럴라인은 테드에게 본채에서 공구함을 가져오라고 했다. 아무것도 밀고 들어오지 못하도록 못을 박아 널빤지를 마루에 고정시켜야 한다는 것이다. 그가 일을 마칠 때까지 기다리는 동안 캐럴라인은 별채에 있는 레인지로 물을 끓여 캐모마일 차 세 잔을 만들었다. 일이 끝난 뒤에도 두 사람은 내가 완전히 진정되고 마음을 놓을 때까지 한참 동안 옆에 있어준다. 우리 셋은 침대에 나란히 걸터앉아 이런저런 이야기를 나누고 웃음까지 터뜨린다. 마치 전화 때문에 화를 냈던 아까의 일은 없었던 것 같다.

7장.

다음 날은 무덥고 후덥지근한 7월 4일이 다. 나는 꾸역꾸역 장거리 훈련을 나가서 71분 동안 13킬로미터를 달린다. 집으로 돌아오는 길에, 나는 테디와 내가 '꽃의 성'이라고 부르기 시작한 집을 지나친다. 맥스웰의 집에서 세 블록 떨어진 거대하고 흰 맨션에는 U자 진입로와 국화, 제라늄, 원추리, 기타 갖가지 종류의 꽃이 만발한 정원이 딸려있다. 갓 핀 오렌지 꽃이 앞마당 격자 구조물을 따라 자라난 것이 눈에 띄어서, 나는 진입로를 몇 발짝 올라가서 가까이에서 구경하려고 했다. 도로에 설치하는 원뿔 표지를 연상시키는 것이 너무나 특이하고 독특한 꽃이다. 나는 휴대전화로 사진을 몇 장 찍는다. 그때 현관문이 열리더니 한 남자가 밖으로 나온다. 시야 가장자리로 언뜻 보이는 모습이 정장 차림이어서, 무단침입자라고 소리쳐서 자기 집에서 나를 쫓아내려는 게 아닌가 하는 생각부터 퍼뜩 스친다.

"이봐요!"

나는 다시 보도로 물러서서 미안하다는 뜻으로 손을 흔들었지만, 너무 늦었다. 남자는 이미 문밖으로 나와서 이쪽으로 다가오고 있다.

"맬러리!" 그는 외친다. "잘 지냈어요?"

그제야 나는 전에 본 적이 있는 사람이라는 것을 깨닫는다. 섭씨 32도가 훌쩍 넘는 기온이지만, 에이드리언은 영화 〈오션스 일레븐〉 속 등장인물 같은 연회색 정장 차림으로 너무나 편해 보인다. 재킷 안에는 반듯하게 다림질한 흰 셔츠와 로열블루 넥타이 차림이다. 모자를 쓰지 않아서 드러난 머리카락은 탐스러운 진갈색이다.

"미안해요. 당신인 줄 몰랐어요." 내가 말한다.

자기가 무슨 복장인지 몰랐는지, 그는 자기 옷을 내려다본다. "아, 맞다! 오늘 밤 행사가 있어요. 골프 클럽에서. 아버지가 상을 받아요."

"여기 살아요?"

"부모님 집이죠. 난 여름 동안 집에 와있어요."

현관문이 열리고 부모님이 나온다. 로열블루 드레스 차림의 어머니는 키가 크고 우아하고, 아버지는 은제 커프스단추가 달린 전통적인 검정 턱시도 차림이다. "저분이 엘 헤페?"

"론 킹이시죠. 뉴저지 남부의 정원 절반은 우리가 담당해요. 여름에는 인부 80명을 부리는데, 믿기지 않겠지만, 맬러리, 아버지가 소리 지르는 사람은 나뿐이에요."

부모님은 진입로에 주차한 검은 BMW로 향했는데, 에이드리언이 이쪽으로 오라고 그들에게 손짓한다. 그러지 말았으면 했는데. 생리대 광고에는 패션쇼 무대에 올라도 될 만큼 머리를 단장하고 발그레한 얼굴로 달리는 사람들이 나오지만, 32도의 날씨에 13킬로미터를 달리고 난 내 꼴은 거리가 멀어도 한참 멀다. 셔츠는 땀에 젖어있고,

머리카락은 땀에 엉겨 붙어 엉망진창이고, 죽은 날파리가 이마에 온통 달라붙어 있다.

“맬러리, 이쪽은 내 어머니 소피아, 그리고 아버지 이그나시오.” 나는 손바닥에 밴 땀을 바지에 닦고 악수를 나눈다. “맬러리는 맥스웰네에서 아이를 돌봐요. 에지우드에 새로 이사 온 그 가족이요. 테디라는 아들이 있어요.”

소피아는 수상쩍다는 듯 나를 바라본다. 워낙 좋은 옷차림이고 완벽한 몸단장이라 지난 30년 동안 땀 한 방울 흘려본 적 있을까 싶을 정도다. 그러나 이그나시오는 다정한 미소로 내게 인사한다. “이런 무더운 날씨에 달리기를 하다니 운동에 아주 열심인 모양이구나!”

“맬러리는 펜실베이니아 주립대 장거리 선수예요.” 에이드리언은 설명한다. “크로스컨트리팀에 있대요.”

내가 한 거짓말을 까맣게 잊고 있었기 때문에 순간 소름이 끼친다. 에이드리언과 둘만 있다면 아니라고 털어놓을 텐데, 지금은 부모님 두 분이 나를 쳐다보고 있으니 아무 말도 할 수가 없다.

“내 아들보다 더 빠르겠어.” 이그나시오가 말한다. “이 녀석은 두 집 잔디만 깎는 데도 하루가 꼬박 걸린다니까!” 그는 자신의 농담에 호탕하게 웃음을 터뜨렸고, 에이드리언은 민망한 듯 발을 바꿔 디딘다.

“조경업계 농담이죠. 아버지는 자기가 코미디언인 줄 아세요.”

이그나시오는 씩 웃는다. “사실이니까 웃긴 거 아니냐!”

소피아는 내 표정을 찬찬히 뜯어본다. 내 거짓말을 꿰뚫어 보는 것 같았다. “몇 학년이니?”

“4학년이요. 거의 끝났어요.”

“나도 그래!” 에이드리언이 말한다. “나는 뉴브런스윅에 있는 럿거스 대학 공대에 다녀. 네 전공은 뭐야?”

이 질문에 대답할 말이 없다. 내가 대학에서 세웠던 학업 계획은 모두 코치, 스카우트, 성차별 금지 장학금에 한정되어 있었다. 실제로 공부할 내용까지는 다다르지도 못했다. 경영학? 법률? 생물학? 그럴 듯한 게 없다. 하지만 다들 쳐다보는 앞에서 대답하는데 시간을 끌면 안 된다. 뭔가 말해야 한다, 뭐든지….

“가르치는 거.” 나는 그들에게 말한다.

소피아는 의심하는 것 같다. “교육학 말이니?”

그녀는 처음 들어보는 단어라는 듯 천천히 발음한다. “네. 어린애들을 위한 교육이요.”

“초등교육?”

“맞아요.”

에이드리언은 반가워한다. “엄마도 4학년을 가르치셔! 교육 전공하셨고!”

“설마!” 달린 뒤라 얼굴이 달아올라 있는 것이 다행이다. 안 그랬다면 화끈거릴 것이다.

“아주 고귀한 직업이지.” 이그나시오가 말한다. “잘 선택했다, 맬러리.”

이제 어떻게든 화제를 바꿔서 뭐라도 거짓말이 아닌 말을 해야 한다. “꽃이 참 예쁘네요.” 나는 그들에게 말한다. “꽃구경하려고 매일 이 집 앞을 뛰어요.”

“말 잘했다.” 이그나시오가 말한다. “어느 꽃이 가장 좋으냐?”

에이드리언은 손님들이 찾아오면 부모님이 항상 하는 게임이라고 설명한다. “가장 좋아하는 꽃이 그 사람의 성격을 말해준다는 거야.

별자리 운세처럼.”

“다 아름다운데요.”

소피아가 회피하지 못하도록 못을 박는다. “한 가지만 골라야 해. 뭐든지 가장 마음에 드는 걸로.”

나는 격자 구조물을 따라 갓 피어오른 오렌지색 꽃을 고른다. “이름은 모르겠는데, 오렌지색 원뿔형 교통표지를 닮았어요.”

“미국능소화야.” 에이드리언이 말한다.

이그나시오는 반가운 것 같다. “그걸 고른 사람은 네가 처음이다! 아름다운 꽃이지. 다양한 용도로 사용할 수 있고, 관리도 쉬워. 많이 신경을 쓰지 않아도, 햇빛과 물이 조금만 있어도 알아서 자란다. 아주 독립적이야.”

“잡초이기도 해.” 소피아가 덧붙인다. “통제하기가 약간 어렵다고나 할까.”

“그게 생명력이지!” 이그나시오가 말한다. “좋은 거야!”

에이드리언이 내 방향으로 답답하다는 듯한 눈빛을 보냈고—내가 이런 부모님을 견디고 산다고!—어머니는 늦었다며 이제 가봐야 한다고 말한다. 그래서 우리는 얼른 작별 인사를 주고받았고, 나는 다시 집을 향해 걷기 시작한다.

잠시 후 검은 BMW가 옆을 스쳐 지나간다. 이그나시오는 경적을 울리고, 소피아는 앞만 바라보고 있다. 뒷유리창 너머에서 내게 손을 흔드는 에이드리언의 모습에서 어린 시절의 그가 어떤 소년이었을지 언뜻 보이는 것 같다. 자동차 뒷자리에서 부모님과 여행하고, 나무 그늘 드리운 보도에서 자전거를 타고, 가로수가 늘어선 이 아름다운 거리를 천부인권처럼 누리던 아이. 완벽한 어린 시절, 아쉬움이라고는 티끌만큼도 없는 삶이었을 것이다.

어쩌다 보니 나는 스물한 살이 될 때까지 진짜 남자친구를 사귄 적이 없었다. 남자와 잔 적은 있었지만—마약에 중독된 그럭저럭 평범한 외모의 여자라면, 그것도 약을 구할 수 있는 확실한 방편이니까—전통적인 의미에서의 연인 관계 비슷한 것을 경험한 적이 없었다.

하지만 홀마크 채널 영화 같은 지금 내 인생에서, 테드와 캐럴라인처럼 교육 수준이 높고 부유하고 친절한 부모가 스프링브룩에서 나를 키우고 있다는 이 대체현실 속에서 이상적인 남자친구는 에이드리언과 비슷한 인물일 것이다. 귀엽고, 재미있고, 열심히 일하는. 거리를 걷는 동안, 나는 언제 2주가 지나고 그가 맥스웰네 집 잔디를 깎으러 다시 찾아올지 머릿속에서 날짜 계산을 하기 시작한다.

스프링브룩에는 꼬마들이 잔뜩 살지만, 아직 테디를 누구한테 소개할 기회는 없었다. 우리 블록 끝에는 넓은 놀이터가 있고 그네와 회전 놀이기구, 꺅꺅거리고 소리 지르는 다섯 살짜리들이 많이 있지만, 테디는 아이들과 아무것도 하고 싶지 않은 것 같다.

어느 월요일 아침, 우리는 공원 벤치에 앉아 어린 소년들이 미끄럼판에서 장난감 차를 조종하는 광경을 지켜본다. 테디에게 가서 같이 놀라고 했더니, 그는 말한다. "난 장난감 차가 없잖아요."

"가서 나도 해보면 안 되겠느냐고 해."

"그러기 싫어요."

아이는 부루퉁한 얼굴로 의자에서 어깨를 축 늘어뜨린다.

"테디, 그러지 말고."

"난 누나랑 놀래요, 아이들 말고."

"또래 친구들도 필요해. 두 달 뒤에는 학교에 가야 하잖니."

하지만 테디는 요지부동이다. 이후 우리는 오전 동안 집 안에서 레고 놀이를 했고, 그는 점심을 먹은 뒤 위층에서 휴식 시간을 가졌다. 나는 이 시간을 이용해 부엌을 정리해야 하지만 통 힘이 나지 않는다. 독립기념일 불꽃놀이가 늦게까지 이어져 간밤에 잠을 설친 데다, 테디와 말싸움을 한 뒤로 패배감이 느껴졌기 때문이다.

잠시 소파에 누워야지 했는데, 눈을 떠보니 테디가 옆에 서서 내 몸을 흔들고 있다.

"지금 수영해도 돼요?"

일어나 앉아보니 실내의 빛이 바뀌어 있다. 거의 세 시다. "그럼, 그러자. 수영복 가져와."

테디는 내게 그림 한 장을 건네고 방 밖으로 뛰어간다. 이전 그림에 나왔던 어둡고 울창한 숲이다. 한데 이번에는 한 남자가 삽으로 큰 구덩이에 흙을 던져 넣고 있고, 구덩이 밑바닥에는 애냐의 몸이 아무렇게나 구겨져 있다.

테디는 수영복을 입고 가족실로 돌아온다. "준비됐어요?"

"잠깐만, 테디. 이건 뭐야?"

"뭐가요?"

"이 사람은 누구야? 구덩이 안에?"

"애냐."

"그리고 이 남자는?"

"몰라요."

"애냐를 땅에 묻고 있는 거야?"

"숲속에서요."

"왜?"

"그가 애냐의 딸을 훔쳤으니까요." 테디는 말한다. "수영하기 전에 수박 먹어도 돼요?"

"그럼, 테디. 하지만 왜…."

너무 늦었다. 테디는 벌써 부엌으로 뛰어가서 냉장고 문을 열고 있다. 따라가 보니, 아이는 발꿈치를 들고 서서 맨 위 칸에 놓인 붉게 잘 익은 커다란 수박 한 덩이에 손을 내밀고 있다. 나는 수박을 도마로 들고 와서 칼로 한 조각 자른다. 테디는 접시도 기다리지 않는다. 그냥 움켜쥐고 먹기 시작한다.

"테디베어, 말해봐. 애냐가 또 무슨 말을 했어? 그림에 대해서?"

입에 수박이 가득 차있고, 붉은 과즙이 턱을 타고 흘러내린다. "남자는 아무도 애냐를 찾지 못하도록 구멍을 파고 있어요." 그는 어깨를 으쓱한다. "하지만 애냐가 나온 것 같아요."

8장

113 그날 밤 가족 전체가 저녁 외식을 하러 나갔다. 캐럴라인이 같이 가자고 했지만, 나는 달리기를 해야 한다고 거절하고 진입로를 후진해서 나가는 자동차 소리가 들릴 때까지 별채에 머물렀다.

그제야 나는 정원을 가로질러 옆집으로 향한다.

이 블록에서 가장 작은 집 중 하나인 미치의 집은 지붕이 쇠로 된 붉은 벽돌 단층집이었고 창문마다 롤러식 블라인드가 단단히 쳐져있다. 필라델피아 남부의 내가 살던 동네라면 위화감이 없겠지만, 이 유복한 스프링브룩에서는 약간 흉물스러운 집이다. 녹슨 빗물받이는 내려앉아 있고, 보도의 깨진 틈에서 잡초가 자랐으며, 잔디가 듬성듬성한 마당은 론 킹 조경회사에서 손을 좀 봐야 할 것 같다. 캐럴라인은 미치가 빨리 이사 가서 개발업자가 집을 불도저로 싹 밀고 새로 지으면 좋겠다는 말을 여러 번 했다.

현관문에는 손으로 적은 작은 쪽지가 테이프로 붙어있다. '고객을 환영합니다. 뒷문을 이용해 주세요.' 세 번 문을 두드렸더니, 그제야 미치가 나온다. 그녀는 체인을 걸어놓은 채 빼꼼히 밖을 내다본다. "네?"

"맬러리예요. 옆집에 사는."

그녀는 체인을 풀고 문을 연다. "하느님 맙소사, 간 떨어질 뻔했잖아!" 그녀는 보라색 기모노 차림에 호신용 스프레이를 쥐고 있다. "이렇게 늦은 시간에 문을 두드리다니, 무슨 생각이야?"

겨우 일곱 시가 조금 지났고, 조금 떨어진 곳에서는 어린 소녀 둘이 아직 보도에서 사방치기 놀이를 하고 있다. 나는 랩으로 씌운 작은 쿠키 접시를 내민다. "테디와 제가 생강쿠키를 구웠어요."

그녀의 눈이 커진다. "내가 커피를 끓이마."

미치는 내 손목을 잡아 어둑어둑한 거실로 끌어들였고, 나는 어둠에 적응하기 위해 눈을 깜빡인다. 집은 지저분하다. 공기에서는 마리화나와 고등학교 라커룸을 섞은 듯한 쿰쿰한 묵은내가 난다. 소파와 팔걸이의자에는 투명 비닐 덮개가 씌워져 있지만, 몇 달 동안 닦지도 않았는지 표면에 때가 한 겹 끼어있다.

미치는 나를 부엌으로 데려간다. 집 뒤쪽은 그나마 좀 더 쾌적하다. 블라인드가 걷혀있고, 창문은 숲 쪽으로 나있다. 천장에 매단 무늬접란의 긴 잎이 바구니에서 사방으로 늘어져 있다. 찬장과 주방기구는 1980년대로 돌아간 것 같고, 필라델피아 남부 동네 이웃들의 부엌처럼 모든 것이 익숙하고 아늑하다. 포마이카 부엌 탁자 위에는 신문이 깔려있고, 스프링과 볼트, 조준경 등 기름을 바른 검은 금속 조각이 여러 개 널려있다. 누군가 올바른 순서로 조립한다면 권총이 될 부속품이라는 것을 알 수 있다.

"마침 청소하는데 왔잖니." 미치는 팔로 모든 물건을 탁자 한쪽으로 두서없이 와르르 민다. "커피는 어떻게 해줄까?"

"디카페인 있어요?"

"웩, 없어. 절대로. 그건 잔에 화학물질을 담아 마시는 격이야. 오늘은 전통의 폴저스를 마시자고."

재활 중이라는 말을 하고 싶지 않아서, 나는 그냥 카페인에 아주 민감하다고 했다. 미치는 한 잔 정도는 나쁠 게 없다고 했고, 아마 그 말이 맞을 것이다.

"혹시 있으면 우유를 넣어주세요."

"하프앤드하프 크림이 있어. 그게 더 맛이 풍부해."

오래된 고양이 벽시계가 벽에서 꼬리를 양옆으로 흔들며 장난꾸러기처럼 웃고 있다. 미치는 구닥다리 커피메이커의 코드를 벽에 꽂고 통에 물을 채운다. "옆집은 잘 지내지? 일은 마음에 들고?"

"좋아요."

"그 부모들이 널 들들 볶을 텐데."

"좋은 사람들이에요."

"그 여자가 왜 굳이 일을 하는지 모르겠어. 솔직히 말해서 남편이 많이 벌 텐데. 재향병원 월급은 쥐꼬리만 할 거고. 그냥 집에 있는 게 좋지 않아? 멋있게 보이려고?"

"어쩌면…."

"엄마 노릇을 안 하려고 하는 여자들이 있어, 내가 볼 때는. 아이는 갖고 싶고, 페이스북에 예쁜 사진도 올려놓고 싶은데, 진짜 엄마 노릇은 경험하고 싶지 않은 거야."

"음…."

"솔직히 말해줄까? 그 아이는 귀엽잖아. 집어삼키고 싶을 정도로. 난 그 사람들이 정중하게 부탁하면, 예의를 조금이라도 지켜주면 공짜로라도 봐주겠어. 하지만 요즘 사람들은 이게 문제야! 가치 기준이 없다고!"

커피를 기다리며 그녀는 계속 온갖 불만에 대해 말을 잇는다. 홀푸드 마켓(비싸다), 미투 피해자들(특별 대접 받으려고 징징거리기만 한다), 일광절약제(헌법에는 그런 말 없잖아). 여기 온 것은 실수였다는 생각이 들기 시작한다. 누구에게 이야기를 해야 하는데, 미치는 남의 말을 듣는 사람 같지 않다. 나는 테디의 그림에 대해 한 가지 가설을 세웠지만, 러셀을 걱정시키고 싶지 않고 맥스웰 부부에게는 절대 이야기할 수가 없다. 그들은 독실한 무신론자이니 내 추측을 진지하게 생각하지 않을 것이다. 미치가 마지막 남은 희망이다.

"애니 배럿에 대해 더 아시는 게 있나요?"

이 말에 미치는 말을 그친다.

"그건 왜 묻는 거냐?"

"그냥 궁금해서요."

"아니, 아가씨, 그건 아주 구체적인 질문이잖아. 당신이 어디가 예뻐서 내가 그런 이야기를 해줘야 하지?"

나는 절대 아무에게도—특히 맥스웰 부부에게는—말하지 말라고 약속시킨 뒤 테디가 가장 마지막으로 그린 그림을 탁자에 내놓는다.

"테디가 정말 특이한 그림을 그리고 있어요. 상상 속의 친구에게서 아이디어를 얻는다고 해요. 그 친구의 이름은 애냐, 아무도 없을 때 침실로 찾아온대요."

그림을 살펴보는 미치의 얼굴이 어두워진다. "그런데 넌 왜 애니 배럿에 대해 묻는 거지?"

"그냥 이름이 비슷하잖아요. 애냐, 애니. 아이들이 상상 속의 친구를 만드는 건 정상적인 행위라고 알고 있어요. 많은 애들이 그런다고요. 한데 테디 말로는 애냐가 이런 그림을 그리라고 한대요. 남자가 숲에서 여자를 질질 끌고 가는 장면. 남자가 여자의 시체를 묻는 장면. 게다가 애냐가 테디더러 이 그림을 나한테 주라고 했대요."

부엌에 정적이 흐른다. 미치와 같이 있을 때 경험한 가장 오랜 정적이다. 들리는 것은 오직 커피메이커 속 커피가 부글거리고 킷캣 벽시계가 규칙적으로 똑딱똑딱하는 소리뿐이다. 미치는 연필 자국과 종이 섬유까지 꿰뚫어 보려는 듯 그림을 찬찬히 들여다본다. 아직 내가 하려는 말을 알아듣는 것 같지 않아서, 나는 노골적으로 털어놓는다.

"미친 소리처럼 들리겠지만, 애냐의 영혼이 아직 저 집에 묶여있는 게 아닌가 하는 생각이 들어서요. 혹시 테디를 이용해서 우리와 소통하려는 게 아닌가."

미치는 일어나 커피메이커 쪽으로 가서, 머그잔 두 개에 커피를 따른다. 그녀는 떨리는 손으로 잔을 들고 탁자로 돌아온다. 나는 크림을 조금 부어 한 모금 마신다. 평생 마셔본 것 중에 가장 쓰고 독한 커피다. 하지만 나는 마신다. 미치를 모욕하고 싶지 않다. 누군가 내 추측을 들어줄 사람이, 내가 미치지 않았다고 말해줄 사람이 간절하다.

"이런 문제에 대해 난 책을 많이 읽었어." 미치는 마침내 말한다. "역사적으로 어린이들은 언제나 심령을 보다 잘 받아들였지. 아이의 정신세계에는 어른이 세워놓은 온갖 장벽이 없거든."

"그럼… 가능할까요?"

"상황에 따라서. 부모한테 이야기했니?"

"그분들은 무신론자예요. 그래서…."

"아, 알아. 자기들이 다른 사람들보다 똑똑하다고 생각하지."

"부모한테 털어놓기 전에 우선 조사를 해보고 싶어요. 단서를 맞춰보고요. 이 그림 속의 뭔가가 애니 배럿의 이야기와 부합될지도 몰라요." 나는 탁자 위로 몸을 내밀고 한층 빠르게 말하기 시작한다. 벌써 카페인이 중추신경계를 깨우고 있다. 생각이 더 날카로워지고, 맥박이 빨라진다. 쓰디쓴 커피 맛도 불쾌하지 않다. 나는 한 모금 더 마신다. "테디의 말에 따르면, 이 그림 속의 남자가 애냐의 어린 딸을 훔쳐 갔대요. 애니한테 아이가 있었나요?"

"재미있는 질문이구나." 미치가 말한다. "하지만 처음부터 이야기해야 답이 보다 분명해지겠지." 그녀는 의자에 편안히 등을 기대고 쿠키를 입에 넣는다. "일단 기억해야 할 점은, 애니 배럿은 내가 태어나기도 전에 죽었어. 그러니 이건 나도 어릴 때 들은 이야기야. 진짜라고 보증할 수는 없어."

"괜찮습니다." 나는 커피를 한 모금 더 마신다. "전부 다 이야기해주세요."

"그 별채의 원주인은 조지 배럿이라는 남자였어. 깁스타운에 있던 화학회사 듀폰에서 엔지니어로 일했지. 그에게는 아내와 딸 셋이 있었고, 그의 사촌 애니는 제2차 세계대전 직후인 1946년에 이 동네로 이사 왔어. 그 별채에 살면서 일종의 작업실 겸 게스트하우스로 사용했지. 당신 또래였고, 아주 예뻤대. 치렁치렁한 검은 머리를 늘어뜨린 미인 중의 미인. 유럽에서 귀국한 군인들이 전부 그녀에게 반해서 고등학교 시절 애인들을 잊을 정도였다는 거야. 조지의 집에 밤낮으로 찾아와서 사촌과 이야기 한번 할 수 없느냐고 사정했다지.

하지만 애니는 수줍음이 많고, 조용하고, 남들과 잘 어울리지 않았어. 춤추러 가거나 영화 보러 가지도 않고, 초대는 다 거절했어. 교회조차 가지 않았대. 당시에는 큰 흠이었지. 그저 자기 오두막에 틀어박혀서 그림만 그렸어. 스케치할 소재를 찾아 헤이든스글렌을 돌아다니든가. 그러자 마을 사람들은 서서히 등을 돌렸어. 미혼모다, 아이를 입양하고 수치스러워서 스프링브룩으로 왔다는 말이 돌았지. 소문은 점차 심해졌어. 마녀다, 동네 남편들을 숲으로 유혹해서 섹스를 한다." 미치는 어처구니없다는 듯 웃는다. "여자들이 늘 하는 소리 아니냐? 이 동네의 애 엄마들은 나한테도 똑같은 소리를 할걸!"

그녀는 커피를 한 모금 더 마시고 말을 잇는다. "어쨌든, 어느 날 조지 배럿은 별채로 가서 문을 두드렸는데, 대답이 없었어. 안에 들어가 보니 침대며 벽이며 온통 피투성이였지. '서까래까지 튀어있었어.' 그가 내 아버지에게 이렇게 말했다지. 한데 시체가 없었어. 애니가 온데간데없이 사라진 거야. 조지는 경찰에 신고했고, 온 마을이 수색에 나섰어. 산길을 이 잡듯이 뒤지고, 계곡에 그물을 치고, 수색견도 투입하고, 수단과 방법을 가리지 않았어. 뭐가 나왔느냐? 아무것도. 그냥 사라진 거야. 이게 다야."

"40년대 이후 별채에 누가 산 적이 있나요?"

미치는 고개를 젓는다. "부모님은 조지가 별채를 부숴버릴 작정이었다고 했어. 비극의 기억을 지워버리기 위해서. 한데 결국 조경용 창고로 만들었지. 말했지만, 내가 자라던 5, 60년대에는 '악마의 집'으로 통했어. 다들 무서워했지. 하지만 전부 뜬소문일 뿐이야. 마을 뒷마당의 전설이라고나 할까? 정말 무서운 걸 내 눈으로 본 적은 없어."

"그 집에 아이도 있었나요?"

"딸 셋 아들 둘. 문제는 없었어. 난 바비와 가까웠어. 제 아이들이 죽은 사람을 그렸다면, 나한테 말했겠지." 미치는 커피를 다시 한 모금 마신다. "그래도 별채에는 손을 대지 않았어. 맥스웰 부부가 수리하면서 뭔가 흐트러진 걸까? 적대적인 기가 풀려났을지도."

나는 테드와 캐럴라인에게 가서 당신들 때문에 사악한 영혼이 풀려났다고 경고하는 장면을 상상해 본다. 틀림없이 생활 광고지에서 새 육아도우미부터 찾기 시작할 것이다. 나는 어떻게 해야 할까? 어디로 가야 할까? 중립 기어에서 공회전하는 엔진처럼 심장 박동이 빨라지기 시작한다. 나는 가슴에 한 손을 얹는다.

진정하자.

침착하자.

커피는 그만 마셔야 한다.

"화장실 좀 쓸 수 있을까요?"

미치는 거실 안쪽을 가리킨다. "왼쪽 첫 번째 문이야. 줄을 당기면 불이 켜져."

작고 비좁은 욕실에는 구식 욕조가 비닐 샤워커튼 안에 감싸이듯 덮여있다. 불을 켜자마자 좀 한 마리가 타일 바닥을 쏜살같이 지나가더니 줄눈에 난 틈 속으로 사라진다. 나는 세면대로 가서 물을 틀고 찬물로 얼굴을 씻는다. 심장 박동이 진정되고 나서 손님용 수건으로 손을 뻗었는데 몇 년째 사용하지 않았는지 모두 먼지로 뒤덮여 있다. 문 뒤쪽에 타월 소재의 분홍색 목욕가운이 걸려있어서, 그 소매로 얼굴을 문질러 닦는다.

이어 화장실 약장을 열고 얼른 둘러본다. 고등학교 시절에 나는 남의 욕실을 염탐하는 것을 좋아했다. 사람들이 무방비 상태로 놓아두는 약물이 얼마나 많은지 모른다. 알약 몇 개, 때로는 병째로 가져가도 의심받지 않고 넘어갈 수 있었다. 심장이 두근거리고 다리가 후들거리는 것이 마치 고등학교 시절로 돌아온 기분이다. 미치의 약장에는 무슨 월그린 약국처럼 네 단짜리 선반에 온갖 물건이 빼곡하게 들어차 있다. 면봉, 솜, 의료용 패드, 바셀린, 집게, 제산제, 반쯤 짜서 쓴 방광염 연고와 스테로이드 연고. 리피토부터 신스로이드, 아목시실린, 에리스로마이신까지 오렌지색 처방약품 병도 10여 종 있다. 맨 뒤에, 내 정다운 친구 옥시코돈이 다른 물건들 뒤에 숨어있다. 있을 거라는 예감이 있었다. 요즘은 대부분의 가정집에 간단한 수술을 마치고 처방받아 반 통 정도 쓰고 남은 옥시가 있다. 이런 약이 없어져도 사람들은 눈치조차 채지 못한다.

나는 뚜껑을 열고 안을 들여다본다. 비어있다. 그때 문 두드리는 소리가 나서, 나는 물건을 몽땅 세면대에 떨어뜨릴 뻔했다. "물 내릴 때 손잡이를 오래 쥐고 있어야 해, 알겠지? 변기에 문제가 있어."

"네. 그럴게요."

옛 습관대로 화장실을 염탐한 나 자신에게 화가 불쑥 치밀어 오른다. 미치가 현장에서 나를 덮친 기분이다. 커피 탓이다. 마시지 말았어야 했다. 나는 병을 다시 넣어두고 물을 틀어 체내에 들어간 독을 희석시키기 위해 차가운 물을 꿀꺽꿀꺽 마신다. 19개월이나 끊었으면서 노부인의 약통이나 염탐하고 있다니, 나 자신이 부끄럽다. 무슨 일이 벌어지고 있는 거지? 나는 변기 물을 내리고 물이 다 빠져나갈 때까지 손잡이를 한참 누른다.

부엌으로 돌아오니, 미치는 알파벳과 숫자가 들어찬 나무 보드를 꺼내놓고 식탁에서 기다리고 있다. 위자보드의 일종인 것 같은데, 내가 어린 시절 친구 집에서 갖고 놀던 허술한 종이 재질이 아니다. 이건 불가사의한 상징을 잔뜩 새긴 두꺼운 단풍나무 판이다. 장난감이라기보다 도마처럼 보인다.

"내게 한 가지 생각이 있는데." 미치가 말한다. "영혼이 너한테 뭔가 말하고 싶다면, 중간에 있는 사람을 빼자고. 테디를 건너뛰어서 네가 직접 접신하는 거야."

"교령회처럼요?"

"나는 '회동'이라는 표현을 더 좋아한다만. 하지만 여기서 말고. 네 별채에서 하는 게 효과가 좋을 거다. 내일 어때?"

"전 테디를 돌봐야 해요."

"맞아, 그렇지. 테디가 참여해야 할 거다. 영혼은 그에게 붙어있으니까. 그 애가 같이 있어야 접신이 이루어질 가능성이 훨씬 높아."

"절대 안 돼요, 미치. 그럴 수는 없어요."

"왜?"

"그 애 부모님이 날 죽일 거예요."

"내가 말하마."

"아니, 아니, 아니." 내 목소리에 당황한 기색이 역력히 드러난다. "그 집 부모에게 아무 말도 하지 않겠다고 약속하세요. 제발, 미치. 이 일자리를 잃을 수는 없어요."

"왜 그렇게 걱정하니?"

나는 면접 당시 들은 맥스웰 집안의 규칙을 알려준다. 종교나 미신 말고 과학을 가르치라는 규칙. "테디를 교령회에 데려올 수는 없어요. 애가 재채기를 할 때 '신의 가호가 있기를' 하는 말도 못 하는 집이라고요."

미치는 손가락으로 그림을 두드린다. "이 그림은 정상적인 게 아니야, 아가씨. 그 집에서 뭔가 이상한 일이 벌어지고 있는 게 분명해."

나는 그림을 다시 챙겨 가방에 집어넣고 커피 감사하다고 인사한다. 맥박이 다시 빨라지기 시작한다. 심장 박동도 마찬가지다. 나는 조언에 대해 감사한 뒤 나가려고 뒷문을 연다. "부모한테 말하지는 마세요, 아시겠죠? 비밀 지켜주셔야 해요."

미치는 검은 벨벳 덮개로 나무 판을 덮는다. "내 제안은 변함없으니까 마음이 바뀌면 말해. 틀림없이 그렇게 될 거다."

별채에 돌아오니 여덟 시, 나는 새벽 네 시에도 깨어있다. 잠을 잘 수가 없다. 커피는 큰 실수였다. 심호흡, 따뜻한 우유 한 잔, 뜨거운 물에 샤워까지, 평소 사용하는 온갖 비법을 총동원했지만 소용없다. 모기가 끊임없이 왱왱거려서 머리에 이불을 뒤집어쓰고 맨발을 내놓는 것이 소음에서 해방되는 유일한 처방이다. 나 자신이 너무나 실망스럽다. 그 빌어먹을 약장을 열어보았다는 것을 믿을 수가 없다. 나는 계속 뒤척이며 정확히 어느 시점에서 내 두뇌가 자동항법 모드로 전환했는지 알아내려고 미치의 욕실에서 보낸 2분을 집요하게 해부한다. 이제 중독은 이겨낼 수 있다고 생각했는데, 아직도 나는 취하기 위해서 남의 집 약장을 탐색하는 약쟁이 맬러리다.

나는 혼미하고 수치스러운 기분으로 알람을 일곱 시에 맞춘다. 다시는 옛 습관으로 후퇴하지 않으리라.

다시는 커피에 입을 대지 않겠다, 절대.

더 이상 그림에 대해서 집착하지 않겠다.

더 이상 애니 배럿 이야기도 하지 않겠다.

본채로 들어가 보니, 고맙게도 새로운 위기가 펼쳐져 잡념을 몰아낸다. 테디가 가장 좋아하는 목탄 연필이 아무리 찾아도 없다는 것이다. 미술상에 가서 새 연필을 한 묶음 산 뒤, 집에 돌아오자마자 테디는 서둘러 위층으로 올라가 휴식 시간을 가진다. 밤에 잠을 못 자서 너무나 피곤했기 때문에, 나도 가족실로 들어가서 소파에 무너진다. 몇 분만 눈을 붙일 생각이었는데, 이번에도 테디가 나를 흔들어 깨운다.

"또 낮잠 자!"

나는 벌떡 일어난다. "미안해, 테디베어."

"수영하러 안 가요?"

"가야지. 수영복 입어라."

훨씬 기분이 낫다. 낮잠 덕분에 배터리가 다시 채워져 평상시의 기본 상태로 돌아온 것 같다. 테디는 수영복을 입으러 달려갔고, 커피 탁자에는 테디가 새로 그린 그림이 앞면을 아래로 하고 놓여있다. 그대로 내버려 두어야 한다. 어머니나 아버지가 해결하도록 해야 한다. 하지만 어쩔 수가 없다. 호기심이 더 셌다. 나는 종이를 뒤집는다. 마지막 지푸라기가 툭 끊긴다.

갖가지 종류의 부모가 있다는 것은 알고 있다. 자유방임적인 부모와 보수적인 부모, 무신론자 부모와 독실한 신자인 부모, 헬리콥터 부모와 일 중독자 부모, 아이에게 독이 되는 부모. 이 모든 부모들이 생각하는 최선의 육아는 서로 하늘과 땅처럼 다르다. 하지만 애냐가 눈을 질끈 감고 있고 두 손이 그녀의 목을 단단히 휘감고 있는 장면을 본 순간, 어떤 부모라도 문제가 대단히 심각하다는 데는 동의하지 않을까?

9장

캐럴라인은 다섯 시 반에 집으로 돌아왔 126
고, 나는 그녀가 현관을 들어서는 순간 그림을 내밀고 싶은 충동을 억누른다. 그녀는 바쁘고 머리가 복잡할 것이고, 아들과 인사하고 저녁 식사 준비를 해야 할 것이다. 그래서 캐럴라인이 오늘 하루가 어땠느냐고 묻자, 나는 미소 지으며 모든 것이 괜찮다고 답한다.

달리기를 하러 나갔지만, 전날 밤의 피로 때문에 30분 정도 뛰고 그만두었다. '꽃의 성' 앞을 지나치는데, 에이드리언이나 가족의 기척은 보이지 않는다. 나는 집으로 가서 샤워를 한다. 냉동 부리토를 전자레인지에 돌리고 홀마크 영화에 몰입하려고 노력한다. 하지만 정신이 산만해서 집중할 수가 없다. 마지막 그림, 애냐의 목을 단단히 쥐고 있던 손만 자꾸 머릿속에 떠오른다.

나는 아홉 시까지 기다린다. 이 정도면 테디는 자기 방에서 분명히 잠들었을 것이다. 나는 가장 최근 그림 세 장을 들고 밖으로 나간다. 사람 목소리가 바람에 실려 들려오고, 수영장 옆에 두 사람이 앉아있는 모습이 보인다. 테드와 캐럴라인이 흰 가운 차림으로 와인을 마시고 있다. 유람선 여행 광고에 나오는, 이제 막 7일짜리 지중해 항해에 나선 행복한 커플의 모습이다. 캐럴라인은 테드의 무릎을 베고 누워 있고, 테드는 그녀의 어깨를 부드럽게 마사지하고 있다.

"잠깐 물에 들어갔다 나오지, 긴장 풀리게."

"벌써 다 풀렸어."

"그럼 위층으로 올라갈까?"

"테디는?"

"테디? 자고 있잖아."

부드럽고 탄력 있는 잔디를 가볍게 밟으며 다가가는데, 마당을 반쯤 가로질렀을까, 뒤꿈치가 스프링클러 헤드에 걸린다. 발목이 비틀리고, 나는 꼬리뼈로 주저앉으며 팔꿈치를 땅에 부딪힌다. 아파서 나도 모르게 비명이 나온다.

캐럴라인과 테드가 이쪽으로 뛰어온다. "맬러리? 괜찮아?" 나는 손으로 팔꿈치를 감싼다. 워낙 갑작스럽고 날카로운 통증이라 피가 날 거라는 생각이 들었다. 하지만 손가락을 들어보니 멍이 들었을 뿐 찢어진 곳은 없다.

"괜찮아요. 그냥 넘어졌어요."

"밝은 데서 자세히 보지." 테드가 말한다. "일어설 수 있어?"

"잠깐만 이러고 있을게요."

테드는 주저하지 않는다. 그는 내 무릎 아래로 팔을 넣더니 나를 아기처럼 안고 일어선다. 그는 나를 수영장 쪽으로 데려가서 조심스럽게 파티오 의자에 내려놓는다.

"난 괜찮아요. 정말이에요."

캐럴라인은 내 팔꿈치를 살펴본다. "마당에서 뭐 하고 있었어? 필요한 게 있었나?"

"급한 건 아니고요."

그 와중에도 나는 그림 세 장을 쥐고 있다. 캐럴라인은 그림을 본다. "테디가 그린 거야?"

이제 더 이상 나는 잃을 것이 없다. "테디가 부모님한테 말하지 말라고 했는데요. 그래도 보셔야 할 것 같아서요."

그림을 찬찬히 들여다보던 캐럴라인의 얼굴이 어두워진다. 그녀는 남편의 손에 그림을 들이민다.

"이건 당신 잘못이야."

테드는 첫 그림을 보더니 웃는다. "아, 맙소사, 목 졸려 죽는 건가?"

"그래, 테드. 여자를 살해해서 시체를 숲속으로 끌고 가는 장면이잖아. 사랑스러운 우리 아들이 어디서 이런 끔찍한 생각을 했겠어?"

테드는 항복한다는 듯 두 손을 든다. "《그림 동화》 때문이야. 내가 매일 밤 새 이야기를 하나씩 읽어주거든."

"디즈니 각색본도 아니고." 캐럴라인이 말한다. "원작은 훨씬 폭력적이야. 신데렐라의 심술궂은 새 언니가 유리 구두를 신어보는 장면 있지? 원작에서는 구두에 자기 발을 맞추려고 발가락을 잘라낸다고. 구두가 피로 가득 차. 끔찍하지!"

"남자애잖아, 캐럴라인. 남자애들은 이런 걸 좋아한다고!"

"상관없어. 정신건강에 좋지 않아. 내일 도서관에 가서 디즈니 동화책을 빌려 와야겠어. 목 조르는 장면, 살인, 이런 거 없는 깨끗한 전연령 관람가로."

테드는 와인 병을 자기 잔에 기울여 가득 따른다. “그거야말로 내겐 공포물이야. 하지만 내가 아는 게 있나. 일개 애 아버지일 뿐이지.”

“난 면허가 있는 정신상담사야.”

그들은 어느 쪽 부모가 옳은지 판단을 기다리기라도 하듯 나를 바라본다.

“동화 속의 이야기는 아니라고 했어요.” 나는 말한다. “테디는 애냐에게서 아이디어를 얻는대요. 애냐가 뭘 그릴지 알려준다고요.”

“당연하지.” 캐럴라인이 말한다. “테디는 우리가 그런 그림을 허락하지 않는다는 걸 알고 있어. 여자가 목이 졸리고, 죽고, 땅에 묻히는 그림을 그리는 건 잘못된 일이라는 걸 알고 있다고. 하지만 애냐가 괜찮다고 하면, 할 수 있는 거야. 일종의 인지부조화 효과를 얻는 거지.”

테드는 아내의 말을 들으며 완벽하게 말이 된다는 양 연거푸 고개를 끄덕이지만, 나는 무슨 말인지 알 수가 없다. 인지부조화?

“테디는 애냐가 들려주는 이야기를 그림으로 그린대요. 그림 속의 남자가 애냐의 어린 딸을 훔쳤다고요.”

“전형적인 《그림 동화》 이야기야.” 테드가 설명한다. “동화의 절반은 아이들이 실종되는 이야기야. ‘헨젤과 그레텔’, ‘피리 부는 사나이’, ‘대부가 된 사신’….”

“대부가 된 사신?” 캐럴라인은 고개를 젓는다. “제발, 테드. 그 이야기들은 너무 심해. 정말 그만둬야 해.”

테드는 다시 그림을 흘끗 보더니 마침내 항복한다. “좋아, 알았어. 지금부터는 닥터 수스 이야기만 읽지. 리처드 스캐리나. 하지만 한심한 베렌스타인 베어스 따위는 싫어. 여기까지만 물러서지.” 그는 한 팔을 캐럴라인의 어깨에 두르고 힘을 준다. “당신이 이겼어, 됐지?”

그는 문제가 해결됐다는 듯, 이제 다들 안으로 들어가서 하루를 마감해도 된다는 듯 행동하고 있다. 하지만 나는 지금 묻지 않으면 다시 기회가 없을 것 같다. "저는 다른 가능성을 생각해 봤는데요." 나는 그들에게 말한다. "애냐가 애니 배럿이라면 어떨까요?"

캐럴라인은 어리둥절한다. "누구?"

"제 별채에서 살해당했다는 여자요. 1940년대에. 테디가 휴식 시간에 자기 방에 들어가서 그녀의 영혼과 접신하는 거라면?"

테드는 내가 농담이라도 했다는 듯 웃고, 캐럴라인은 다시 그쪽으로 화난 눈빛을 보낸다. "아니, 진심으로? 귀신 같은 걸 말하는 거야?"

이제 돌아설 수는 없다. 나는 내 추측을 털어놓는다. "이름이 비슷하잖아요. 애니와 애냐. 게다가 테디는 바르셀로나에서 그림 그리는 걸 좋아하지 않았다면서요. 미국에 돌아오자마자, 이 집에, 애니 배럿이 실종된 이 집에 이사 오자마자 미친 듯이 그리기 시작했다면서요. 정확히 그 표현을 사용하셨어요. '미친 듯이' 그린다고."

"난 그저 테디의 상상력이 활발하다는 뜻이었지."

"하지만 테디는 정말 누군가와 대화를 해요. 자기 방에서요. 문밖에서 들었는데, 아주 길게 이야기를 나누더라고요."

캐럴라인은 눈을 가늘게 뜬다. "그럼 당신도 귀신 목소리를 들었어? 원한을 품은 불쌍한 애니 배럿의 영혼이 우리 아들에게 미술 지도를 하는 소리를 들었냐고." 내가 들은 적은 없다고 인정하니까, 캐럴라인은 마치 그게 무슨 증거인 양 반응한다. "자기 혼자 말하고 있는 거니까, 맬러리. 그건 지능이 높다는 뜻이야. 재능 있는 아동들은 늘 그렇게 행동하지."

"하지만 다른 문제들은요?"

"문제? 테디에게 문제가 있어?"

"밤에 오줌을 싸잖아요. 매일같이 같은 줄무늬 티셔츠만 입으려고 하고. 다른 아이들과 놀지 않으려고 하고. 이제는 여자가 살해당하는 그림까지 그리고 있어요. 이런 걸 종합해서 볼 때, 캐럴라인, 모르겠어요, 여하튼 저는 걱정스러워요. 의사를 한번 만나보셔야 하지 않을까 싶어요."

"내가 의사야." 캐럴라인은 말한다. 그제야 나는 내가 그녀의 자존심을 건드렸다는 것을 깨달았지만 너무 늦었다.

테드는 그녀의 잔에 손을 뻗어 술을 따른다.

"여보, 여기."

캐럴라인은 손을 흔들어 물리친다. "나는 내 아이의 정신 건강을 평가할 능력이 있는 사람이라고."

"그건 알지만요…."

"그래? 모르는 것 같은데."

"그냥 걱정돼서요. 테디는 정말 예쁘고, 착하고, 천진무구한 소년이에요. 하지만 이런 그림들은 마치 다른 공간에서 오는 것 같은 느낌이 들어요. 더럽게 느껴진달까. 불순하달까. 미치 말로는…."

"미치? 이 그림을 미치에게 보여줬다고?"

"미치는 어쩌면 뭔가 건드렸을지도 모른다고 했어요. 별채를 수리할 때요."

"우리한테 말하기 전에 미치와 먼저 대화했다고?"

"이런 식으로 반응하실 줄 알았으니까요!"

"이성적인 반응이라는 뜻이라면, 그래, 맞아. 나는 그 여자의 말은 한 마디도 믿지 않아. 당신도 그렇게 해야 해. 약쟁이라고, 맬러리. 약에 절어 제정신이 아닌 또라이!"

이 말과 함께 정적이 흐른다. 캐럴라인에게서 욕설을 들은 것은 이번이 처음이었다. 중독자를 묘사할 때 그녀가 이런 표현을 사용한 것도 처음이었다.

"자, 맬러리." 테드가 말한다. "당신이 걱정하는 건 이해해." 그는 아내의 무릎에 한 손을 얹는다. "안 그래, 여보? 솔직하게 대화하면 안 풀릴 일이 없다는 거 알고 있잖아."

"하지만 테디가 자다 오줌을 싸는 걸 귀신 탓으로 돌리지는 않아." 캐럴라인은 말한다. "당신도 알잖아? 그런 소리를 하면 심리상담 면허를 뺏긴다고. 오줌 싸는 건 정상적인 일이야. 수줍음이 많은 것도, 가상의 친구가 있는 척하는 것도 정상적인 일이라고. 이런 그림은…."

"엄마?"

일제히 돌아보니 테디가 거기 서있다. 수영장 저쪽 끝 울타리 너머에서 소방차 잠옷을 입고 고질라 인형을 들고 있다. 얼마나 기다렸는지, 얼마나 들었는지 알 수 없다.

"잠이 안 와서요."

"네 방으로 돌아가서 다시 침대에 누워보렴." 캐럴라인이 말한다.

"너무 늦었어, 녀석아." 테드가 말한다.

그들의 아들은 자기 맨발을 내려다보고 있다. 수영장 바닥에서 흘러나오는 불빛에 아이의 몸은 어둑어둑한 푸른빛으로 어른거린다. 혼자 돌아가고 싶지 않은지 초조해 보인다.

"얼른." 캐럴라인이 테디에게 말한다. "20분 뒤에 엄마가 올라갈게. 하지만 혼자 가서 잠을 청해봐."

"아, 그리고 테디?" 테드는 말한다. "이제 애냐 그림은 그리지 마라, 알겠지? 맬러리가 겁먹었어."

테디는 나를 돌아본다. 상처받은, 배신감으로 크게 뜬 눈이었다.

"아니, 아니, 그게 아니라." 나는 말한다. "난 괜찮은데…."

테드는 그림 세 장을 들어 보인다. "이런 그림을 누가 보고 싶어 하겠니? 너무 무섭잖아. 지금부터는 좋은 그림만 그려라. 알았지? 말이나 해바라기 같은."

테디는 돌아서서 정원 저쪽으로 달려가기 시작한다.

캐럴라인은 남편을 향해 얼굴을 찡그린다. "그런 식으로 말하면 안 돼."

테드는 어깨를 으쓱하고 다시 와인을 한 모금 마신다. "언젠가는 해야 할 말이잖아. 두 달 뒤에 학교에 가야 해. 선생님들이라고 같은 걱정을 안 할 거 같아?"

캐럴라인은 일어선다. "난 들어갈게."

나도 일어선다. "캐럴라인, 죄송해요. 불쾌하게 할 마음은 아니었어요. 그저 걱정이 돼서."

그녀는 멈추지도 돌아서지도 않고 그저 집을 향해 정원을 뚜벅뚜벅 걸어간다. "괜찮아, 맬러리. 잘 자요."

괜찮지 않다는 것이 역력하다. 지난번에 그녀가 내게 소리쳤을 때보다 더하다. 너무 화가 나서 나를 쳐다보려고도 하지 않는 것이다. 질질 짜는 내 모습이 한심하게 느껴졌지만, 어쩔 수가 없다.

내가 왜 미친 이야기를 했을까?

왜 입을 다물지 못했을까?

테드가 나를 끌어당겨 가슴에 머리를 기대게 해준다. "들어봐, 괜찮아. 당신은 그냥 솔직했던 것뿐인데. 아이를 키우다 보면 엄마 말이 항상 맞는 거야. 설령 틀렸다고 해도. 무슨 뜻인지 알아?"

"전 그냥 걱정이 돼서…."

"걱정은 캐럴라인에게 맡겨줘. 우리 둘의 몫만큼 걱정할 테니까. 아내는 테디를 보호하려는 마음이 정말 커, 몰랐어? 우린 아이를 가지려고 오래 고생했어. 아주 노력을 많이 했지. 그 모든 고생 때문에 아내에게는 항상 불안감이 남아있는 것 같아. 게다가 이제 직장으로 돌아가야 하니 죄책감이 얼마나 크겠어. 뭔가 잘못될 때마다 아내는 자기 문제처럼 받아들여."

미처 생각지 못했던 점이지만, 테드의 말은 전부 납득이 간다. 아침마다 급히 출근할 때, 캐럴라인은 언제나 집을 나서는 데 죄책감을 느끼는 것 같았다. 심지어 내가 집에 남아 테디와 컵케이크를 굽는 사람이라는 것이 부러운 것 같기도 했다. 나는 캐럴라인을 우러러보느라 그녀가 나를 부러워할지도 모른다는 생각은 미처 하지 못했다.

나는 겨우 호흡을 가다듬고 울음을 멈춘다. 테드는 얼른 집에 들어가서 아내를 살펴보고 싶은 것 같았지만, 그가 가기 전에 한 가지 더 부탁이 있다. 나는 그에게 그림 세 장을 넘겨주고 모든 책임을 떨쳐버린다. "이거 가져가시겠어요? 다시 안 봐도 되게요."

"그럼." 테드는 그림을 반으로 접어 갈기갈기 찢어버린다. "이제 이런 그림은 다시 안 보게 될 거야."

10장.

135 나는 잠을 설쳤다. 아침에 일어나니 기분이 엉망이다. 캐럴라인 맥스웰은 나를 자기 집에 들이고, 자기 아이를 믿고 맡겨주고, 새로운 인생을 시작하는 데 필요한 모든 것을 주었다. 내게 과분할 정도의 친절을 베풀었던 그녀가 내게 화를 내고 있다는 생각을 하니 견딜 수가 없었다. 나는 침대에 누운 채 미안하다는 마음을 전할 수 있는 수백 가지 표현을 생각해 본다. 그러다 더 이상 견딜 수 없어서, 나는 일어나 캐럴라인을 만나러 간다.

본채에 들어가니, 테디는 잠옷 바람으로 부엌 식탁 아래 앉아 링컨 로그 집짓기 놀이를 하고 있다. 캐럴라인은 싱크대 앞에 서서 아침 식사 설거지를 하고 있다. 나는 내가 하겠다고 나선다. "그리고 미안하다는 말을 하고 싶었어요."

캐럴라인은 물을 잠근다. "아니, 맬러리. 내가 미안해. 와인도 너무 마셨고, 그런 식으로 당신한테 화풀이를 한 건 내 잘못이었어. 아침 내내 나도 신경이 쓰였어."

그녀는 양쪽으로 팔을 벌리고, 우리는 포옹하고 동시에 다시 사과한다. 같이 웃음을 터뜨리고 나니 모든 것이 원래대로 돌아온다.

"언제든지 본채로 들어와도 된다는 거 알고 있지?" 그녀는 다시 말한다. "테디 옆방을 쓰면 돼. 하루만 정리하면 준비될 거야."

하지만 더 이상 그녀에게 폐를 끼치고 싶지 않다. "별채가 완벽해요. 거기서 지내는 게 좋아요."

"좋아, 하지만 마음이 바뀌면…."

나는 그녀의 손에서 행주를 빼앗고 전자레인지에 달린 시계를 턱으로 가리킨다. 7시 27분, 길이 막히기 전에 가려면 캐럴라인은 7시 35분 전에 출발해야 한다. "제가 마무리할게요. 좋은 하루 보내세요."

캐럴라인은 이렇게 출근했고, 나는 일에 몰두한다. 씻을 거리는 별로 없다. 컵 몇 개, 시리얼 그릇, 전날 밤에 마신 와인글라스가 다다. 나는 전부 식기세척기에 넣은 뒤 네발로 기어 식탁 아래로 들어간다. 테디는 링컨로그로 이층집을 지은 뒤 주변에 작은 플라스틱 동물들을 배치하고 있다.

"무슨 놀이니?"

"가족이에요. 이 동물들은 같이 살아요."

"내가 돼지 해도 돼?"

아이는 어깨를 으쓱한다. "그러고 싶으면요."

나는 다른 동물들 주위에서 돼지를 밀며 자동차처럼 빽빽빽 소리를 낸다. 보통 테디는 이 장난을 좋아한다. 내가 동물 흉내를 내면서 트럭 빵빵거리는 소리나 기차 경적 소리를 내면 즐거워한다. 한데 오늘 아침에는 내게 등만 보이고 있다. 당연히 나는 무엇이 문제인지 알고 있다.

"테디, 들어봐. 간밤의 일을 설명할게. 아빠가 내 말을 오해하신 것 같아. 난 네 그림이 전부 다 아주 좋거든. 애냐가 나오는 그림도. 난 계속 네 그림을 보고 싶어."

테디는 탁자 다리에서 플라스틱 고양이를 나무 타듯이 위로 움직인다. 나는 테디 앞에 가서 눈을 맞추려고 하지만, 아이는 고개를 돌려버린다. "네 그림 계속 보여줄 거지?"

"엄마는 그러지 말라고 했어요."

"내가 괜찮다니까. 그래도 돼."

"엄마가 맬러리는 기분이 안 좋다고 했어요. 무서운 그림을 보면 다시 아파진다고."

갑자기 몸을 일으키는 바람에, 나는 탁자 아래쪽에 머리를 부딪힌다. 너무 아파서 잠시 움직일 수가 없다. 나는 눈을 질끈 감고 손으로 머리를 감싸 쥔다.

"맬러리?"

눈을 뜨니 테디가 그제야 날 바라보고 있다. 겁먹은 얼굴이다. "난 괜찮아." 나는 그에게 말한다. "그리고 아주 잘 들어. 네가 무슨 짓을 하든 내가 아파지지는 않아. 걱정할 필요 없어. 난 백 퍼센트 괜찮다니까."

테디가 손에 쥔 말이 내 다리 위로 따그닥 따그닥 올라와서 내 무릎에 앉는다. "머리 괜찮아요?"

"괜찮아." 심하게 욱신거리고 벌써 혹이 만져지는데도, 나는 그렇게 대꾸한다. "머리에 뭘 좀 얹어야겠다."

나는 샌드위치 봉투에 얼음을 담아 정수리에 대고 부엌 식탁에 몇 분 동안 앉아있었다. 테디는 내 발치에서 온갖 농장 동물 흉내 내기 놀이를 한다. 동물마다 각자 고유의 목소리와 성격이 있다. 고집 센 염소 아저씨, 잔소리 많은 암탉 아줌마, 용감한 검은 종마, 철없는 아기 오리, 기타 열 개도 넘는 캐릭터가 있다.

“난 집안일 하기 싫어.” 말이 말한다.

“하지만 규칙은 규칙이야.” 암탉 아줌마가 말한다. “규칙은 모두 지켜야지!”

“공평하지 않잖아.” 염소 아저씨가 불평한다.

이런 식으로 계속된다. 대화는 집안일부터 점심, 헛간 뒤 숲에 묻어놓은 비밀스러운 보물로 이어진다. 서로 다른 온갖 캐릭터와 목소리를 기억하는 테디의 능력은 신기하다. 하지만 테드와 캐럴라인이 늘 해왔던 말이다. 엄마, 아빠가 자기 아들은 극도로 상상력이 뛰어나다고 하니까, 그걸로 이야기 끝이다.

그날 오후 늦게 테디가 휴식 시간에 자기 방으로 들어간 뒤, 나는 잠시 기다렸다가 뒤따라 올라간다. 방문에 귀를 갖다 대니, 아이는 이미 한창 대화 중이다.

“…성채를 지어도 되고.”

“…………………….”

“술래잡기를 하든가.”

“…………………….”

“아니, 안 돼. 난 그건 하면 안 돼.”

“…………………………………….”

“하지 말라고 하셨다니까.”

"……."

"미안하지만…."

"………."

"이해가 안 돼."

"……………………………………………………."

애냐가 뭔가 터무니없는 제안을 했는지, 테디는 웃었다. "한번 해볼까?"

"…………………………………………………………."

"어떻게… 그래, 좋아."

"……."

"아, 그건 차가워!"

이다음에는 아무 말이 없다. 하지만 무슨 일이 있나 싶어 귀를 쫑긋 세우니, 뭔가 속삭이는 듯한 소리가 들린다. 연필이 종이를 긁는 소리다.

그림?

또 그리고 있나?

나는 아래층에 내려가서 부엌 탁자에 앉아 기다린다.

보통 휴식 시간은 한 시간 남짓이지만, 테디는 오늘 그보다 두 배

오래 자기 방에 머무른다. 마침내 부엌에 내려온 아이는 빈손이다.

나는 미소 짓는다. “여기 왔네!”

그는 의자에 기어오른다. “왔어요.”

“오늘은 그림 안 그려?”

“치즈와 크래커 먹어도 돼요?”

“그럼.”

나는 냉장고로 가서 접시에 간식을 담는다. “위층에서 뭐 했니?”

“우유 마셔도 돼요?”

나는 작은 잔에 우유를 따라서 전부 식탁으로 가져간다. 크래커에 손을 뻗는 것을 보니, 손바닥과 손가락에 온통 검은 얼룩이 묻어있다. “손부터 씻는 게 좋겠다. 연필이 묻은 것 같네.”

테디는 얼른 싱크대로 가서 말없이 손을 씻는다. 그리고 식탁으로 돌아와 크래커를 먹기 시작한다. “레고 놀이 할래요?”

이어 며칠 동안 생활은 평범했다. 테디와 나는 레고와 인형 놀이, 플레이도 점토 놀이, 슈링키딩크, 색칠북, 팅커토이, 식료품점 놀러 가기로 시간을 보낸다. 테디는 용감하고 모험심 많은 식성이고, 낯설고 이국적인 음식을 먹어보는 것도 좋아한다. 히카마(흔히 멕시코감자라고 불리는 구근류 채소—옮긴이)나 금귤이 어떤 맛인지 알아보기 위해 웨그먼스까지 걸어가서 사 오기도 한다.

테디는 내가 본 가장 호기심이 많은 어린이이고 대답하기 까다로운 질문을 내게 던지는 것을 좋아한다. 구름은 왜 있어요? 누가 옷을 발명했어요? 달팽이는 어떻게 움직여요? 나는 끊임없이 휴대전화로 위키피디아를 검색해야 한다. 어느 날 오후 수영장에서 테디는 내 가슴을 가리키면서 수영복 밑에 튀어나온 것이 뭐냐고 묻는다. 이럴 때는 호들갑을 떨 필요가 없다. 나는 그냥 신체의 일부다, 찬물을 접하면 단단해진다고 한다.

"너도 있잖아." 내가 말한다.

그는 웃는다. "아냐, 난 없어요!"

"당연히 있지! 없는 사람이 어디 있어."

나중에 옥외 샤워실에서 몸을 씻는데, 테디가 나무 문짝을 두드린다.

"맬러리?"

"응?"

"여자 소중한 부위 볼 수 있어요?"

"무슨 뜻이야?"

"내려다보면요. 보여요?"

"설명하기 힘든데, 테디. 잘 보이지는 않아."

긴 침묵이 흐른다.

"그럼 있다는 걸 어떻게 알아요?"

우리 사이에 문이 있어서 내가 웃는 모습을 저쪽에서 볼 수 없다는 것이 다행이다. "그냥 알아, 테디. 분명히 있어."

그날 밤 캐럴라인에게 이 말을 전했더니, 그녀는 웃지 않고 놀란 것 같다. 다음 날 그녀는 '그건 지극히 정상이야!', '난 어디서 왔을까?' 같은 제목이 붙은 그림책들을 한 무더기 가져온다. 내가 어린 시절에 보던 책보다 훨씬 노골적이고 상세하다. 항문섹스, 커닐링구스, 젠더퀴어 정체성 표현 등의 정의도 아주 자세히 설명하고 있다. 컬러 도판까지 곁들여서. 다섯 살짜리에게 너무 과한 것이 아닐까 말해보았지만, 캐럴라인은 동의하지 않는다. 기본적인 인간 생물학이니, 친구들에게서 잘못된 정보를 얻어 듣기 전에 일찌감치 사실을 있는 그대로 배우는 것이 좋겠다는 것이다.

"그건 이해하지만, 커닐링구스라뇨. 다섯 살인데요."

캐럴라인은 내 목에 걸린 십자가가 문제라는 듯 그쪽을 흘끗 본다. "다음에 아이가 이런 걸 물을 때는 그냥 나한테 보내요. 내가 대답해주고 싶어."

나도 테디의 질문에 충분히 대답할 수 있다고 믿음을 주고 싶지만, 캐럴라인은 이 대화는 여기서 끝이라는 태도가 분명하다. 이미 찬장 문을 열고 저녁을 만들 때 쓸 냄비와 팬을 요란스럽게 꺼내고 있다. 그녀가 같이 저녁 식사를 하자고 나를 초대하지 않은 것은 오랜만이다.

두 시간 동안 휴식 시간을 보내는 일이 차츰 잦아지고, 테디가 이 시간을 어떻게 보내는지 나는 모른다. 때로 테디의 방문 앞에서 몰래 귀를 기울이면 혼잣말을 하는 소리, 맥락을 파악할 수 없는 괴상한 대화의 편린을 주워들을 수 있다. 연필 깎는 소리, 용수철 스케치북에서 페이지 찢어내는 소리도 들린다. 분명 테디는 계속 그림을 그리고 있고, 자기 작품을 나나 부모님한테서 숨기고 있다.

그러다 금요일 오후에 나는 살짝 염탐을 해보기로 하고 테디가 큰일을 보러 갈 때까지 기다린다. 10분이나 15분 정도 넉넉히 걸리기 때문이다(테디는 변기에 한참 앉아서 그림책을 넘겨 보는 것을 좋아한다). 문 잠그는 소리가 들리자마자, 나는 얼른 2층으로 올라간다.

햇빛이 밝게 들어오는 테디의 침실에는 언제나 오줌 냄새가 약간 풍긴다. 뒷마당을 내려다보는 큰 창문 두 개가 있는데, 캐럴라인은 냄새를 희석시키고 싶어서인지 에어컨이 돌아가더라도 하루 종일 창문을 열어두라고 당부했다. 벽은 경쾌한 하늘색 바탕에 공룡, 상어, 레고 영화 캐릭터 포스터로 꾸며져 있다. 가구는 침대, 낮은 책장, 옷장 정도이니 수색은 그리 오래 걸리지 않을 것이다. 나는 물건을 숨기는 방법에 대해 일가견이 있다. 아직 집에서 지낼 무렵 옥시콘틴을 사용하던 첫해에는 엄마가 절대 찾아볼 생각을 하지 못할 만한 곳에 약병과 각종 도구를 여기저기 숨겨놓기도 했다.

양탄자를 들추고, 그림책을 전부 다 꺼내보고, 옷장 서랍을 전부 빼내 빈 공간을 들여다본다. 커튼을 흔들어 보고, 침대 위에 올라서서 균형이 맞는지 꼼꼼하게 점검했다. 침실 한쪽 구석에 산더미처럼 쌓여있는 봉제인형도 들추어 보았다. 분홍색 돌고래, 너덜너덜한 회색 원숭이, 10여 개의 타이 비니베이비 인형. 시트를 걷어내고, 매트리스 밑에 손을 넣어보고, 마침내 매트리스 전체를 침대에서 들어 올려 옆으로 세운 뒤 바닥을 확인했다.

"맬러리?" 테디가 1층 화장실 안에서 부르고 있다. "휴지 좀 갖다 줘요!"

"잠깐만!"

아직 끝나지 않았다. 옷장을 살펴야 한다. 나는 아무리 설득해도 테디에게 입힐 수 없는 각종 귀여운 옷가지들을 들추어 본다. 아름다운 옷깃이 달린 셔츠, 손바닥만 한 면바지와 디자이너 청바지, 22인치 허리를 감싸는 작은 가죽벨트. 옷장 맨 위 칸에서 보드게임 세 개—클루, 마우스트랩, 소리!—를 발견했을 때는 분명 숨겨진 비밀을 찾아냈다고 확신했다. 그런데 상자를 열고 보드를 흔들어 보니, 그저 게임 조각과 놀이용 카드뿐이다. 그림은 없다.

"맬러리? 들었어요?"

나는 보드게임을 다시 옷장에 넣고 문을 닫은 뒤 최대한 방이 원래대로 정리되었는지 확인한다.

그런 뒤 세탁실에서 두루마리 휴지 하나를 집어 들고 급히 1층 화장실로 달려간다. "여기 있어." 나는 말한다. 테디는 휴지를 건네받을 만큼만 문을 빼꼼 연다.

"어디 있었어요?"

"정리 중이었어."

"알았어요."

테디는 문을 닫는다. 딸깍 잠기는 소리가 들린다.

주말 동안 나는 그저 망상이 지나쳤던 거라고 생각했다. 테디가 아직 그림을 그린다는 증거는 전혀 없다. 방 안에서 들려오던 사각사각 긁히는 소리는 연필이 아닐 수도 있다. 손가락에 묻은 검은 먼지는 정원 놀이를 할 때 묻은 흙이거나, 그저 다섯 살 소년이라면 누구나 묻히고 다니는 기름때일 것이다. 달리 아무 문제도 없는 것 같은데, 뭐하러 걱정하나?

월요일 아침, 나는 에지우드 스트리트를 천천히 덜덜거리며 지나가는 쓰레기차 소리에 잠에서 깬다. 쓰레기차는 일주일에 두 번 온다. 월요일은 재활용품, 목요일은 일반쓰레기의 날이다. 그 순간 나는 확인하지 않았던 곳이 어디였는지 깨닫는다. 테드의 2층 서재 쓰레기통이다. 테디는 아래층으로 내려올 때마다 그 방 앞을 지난다. 자기 방에서 나오는 길에 그림을 버리기 쉬운 장소다.

나는 침대에서 벌떡 일어나서 러닝 바지와 티셔츠 차림인 것을 다행으로 생각하며 문을 나서 전속력으로 정원을 가로지른다. 잔디는 아직 아침 이슬로 촉촉하고, 나는 본채 옆면을 아슬아슬하게 돈다. 쓰레기차는 세 집 건너에 있기 때문에, 이제 1분밖에 시간이 없다. 나는 테드가 일요일 밤마다 파란 컨테이너를 끌고 가서 내놓는 진입로 끝까지 달린다. 하나는 금속과 유리, 하나는 종이류다. 두 손을 컨테이너 안에 깊이 집어넣고, 정크메일과 고지서, 배달용 메뉴판, 신용카드 청구서, 산더미 같은 우편판매 카탈로그를 헤친다. 타이틀 나인, 랜즈 엔드, 엘엘빈, 버몬트 컨트리 스토어 같은 곳에서 매일 이런 카탈로그가 10여 개씩 들어온다.

재활용 트럭이 내 옆에 서더니, 작업용 장갑을 낀 깡마른 남자가 나를 향해 미소 짓는다. 팔뚝에 용이 또아리를 감은 문신이 있다.

“뭘 잃어버렸어요?”

“아뇨, 아뇨. 가져가세요.”

그가 컨테이너에 손을 내밀고 내용물이 흔들리는 순간, 구깃구깃 커다랗게 구긴 종이 뭉치가 눈에 띈다. 가장자리에 점점이 무늬가 있는, 테디의 그림에서 눈에 익은 종이다.

“잠깐만요!”

그는 가져가라고 쓰레기통을 내밀었고, 나는 종이 뭉치를 집어 들고 진입로를 올라 별채로 향한다.

안에 들어가서 나는 우선 물을 끓여 차를 만든 뒤 그림을 보기 위해 자리에 앉는다. 양파 껍질을 벗기듯이 한 장씩 넘긴다. 전부 아홉 페이지, 나는 종이를 손바닥으로 문질러 구깃구깃한 주름을 일일이 편다. 처음 몇 장은 무슨 그림인지 알 수 없다. 그냥 낙서다. 하지만 페이지를 넘기자 점점 도구에 대한 통제력이 보이고 세부 묘사도 드러난다. 구도도 좋아진다. 빛과 그림자가 있다. 뭔가 기묘한 작업이 계속 진행 중인 스케치북 같다. 어떤 페이지에는 드로잉이 빼곡하게 들어차 있고, 그중 많은 것들이 미완성이다.

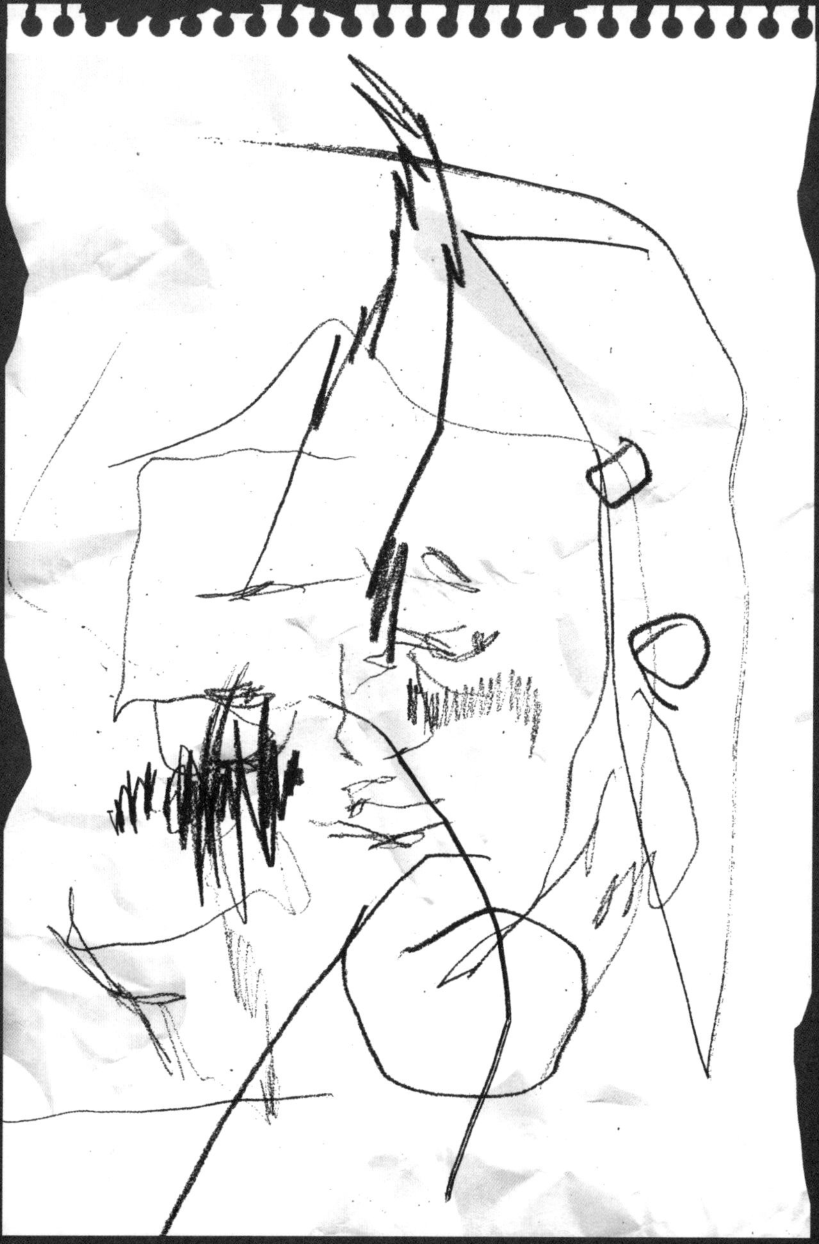

11장.

아무리 생각해도 테디가 이 그림을 그렸을 리가 없다. 성인들도 이렇게 잘 그리지는 못한다. 하물며 봉제인형과 같이 잠들고 숫자를 스물아홉 이상 세지도 못하는 다섯 살 소년이라니.

한데 이 그림이 어떤 경로로 쓰레기통에 들어갔을까?

테드가 그렸을까? 캐럴라인이?

맥스웰 부부가 개인 시간에 그림을 공부하고 있나?

모든 의문은 또 다른 의문으로 이어지고, 그러다 보니 차라리 침대에서 일어나지 말걸 하는 생각까지 든다. 쓰레기통이 단서를 싣고 가도록 내버려 둘걸. 그랬다면 그림이 어떤 의미인지 고민하지 않아도 될 텐데.

어리둥절한 상태로 월요일이 흘렀지만—레고, 맥앤드치즈, 휴식 시간, 수영—해가 지자 보다 진지한 조사에 돌입해야겠다는 생각이 든다. 나는 샤워를 하고 머리를 감고 캐럴라인이 준 가장 멋진 옷, 예쁜 흰 꽃이 그려진 하늘색 미디 드레스를 차려입는다. 그리고 1.6킬로미터를 걸어 스프링브룩의 독립서점 래컨티어로 향한다.

월요일 밤인데도 의외로 북적거린다. 이 동네에 사는 작가의 낭독회가 방금 끝나서 흥겨운 파티 분위기다. 사람들은 플라스틱 컵에 와인을 따라 마시고 작은 종이 접시에 케이크를 잘라 먹고 있다. 나는 인파를 헤치고 육아 코너로 향했는데, 시끌시끌한 분위기인 것이 다행이다. 가게 점원이 뭘 찾아줄까 묻는 것은 원치 않는다. 어떤 자료를 찾고 있는지 말해주면, 아마 미쳤다고 생각할 것이다.

나는 책 몇 권을 골라 뒷문을 통해 넓은 벽돌 파티오로 나온다. 깜빡이는 크리스마스 조명을 두른 북적이는 카페다. 작은 바에서 스낵과 술을 팔고 있고, 멜빵바지 차림의 10대 소녀가 바 의자에 앉아 어쿠스틱 기타 반주에 맞춰 아주 진심 어린 목소리로 〈티어스 인 헤븐Tears in Heaven〉을 부르고 있다. 이 곡만 들으면 내 여동생의 장례식이 떠오른다. 계속 반복해서 틀어주던 재생목록 중 한 곡이다. 슈퍼마켓이나 식당에서 귓가를 스칠 때마다, 수없이 들었는데도 불구하고 아직 눈시울을 적시는 힘을 가진 곡이다. 그러나 소녀의 노래는 에릭 클랩튼의 원곡보다 밝다. 젊은 나이 때문인지 심지어 희망차게 들리기까지 한다.

나는 커피 바로 다가가서 차 한 잔과 페이스트리를 주문했지만, 손이 부족해서 전부 다 옮길 수가 없다. 게다가 탁자는 모두 차있었고, 아무도 일어날 기색을 보이지 않는다. 마침 재수 좋게도 에이드리언이 2인용 탁자에 혼자 앉아 스타워즈 소설을 읽고 있다.

"같이 앉아도 될까?"

우습게도 캐럴라인의 멋진 500달러짜리 드레스를 입고 있으니 이번에는 그가 나를 곧바로 알아보지 못한다. "아! 그럼! 맬러리! 잘 지내지?"

"이렇게 붐빌 줄 몰랐어."

"여긴 항상 북적거려. 스프링브룩에서 세 번째로 인기 많은 곳이야."

"다른 두 곳은 어디야?"

"첫 번째는 당연히 치즈케이크 팩토리. 두 번째는 웨그먼스 핫푸드 뷔페." 그는 어깨를 으쓱했다. "이 동네 밤 문화랄 건 보잘것없지."

기타를 든 소녀가 〈티어스 인 헤븐〉을 마치자 미지근한 박수가 일지만, 에이드리언은 한참 동안 힘차게 박수를 쳐준다. 가수는 이쪽으로 짜증난다는 듯 눈빛을 보낸다. "내 사촌 가브리엘라야." 그는 말한다. "겨우 열다섯 살이지. 믿어져? 기타를 들고 무작정 왔더니 일자리를 주더래."

가브리엘라는 마이크에 입을 대고 이제 비틀스를 부르겠다고 하더니 〈블랙버드〉를 달콤하게 부르기 시작한다. 나는 에이드리언이 읽고 있던 책을 본다. 표지에는 츄바카가 로봇 군단을 향해 레이저를 쏘는 장면이 그려져 있고, 커다란 은박 글자로 '우키의 복수'라는 제목이 찍혀있다.

"재미있어?"

에이드리언은 어깨를 으쓱한다. "공식본은 아니야. 그래서 이야기가 제멋대로이긴 한데. 《이웍의 복수》를 좋아했다면 이것도 좋아할 거야."

어쩔 수 없다. 나는 웃기 시작한다. "넌 정말 특이하구나. 겉보기는 어딜 봐도 조경사야. 플로리다에서 태운 것 같은 피부에 손톱에는 흙이 끼어있으면서, 컨트리클럽에서 음악을 듣는 스타워즈 팬이라니."

"여름 내내 잔디를 뽑았어. 도피처가 필요해."

"이해해. 나도 비슷한 이유로 홀마크 채널을 보니까."

"정말이야?"

"농담 아니야. 〈쿠키 굽는 탐정Murder, She Baked〉 미스터리 시리즈를 다섯 편 다 봤어. 사람들에게 떠벌리고 다니기 싫으니까 이 비밀은 너만 알고 있어."

에이드리언은 가슴에 십자가를 그린다. "비밀 절대 지킬게. 넌 무슨 책 읽고 있니?" 책이 이미 탁자 위에 놓여있고 에이드리언이 책등을 읽고 있으니 굳이 대답할 필요는 없다. 《아동이상심리학》, 《초자연 현상 백과사전》. "하루 종일 아이를 돌보고 나서 이런 책으로 피로를 푸냐?"

"이런 책을 왜 읽고 있는지 말해주면, 넌 아마 내가 미쳤다고 생각할 거야."

에이드리언은 《우키의 복수》를 덮어서 옆으로 밀어놓고 내게 주의를 집중한다. "내가 가장 좋아하는 이야기는 대체로 그런 경고가 나오지. 전부 말해봐."

"아주 긴 이야기야."

"달리 갈 데도 없어."

"경고하지만, 이야기를 마치기도 전에 서점이 문을 닫을 거야."

"처음부터 시작해서 하나도 빠뜨리지 말고 다 말해줘." 그는 말한다. "뭐가 중요한 단서인지는 아무도 모르니까."

그래서 나는 맥스웰 집안의 면접 이야기부터 별채 이야기, 테디와의 하루 일과까지 다 말한다. 테디의 그림이 차츰 진화한다는 이야기, 자기 방 안에서 이상한 대화를 나눈다는 이야기도 한다. 미치랑 맥스웰 부부와 나눈 대화도 전했다. 애니 배럿 이야기를 알고 있느냐고 물었더니, 에이드리언은 스프링브룩에 사는 아이라면 모르는 사람이 없다고 한다. 해가 진 뒤 숲에 들어가는 아이들을 잡아먹는다는 동네 괴담의 주인공인 모양이다.

거의 한 시간 동안 이야기를 하고 난 뒤(에이드리언의 사촌은 기타를 챙겨서 집으로 갔고 주변의 탁자도 다 비어서 이제 카페에는 나와 에이드리언, 탁자를 닦는 직원뿐이었다), 나는 가방에 손을 넣어 가장 최근 발견한 물건을 꺼낸다. 재활용품 통에 들어가 있던 그림이다.

에이드리언은 놀란 얼굴로 그림을 넘겨 본다. "테디가 이걸 그렸다고? 다섯 살 난 테디가?"

"이 종이는 테디의 스케치북 종이가 맞아. 침실에서 그림 그리는 소리도 들었어. 손가락에 온통 연필을 묻히고 나왔고. 생각할 수 있는 유일한 건 이것뿐이야." 나는 《초자연 현상 백과사전》을 두드린다. "누군가와 접신하고 있는지도 모르잖아. 그게 애니 배럿의 영혼인지도."

"테디한테 귀신이 씌었다고?"

"아니, 엑소시스트 영화처럼은 아니고. 애니가 테디의 영혼을 파괴한다거나 몸을 빼앗지는 않잖아. 그저 손을 빌리고 싶은 거지. 휴식시간을 이용해서, 테디가 혼자 자기 방에 있을 때만. 하루 중 나머지 시간은 테디를 가만히 내버려 둬."

나는 에이드리언이 웃거나 놀릴 거라고 생각하고 잠시 입을 다물었지만, 그는 아무 말도 하지 않는다. 나는 내가 세운 가설을 끝까지 털어놓는다. "애니 배럿은 훌륭한 화가였어. 그림을 잘 그렸지. 하지만 이건 그녀가 남의 손을 빌려 처음으로 그리는 그림이야. 그래서 처음 몇 장은 형편없는 거야. 그냥 낙서 같지. 한데 몇 페이지 넘어가면 차츰 나아져. 통제력이 보이고 묘사도 차츰 자세해지고. 질감, 빛, 그림자. 새로운 도구, 테디의 손이라는 도구를 익혀가고 있는 거야."

"그럼 이 종이가 어떻게 쓰레기통에 들어갔을까?"

"애나가 넣었을지도. 테디가 넣었을 수도 있고. 모르겠어. 이제 테디가 그림에 대해서는 말하지 않으려고 하니까."

에이드리언은 다시 그림을 차례로 훑어보며 이번에는 좀 더 자세히 관찰한다. 위아래를 뒤집어서 뭔가 속뜻이 있나 낙서를 뜯어보기도 한다. "뭐가 생각나는지 알아? 《하이라이츠》 잡지에 나오는 그림 퍼즐. 배경에 숨은 그림 찾기. 어느 집 지붕이 사실은 부츠나 피자, 하키 스틱 모양이라든가 하는 거 말이야. 기억하지?"

여동생과 늘 즐겨 풀었기 때문에 그가 무슨 말을 하는지는 알고 있지만, 그런 그림들은 보다 직설적이다. 나는 여자가 고통스럽게 우는 그림을 가리킨다. "이건 자화상 같아. 애니는 자기 자신의 살해 장면을 묘사하는 거야."

"쉽게 알아낼 방법이 하나 있어. 진짜 애니 배럿의 사진을 구해보자. 그걸 이 그림 속의 여자와 대조하는 거야. 같은 사람인지 알아보게."

"이미 찾아봤어. 온라인에는 아무것도 없던데."

"음, 다행히, 우리 어머니는 스프링브룩 공공도서관에서 여름마다 일하셔. 거기 이 마을 역사에 대한 방대한 기록이 있지. 지하실에 자료가 가득해. 애니 배럿의 사진이 어딘가 있다면, 반드시 거기 있을 거야."

"부탁드릴 수 있겠어? 해주실까?"

"그럼. 이런 일을 얼마나 좋아하시는데. 선생님이자 시간제 도서관 사서라고. 마을 역사를 조사한다고 말씀드리면, 그날부터 단짝처럼 친해질걸."

그는 아침 일찍 어머니에게 부탁하겠다고 약속한다. 문제를 털어놓으니 마음이 훨씬 편해진다. "고마워, 에이드리언. 내가 미쳤다고 생각하지 않아서 정말 기뻐."

그는 어깨를 으쓱한다. "모든 가능성을 생각해 봐야 해. '불가능한 요소를 모두 제거하다 보면, 아무리 그럴듯하지 않더라도, 그 뒤에 남는 것이 진실일 수밖에 없다.' 〈스타트렉〉 6편에서 나온 스팍의 대사인데, 원래 출처는 셜록 홈스야."

"맙소사. 넌 정말 광팬이구나."

우리는 어둠 속에서 사람 하나 없는 보도를 걸어 집으로 향한다. 마을은 안전한 분위기이고, 고요하고, 평화롭다. 에이드리언은 관광안내인처럼 고등학교 시절 가장 악명 높았던 급우들의 집을 가리켜 보인다. '자기 부모님의 SUV를 몰았던 녀석', '틱톡 비디오를 올린 뒤 학교가 발칵 뒤집혀 전학을 가야 했던 여자애'. 그는 스프링브룩의 모든 사람들을 다 아는 것 같고, 반지르르한 넷플릭스 하이틴 드라마 같은 고등학생 시절을 보낸 것 같다. 모두가 아름답고 학교 풋볼 게임 결과에 인생이 바뀌는 시시한 연속극 같은 그런 학창 시절.

문득 그는 모퉁이의 한 집을 가리키며 트레이시 밴텀이 자란 곳이라고 한다.

"내가 아는 사람이야?"

"레이디 라이언스의 포인트 가드. 펜실베이니아 주립대학 여자 농구팀. 서로 알 거라고 생각했어."

"펜실베이니아 주립대는 어마어마해. 학생 수가 5만 명이 넘어."

"알아. 그래도 운동선수들은 전부 파티에서 만날 것 같아서."

나는 곧바로 대답하지 않는다. 사실대로 털어놓을 완벽한 기회다. 어리석은 농담이었다고, 모르는 사람들 상대로 자주 하는 게임이었다고 말해야 한다. 관계가 더 진전되기 전에 진실을 말해야 해야 한다. 그는 이해해 줄 수 있을 것 같다.

한데 에이드리언에게 진실을 말하려면 다 털어놓아야 한다. 실제로 대학에는 들어가지 않았다는 말을 하면, 내가 지난 몇 년 동안 어떻게 지냈는지 설명해야 한다. 지금 당장, 이렇게 즐거운 대화를 나눈 직후에 그 모든 것을 설명할 수는 없다 그래서 나는 화제를 돌린다.

우리는 꽃의 성에 도착했지만 에이드리언은 우리 집까지 데려다 주겠다고 했고, 나는 만류하지 않는다. 그는 어디 출신이냐고 내게 물었고, 내가 필라델피아 남부였다, 내 방 창문에서 시티즌스뱅크 공원이 보였다고 하니 놀란다. "거기 말투가 아닌 것 같은데."

나는 록키 발보아 흉내를 낸다. "이봐, 에이드리언! 우리가 전부 이런 식으로 말한다고 생각해부러?"

"억양 말고, 사고방식이랄까? 넌 정말 긍정적이야, 다른 사람들처럼 냉소적이지 않고."

아, 에이드리언. 나는 속으로 생각한다. 넌 정말 아무것도 모르는구나.

그는 묻는다. "부모님은 아직 필라델피아 남부에 사시니?"

"엄마만. 내가 어렸을 때 헤어지고 아빠는 휴스턴으로 가셨어. 난 아빠를 잘 몰라."

모두 사실이니, 대답은 그럴듯하게 들릴 것이다. 하지만 에이드리언은 형제가 있는지 계속 묻는다.

"여동생 하나. 베스."

"몇 살이야?"

"열세 살."

"네가 경기에 출전하면 응원하러 와?"

"항상. 차로 가는 데만 세 시간이지만, 홈경기 때는 엄마와 여동생이 항상 와." 목소리가 갈라진다. 내가 왜 이런 이야기를 하고 있는지 알 수 없다. 그에게 솔직하고 싶고 진짜 관계를 만들고 싶은데도, 나는 거짓말만 계속 쌓아 올리고 있다.

하지만 이 잘생긴 정원사 남자애와 같이 달빛이 은은한 보도를 걷고 있으니 환상에 빠지는 것이 쉽다. 진짜 과거는 까마득히 먼 옛일 같다.

마침내 맥스웰의 집에 도착했을 때는 캄캄하다. 열 시 반이 지난 시각이라 다들 자고 있을 것이다. 작은 돌길을 따라 집 옆면을 돌아 들어가 보니, 수영장의 어른거리는 푸른 불빛만이 길을 인도할 뿐 뒤쪽은 더 캄캄하다.

에이드리언은 눈을 가늘게 뜨고 별채의 윤곽을 찾아 정원 너머 숲을 찬찬히 바라본다. "네 집은 어디야?"

내 눈에도 보이지 않는다. "저 숲속 어디야. 포치 등을 켜두고 왔는데, 전구가 터졌나 봐."

"흠. 이상하군."

"왜?"

"네가 지금까지 해준 이야기를 들어서인가? 모르겠어."

우리는 정원을 건너 별채로 향했고, 내가 포치로 올라가는 동안 에이드리언은 잔디에서 기다린다. 문을 흔들어 보았더니 그대로 잠겨

있어서, 나는 열쇠를 꺼낸다. 갑자기 열쇠고리에 전기충격기를 달라고 고집해 준 캐럴라인에게 고마운 마음이 든다. "잠깐 안을 확인해 볼게. 기다려 줄래?"

"그럼."

나는 열쇠로 문을 따고 안으로 손을 집어넣어 포치 등 스위치를 껐다 켰다 해본다. 전등은 나가있다. 하지만 집 안 전등은 괜찮았고, 별채는 내가 두고 나온 그대로다. 부엌에도, 침실에도 아무것도 없다. 나는 무릎을 꿇고 침대 아래까지 얼른 확인한다.

"다 괜찮아?" 에이드리언이 묻는다.

나는 다시 나온다. "괜찮아. 전구만 새로 사면 될 것 같아."

에이드리언은 애니 배럿에 대한 정보를 얻으면 전화하겠다고 약속한다. 나는 그가 마당을 건너 집 옆을 돌아 사라질 때까지 지켜본다.

돌아서서 별채에 들어가려는데, 테니스 공 크기의 회색 돌이 발에 스친다. 내려다보니 발밑에 종이가 있다. 가장자리가 우툴두툴한 종이 세 장이고, 돌이 종이를 누르고 있다. 나는 별채 문을 등진 채 손을 뻗어 종이를 집어 든다.

나는 안으로 들어가서 문을 잠그고 침대 가에 앉아서 한 장씩 종이를 넘긴다. 테드 맥스웰이 찢어버린 세 장의 그림과 비슷하다. 이제 다시 안 봐도 될 거라던 그 그림들. 단지 이제 완전히 다른 손이 그린 그림이다. 한층 어둡고, 묘사가 한결 자세하다. 종이가 비틀어지고 우그러질 정도로 연필과 목탄을 많이 사용하고 있다. 한 남자가 무덤을 파고 있다. 여자가 숲으로 질질 끌려가고 있다. 누군가 아주 깊은 구덩이 밑바닥에서 올려다보고 있다.

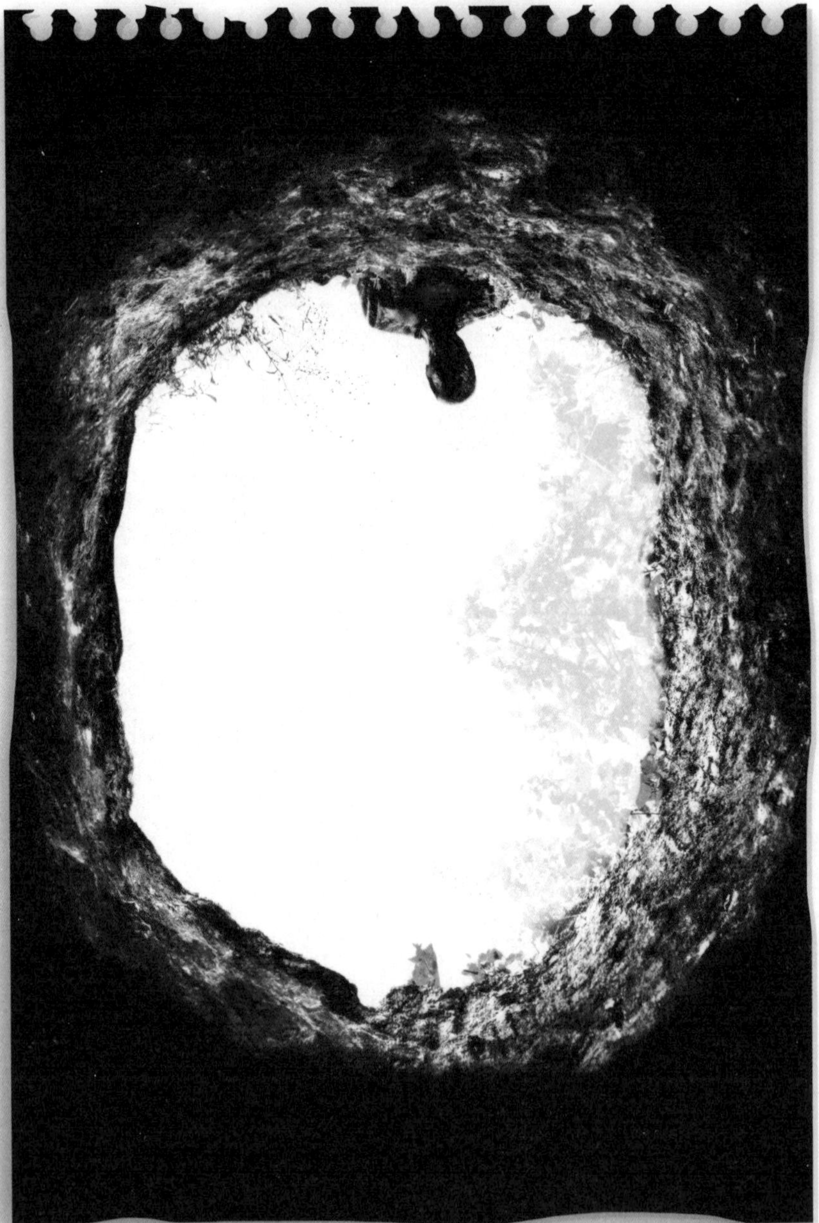

12장

다음 날 아침 본채로 가보니, 테디가 작은 수첩과 연필을 든 채 미닫이식 파티오 유리문에서 나를 기다리고 있다. "좋은 아침입니다. 제 식당에 잘 오셨어요." 그는 말한다. "파티에는 몇 분이 참석하십니까?"

"저 한 명입니다."

"이쪽으로 오시죠."

봉제인형들이 전부 나와 식탁 의자에 둘러앉아 있다. 테디는 나를 고질라와 파란 코끼리 사이 빈 의자로 데려간다. 의자를 꺼내주고, 종이 냅킨도 건넨다. 캐럴라인이 위층에서 급히 침실을 서성거리는 기척이 들린다. 오늘도 출발이 늦는 모양이다.

테디는 연필과 수첩을 들고 참을성 있게 서서 주문을 기다리고 있다. "메뉴판은 없습니다. 원하시는 건 뭐든지 만들어 드립니다."

"그렇다면 스크램블드에그를 먹지요. 그리고 베이컨과 팬케이크, 스파게티, 아이스크림." 이 말에 그는 웃었다. 나는 한껏 장단을 맞춘다. "당근, 햄버거, 타코, 수박도 함께요."

테디는 배를 쥐고 낄낄거린다. 아이는 내 입에서 나오는 모든 농담에 마치 SNL의 케이트 매키넌 코미디처럼 반응해 준다. "알겠습니다!" 테디는 놀이 상자로 가서 내 접시에 플라스틱 음식을 가득 채웠다.

집 전화가 울리기 시작했고, 캐럴라인이 아래층으로 소리친다. "음성사서함으로 넘어가도록 내버려 둬. 시간이 없어!"

세 번 신호음이 울린 뒤, 기계가 대신 전화를 받고 녹음이 시작된다. "안녕하세요! 스프링브룩 초등학교의 다이애나 패럴인데요…."

이번 주에 학교에서 온 세 번째 메시지였고, 캐럴라인은 부엌으로 황급히 들어와 상대가 끊기 전에 전화를 받는다. "여보세요, 캐럴라인입니다." 그녀는 답답하다는 듯한 눈빛을 내게 보내고—교육 시스템이 이 모양이라니, 믿을 수 있어?—전화를 가족실로 가져간다. 그동안 테디는 내게 장난감을 산더미처럼 쌓아 올린 접시를 가져온다. 플라스틱 달걀, 플라스틱 스파게티, 플라스틱 아이스크림 몇 덩이. 나는 짐짓 화난 척 고개를 젓는다. "분명히 베이컨을 주문했을 텐데!"

테디는 웃으며 장난감 상자로 다시 달려가서 플라스틱 베이컨을 한 줄 들고 온다. 나는 캐럴라인의 통화 내용에 귀를 기울이지만, 그녀는 말이 별로 없다. 상대방이 이야기를 거의 다 하는 것이, 마치 휴식 시간에 테디의 침실에서 오가는 대화 같다. 캐럴라인은 그저 "네, 그렇군요", "그렇지요", "아니요, 감사합니다"만 말하고 있다.

나는 플라스틱 음식을 돼지처럼 마구 먹는 척한다. 연신 킁킁거리며 냄새를 맡는 시늉을 했더니, 테디는 웃음보가 터진다. 캐럴라인은 무선 수화기를 들고 부엌으로 돌아와서 다시 제자리에 얹어둔다.

"네가 다닐 새 학교 교장 선생님이었어." 그녀는 테디에게 말한다.

"널 빨리 만나고 싶다는구나!"

캐럴라인은 테디를 힘껏 안아주고, 키스하고, 서둘러 밖으로 나간다. 이미 7시 38분, 많이 늦은 시각이다.

아침을 다 먹는 시늉을 한 뒤에 나는 가짜 돈을 지불하고 테디에게 이제 뭘 할까 묻는다. 마법의 숲 탐험을 하고 싶다는 것을 보니, 오늘은 정말 연기 놀이를 계속하고 싶은 것 같다.

우리는 노란 벽돌 길과 용의 고개를 지나 왕의 강으로 내려간 뒤, 거대한 콩나무 가지를 타고 3미터 높이까지 올라간다. 가지 한 곳에 작은 옹이가 있는데, 테디는 거기에 작은 돌멩이와 날카로운 나뭇가지를 가득 넣어두었다. 혹시 고블린에게 습격당할 경우를 대비한 무기고다.

"고블린은 팔이 짧아서 나무를 오를 수 없어요." 테디가 설명한다. "그러니까 돌을 나뭇가지에 숨겨놓았다가 던지면 돼요."

우리는 오전 내내 끝없는 발명과 즉흥연기에 푹 빠져있었다. 마법의 숲에서는 모든 것이 가능하고, 안 되는 일은 없다. 테디는 왕의 강변에 멈춰 서서 나더러 물을 마시라고 한다. 우리가 잡히지 않도록 보호해 주는 마법의 힘을 지닌 물이라는 것이다.

"별채에 4리터나 길어놨어." 내가 말한다. "집에 돌아가면 내가 나눠줄게."

"완벽해!" 테디는 소리친다.

이어 그는 다음 발견을 향해 앞장서서 깡충깡충 길을 뛰어간다.

"그건 그렇고." 나는 테디에게 말한다. "네가 놓아둔 그림 봤어."

테디는 돌아보고 미소 지으며 다음 말을 기다린다.

"네가 내 포치에 놓아둔 그림 말이야."

"고블린 그림?"

"아니, 테디. 애냐가 묻히는 그림. 아주 잘 그렸더구나. 누가 도와줬니?"

테디의 얼굴에 혼란스러운 표정이 떠오른다. 마치 내가 미리 말도 안 하고 느닷없이 게임의 규칙을 바꿨다는 듯이.

"난 이제 애냐 안 그려요."

"괜찮아. 난 화나지 않았어."

"내가 안 그랬다니까요."

"내 포치에 뒀잖아. 돌을 얹어서."

그는 갑갑하다는 듯 두 손을 들어 올린다. "그냥 평소대로 마법의 숲 놀이 하면 안 돼요? 네? 그쪽은 싫어요."

"그래."

안 좋은 때 화제를 꺼낸 것 같다는 생각이 든다. 하지만 점심을 먹으러 집으로 돌아온 뒤에는, 더 이상 그 이야기를 물어보고 싶지 않다. 나는 치킨 너깃을 만들었고, 테디는 2층에 올라가서 휴식 시간을 보낸다. 나는 잠시 기다리다가 위층으로 따라 올라가 테디의 방 문간에서 귀를 기울인다. 연필이 종이 위에서 사각, 사각, 사각 움직이는 소리가 들려온다.

그날 오후 늦게 러셀이 전화해서 나를 저녁 식사에 초대한다. 아직 전날 밤 일로 피곤했기 때문에 다음에 만나자고 했지만, 러셀은 2주 동안 휴가를 떠날 예정이기 때문에 오늘 밤에 만나야 한다는 것이다.

"너희 집 근처에 식당을 봐놨어. 치즈케이크 팩토리."

평소 어지간히 건강을 챙기던 사람인지라, 나는 웃음을 터뜨릴 뻔했다. 그의 식단은 거의 대부분 야채와 단백질이며, 이따금 캐럽 칩이나 유기농 꿀을 몇 숟갈 넣을 뿐 설탕이나 탄수화물은 첨가하지 않는다.

"치즈케이크? 진짜요?"

"이미 예약도 해뒀어. 일곱 시 반에."

캐럴라인의 귀가를 기다렸다가 샤워하고 드레스를 입고 별채를 나서는 길에, 나는 테디가 가장 최근에 그린 그림에 손을 뻗는다. 그러다 문간에서 멈춰 주저한다. 서점에서 에이드리언에게 다 털어놓았기 때문에, 전부 이야기하려면 한 시간이 걸린다는 것을 알고 있다. 그래서 그림은 집에 두기로 한다. 러셀이 나를 자랑스럽게 생각했으면 하는 마음이다. 문제없이 재활에 성공한 강하고 능력 있는 여성으로 보이고 싶다. 그에게 내 걱정은 더 이상 시키고 싶지 않다. 나는 침대 근처 전등 옆에 그림을 얹어둔다.

식당은 전형적인 치즈케이크 팩토리답게 넓고, 북적이고, 에너지로 가득 차있다. 점원은 러셀이 기다리는 탁자로 나를 안내한다. 그는 군청색 운동복과 뉴욕 마라톤 대회에서 신었던 호카 스니커즈 차림이다. "여기 오는구나!" 그는 나를 포옹하고 아래위로 뜯어본다. "무슨 일이야, 퀸? 딴사람이 됐는데."

"고마워요, 코치님. 코치님도 좋아 보이세요."

우리는 자리에 앉았고, 나는 탄산수를 주문한다.

"정말이라니까." 러셀은 말한다. "잠은 잘 자니?"

"괜찮아요. 별채가 밤에 약간 시끄러운데, 그래도 지낼 만해요."

"맥스웰 부부에게 이야기는 했니? 조치를 취해줄 수 있을 텐데."

"본채에 들어와서 지내래요. 하지만 전 괜찮아요."

"잘 쉬지 않으면 훈련도 못 해."

"그냥 하룻밤 잠을 설친 정도였어요. 정말 괜찮아요."

나는 화제를 메뉴로 돌리려고 한다. 모든 음식 아래에 칼로리와 영양정보가 적혀있다. "파스타 나폴리타노 봤어요? 2,500칼로리네요."

러셀은 구운 닭고기를 넣은 그린 샐러드를 주문하고 비네그레트소스를 따로 달라고 한다. 나는 글램 버거와 고구마프라이를 먹는다. 우리는 러셀의 휴가 이야기를 나눈다. 그가 다니는 YMCA에서 개인트레이너로 일하는 여자친구 도린과 같이 라스베이거스에서 2주를 보낼 계획이다. 하지만 나는 그가 아직 걱정하고 있다는 것을 알 수 있다. 식사를 마친 뒤, 그는 화제를 다시 내게로 돌린다.

"그래, 스프링브룩은 어떠냐? 재활 모임은?"

"전부 나이 많은 사람들이에요, 러셀. 누굴 빗대서 하는 말은 아니지만."

"일주일에 한 번 가니?"

"그럴 필요 없어요. 전 안정적이에요."

그가 이 대답을 탐탁지 않게 생각한다는 것을 알 수 있지만, 그는 뭐라고 하지 않는다.

"친구들은? 사람들은 만나니?"

"간밤에 친구와 외출했어요."

"어디서 만났어?"

"럿거스 남학생인데, 여름 동안 집에 와있어요."

러셀은 도우미로서 염려스러운 듯 눈을 가늘게 뜬다. "아직 데이트는 좀 이르다, 퀸. 겨우 18개월밖에 안 됐어."

"그냥 친구예요."

"네가 재활 중인 거 그 친구도 아니?"

"네, 러셀. 대화를 시작할 때 그 이야기부터 꺼냈어요. 우버 뒷자리에서 과다복용으로 쓰러질 뻔한 이야기랑 밤에 기차역에 널브러져 잤던 이야기요."

그는 당연히 그런 화제부터 꺼내야 한다는 듯 어깨를 으쓱한다. "난 대학생 도우미 역할을 많이 해봤어, 맬러리. 온갖 동아리며 술자리며, 캠퍼스는 중독자 양성소야."

"우린 서점에서 조용히 저녁을 보냈어요. 탄산수를 마시고 음악을 들으면서. 그 애가 절 맥스웰네 집까지 데려다 줬고요. 아주 얌전했어요."

"다음에 만날 때는 사실대로 말해야 해. 이건 네 정체성의 일부다, 맬러리. 너 자신이 받아들여야 해. 오래 끌수록 더 힘들어진다."

"그것 때문에 만나자고 하신 거예요? 설교하시려고요?"

"아니, 캐럴라인이 나한테 전화해서 불러낸 거다. 너에 대해 걱정하더구나."

나는 어안이 벙벙하다. "정말로요?"

"처음에는 아주 좋았다고 했어. 힘이 넘친다고 했다, 퀸. 네 업무에 대해 아주 만족했어. 한데 지난 며칠 사이에 뭔가 변한 것 같다고 하더라. 나는 그런 말을 듣게 되면 대뜸…."

"약 안 해요, 러셀."

"좋아, 그래, 다행이고."

"캐럴라인이 내가 약을 한다고 하던가요?"

"이상한 낌새가 보인다고 했어. 아침 일곱 시에 밖에 나가서 쓰레기통을 뒤지고. 그건 어떻게 된 거냐?"

캐럴라인이 침실 창문에서 나를 봤구나. "아무것도 아니었어요. 실수로 뭘 버려서요. 그걸 찾으려고 했던 거예요. 그뿐이에요."

"귀신 이야기도 했다던데. 그 집 아들한테 귀신이 들렸을지도 모른다고 했다면서."

"아뇨, 그런 말은 안 했어요. 오해한 거예요."

"네가 옆집에 사는 약쟁이와 친해지는 것 같다고도 했어."

"미치 말인가요? 단지 두 번 이야기했을 뿐이에요. 4주 동안에요. 그런다고 단짝 친구라도 되는 거예요?"

러셀은 목소리를 낮추라는 뜻으로 손짓을 한다. 북적이고 시끌시끌한 식당이지만, 가까이 앉은 손님들이 이쪽을 쳐다보고 있다. "나는 널 도우러 온 거다. 다른 이야기 할 거 없니?"

정말 말할 수 있을까? 애니 배럿에 대한 걱정을 털어놓을 수 있을까? 아니, 할 수 없다. 이 모든 걱정이 터무니없이 들릴 거라는 걸 잘 아니까. 난 그저 나를 돕는 도우미를 자랑스럽게 해주고 싶다.

"디저트 이야기나 해요. 전 초콜릿 헤이즐넛 치즈케이크로 할래요."

내가 그에게 코팅한 메뉴판을 내밀지만, 그는 받지 않는다. "화제 돌리지 말고. 넌 이 일을 계속해야 해. 해고당해도 세이프하버에 못 돌아간다. 거긴 대기자들이 줄을 서있어."

"세이프하버에는 돌아가지 않을 거예요. 저는 일을 아주 잘하고 있고, 캐럴라인은 이웃들에게 제 자랑을 할 거예요. 여름이 끝나도 틀림없이 저랑 같이 일하자고 할걸요. 안 된다 해도 스프링브룩의 다른 가정에 들어가서 일할 거예요. 그럴 계획이에요."

"그 집 아버지는? 테드는?"

"그가 왜요?"

"괜찮은 사람이니?"

"네."

"지나치게 괜찮지는 않고? 손버릇이 좀 안 좋다거나?"

"손버릇이 안 좋다고요?"

"무슨 말인지 알잖니. 가끔 남자들은 선을 넘는 경우가 있어. 선이 있다는 걸 알면서도 개의치 않는 남자들도 있고."

2주 전 수영을 같이 했던 날, 테드가 내 문신을 칭찬했던 밤이 떠오른다. 그때 내 어깨에 손을 얹었던 것 같지만, 엉덩이를 주무른 건 아니었다. "손버릇도 괜찮아요. 괜찮은 사람이에요. 저도 괜찮고요. 우리 모두 괜찮아요. 이제 디저트 시켜도 될까요?"

이번에는 그도 메뉴를 마지못해 받아 든다. "어느 걸 먹고 싶니?"

"초콜릿 헤이즐넛이요."

그는 메뉴판을 뒤로 돌려 모든 영양정보가 나와 있는 인덱스를 확인한다. "1,400칼로리? 장난하냐?"

"당분 92그램."

"맙소사, 퀸. 매주 이 식당에서 죽어 나가는 사람이 생기지 않냐? 차로 돌아가는 길에 심장마비로? 주차장에 심폐소생술을 실시할 구급요원이 대기해야 할 것 같은데."

웨이트리스는 러셀이 디저트를 훑어보는 모습을 본다. 쾌활하고 미소가 밝은 10대다. "치즈케이크 드시고 싶으세요?"

"그럴 리가. 하지만 여기 내 친구가 먹는대요. 건강하고, 강하고, 앞으로 미래가 창창한 친구지."

디저트를 마친 뒤 러셀은 캄캄할 때 큰길을 건너지 않아도 되도록 맥스웰의 집까지 차로 나를 데려다준다. 집 앞에 도착했을 때는 거의 아홉 시 반이다.

"치즈케이크 잘 먹었어요. 휴가 즐겁게 보내세요."

차 문을 열려는데 러셀이 막는다. "잠깐, 너 정말 괜찮냐?"

"도대체 몇 번이나 물어보실 생각이세요?"

"왜 몸을 떠는 거야?"

왜 몸을 떠느냐고? 나는 초조하다. 별채로 돌아가 보면 포치에 또 그림이 놓여있을까 봐 두렵다. 나는 떨고 있다. 하지만 러셀에게 설명하고 싶지는 않다.

"방금 포화지방 50그램을 먹었잖아요. 쇼크 상태인가 봐요."

그는 믿지 않는 것 같다. 전형적인 도우미의 딜레마다. 도우미는 돌보는 사람을 신뢰해야 하고, 믿어야 하고, 회복될 거라는 데 절대적인 믿음을 가져야 한다. 하지만 돌보는 사람이 이상한 행동을 하기 시작하면—더운 여름날 밤 차 안에서 떨기 시작한다거나—나쁜 사람이 되어야 한다. 힘든 질문을 해야 하는 것이다.

나는 차 안의 글러브 박스를 연다. 아직 마약 검사지가 잔뜩 들어있다. "절 시험하고 싶은 거죠?"

"아니, 맬러리. 그런 건 아니야."

"걱정하시는 게 역력한데요."

"걱정은 된다. 하지만 널 믿어. 그 검사지는 널 시험하려고 가져온 게 아니야."

"그래도 해봐요. 약기운이 없다는 걸 증명하고 싶어요."

나는 자동차 뒷자리 바닥에서 굴러다니는 종이컵 봉지를 주워 하나를 꺼낸다. 러셀은 검사지를 글러브 박스에서 꺼냈고, 우리 둘 다 차에서 내린다. 무엇보다 나는 별채까지 걸어가는 동안 누군가 곁에 있었으면 하는 마음이다. 혼자 집에 들어가는 것이 두렵다.

이번에도 뒷마당은 어둡다. 아직 망가진 전구를 갈지 않았다. "어디로 가지?" 러셀은 묻는다. "네 거처는 어디야?"

나는 숲을 가리킨다. "저 뒤쪽이요. 보일 거예요."

좀 더 다가가니 별채의 윤곽을 서서히 알아볼 수 있다. 이미 손에 열쇠를 꺼내 들고 있었기 때문에, 나는 전기충격기를 시험적으로 작동해 본다. 충격기는 커다랗게 지직거리며 뒷마당을 번개처럼 번쩍 밝힌다.

"맙소사." 러셀이 말한다. "그건 뭐냐?"

"캐럴라인이 전기충격기를 줬어요."

"스프링브룩에는 범죄가 없다면서. 전기충격기는 뭐 하러?"

"그녀는 엄마잖아요, 러셀. 온갖 걱정이 많아요. 열쇠고리에 꼭 매달고 다니겠다고 약속했어요."

전기충격기에는 작은 LED 전등이 달려있고, 나는 그 전등으로 포치를 비춰본다. 돌멩이도, 새 그림도 없다. 나는 문을 따고 불을 켠 다음 러셀을 별채로 들어오게 한다. 그의 시선이 방 안을 둘러본다. 방을 잘 가꾼다고 감탄하는 척했지만, 동시에 나는 그가 경험 많은 도우미로서 혹시 무슨 문제라도 있는지 살펴보고 있다는 것을 안다. "정말 근사하다, 퀸. 혼자 이렇게 다 꾸민 거냐?"

"아뇨, 제가 들어오기 전에 맥스웰 부부가 꾸며놓은 거예요." 나는 그가 들고 있는 플라스틱 컵을 받아 든다. "잠깐만 기다리세요. 편하게 계시면 돼요."

멋진 저녁 식사를 마치고 들어오자마자 종이컵에 소변을 본 뒤 가까운 친구가 검사할 수 있도록 그 컵을 건네다니, 모르는 사람에게는 비위 상하는 상황일 것이다. 하지만 중독 치료소에서 생활하다 보면 이런 일은 빨리 익숙해진다. 나는 욕실로 가서 필요한 일을 한다. 그리고 손을 씻고 시료를 들고 나온다.

러셀은 초조하게 기다리고 있다. 거실이 침실을 겸하고 있기 때문에, 뭔가 도우미와 도움을 받는 사람 사이의 암묵적인 규칙을 깨뜨리는 것 같다는 어색한 기분도 든다. "네가 먼저 하겠다고 나서서 하는 거다." 그는 말한다. "난 사실 걱정하지 않아."

"알아요."

그는 컵에 카드를 담그고 면 부분이 완전히 젖을 때까지 들고 있다가 컵 위에 걸쳐놓고 결과를 기다린다. 그는 휴가 이야기, 무릎이 협조해 준다면 그랜드캐니언 밑바닥까지 하이킹하고 싶다는 이야기도 한다. 오래 기다릴 필요는 없다. 음성이면 한 줄, 양성이면 두 줄인데, 결과가 음성이면 언제나 빠르게 뜬다. 180

"아주 깨끗해, 네가 말한 대로다."

그는 컵을 들고 욕실로 들어가서 변기에 버린다. 컵은 구겨서 검사지와 함께 쓰레기통 깊이 버린다. 그리고 따뜻한 물로 천천히 꼼꼼하게 손을 씻는다. "난 네가 자랑스럽다, 퀸. 돌아와서 다시 연락하마. 2주 뒤에. 알겠지?"

그가 떠난 뒤, 나는 문을 잠그고 잠옷으로 갈아입는다. 치즈케이크로 배가 든든하고, 나 자신이 자랑스럽다. 태블릿 컴퓨터는 부엌에서 충전 중일 것이고, 아직 이른 시간이니 영화 한 편 보는 게 좋겠다. 한데 태블릿을 찾으러 부엌 싱크대로 가보니, 내가 두려워하던 그림이 놓여있다. 이번에는 포치에 돌멩이로 눌러놓은 것이 아니라 냉장고에 자석으로 붙어있다.

나는 그림을 냉장고에서 낚아챈다. 자석이 바닥에 쨍그랑 떨어진다. 종이는 습기로 축축하고 오븐에서 방금 나온 듯 약간 따뜻하다. 나는 그림이 눈에 띄지 않게 앞면이 아래로 가도록 싱크대에 엎어둔다.

나는 서둘러 별채 안을 돌며 창문을 양쪽 모두 잠근다. 여름밤은 덥고 갑갑해 잠도 이루지 못하겠지만, 그림을 발견했으니 보안에 빈틈을 남겨둘 수는 없다. 나는 양탄자를 말고 바닥의 출입구를 확인한다. 단단하게 못 박힌 그대로다. 나는 침대를 끌고 와서 문을 막는다. 누군가 열려고 하면, 문이 침대 발치에 부딪혀서 잠을 깨워줄 것이다.

내가 볼 때, 그림이 냉장고에 붙어있게 된 경위에는 세 가지 가능성이 있다.

1번: 맥스웰 부부. 그들은 분명 내 별채 열쇠를 갖고 있다. 내가 러셀과 저녁 식사를 하러 외출한 동안 테드나 캐럴라인이 그림을 그린 뒤에 그중 한 사람이 별채에 들어와 냉장고에 붙여놓는 것은 가능하다. 한데 왜? 둘 중 누구라도 이런 짓을 할 그럴듯한 이유가 없다. 나는 그들 아이의 안전과 안녕을 책임지는 사람이다. 그들이 왜 나를 심리적으로 조종해서 스스로 미쳐가는 게 아닌가 의심하게 만들겠는가?

2번: 테디. 어쩌면 이 귀엽고 착한 다섯 살 소년이 부모님의 예비 열쇠를 슬쩍해서 몰래 자기 방에서 빠져나온 뒤 마당을 가로질러 별채 안에 그림을 두었을 수도 있다. 하지만 이 가설을 믿으려면 막대기 같은 사람만 그리던 테디가 그럴듯하게 명암을 넣은 사실적인 삼차원 인물화 작법을 며칠 만에 습득한, 무슨 마법의 미술 천재라는 전제도 받아들여야 할 것이다.

3번: 애냐. 휴식 시간 동안 테디의 방 안에서 무슨 일이 벌어지는지 알 길은 없지만, 애냐가 정말 그를 조종하고 있다면? 테디의 몸에 들어가 그의 손을 이용해 그림을 그리고 있다면? 그렇게 완성된 그림을 어떤 방식으로든 별채로 '운반'한 거라면?

그래, 그래. 미친 소리다.

하지만 이 세 가능성을 하나씩 검토하고 서로 비교해 본다면? 가장 불가능한 답이 가장 그럴듯한 설명인 것 같다.

그날 밤 잠을 청하려고 침대에서 뒤척이다가 나는 내 추측이 옳다는 것을 증명할 방법을 생각해 냈다.

13장.

다음 날 점심때 나는 본채 지하실로 내려가서 상자를 열기 시작했다. 지하에는 아직 풀지 않은 이삿짐이 가득 쌓여있고, 겨우 세 개째 열어봤을 때 찾던 것이 눈에 띈다. 나는 맥스웰 부부에게 틀림없이 아기 모니터가 있을 거라고 생각했는데, 역시 반갑게도 최첨단 장비 같다. 송신기는 적외선 야시경과 일반/광각 렌즈를 갖춘 HD 카메라다. 수신기는 문고판 책 크기 정도 되는 대형 스크린이다. 나는 작은 신발 상자에 모두 챙겨 넣고 위층으로 가져간다. 부엌으로 돌아오니 테디가 기다리고 있다.

"지하실에서 뭐 했어요?"

"그냥 둘러봤어." 나는 말한다. "라비올리 해줄게."

나는 테디가 점심을 먹느라 여념이 없을 때를 틈타 몰래 위층 테디 방으로 올라가서 카메라를 숨길 곳을 찾아본다. 그림의 출처를 알아내려면 그림이 나오는 장소를 직접 보아야겠다고 생각한 것이다. 휴식 시간에 테디의 방 안을 보아야 한다.

하지만 카메라를 숨기는 것은 쉬운 일이 아니다. 꽤 크고 두툼한 데다가 전원을 연결해야 한다. 산더미처럼 쌓인 봉제인형이 해결책이다. 나는 렌즈가 스누피와 곰돌이 푸 사이에서 빼꼼히 밖을 내다보도록 카메라를 아주 조심스럽게 인형 사이에 파묻는다. 전원이 연결되어 있는지, 송신 설정이 되어있는지 확인한 뒤, 테디가 평소와 다른 점을 눈치채지 못하도록 기도하는 마음으로 목에 걸린 십자가에 키스한다.

나는 부엌으로 내려와서 테디가 식사를 마치는 동안 곁에 있는다. 오늘 오전에 테디는 말이 많다. 그는 이발소에 가는 일로 불평하고 있지만—테디는 이발소에 가는 것이 싫다, 겁쟁이 사자처럼 머리를 기르고 싶다고 한다—나는 듣는 둥 마는 둥 한다. 초조하다. 이제 많은 질문에 대한 답을 얻을 참이지만, 스스로 마음의 준비가 되어있는지 알 수 없다.

몇 시간처럼 느껴지는 시간이 흐른 뒤, 테디가 식사를 마치고 휴식하러 위층에 올라간다. 나는 가족실로 들어가서 수신기를 꽂는다. 테디의 침실은 바로 머리 위이기 때문에, 오디오도 비디오도 아주 또렷하게 나온다. 카메라는 침대 쪽을 향하고 있고, 나는 방 안 대부분을 다 볼 수 있다. 테디가 앉아서 그림을 그릴 가능성이 가장 높은 두 지점도 보인다.

방문이 열렸다 닫히는 소리가 들린다. 오른쪽에서 테디가 나타나더니 책상으로 가서 스케치북과 연필통을 집어 든다. 그는 침대에 뛰어오른다. 매트리스가 가볍게 철렁하는 소리가 수신기와 머리 위 천장을 통해 마치 스테레오 방송처럼 동시에 들려온다.

테디는 침대 헤드보드에 기댄 채 다리를 굽히고 무릎으로 스케치북을 받치고 있다. 연필은 침대 옆 탁자에 가지런히 놓는다. 그런 뒤 작은 연필깎이를 집어 든다. 투명한 플라스틱 돔 안에 깎은 조각이 모이는 종류다. 그는 연필을 안에 넣고 슥, 슥, 슥 돌린 뒤에 꺼내서 연필심을 관찰하더니 아직 충분히 뾰족하지 않다고 생각하는 것 같다. 다시 연필을 넣고 돌린 뒤에야 만족한 기색이다.

아주 잠시 다른 곳을 보다가—물 한 모금 마시는 사이였다—다시 시선을 돌리니, 영상이 흔들리며 정지된 채 오디오를 따라가지 못하고 프레임을 건너뛰고 있다. 아직 연필 깎는 소리는 들리지만, 영상은 테디가 연필 쪽으로 손을 뻗는 장면에서 멈춰있다.

그때 나직한 목소리가 들린다. 속삭임 같은 소리다. "안녕."

짧게 지직거리는 소음이 뒤따른다. 영상은 뒤로 건너뛰어서 다시 멈춘다. 이미지는 해상도가 낮아져서 흐릿하다. 테디는 스케치북에서 고개를 들고 침실 문 쪽, 프레임 바로 바깥에 있는 누군가, 혹은 무언가를 바라보고 있다.

"연필 준비했어." 그는 말한 뒤 웃는다. "연필? 그림 그리려고."

좀 더 긴 소음이 이어진다. 마치 호흡 같은 리듬을 타고 올라갔다 내려갔다 하는 소리다. 마이크에서 뭔가 지직거리며 튀더니, 영상이 다시 앞으로 건너뛴다. 이제 테디는 카메라를 똑바로 바라보고 있고, 머리는 두 배 크기다. 마치 놀이공원에 있는 마술의 집 거울에 비친 영상 같다. 체형은 괴상한 비율로 늘어져 있고, 팔은 지느러미처럼 작고 짧았지만 얼굴은 거대하다.

"조심해." 그는 속삭인다. "살살."

소음은 차츰 커진다. 음량을 낮추려고 해보았지만, 버튼을 돌려도 아무 효과가 없다. 소리는 계속 커지고 그러다 마치 스피커를 탈출하기라도 한 듯 소음이 방을 가득 채운다. 영상은 다시 건너뛴다. 이번에는 테디가 팔을 죽 뻗고 몸에서 경련을 일으키며 매트리스에 널브러져 있다. 천장에서 그의 침대가 쿵-쿵-쿵 하는 소리가 들려온다.

나는 가족실에서 뛰쳐나가서 복도를 지나 계단을 통해 2층으로 올라간다. 테디의 방 문손잡이를 잡았지만 돌아가지 않는다. 꼼짝도 하지 않는다. 잠겨있다.

혹은 뭔가가 붙잡고 있거나.

"테디!"

나는 주먹으로 문을 두드린다. 영화 속 등장인물들처럼, 뒤로 물러나서 발로 걷어차기도 해보지만 발만 아플 뿐이다. 어깨로 문짝을 들이받았더니, 이건 너무 아파서 어깨를 움켜잡고 바닥에 주저앉는다. 그때 문득 나는 테디의 방을 들여다볼 수 있다는 것을 깨닫는다. 문 밑으로 1센티미터 정도의 틈이 있다. 나는 옆으로 비스듬히 누워 고개를 바닥에 댄 뒤 한쪽 눈을 감고 틈을 들여다본다. 고약한 냄새가 코를 찌른다. 독한 암모니아 냄새가 더운 배기가스처럼 방에서 훅 흘러나와서 입안을 가득 채운다. 나는 최루가스를 들이마신 것처럼 기침을 하고 구역질을 하며 목을 움켜쥔다. 눈물이 줄줄 흐른다. 심장이 쉴 새 없이 뛰고 있다.

복도에 누워 콧물을 닦으며 몸을 추슬러 일어나 앉을 힘을 짜내고 있는데, 문고리의 작은 잠금장치가 딸깍 하는 소리가 들린다.

나는 힘겹게 일어나 문을 연다. 역시 악취가 훅 끼친다. 극도로 농축된 오줌 냄새가 샤워실의 증기처럼 공기 중에 떠돌고 있다. 나는 셔츠자락을 끌어올려 입을 막는다. 테디는 악취를 아랑곳하지 않는 것 같다. 내가 고함치는 소리도 의식하지 않는다. 그저 무릎에 스케치북을 얹고 오른손에 연필을 쥔 채 침대에 앉아있다. 그는 두꺼운 검은 선을 종이 위에 빠르게 긋고 있다.

"테디!"

그는 쳐다보지 않는다. 내 말을 들은 것 같지도 않다. 손은 계속 움직이며 페이지 가득 어둠을, 검은 밤하늘을 채우고 있다.

"테디, 들어봐, 괜찮니?"

역시 그는 나를 무시한다. 나는 침대에 가까이 다가가다가 인형을 밟는다. 높고 날카로운 소리를 내는 말 인형이다.

"테디, 나 좀 봐." 나는 테디의 어깨에 손을 짚었고, 그제야 그는 고개를 든다. 흰자가 완전히 드러나 있다. 눈동자는 완전히 뒤로 돌아간 상태다. 하지만 그의 손은 계속 움직이며 보지도 않고 그림을 그리고 있다. 나는 그의 손목을 잡는다. 피부는 너무나 뜨겁고, 팔에는 단단히 힘이 들어가 있다. 보통 그의 몸은 헝겊 인형처럼 나긋나긋하고 느슨하다. 번쩍 들어 올려서 한 바퀴 돌릴 수 있을 정도로 가볍기 때문에, 나는 종종 뼈가 없나 보다고 농담을 하기도 했다. 하지만 지금은 기묘한 에너지가 피부 밑을 팽팽하게 채우고 있다. 공격 태세를 갖춘 작은 핏불테리어처럼 근육이 전부 수축한 것 같다.

그때 그의 눈이 정상으로 돌아온다.

그는 나를 보고 눈을 깜빡인다. "맬러리?"

"뭐 하는 거니?"

그는 자기가 연필을 들고 있다는 것을 깨닫고 얼른 떨어뜨린다. "몰라요."

"넌 그림을 그리고 있었어, 테디. 내가 다 봤어. 몸 전체가 부들부들 떨렸어. 경련이 일어나는 것처럼."

"미안해요…."

"사과할 일이 아니야. 난 화나지 않았어."

테디의 아랫입술이 실룩인다. "미안하다고 했잖아요!"

"무슨 일인지 말해보라니까!"

내가 소리치고 있다는 것을 의식하지만 어쩔 수가 없다. 눈앞에서 펼쳐진 광경이 너무나 충격이었기 때문이다. 바닥에 그림 두 장이 떨어져 있고, 스케치북에 세 번째 그림이 있다.

"테디, 내 말 들어봐. 이 여자애 누구니?"

"몰라요."

"애냐의 딸이야?"

"모른다고요!"

"왜 이런 그림을 그렸니?"

"내가 그린 게 아니에요, 맬러리! 맹세해요!"

"그런데 왜 네 방에 있어?"

그는 심호흡을 한다. "애냐가 진짜가 아니라는 건 나도 알아요. 여기 진짜 있는 게 아니라는 건. 가끔 애냐와 같이 그림을 그리는 꿈을 꾸지만, 일어나 보면 그림 같은 건 없어요." 그는 존재를 부정하려는 듯 스케치북을 방 한쪽으로 던진다. "그림이 있을 리가 없어요! 우린 그냥 꿈을 꾼 거라고요!"

나는 어떻게 된 일인지 깨닫는다. 테디가 그림을 보지 못하도록 그가 깨기 전에 애냐가 침실 밖으로 그림을 들고 나가는 것이다. 한데 내가 중간에 끼어들어 평소의 일과를 방해한 것이다.

테디에게는 너무 힘겨운 상황인지, 그는 울음을 터뜨린다. 나는 아이를 끌어안는다. 그의 몸은 다시 부드럽고 나긋나긋하다. 다시 평범한 소년으로 돌아와 있다. 나는 그가 이해하지 못하는 것을 설명하라고 다그치고 있다. 불가능한 것을 설명하라고 요구하고 있다.

아이가 오른손으로 내 손을 잡는다. 작은 손가락은 연필 자국으로 지저분하다. 나는 그를 더 단단히 끌어안고 괜찮다고, 걱정할 것 없다고 달래준다.

하지만, 그렇지 않다.

테디는 왼손잡이이기 때문이다.

14장.

그날 밤에 에이드리언이 찾아왔고, 우리는 그림을 전부 훑어본다. 모두 아홉 장이다. 포치에 있던 세 장, 별채 안 냉장고에 붙어있던 세 장, 오늘 테디의 방에서 가져온 세 장. 제대로 된 순서를 찾아 배열하면 뭔가 사연이 드러날 거라고 생각하는지, 에이드리언은 순서를 계속 바꿔보고 있다. 하지만 오후 내내 생각해 보았음에도 불구하고, 나는 도무지 이해할 수가 없다.

석양이 거의 저물었다. 뒷마당의 하늘은 회색으로 어스름하다. 숲에는 개똥벌레가 계속 깜빡이고 있다. 본채 쪽을 바라보니 부엌 창문을 통해 캐럴라인이 식기세척기에 접시를 넣는 모습이 보인다. 테드가 2층에서 아들을 재우는 동안, 그녀가 저녁 식사 뒷정리를 하고 있다.

에이드리언과 나는 별채 계단에서 무릎이 거의 맞닿을 정도로 붙어 앉아있다. 나는 아기 모니터로 관찰한 광경, 테디가 눈으로 쳐다보지도 않고, 주로 쓰지도 않는 오른손으로 그림을 그리던 광경을 설명한다. 내가 미쳤다고 생각할 게 당연한데도—미친 소리로 들릴 거라는 걸 나도 알고 있다—에이드리언이 내 말을 진지하게 들어주어서 마음이 놓인다. 그는 얼굴에 그림을 가까이 갖다 대더니 기침을 한다. "아니, 진짜 냄새가 나."

"그게 테디의 침실에서 나는 냄새야. 항상 그렇지는 않고, 가끔씩. 캐럴라인은 테디가 오줌을 싼다고 해."

"오줌 같지 않아. 지난여름에 벌링턴 카운티에서 조경 일을 한 적이 있거든. 파인배런스 근처 말이야. 자기 공터를 치워달라고 의뢰한 사람이 있었어. 2천 제곱미터 정도의 황무지에 사람 키보다 높이 잡초가 자라고 있어서 도끼를 들고 들어가서 잘라내야 했어. 게다가 쓰레기도 어마어마했어. 낡은 옷가지, 맥주병, 볼링 핀, 정말 상상할 수도 없는 갖가지 물건들이 다 있더라고. 한데 최악은 죽은 사슴이었어. 7월 중순에. 공터를 치우는 일을 맡았으니까, 우리가 당연히 그 시체를 싸서 들고 나가야 했지. 자세한 이야기는 접어두고, 맬러리, 정말 끔찍했어. 그런 경험은 절대 잊지 못하지. 영화에서 늘 나오는 대사지만, 사실이야. 냄새가 끔찍했어. 한데 이 그림에서 비슷한 냄새가 나."

"어떻게 해야 할까?"

"모르겠어." 가까이 앉아있으면 안전하지 않다는 듯, 그는 그림을 멀리 내려놓는다. "테디는 괜찮을까?"

"나도 모르겠어. 정말 이상했어. 피부가 끓는 것 같았어. 만지니까, 테디 같지도 않았고. 마치… 다른 존재 같았어."

"테디 부모님에게 이야기는 했니?"

"뭐라고 이야기해? 당신 아들이 애니 배럿의 유령에 씌어있는 걸 봤습니다? 그런 말은 해봤어. 기겁을 하더라고."

"지금은 다르잖아. 증거가 있어. 이 새 그림들. 네 말대로야. 누군가의 도움 없이 테디 혼자 이런 그림을 그렸을 리가 없어."

"하지만 애냐가 도왔다는 증거는 없잖아. 애냐가 내 별채로 몰래 들어와서 냉장고에 그림을 붙여놨다는 증거. 미친 소리처럼 들려."

"그렇다고 사실이 아닌 건 아니야."

"넌 테디의 부모님을 잘 몰라서 그래. 내 말을 믿어주지 않을 거야. 계속 조사를 해봐야 해. 진짜 증거가 필요하다고."

우리는 탄산수를 마시며 전자레인지 팝콘을 큰 그릇에 담아 같이 먹고 있다. 내가 빠른 시간 안에 만들어 낼 수 있는 최선의 간식이다. 내 손님 접대 솜씨는 서투르지만, 에이드리언은 신경 쓰지 않는 것 같다. 그는 스프링브룩 공공도서관 상황을 알려준다. 어머니가 문서보 198
관소를 뒤지기 시작했지만, 아직 찾아낸 것은 없다고 한다. "파일이 엉망진창이래. 부동산 문서, 옛날 신문, 아무것도 정리된 게 없다고. 일주일은 더 필요할 것 같다고 하셔."

"일주일이나 더 기다릴 수 없어, 에이드리언. 이 존재는—귀신이든, 유령이든, 뭐든—내 별채까지 들락거리고 있어. 가끔 밤에 날 쳐다보고 있다는 느낌까지 들어."

"무슨 뜻이야?"

그 느낌을 묘사할 말은 좀처럼 찾을 수가 없다. 감각의 주변부에서 무슨 기척이 느껴지는 특이한 느낌, 가끔은 높고 가늘게 윙윙거리는 소음도 들린다. 펜실베이니아 대학에서 겪었던 연구프로젝트에 대해 들려주고 혹시 '시선 감지'라는 용어를 들어본 적이 있는지 물어볼까 하는 충동이 인다. 하지만 나는 내 과거로 화제를 이끌 만한 말은 하고 싶지 않다. 이미 거짓말을 너무 많이 했다. 나는 아직도 솔직하게 털어놓을 최선의 방법을 고민하고 있다.

"좋은 생각이 있어." 그는 말한다. "부모님 차고에 작은 방이 있어. 지금은 사용하는 사람이 없지. 며칠만 거기서 지내는 게 어때? 여기서 일하되, 무슨 일이 벌어지고 있는지 알아낼 때까지 안전한 곳에서 잠잘 수 있게."

맥스웰 부부에게 상황을 설명하는 내 모습을 상상해 본다. 다섯 살짜리 테디에게 너희 집 뒷마당에서 사는 게 너무 무서워서 이사 나간다고 말하는 모습을.

"여길 나가지는 않을 거야. 난 테디를 돌보기 위해 고용된 사람이고, 여기 계속 머물면서 테디를 돌볼 거야."

"그럼 내가 같이 있을까?"

"농담이지?"

"바닥에서 자지 뭐. 이상한 속셈 아니야. 그냥 조금이라도 더 안전하면 좋으니까." 나는 그를 돌아본다. 어둑어둑하지만, 얼굴을 붉히고 있는 것 같다. "애니 배럿의 귀신이 별채에 몰래 숨어든다면, 내 몸에 걸려 넘어져서 너도 깰 테니까 둘이 같이 귀신과 이야기를 나눌 수 있잖아."

"지금 나 놀리는 거야?"

"아니, 맬러리. 도우려는 거야."

"손님을 방에 재울 수는 없어. 이 집 규칙 중 하나야."

에이드리언은 속삭이듯 목소리를 낮춘다. "나는 매일 아침 다섯 시 반에 일어나. 해 뜨기 전에 나갈 수 있어. 맥스웰 부부가 깨기 전에. 절대 모를 거야."

그러자고 하고 싶다. 밤늦게까지 에이드리언과 도란도란 이야기하고 싶다. 정말 그를 집에 보내고 싶지 않다.

하지만 나를 만류하는 것은 진실이다. 에이드리언은 아직도 자기가 크로스컨트리 장학금을 받는 대학 운동선수 맬러리 퀸을 돕는다고 생각하고 있다.

그는 내가 전직 약쟁이이자 실패자 맬러리 퀸이라는 사실을 모른다. 여동생은 죽었고 어머니는 나와 연락을 끊었다는 사실을, 내가 세상에서 가장 소중한 두 사람을 잃었다는 사실을 모른다. 그에게 털어놓을 수는 없다. 나 자신조차 인정하기 힘든 일이다.

"자, 맬러리. 그렇게 하자. 네가 걱정돼서 그래."

"넌 나에 대해 아무것도 모르잖아."

"그럼 말해줘. 말해봐. 내가 뭘 알아야 하는데?"

하지만 지금은, 그의 도움이 그 어느 때보다 절실한 지금은 말할 수 없다. 내 개인사는 며칠만 더 묻어두어야 한다. 그런 뒤에 모든 것을 다 털어놓자.

그는 내 무릎에 부드럽게 손을 얹는다.

"난 네가 좋아, 맬러리. 내가 도와줄게."

그는 한 발짝 다가설 용기를 내고 있다. 누군가 내게 키스하려고 한 것은 오랜만이었다. 나도 그가 키스해 주기를 바라지만, 동시에 그렇지 않기도 한 마음이다. 그는 천천히 이쪽으로 돌아앉았고, 나는 그저 얼어붙은 듯 앉아있다.

바로 그때 정원 건너편 본채에서 미닫이 유리문이 열리더니 캐럴라인 맥스웰이 책 한 권과 와인 병, 긴 유리잔을 들고 밖으로 나온다.

에이드리언은 물러나며 헛기침을 한다.

"음, 이제 늦었네."

나는 일어선다. "응."

우리는 마당을 가로질러 본채 옆으로 돌아가서 판석을 밟고 맥스웰네 2차선 진입로로 나간다. "네 마음이 바뀌면 내 제안은 언제든지 유효해." 그는 말한다. "네가 걱정할 건 없다고 생각하지만."

"왜?"

"음, 이 존재를—영혼이든 귀신이든, 뭐든—네가 본 적 있니?"

"아니."

"소리는? 괴상한 신음 소리라든가, 기타 소음? 한밤중에 속삭인다든가?"

"아니."

"네 물건을 건드리니? 벽에서 그림을 떨어뜨린다든가, 문을 쾅 닫는다든가, 조명을 켜둔다든가."

"아니, 그렇지는 않아."

"바로 그거야. 그 존재가 네게 겁을 주려고 했다면 기회는 많았어. 한데 그럴 수 없었거나, 그럴 생각이 없었던 거야. 나는 그 존재가 소통하려 한다고 생각해. 그림도 더 그릴 거야. 전부 다 보면, 존재가 뭘 말하려고 하는지 이해할 수 있겠지."

그럴까? 알 수 없다. 하지만 그의 목소리에 담긴 침착한 확신은 고맙다. 덕분에 내 모든 문제도 해결책을 얼마든지 찾을 수 있을 것 같다.

"고마워, 에이드리언. 날 믿어줘서 고마워."

별채로 돌아가는 길에, 캐럴라인이 파티오에서 나를 부른다. "새 친구가 생겼나 보네. 겁을 줘서 쫓아낸 건 아니겠지?"

나는 소리치지 않으려고 마당을 가로지른다. "이 집 조경사 중 하나예요. 론 킹에서 일하는 사람."

"아, 나도 알아. 몇 주 전에 에이드리언을 만났어. 맬러리가 이사 오기 직전에. 테디가 트랙터 기술을 보고 감동했지." 그녀는 와인을 한 모금 마신다. "귀여워, 맬러리. 눈이 예쁘던데!"

"그냥 친구예요."

그녀는 어깨를 으쓱한다. "내가 간섭할 일은 아니지. 하지만 여기서 보니 상당히 가까이 붙어 앉아있는 것 같던데."

얼굴이 붉어진다. "약간 그랬나요?"

그녀는 책을 덮어 옆에 내려놓고 내게 앉으라고 권한다. "그에 대해 아는 게 뭐가 있어?"

나는 그가 세 블록 건너편에 산다, 아버지의 회사에서 일한다, 뉴브런스윅의 럿거스 대학에서 공학을 공부한다고 설명한다. "독서를 좋아해요. 서점에서 우연히 만났어요. 스프링브룩 사람들을 모조리 다 아는 것 같더라고요."

"조심해야겠다 싶은 데는 없어? 단점이라든가?"

"아직 모르겠어요. 스타워즈 광팬 같던데요? 스타워즈 복장을 차려입고 무슨 팬 모임 같은 데 나간다 해도 놀라지 않을 것 같아요."

캐럴라인은 웃는다. "그게 최악의 단점이라면, 난 레이아 공주로 변장하고 덤벼들 것 같아. 언제 다시 만나기로 했어?"

"모르겠어요."

"맬러리가 먼저 다가가 봐도 좋지 않을까? 집에 초대하든가. 수영장은 얼마든지 사용해도 돼. 같이 점심 먹으면 좋겠네. 테디도 같이 수영하면 좋아할 거야."

"고맙습니다. 그렇게 할게요."

우리는 잠시 편안한 침묵 속에 앉아 밤의 정적을 즐긴다. 캐럴라인은 책으로 손을 뻗는다. 귀퉁이가 접혀있고 메모도 잔뜩 적힌 낡은 페이퍼백이다. 표지에는 벌거벗은 이브가 에덴동산에 서서 사과에 손을 뻗고 있고 뱀이 옆에 도사리고 있는 모습이 그려져 있다.

"성경인가요?"

"아니, 시야. 《실낙원》. 대학 다닐 때는 좋아했는데, 지금은 한 페이지도 못 읽겠어. 그때만큼 끈기가 안 생기네. 엄마가 된 뒤로 집중력이 떨어졌나 봐."

"별채에 《해리 포터》 1권이 있어요. 테디한테 읽어주려고 도서관에서 대출했는데, 그거 빌려 읽으세요."

캐럴라인은 재미있는 소리를 한다는 듯 나를 보며 미소 짓는다. "이제 자러 가야겠어. 늦었네. 잘 자, 맬러리."

그녀는 집 안으로 들어갔고, 나는 마당 건너편에 있는 별채를 향해 천천히 걷는다. 다시금 헤이든글렌에서 토닥토닥 돌아다니는 발소리가 들려오지만—사슴, 취한 10대, 죽은 사람, 뭐든지—이제 그 소리는 두렵지 않다.

에이드리언의 말이 맞는다고 생각하기 때문이다.

나는 애냐를 두려워할 필요가 없다.

그녀는 나를 해치려 하지 않는다.

내게 겁을 주려 하지 않는다.

내게 뭔가 말하려 하고 있다.

이제 중간자를 건너뛸 때가 되었다.

15장.

다음 날 아침, 나는 에이드리언이 점심때 수영장 파티를 하러 올 거라고 테디에게 알렸고, 우리는 성대한 소풍 만찬을 준비하기 시작한다. 구운 닭고기 샌드위치, 파스타 샐러드, 과일 샐러드, 갓 짜낸 레모네이드. 테디는 뿌듯한 얼굴로 모든 음식을 수영장 덱으로 가져간다. 나는 그늘에서 식사할 수 있도록 파티오 파라솔을 펼친다.

내 계획은 이미 에이드리언에게 말해두었고, 미치와 내가 심령판으로 영혼을 불러내는 동안 그가 테디를 봐주기로 했다. 에이드리언이 수영복과 빨간색 스칼릿 나이츠(럿거스 대학의 농구팀 이름—옮긴이) 티셔츠 차림으로 정오에 도착하자, 테디는 그를 맞이하려고 수영장 덱을 달려간다. 1미터 20센티미터도 채 안 되는 키지만, 테디는 어린아이들이 드나드는 것을 방지하기 위해 설치한 출입문을 여는 법을 터득하고 있다. 이어 그는 식당 지배인 흉내를 내며 에이드리언의 우리 '식당' 방문을 환영하고 손님을 식탁까지 모셔 온다.

에이드리언은 차려놓은 음식에 감탄한다. "여기서 하루 종일 먹었으면 좋겠다! 한데 엘 헤페가 한 시간밖에 안 줬어. 그 뒤에는 날 찾아 나설 텐데, 그렇게 되면 모두에게 좋을 일이 없을걸."

"빨리 먹고 수영해요." 테디가 말한다. "마르코 폴로 놀이도 하고요!"

나는 에이드리언에게 수없이 당부한다. 테디는 항상 구명조끼를 입고 있어야 한다는 것, 테디에게는 얕은 쪽도 너무 깊다는 것 등등. 너무 초조해서 입에 음식이 들어가지 않는다. 나는 미치가 한 시간 전부터 '회동'을 준비 중인 별채 쪽을 계속해서 흘끗거린다. 미치는 이 계획의 성공에 대해 부정적이다. 이상적인 상황은 테디가 우리와 함께 옆에 동석해야 한다는 것이다. 하지만 그녀도 테디가 20미터 반경 안에 있으면 충분할지 모른다고 하니, 내 입장에서는 그 정도가 최대한이다.

테디는 얼른 수영하고 싶어 안달이 나는지 샌드위치를 절반쯤 먹더니 배고프지 않다고 한다. 에이드리언은 교령회 준비가 다 되었다는 것을 알고 식사를 빨리 마친 뒤 한 팔로 테디를 안아 올린다.

"준비되셨습니까, 테디 씨?"

테디는 기분 좋아 비명을 지른다.

이제 까다로운 부분이다.

"테디, 잠시 에이드리언이 봐줄 테니 둘만 있을래? 난 별채에서 할 일이 좀 있어."

예상대로 테디는 광적으로 날뛴다. 그는 에이드리언이—에이드리언이!!—봐준다는 말에 잔뜩 들떠서 미치광이처럼 팔을 흔들며 수영장 덱의 끝까지 뛰어간다.

"잘 봐줘. 테디가 시야에서 벗어나면 안 돼. 1초라도. 무슨 일이 생기면….”

“우린 괜찮을 거야.” 에이드리언이 약속한다. “난 오히려 네가 걱정돼. 위자보드를 사용하는 건 처음이야?”

“중학교 이후로 처음이야.”

“조심해, 알았지? 뭐가 필요하면 소리쳐.”

나는 고개를 젓는다. “별채 근처에는 오지 마. 우리가 혹시 비명을 지르더라도. 우리가 뭘 하고 있는지 테디에게 알리고 싶지 않아. 부모님 귀에 들어가면, 노발대발할 거야.”

“무슨 문제가 생기면?”

“미치가 이런 일은 백 번도 더 해봤대. 아주 안전하다고 했어.”

“미치 말이 틀리면?”

나는 모든 일이 잘될 테니 안심하라고 하지만, 내 목소리에 그렇게 확신이 있는 것 같지는 않다. 미치는 오늘 내 휴대전화로 벌써 여섯 번이나 전화를 걸어서 중요한 주의사항과 지켜야 할 규칙을 알려주었다. 장신구나 향수는 절대 금지. 화장 금지, 모자나 스카프 금지. 앞코가 트인 신발 금지. 대화할 때마다 미치는 차츰 광적으로 변했다. 자신의 신경회로를 뚫기 위해 마리화나를 사용한다니, 혹시 그 때문에 피해망상이 된 게 아닌가 하는 걱정까지 들 정도다.

테디가 우리 쪽으로 되돌아왔다가 에이드리언의 무릎으로 뛰어드는 바람에 하마터면 수영장에 빠질 뻔했다. “준비됐어요? 이제 수영할 수 있어요?”

“둘이서 잘 놀아.” 내가 말한다. “잠시 후에 돌아올게.”

별채에 가보니, 미치는 준비를 끝낸 상태다. 부엌 작업대에는 관련 서적들이 쌓여있고, 창문에는 햇빛을 완전히 가리기 위해 묵직한 검은 천이 걸려있다. 내가 현관문을 열고 어둠에 적응하기 위해 눈을 깜빡이는 동안, 미치는 커튼 틈새로 에이드리언이 셔츠를 벗는 모습을 훔쳐본다. "이야, 세상에. 저렇게 멋진 스칼릿 나이트는 어디서 찾았냐?"

조경용 작업복 차림이 아니니 에이드리언이 몇 주 전 자기가 강간범 딱지를 붙였던 바로 그 남자라는 것도 못 알아보는 모양이다.

"근처에 살아요."

"아이를 맡겨도 돼? 방해하지는 않겠지?"

"괜찮을 거예요."

207 나는 문을 닫는다. 무덤 안에 들어가서 내 손으로 문을 봉하는 기분이다. 불에 태운 세이지 풀 냄새가 방 안에 자욱하다. 미치는 해로운 영혼이 방해하는 것을 막기 위해서라고 한다. 방 안에 빙 둘러 세운 봉헌초 여섯 개가 주변을 어스름하게 비춰준다. 부엌 식탁에는 검은 천이 씌워져 있고, 한가운데에 심령판이 놓여있다. 미세한 결정 같은 것이 보드를 빙 둘러싸고 있다. "바닷소금이야." 미치가 설명했다. "지나친 안전장치이긴 한데, 넌 처음이니까 만의 하나라도 예방하려는 거야."

시작하기 전, 미치는 내가 받은 그림을 전부 살펴볼 수 있는지 묻는다. 이제 나는 상당한 분량을 소장하고 있다. 그날 아침에 잠에서 깨어보니, 현관문 아래로 밀어 넣었는지, 별채 바닥에 새로운 그림 세 장이 놓여있었다.

미치는 특히 마지막 그림, 여자의 옆얼굴이 신경 쓰이는 것 같다. 그녀는 지평선 쪽의 인물을 가리킨다. "여자 쪽으로 다가오는 이 사람은 누구지?"

"제가 보기에는 멀어지는 것 같은데요."

미치는 오싹 소름이 끼치는지 잠시 떨다가 진정한다. "그냥 물어보면 되겠지. 준비됐냐?"

"모르겠어요."

"화장실 가야 해?"

"아뇨."

"휴대전화는 껐어?"

"네."

"그럼 준비된 거다."

우리는 탁자 반대편 끝에 각각 앉는다. 우리 사이에는 세 번째 의자가 있다. 애냐를 위해 비워놓은 자리다. 어둠 속에 앉아있으니 스프링브룩을 뒤로하고 떠나온 기분이다. 아니, 스프링브룩이면서도 동시에 아닌 기분이다. 공기가 다르다. 보다 탁하고, 숨 쉬기가 힘들다. 테디가 웃는 소리, 에이드리언이 "캐넌볼!" 하고 외치는 소리, 수영장 물 튀기는 소리가 들려오지만, 이 모든 소리들은 마치 연결 상태가 좋지 않은 수화기 너머에서 들려오듯 약간 왜곡된 상태로 전해져 온다.

미치는 작은 하트 모양의 플랑셰트planchette(바퀴 달린 다리와 연필 구멍이 있는 나무판으로, 심령 현상을 기록할 때 사용된다—옮긴이)를 보드 중심에 놓고 내게 손가락으로 한쪽을 누르라고 한다. 플랑셰트 바닥에는 바퀴 달린 작은 놋쇠 다리가 세 개 있다. 조금만 건드려도 밀려 나간다. "가만히 대고만 있어, 밀지 말고." 미치가 말한다. "그 장치가 알아서 움직이도록 하는 거야."

나는 힘을 빼려고 애쓰며 손가락을 푼다.

미치는 자기 손가락을 플랑셰트 반대편에 갖다 댄다. 그리고 눈을 감는다.

"좋아, 맬러리. 내가 대화를 시작한다. 접신할 거야. 접신이 성공적으로 이루어진 뒤에 너한테 질문을 하라고 할 테니까, 지금은 눈을 감고 긴장을 풀어. 정화한다는 기분으로 깊이 심호흡을 해. 코로 들이쉬고, 입으로 뱉고."

초조하고 약간 멋쩍지만, 미치의 목소리가 격려해 준다. 나는 그녀의 자세와 호흡을 그대로 따라 한다. 향냄새가 근육의 긴장을 풀어주고 상념을 진정시켜 준다. 테디, 맥스웰 부부, 달리기, 재활 같은 온갖 걱정과 근심이 떨어져 나가기 시작한다.

"어서 오시오, 영혼이여." 미치는 말한다. 나는 그녀의 목소리 크기에 퍼뜩 놀란다. "여기는 안전한 공간입니다. 우리는 그대를 환영합니다. 그대를 대화에 초대하고 싶습니다."

별채 밖에서는 여전히 수영장 소리가 들려온다. 열심히 발 차는 소리, 물 튀기는 소리. 하지만 나는 더 열심히 집중하며 소음을 애써 몰아낸다. 플랑셰트에 압력을 가하지 않고 손가락 끝에서 힘을 뺀 채 그냥 갖다 대고만 있다.

"애니 배럿, 우리는 애니 배럿과 대화하고 싶습니다." 미치가 말한다. "거기 있나요, 애니? 우리 말이 들립니까?"

단단한 나무 의자에 오래 앉아있으려니, 의자가 내 몸에 닿는 지점을 점점 더 많이 의식하게 된다. 엉덩이 아래 좌석, 어깨뼈에 와 닿는 등받이 가로대. 나는 조금이라도 움직이는 기색이 있는지 플랑셰트를 열심히 바라본다. 세이지는 지직거리고 탁탁 튀는 소리를 내며 타오른다.

"애냐는? 애냐, 거기 있어요? 우리 말 들립니까, 애냐?"

눈꺼풀이 무거워져서, 나는 눈을 감는다. 최면에 걸리는 기분, 혹은 하루를 마치고 따뜻한 침대에 누워 편안한 담요를 덮고 가물가물 잠들기 시작하는 순간 같다.

"듣고 있어요, 애냐? 우리와 이야기하지 않겠어요?"

대답은 없다.

뒷마당에서 들리던 소음이 더 이상 들리지 않는다. 들려오는 것은 미치의 힘든 숨소리뿐이다.

"우리가 당신을 도와줄게요, 애냐. 어서. 우리가 듣고 있어요."

그때 뭔가 내 뒷목을 스친다. 의자 뒤로 누군가 사람이 지나간 듯한 기분이다. 돌아보았지만 아무도 없다. 한데 다시 위자보드 쪽을 바라보니, 누군가 내 뒤에서 몸을 이쪽으로 숙이는 것 같다. 길고 부드러운 머릿결이 내 뺨 옆으로 늘어져 어깨를 스친다. 그리고 눈에 보이지 않는 무게가 내 손을 누른다. 가볍게, 쿡 찌르는 압력이 플랑셰트를 앞으로 슬쩍 밀어낸다. 바퀴 하나가 쥐새끼처럼 조그맣게 삐걱거리는 소리를 낸다.

"잘 왔어요, 영혼이여!" 미치는 나를 향해 미소 짓는다. 무슨 일이 벌어지고 있는지 전혀 모른다는 것을 알 수 있다. 내 등 뒤에 무엇이 있는지 보지도, 느끼지도 못하고 있다. "우리의 부름에 답해줘서 고마워요!"

따뜻한 숨결이 내 뒷목을 간지럽히고, 피부에 소름이 끼친다. 손과 팔목에 가해지는 힘이 한층 강해지더니 플랑셰트가 보드 위에서 천천히 원을 그리며 돌기 시작한다.

“애냐?” 미치가 묻는다. “지금 와있는 게 애냐인가요?”

보드에는 알파벳과 숫자 0부터 9까지가 적혀있고, 위쪽 모서리에는 네, 아니오, 두 가지 낱말이 적혀있다. 나는 수동적으로 관전하는 입장이고, 플랑셰트는 알파벳 I에서 잠시 멈췄다가 G, 이어 E로 향한다. 미치는 플랑셰트에 네 손가락을 계속 대고 있지만, 다른 한 손으로 연필을 쥐고 수첩에 결과를 적고 있다. I-G-E? 땀방울이 이마에 맺힌다. 그녀는 나를 보며 단호하게 고개를 젓는다.

“천천히 말해주시오, 영혼이여.” 그녀는 말한다. “시간은 많습니다. 우리는 당신을 이해하고 싶어요. 당신이 애냐인가요?”

플랑셰트는 N으로 가더니 다음에는 차례로 X, O로 간다.

“기울고 있어.” 미치가 짜증스럽게 속삭인다. 나는 그녀가 내게 말하고 있다는 것을 깨닫는다.

“네?”

“탁자 위에. 네가 밀고 있다고, 맬러리.”

“내가 아니에요.”

“뒤로 물러앉아. 허리 펴고.”

너무 겁을 먹어서 말대꾸도 할 수 없다. 진실을 말할 수가 없다. 지금 일어나고 있는 일을 방해하고 싶지 않다.

“영혼이여, 우리는 당신의 전갈을 환영한다! 당신이 털어놓고 싶은 어떤 정보라도 말해주세요!”

손에 더 세게 압력이 가해지더니, 플랑셰트는 보드 위에서 한층 빠르게 움직이며 차례로 알파벳에 멈춘다. L-V-A-J-X-S. 미치는 계속 모든 것을 기록하고 있지만, 점점 더 짜증이 나는 것 같다. 결과는 그냥 뒤죽박죽된 알파벳이다.

나무 플랑셰트는 겁에 질린 작은 짐승의 두근거리는 심장 박동처럼 에너지로 진동하며 보드를 휘젓는다. 미치가 한 손으로 다 따라 쓸 수가 없을 정도다. 공기는 너무 답답해서 숨이 막힌다. 눈에 눈물이 고이고, 왜 화재감지기가 작동하지 않는지 알 수 없다. 그때 미치는 손가락을 들었고, 플랑셰트는 계속 움직인다. 내 손이 미는 바람에, 플랑셰트는 탁자 가장자리를 벗어나 바닥에 달그락 떨어진다. 미치는 격분해서 일어선다. "이럴 줄 알았지! 네가 밀었잖아! 내내 네가 밀고 있었어!"

손에서 무게가 일순 사라지고, 문득 나는 몽환 상태에서 깨어난다. 방에 다시 초점이 돌아온다. 수요일 오후 2시 45분, 에이드리언이 뒷마당에서 "꼭꼭 숨어라, 머리카락 보일라!"를 읊는 소리가 들려오고, 미치는 나를 노려보고 있다.

"애냐가 그런 거예요. 내가 아니었어요."

"내가 다 봤어, 맬러리. 다 봤다고!"

"꼭꼭 숨어라, 머리카락 보일라!"

"애냐가 제 손을 움직였어요. 절 이끌었다고요."

"이건 소꿉장난이 아니야. 게임이 아니라고. 내 생계 수단이고, 내게는 아주 진지한 일이야!"

"꼭꼭 숨어라, 머리카락 보일라!"

"너 때문에 시간을 낭비했어. 하루를 통째로 날렸다고!"

갑자기 환히 햇빛이 쏟아져 들어와서, 나는 눈을 깜빡인다. 별채 문이 활짝 열리고, 꼬마 테디가 포치에 서서 어둠 속을 들여다보고 있다. 그는 손가락을 입술에 대며 우리에게 조용히 하라는 신호를 보낸다. 뒷마당에서 에이드리언이 외친다. "꼭꼭 숨어라, 머리카락 보일라. 이제 찾으러 간다!"

테디는 안으로 들어와서 조용히 문을 닫는다. 그리고 봉헌초와 검은 커튼으로 가린 창문, 바닷소금이 원형으로 뿌려진 부엌 탁자를 신기한 듯 둘러본다. "무슨 놀이를 하는 거예요?"

"아가, 이건 심령판이라는 거야." 미치는 테디에게 가까이 와서 보라고 한다. "잘 사용하면, 소통의 도구가 된다. 죽은 사람과 이야기할 수 있어."

테디는 미치가 사실을 이야기한다고 믿을 수가 없는지 정말이냐는 듯 나를 쳐다본다. "정말요?"

"아니, 아니야, 아니야." 나는 이미 의자에서 일어나 그를 문으로 데려가고 있다. "그냥 장난감이야. 게임." 테디가 부모님에게 교령회 이야기를 해서는 곤란하다. "그냥 흉내 내고 있는 거야. 진짜가 아니야."

"진짜야." 미치가 말한다. "그 힘을 존중한다면. 진지하게 대한다면."

나는 문을 연다. 에이드리언이 마당 건너편 헤이든글렌 숲 경계선을 따라 테디를 찾고 있다. "이쪽이야." 내가 외친다.

그는 가볍게 달려왔고, 테디는 아직 숨바꼭질을 계속한다고 생각하는지 내 다리 사이를 빠져나가 잔디밭을 달린다.

"미안해." 에이드리언이 말한다. "수영장 덱 밖으로 나가지 말라고 했는데. 테디가 다 망쳐버린 건 아니겠지?"

"이미 망쳤어." 미치가 말한다. 그녀는 촛불을 끄고 향 접시를 모으는 등 분주히 움직이며 짐을 싸고 있다. "이 별채에는 귀신 같은 거 없어. 애당초 없었다고. 이건 저 애가 관심을 끌려고 지어낸 이야기야."

"미치, 그렇지 않아요!"

“난 이 보드를 골백번도 더 사용했어. 단 한 번도 이러지 않았다고.”

“맹세하지만….”

“네 스칼릿 나이트한테나 맹세해라, 알겠지? 어깨에 얼굴을 묻고 질질 짜면 불쌍하다고 생각할지도 모르지. 하지만 내 시간은 더 이상 낭비하기 싫다.”

그녀는 책을 가방에 쑤셔 넣고 내 옆을 쏜살같이 지나친다. 별채 계단을 내려가다가 발을 헛디뎌 넘어질 뻔했다.

“어떻게 된 거야?” 에이드리언이 묻는다.

“애냐가 여기 있었어, 에이드리언. 별채 안에 있었다고. 맹세해. 그녀가 나를 굽어보는 것을 느낄 수 있었어. 내 팔을 움직였어. 하지만 글자는 말이 안 됐어. 단어가 이루어지지 않는 알파벳의 나열이었는데, 그걸 보더니 미치가 폭발한 거야. 나한테 소리 지르기 시작했어.”

우리는 포치에 선 채 미치가 직선을 유지하지 못하고 왼쪽으로 비틀비틀 걷다가 다시 한참 오른쪽으로 엇나가며 멀어지는 모습을 바라본다.

“괜찮을까?”

“음, 마리화나에 취하긴 했는데, 그게 작업 과정의 일부라고 했어.”

실망한 테디가 마당으로 걸어온다. 뭔가 안 좋은 일이 벌어졌다는 것, 어른들이 화가 났다는 것을 눈치챈 것 같다. 희망 섞인 음성으로 그는 묻는다. “누구 나 쫓아올 사람?”

에이드리언은 미안하지만 이제 가봐야 한다고 한다. “이제 돌아가지 않으면 엘 헤페가 화낼 거야.”

“나하고 술래잡기 계속하자.” 나는 테디에게 말한다. “1분만 기다려 줘.”

테디가 기다린 대답은 이것이 아니었던 모양이다. 아이는 우리 둘에게 실망했는지 터덜터덜 마당을 건너 수영장이 있는 파티오로 향한다.

"괜찮겠어?" 에이드리언이 묻는다.

"난 괜찮아. 테디가 부모님한테 아무 말도 안 해야…."

하지만 틀림없이 할 것이다.

16장.

219

수영장 파티를 마친 뒤, 테디는 위층으로 올라가서 휴식을 취하고 나는 그냥 아래층 가족실에 있었다. 테디가 위층에서 뭘 하는지 알고 싶지 않다. 어쩌면 내가 꼬치꼬치 파고들지 않으면 상황이 나아질지도 모른다.

오후에 우리는 마법의 숲을 한참 걸었다. 노란 벽돌 길을 지나 용의 고개, 왕의 강에 이르는 동안, 나는 맬러리 공주와 테디 왕자 이야기를 새롭게 변주해 보려고 머리를 굴린다. 하지만 테디 왕자는 온통 심령판 질문뿐이다. 배터리가 필요해요? 그 기구가 죽은 사람을 어떻게 찾아요? 죽은 사람을 아무나 찾을 수 있어요? 에이브러햄 링컨도 찾을 수 있을까요? 나는 "모르겠어"만 되풀이하면서 제발 관심을 잃었으면 한다. 하지만 테디는 심령판을 사려면 돈이 얼마가 드는지, 만들 수도 있는지 묻는다.

캐럴라인은 평소와 같은 시각에 퇴근해서 집에 도착했고, 나는 집에서 벗어나서 스트레스를 풀려고 서둘러 밖으로 나가서 장거리 연습을 한다. 거의 일곱 시가 다 되었을 무렵 집에 들어와 보니, 테드와 캐럴라인이 집 앞 포치에서 나를 기다리고 있다. 얼굴을 보는 순간, 알고 있다는 것을 직감할 수 있다.

"운동 잘했어?" 테드가 묻는다.

기분 좋게 대화하려고 작정했는지, 가벼운 말투다.

"좋았어요. 거의 15킬로미터나 달렸네요."

"15킬로미터, 대단한데?"

하지만 캐럴라인은 잡담을 할 마음이 없다. "우리한테 할 말 있지 않아요?"

교장실로 끌려와서 주머니에 있는 걸 다 내놓으라는 지시를 받은 기분이다. 일단은 모르는 척하자는 생각밖에 나지 않는다. "무슨 일인가요?"

그녀는 종이 한 장을 내민다. "저녁 식사 전에 이 그림을 찾았어. 테디가 보여주려 하지 않더군. 숨기려고 했어. 하지만 내가 끝까지 보여달라고 했지. 자, 한번 보고 우리가 당장 당신을 해고하면 안 되는 이유를 말해줘."

테드는 그녀의 팔을 짚는다. "과잉반응 하지 말고."

"어린애 대하듯 하지 마, 테드. 우리는 아이를 봐주는 대가로 맬러리에게 급여를 주고 있어. 한데 정원사에게 아이를 맡기고 자리를 비웠어. 위자보드 놀이를 하려고. 옆집에 사는 약쟁이와. 이게 어째서 과잉반응이야?"

내 포치와 냉장고에 남겨져 있던 어둡고 음산한 그림과 전혀 다르다. 그저 테디의 막대기 인물들이다. 나와 미치로 보이는 화난 여자가 숫자와 글자로 뒤덮인 사각형 주위에 서있다.

BXO3
A
T 14011

"이럴 줄 알았어!"

캐럴라인은 눈을 가늘게 뜬다. "뭘 알았다는 거지?"

"애냐가 그 자리에 있었어요! 교령회 자리에! 미치는 내가 억지로 그 기구를 민다고 뭐라고 했지만, 그건 애냐였다고요! 그녀가 움직이고 있었어요. 테디가 그녀를 본 거예요. 그림이 증거예요!"

캐럴라인은 어안이 벙벙하다. 그녀는 테드를 돌아보고, 그는 진정하라는 듯 두 손을 올린다. "다들 심호흡 한 번씩 하자고, 응? 무슨 말인지 차근차근 들어봐."

당연히 혼란스러울 것이다. 내가 본 모든 것을 보지 못했으니 그럴 수밖에 없다. 그림을 보지 않으면 내 말을 믿지 않을 것이다. 나는 별채 문을 열고 따라 들어오라고 한다. 그리고 그림 뭉치를 꺼내서 침대 위에 격자 형태로 늘어놓는다. "이걸 보세요. 무슨 종이인지 알아보시겠죠? 테디의 스케치북이에요. 지난 월요일에 첫 그림 세 장이 별채 포치에 놓여있었어요. 테디에게 물어보니 자기가 한 일이 아니라고 하더군요. 다음 날 밤, 러셀과 저녁 식사를 하러 나갔어요. 별채 문을 잠가놓고요. 한데 돌아와 보니 냉장고에 세 장이 더 붙어있었어요. 그래서 전 테디의 방에 카메라를 숨겨놓고…."

"뭘 했다고?" 캐럴라인이 묻는다.

"아기 모니터요. 지하실에서 꺼내 왔어요. 휴식 시간에 카메라를 테디 방에 장치해 놓고 그림 그리는 모습을 지켜봤어요." 나는 다음 세 장을 가리킨다. "테디가 이 그림을 그리는 걸 봤어요. 오른손으로요."

캐럴라인은 고개를 젓는다. "미안하지만, 맬러리, 이건 다섯 살 소년에 대한 이야기야. 테디가 재능이 많다는 건 우리 모두 알지만, 이린 그림을 그릴 수는….”

“이해를 못 하고 계신다니까요. 테디가 그린 게 아니에요. 애냐가 그린 거죠. 애니 배럿의 영혼이. 애니의 영혼이 테디의 방에 찾아오고 있어요. 테디를 인형처럼 사용하고 있어요. 테디의 몸을 이용해서 이 그림을 그린 뒤에 내 별채에 놓아두고 있다고요. 내게 무슨 말을 하고 싶어서.”

“맬러리, 천천히 말해봐.” 테드가 말한다.

“교령회를 연 건 그렇게 하면 애냐가 테디를 내버려두지 않을까 해서였어요. 난 그녀와 소통하고 싶었어요. 직접. 테디는 빼놓고요. 한데 일이 잘못됐어요. 원하던 결과가 아니었죠.”

나는 잠시 말을 멈추고 물 한 잔을 따라 마신다. “미친 소리처럼 들릴 거예요. 하지만 필요한 증거는 모두 여기 있어요. 이 그림을 보세요. 전부 짜맞추면, 하나의 이야기가 될 거예요. 무슨 이야기인지 알아내도록 도와주세요.”

캐럴라인은 의자에 주저앉아 손에 얼굴을 묻는다. 테드는 평정을 유지한 채 혼란스러운 대화를 정리하려고 애썼다. “우리는 당신을 돕고 싶어, 맬러리. 솔직하게 터놓고 이야기해 줘서 고마워. 하지만 그림을 이해하기 전에 일단 사실 관계부터 분명히 해야지. 가장 중요한 건, 일단 귀신은 존재하지 않아.”

“존재하지 않는다는 걸 증명할 수도 없잖아요.”

“부정을 어떻게 증명해! 뒤집어 생각해 봐, 맬러리. 애니 배럿의 유령이 진짜라는 증거가 없어.”

“이 그림이 증거라고요! 테디의 스케치북 종이에 그려져 있어요. 테디가 그린 게 아니라면, 애니가 마술로 내 별채에 갖다놓은 게 아니라면, 어떻게 이 그림이 여기 있겠느냐고요?"

캐럴라인의 시선은 침대 옆 작은 탁자를 바라보고 있다. 그 위에는 내 전화, 태블릿 컴퓨터, 성경, 그리고 한 달 전에 내가 맥스웰 부부 집에서 일을 시작했을 때 테디가 준 새 스케치북이 놓여있다.

"아, 그러지 마세요." 나는 말한다. "내가 그렸다는 거예요?"

"그런 말은 하지 않았어." 캐럴라인은 말한다. 하지만 그녀가 무슨 생각을 하는지, 어떤 추론을 펼치는지 뻔히 보인다.

애당초, 나는 잘 잊어버리는 사람이니까.

지난주 테디의 연필 상자도 없어지지 않았나?

"테디에게 물어보세요." 나는 말한다. "테디는 거짓말하지 않을 거예요."

마당을 가로질러 테디의 방에 가는 데는 1분밖에 걸리지 않는다. 아이는 이미 양치질을 마치고 소방차 잠옷으로 갈아입은 상태다. 그는 침대 옆 바닥에서 링컨로그로 집을 만들면서 방마다 플라스틱 농장 동물들을 집어넣고 있다. 우리가 이런 식으로 테디를 찾은 적은 한 번도 없다. 긴장한 기색이 역력한 세 사람이 일제히 아이 방에 들이닥치다니. 테디도 곧장 무슨 문제가 있다는 것을 눈치챈다.

테드는 침대 옆으로 다가가서 아이의 머리를 쓰다듬는다. "뭐 하냐, 녀석아."

"물어보고 싶은 중요한 일이 있구나." 캐럴라인이 말한다. "솔직하게 대답해야 해." 그녀는 그림을 바닥에 늘어놓는다. "네가 그렸니?"

그는 고개를 젓는다. "아뇨."

"테디는 이걸 그린 걸 기억하지 못해요." 내가 말한다. "일종의 몽환 상태였어요. 가수면 상태 같은."

캐럴라인은 아들 옆에 무릎을 꿇더니 분위기를 가볍게 하려는 듯 플라스틱 염소로 장난치기 시작한다. "애냐가 그림 그리는 걸 도와줬어? 뭘 그리라고 시켰어?"

나는 눈을 맞추려고 노력하며 테디를 바라보지만, 아이는 나를 보려 하지 않는다. "난 애냐가 진짜가 아니라는 걸 알아요." 그는 부모님을 향해 말한다. "그냥 있는 척하는 친구예요. 애냐는 진짜로 그림을 그릴 수 없어요."

"당연하지." 캐럴라인은 말한다. 그녀는 아이의 어깨에 팔을 두르고 꼭 안아준다. "네 말이 맞아, 아가야."

내가 미쳐간다는 기분이 들기 시작한다. 모두가 눈에 뻔히 보이는 것을 의도적으로 무시하고 있다. 갑자기 다들 2 더하기 2는 5라는 데 동의하고 있는 기분이다.

"하지만 다들 이 방에서 이상한 냄새가 나는 건 알잖아요? 둘러보세요. 창문은 열려있고, 중앙냉방이 돌아가고 있고, 침대 시트는 깨끗하죠. 내가 오늘 빨았으니까, 매일 빠니까요. 한데 이 방에서는 항상 이상한 냄새가 나요. 유황 같은, 암모니아 같은." 캐럴라인은 경고의 뜻으로 내게 눈빛을 보내지만, 상황 파악을 못 하고 있는 건 그녀다. "그게 테디의 잘못이 아니라고요! 애냐예요! 애냐의 냄새라고요! 썩은 냄새, 시…."

"그만해." 테드가 말한다. "거기서 그만합시다, 응? 기분 나쁜 건 알고 있어. 하지만 문제를 해결하려면, 사실만 이야기해야 해. 절대적인 사실. 나도 솔직히 말하지만, 맬러리, 이 방에서 좋지 않은 냄새는 안 느껴져. 나한테는 테디의 방에서 이상한 냄새가 전혀 안 나."

"나도 마찬가지야." 캐럴라인이 말한다. "테디의 방에서 나는 냄새는 전혀 이상한 데가 없어."

이제 나는 내가 미쳤다고 확신한다.

테디가 유일한 희망일 것 같지만, 아직 아이는 나를 쳐다보려 하지 않고 있다. "테디, 말해봐. 우리가 전에 이야기했잖아. 너도 냄새 알잖아, 네가 애냐라고 했잖아."

그는 고개만 젓고 아랫입술을 깨물더니 갑자기 울음을 터뜨린다. "그녀가 진짜가 아니라는 거 알아요." 그는 엄마에게 말한다. "있는 척하는 거라고요. 가짜라는 거 알아요."

캐럴라인은 아이를 감싸 안는다. "그럼, 그렇고말고." 그녀는 테디를 달래주다가 나를 돌아본다. "이제 가줘."

"잠깐만…."

"아니, 이야기는 충분히 했어. 테디는 이제 잘 시간이고, 당신도 별채로 돌아가 줘."

테디는 계속 울고 있고, 나는 어쩌면 그녀의 말이 옳을지도 모른다는 것을 깨닫는다. 내가 테디를 위해 할 수 있는 일은 달리 없다. 나는 그림을 모아 침실을 나섰고, 테드가 1층까지 따라 내려온다.

"거짓말을 하는 거예요." 나는 테드에게 말한다. "골치 아픈 일을 만들지 않으려고 부모님이 듣고 싶어 하는 말을 하고 있는 거예요. 스스로도 믿지 않고 있어요. 날 쳐다보려고 하지 않아요."

"당신을 보는 게 두려울 수도 있겠지." 테드는 말한다. "사실대로 말하면 당신이 화를 낼까봐."

"그래서 이제 어떻게 되나요? 절 해고하실 건가요?"

"아니, 맬러리. 그렇지는 않지. 오늘 밤은 흥분을 가라앉히는 게 좋겠어. 일단 머리를 맑게 하자고. 그게 좋겠지?"

그런가? 알 수 없다. 나는 머리를 맑게 하고 싶지 않다. 여전히 내가 옳고 저쪽이 틀렸다고, 대부분의 퍼즐 조각을 다 모았고 이제 올바른 순서대로 배열하기만 하면 된다고 확신한다.

테드는 팔을 내게 두른다.

"자, 맬러리. 당신은 여기서 안전해. 전혀 위험하지 않아. 내가 당신한테 안 좋은 일이 일어나지 않도록 할 거니까."

장거리 연습 중에 흘린 땀투성이지만—체취도 고약할 것이다—테드는 나를 끌어당겨 손으로 뒤통수를 쓰다듬는다. 위안이 되던 분위기가 일순간 이상해진다. 그의 따뜻한 숨결이 내 목을 간질이고, 그의 몸 전체가 빈틈없이 내 몸을 누르는 것이 느껴진다. 어떻게 그의 품에서 벗어나야 할지 알 수 없다.

그때 캐럴라인이 복도를 쿵쿵거리며 내려온다. 테드는 얼른 물러서고, 나는 반대 방향으로 움직여 그의 아내를 다시 마주치지 않도록 뒷문으로 빠져나간다.

도대체 어떤 상황이었는지는 알 수 없지만, 테드의 말이 맞다.

오늘 밤 흥분을 가라앉히는 게 좋을 것 같은 사람은 분명 있다.

17장.

별채로 돌아오니, 휴대전화에 에이드리언의 짧은 메시지가 들어와 있다. **'좋은 소식.'** 전화를 걸었더니, 첫 신호가 울리자마자 그가 받는다.

"도서관에서 뭐가 나왔어."

"애니 배럿의 사진 같은 거야?"

"그보다 더 좋은 거. 그녀의 그림첩." 배경에서 다른 목소리, 남녀의 웃음소리도 들려온다. 바 같다.

"만날까?"

"그래, 한데 이쪽으로 와줘. 부모님 집이야. 저녁 파티 중인데, 나도 부모님 친구들과 같이 식사해야 해. 네가 오면 도망칠 수 있어."

아직 운동복 차림에 스트레칭도 하지 않은 상태였고 14킬로미터 넘게 달린 뒤라 극도로 목이 마르고 출출했지만, 나는 30분 내로 간다고 했다. 하루 정도 스트레칭 안 한다고 해서 죽지 않는다.

나는 물을 한 잔 더 마시고, 간단히 샌드위치를 만들어 먹고, 샤워를 한다. 3분 뒤, 나는 캐럴라인이 준 가장 멋진 옷을 입는다. 흰 안개꽃 무늬가 있는 민트그린색 미니드레스다. 나는 꽃의 성으로 급히 향한다.

에이드리언이 부모님 대신 문을 열어주고, 나는 마음을 놓는다. 면바지에 벨트를 매고 분홍색 폴로셔츠 자락을 찔러 넣은 컨트리클럽풍의 캐주얼 차림이다.

"완벽한 타이밍이야. 방금 디저트가 나왔어." 그는 고개를 숙여 속삭인다. "그건 그렇고, 부모님은 네가 왜 애니 배럿에게 그렇게 관심이 많은지 궁금해하셔. 그래서 그냥 네가 별채 마루 밑에서 스케치 몇 장을 발견했다고 둘러댔어. 애니가 그린 그림인지 알고 싶어 한다고. 사실대로 말하는 것보다는 악의 없는 거짓말이 낫겠다 싶었어."

"이해해." 나는 말한다. 그는 모르겠지만, 나는 진심으로 이해한다.

꽃의 성은 맥스웰의 집보다 훨씬 크지만, 안에 들어가니 작고 따뜻하고 한층 오붓한 분위기다. 방들은 모두 미션스타일 가구(수평과 수직을 강조하는 단순하고 묵직한 형태의 가구 양식—옮긴이)로 꾸며져 있다. 벽에는 가족사진과 중남미 지도가 걸려있고, 식구들이 이 집에서 오랫동안 살아온 것 같은 분위기다. 우리는 업라이트 피아노와 도자기가 가득 들어있는 유리 찬장 앞을 지난다. 창문마다 녹색 식물이 자라고 있다. 하나씩 감상하며 천천히 지나가고 싶지만, 에이드리언은 중년 어른들 10여 명이 있는 시끄러운 식당으로 들어선다. 그들은 와인글라스와 디저트 접시를 앞에 놓고 식탁에 둘러앉아 있다. 동시에 다섯 군데에서 대화가 진행되고 있기 때문에, 에이드리언이 이쪽을 보라고 손을 흔들 때까지 우리가 들어왔다는 것을 아무도 알아차리지 못한다.

"여러분, 이쪽은 맬러리예요." 그는 말한다. "올여름 에지우드 스트리트의 어느 집에서 아이 돌보는 일을 하고 있어요."

식탁의 상석에 있던 이그나시오가 손목과 손에 레드와인을 튀기며 잔을 들고 건배를 외친다. "빅 텐 운동선수요! 펜실베이니아 대학 장거리 선수야!"

사람들은 내가 이번에 윔블던에서 또 우승을 차지한 세리나 윌리엄스라도 되는 것 같은 반응을 보인다. 에이드리언의 어머니 소피아는 말벡 와인 병을 들고 테이블을 돌며 잔을 채우다가 미안하다는 듯 내 어깨에 손을 얹는다. "남편 대신 사과하마. 약간 아치스파도해."

"취하셨다는 뜻이야." 에이드리언이 통역한 뒤 식당 여기저기를 가리키며 나를 소개한다. 다 기억하기에는 이름이 너무 많다. 스프링브룩 소방서장, 마을에서 빵집을 운영하는 레즈비언 커플, 이웃 몇 명이 있다.

"도서관 책을 가지러 왔다면서." 소피아가 말한다.

"네, 하지만 방해할 마음은…."

"무슨, 벌써 30년째 알고 지내는 사람들이야. 서로 할 말도 없단다!" 친구들은 웃음을 터뜨리고, 소피아는 작업대에서 파일 폴더를 집어 든다. "마당에서 이야기하자!"

그녀는 미닫이문을 열었고, 그 뒤를 따라 나가보니 평생 본 중에 가장 화려한 뒷마당이 나온다. 7월 중순이라 온갖 꽃이 만발해 있다. 파란 수국, 밝은 빨강 백일홍, 노란 원추리, 내가 한 번도 본 적이 없는 각종 이국적인 꽃들. 벤치와 디딤돌, 보라색 나팔꽃이 늘어진 아치형 통로도 있다. 새가 물을 마시는 쟁반, 벽돌 길, 내 머리보다 더 큰 해바라기도 늘어서 있다. 이 모든 것들 한가운데 탁자와 의자가 마련된 삼나무 정자가 있고, 그 아래에 부드럽게 물을 튀기는 폭포가 딸린 작은 연못이 펼쳐진다. 이 모든 것을 좀 더 천천히 감상하고 싶지만 —디즈니랜드에 들어선 기분이다—에이드리언과 소피아에게는 그저 뒷마당일 뿐 별스러운 게 아니라는 것을 알 수 있다.

우리는 정자로 들어섰고, 에이드리언은 휴대전화 앱을 사용해서 천장의 파티용 조명을 밝힌다. 모두 자리에 앉은 뒤 소피아는 본론으로 들어간다.

"조사하기 힘든 프로젝트야. 무엇보다도 아주 오래된 이야기라 인터넷에 아무 정보도 없다는 점이 그렇고, 두 번째로는 애니 배럿이 죽은 시점이 제2차 세계대전 직후라는 점이야. 언론의 관심은 아직 온통 유럽에 쏠려있었지."

"마을 신문은요?" 내가 묻는다. "스프링브룩에 일간지 같은 것이 없었나요?"

"《헤럴드》지가 있었지." 그녀는 고개를 끄덕인다. "1910년부터 1991년까지 발행됐지만, 창고에 불이 나는 바람에 마이크로필름이 소실됐어. 연기에 다 날아갔지." 그녀는 허공으로 날아가는 손짓을 해 보인다. 왼쪽 팔뚝에 새겨진 작은 문신이 언뜻 눈에 띈다. 줄기가 긴 장미. 우아하고 고상하지만, 그래도 놀랍다. "실제 신문 사본이 있나 도서관을 찾아봤는데, 없었어. 1963년 이전은 전혀. 그래서 막다른 골목인가 했는데, 동료 중 한 사람이 지역 작가 소장본 쪽을 찾아보는 게 어떠냐고 아이디어를 주더군. 마을 사람이 책을 출간할 때마다 보통 도서관에서 한 부씩 주문하거든. 예의상. 대체로 추리소설이나 회고록, 때로는 마을 역사이기도 하고. 거기서 이걸 찾아냈어."

그녀는 폴더 안에서 아주 얇은 책을 꺼낸다. 서른 쪽 남짓한 분량에 두꺼운 표지로 덮여있고, 굵고 녹슨 스테이플러로 장정한 모양이라 팸플릿에 더 가까워 보인다. 표지는 구식 수동 타자기로 찍어낸 것 같다.

앤 C. 배럿 작품집

(1927~1948)

"컴퓨터 시스템에는 기록이 없었어." 소피아는 말을 잇는다. "50년 동안 대출된 적이 없을 것 같아."

나는 책을 얼굴에 갖다 댄다. 종이가 썩어가는지 퀴퀴한 곰팡이 냄새가 풍긴다. "왜 이렇게 작아요?"

"사촌이 자비로 출간했어. 친구와 가족들만 나눠 가지려고, 누군가 도서관에도 한 부 기증했겠지. 첫 페이지에 조지 배럿의 글이 있어."

표지는 마른 곡식 껍질처럼 낡고 퍼석거려서 손가락 밑에서 금방이라도 찢어질 것 같다. 나는 조심스럽게 페이지를 펼치고 읽기 시작한다.

1946년 3월, 내 사촌 앤 캐서린 배럿은 여기 미국에서 새로운 인생을 시작하기 위해 유럽을 떠났다. 기독교인으로서 친절을 베풀기 위해, 내 아내 진과 나는 우리 가족과 함께 살자고 '애니'를 초대했다. 진과 내게는 형제자매가 없기 때문에, 다른 성인 일가친척과 한 지붕 밑에서 지내는 생활에 대한 기대감이 있었다. 어린 세 딸을 돌보는 데도 도움을 줄 수 있는 사람이라는.

미국에 도착했을 때 애니는 겨우 열아홉 살이었다. 아주 아름다웠지만, 젊은 여자들이 흔히 그렇듯 생각이 짧았다. 진과 나는 애니를 스프링브룩 사교계에 소개하려고 무던히도 노력했다. 나는 시의회 의원이고, 세인트 막스 교회 신자 모임에서도 활동하고 있다. 아내 진은 마을 여성 클럽에서 아주 활발하게 활동한다. 우리의 막역한 친구들이 애니를 공동체에 기꺼이 받아들이기 위해 친절하고 사려 깊은 초대를 여러 번 건넸지만, 애니는 모두 거절했다.

그녀는 실없는 짓으로 홀로 세월을 보내며 여가 시간에는 별채에서 그림을 그리거나 집 뒤 숲을 맨발로 돌아다녔다. 때로 짐승처럼 네발로 엎드려서 애벌레를 관찰하거나 꽃 냄새를 맡는 모습이 눈에 띄기도 했다.

진은 숙식을 제공하는 대신 매일 집안일을 몇 가지 해달라고 애니에게 부탁했다. 하지만 거의 대부분, 애니는 일과를 마치지 않았다. 가족의 일원, 공동체의 일원이 되는 데 관심을 보이지 않았고, 심지어 위대한 미국이라는 실험에도 흥미가 없었다.

나는 애니의 선택에 대해 여러 번 언쟁을 벌였다. 무책임하게, 심지어 비도덕적으로 행동한다고, 언젠가 너의 잘못된 선택이 모두 모여 발목을 잡을 것이라고 여러 번 주의도 주었다. 결국 내 말이 옳았다는 사실이 증명되었다고 하여, 내가 기쁠 턱이 있겠는가.

1948년 12월 9일, 사촌은 우리 집 뒤쪽의 작은 손님용 별채에서 누군가의 공격을 받고 납치되었다. 거의 1년이 지나 이 글을 쓰고 있는 지금, 경찰은 애니가 사망한 것으로 결론을 내렸다. 집 뒤쪽 1.2제곱킬로미터에 달하는 숲속 어딘가에 시체가 묻혀있지 않을까.

비극적인 사건 이후, 스프링브룩의 수많은 이웃들이 기도와 동료애로 우리의 아픔을 같이했다. 이 책은 그들의 도움에 대한 감사의 표시로 엮었다. 비록 의견 차이는 많았으나 나는 언제나 사촌이 창조적인 불꽃을 지녔다고 믿었으며, 이 책은 그 미미한 성취에 대한 기념이다. 여기에는 앤 캐서린 배럿이 사망 당시 완성한 상태로 남긴 그림들이 모두 수록되어 있다. 가능한 경우, 제목과 날짜도 명기했다. 이 그림들이 슬프고 비극적인 짧은 생에 바치는 헌사로 길이 남기를.

조지 배럿

1949년 11월

뉴저지주 스프링브룩

나는 페이지를 넘기기 시작한다. 책에는 애니의 캔버스를 찍은 흐릿한 흑백 사진이 가득 차있다. 〈수선화〉와 〈튤립〉이라는 그림에는 꽃을 전혀 닮지 않은 울렁거리는 사각형만 잔뜩 그려져 있다. 〈여우〉라는 그림은 사선들이 캔버스를 가로지르고 있다. 조금이라도 사실적인 요소는 전혀 없다. 마치 교회 축제에서 스핀아트 장치로 찍어낸 것처럼, 추상적인 형태와 물감이 점점이 튀고 떨어진 자국뿐이다.

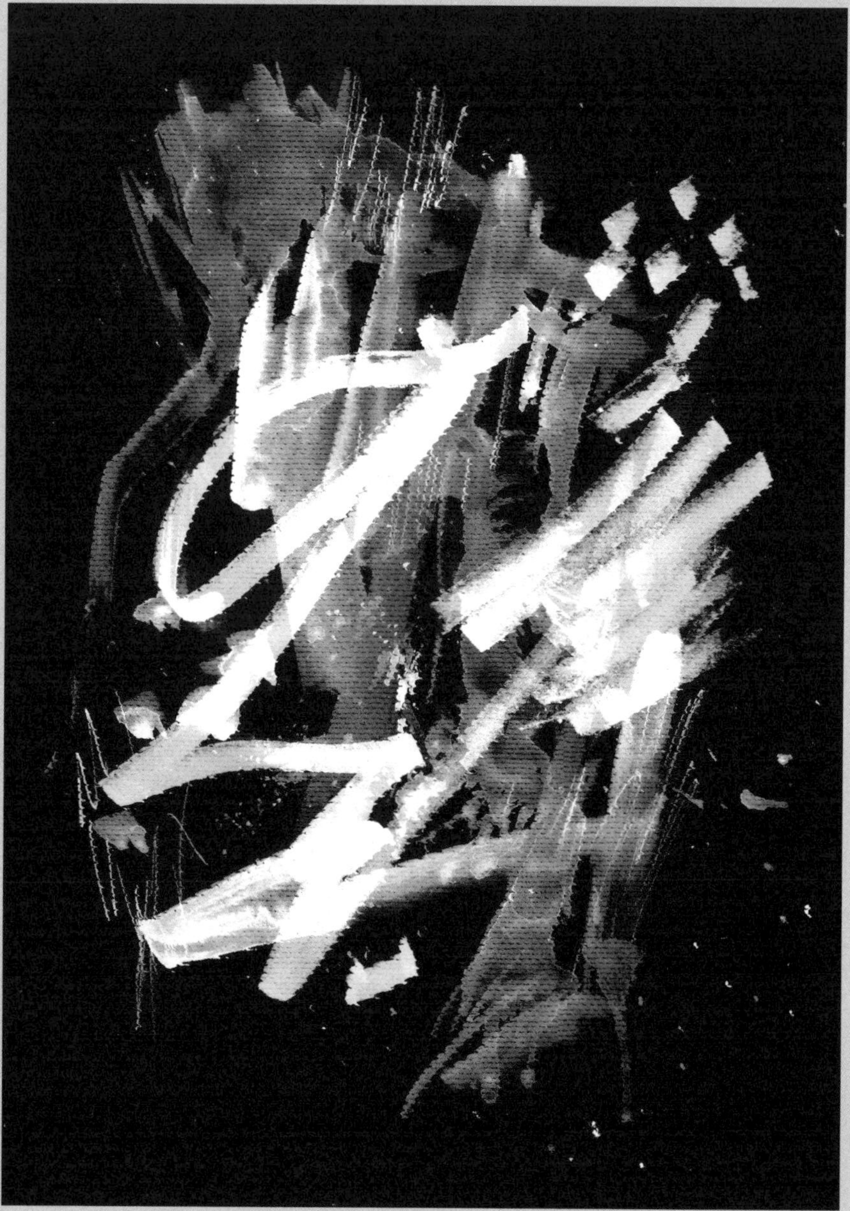

너무나 실망스럽다. "별채에서 발견한 그림과는 전혀 달라요."

"하지만 그림과 드로잉은 전혀 다른 세계야." 소피아는 말한다. "어떤 작가들은 매체가 달라지면 전혀 다른 스타일을 사용하기도 한다. 뒤섞는 것을 즐기기도 하지. 내가 좋아하는 작가 중의 하나인 게르하르트 리히터는 평생 극추상과 극사실 회화 사이를 오갔어. 애니도 양쪽 다 좋아했을 수도 있겠지."

"하지만 그게 사실이라 해도 이 책은 아무런 답도 주지 않아요."

"아, 기다려 봐." 소피아가 말한다. "한 가지 더 보여주고 싶은 게 있어. 어제 법원에 잠깐 갔다 왔는데, 거기서 옛 유언장을 보관하거든. 공공기록물이라 누구나 열람할 수 있단다. 사람들이 죽은 뒤 남기고 싶은 것들도 얼마나 다양한지." 그녀는 폴더를 열고 흐릿한 복사물 두 장을 꺼냈다. "애니 배럿이 유언장을 남겼을 것 같지는 않았지만—워낙 젊은 나이에 죽었으니까—조지 배럿이 남긴 마지막 유언은 찾아냈어. 그는 1974년에 사망하면서 모든 재산을 아내 진에게 남겼지. 한데 여기가 정말 흥미로워. 진은 플로리다로 옮겨 가서 1991년까지 살았어. 세상을 떠날 때 재산을 대부분 딸들에게 남겼지. 한데 오하이오주 애크런에 거주하는 조카 돌로레스 진 캠벨에게도 5만 달러를 남겼더구나. 이게 왜 놀라운지 아니?"

이 책이 어째서 단서가 되는지 불현듯 이해된다. "진과 조지는 형제자매가 없었잖아요. 조지가 서문에서 그렇게 밝혔어요."

"그거야! 그렇다면 이 수수께끼의 조카는 누구고, 어디서 왔을까? 나는 생각해 봤지. 진이 정말 이 여자를 조카로 생각한 게 아닐까? 진짜 사촌의 아이니까. 이 여자는 혹시 애니의 '무책임하고' '비도덕적인' 행동의 결실이 아닐까? 그러니까 이런 생각이 들더라고. 어쩌면 조지가 밝힌 것 이상의 내막이 있을지도 모른다. 진은 이 여자를 돌봐야 할 의무를 느꼈던 거야."

나는 머릿속에서 계산한다. "돌로레스가 1948년에 태어났다면 지금 그렇게 늙지는 않았겠네요. 아직 살아있을 수도 있어요."

"그럴 수 있지." 소피아는 사각형의 작은 종이를 탁자 위로 밀어준다. '돌로레스 진 캠벨'이라는 이름과 열 자리 전화번호가 적혀있다. "오하이오 주 애크런의 지역번호야. 레스트헤이븐이라는 노후공동체에서 살고 있어."

"통화해 보셨어요?"

"직접 여기 전화해 보는 짜릿함을 너한테서 빼앗으라고? 그럴 수는 없지, 맬러리. 하지만 나도 누가 전화를 받을지 궁금해. 알아내면 나한테도 꼭 말해줘."

"고맙습니다. 이건 정말 극적인 단서예요."

집 안에서 유리 부서지는 소리가 나더니 시끌벅적한 웃음소리가 잇따른다. 소피아는 아들을 쳐다본다. "네 아버지가 또 더러운 농담을 하는 모양이다. 민망한 소릴 하기 전에 얼른 들어가 봐야겠어." 그녀는 일어선다. "한데 왜 이 일에 그렇게 관심을 가지게 됐다고?"

"맬러리가 별채에서 그림을 찾아냈어요." 에이드리언이 말한다. "마루 밑에 숨겨져 있었대요. 우리가 벌써 다 한 이야기예요."

소피아는 웃는다. "미호(아들), 넌 네 살 때도 거짓말은 정말 못하더니, 지금은 더 못하네. 오늘 아침에는 맬러리가 벽장에서 찾았다면서."

"벽장 바닥에서요." 에이드리언은 끈질기게 둘러댄다.

소피아는 '이 애 믿어지니?' 이렇게 말하는 듯한 눈빛을 내게 보낸다. “나한테 말하고 싶지 않으면 괜찮아. 하지만 둘 다 조심해라. 가족의 비밀을 들쑤시고 다니면, 누군가 그 손가락을 물어뜯을 수도 있어.”

나는 돌로레스에게 곧장 연락해 보고 싶지만, 열 시에 가까운 늦은 시간이었고, 에이드리언이 아침에 전화해야 결과가 좋을 거라고 한다. “지금은 아마 자고 있을 거야.”

그의 말이 맞다. 나는 그저 다급하다. 정보가, 그것도 빨리 필요하다. 나는 맥스웰 부부와 마지막으로 나눈 대화를 들려준다. “그들에게 애냐의 그림을 보여줬어. 별채에 계속 그림이 나타난다고. 한데 내 말을 믿지 않아, 에이드리언. 당연히 안 믿겠지! 미치광이처럼 들리잖아. 나도 알아. 캐럴라인은 혹시 내가 그림을 그리는 게 아닌가, 남의 이목을 끌려고 이야기를 꾸며내는 게 아닌가 의심하는 것 같았어.”

“네가 사실을 말하고 있다는 걸 증명해야지.” 에이드리언이 말한다. “하지만 우선 집에 가서 추로스 좀 먹자.”

“왜?”

“진짜 맛있으니까, 먹으면 모든 문제를 잊게 될 테니까. 내 말 믿어.”

집으로 돌아가 보니, 파티는 한층 열기를 더해가고 있다. 스테레오에서 톱 40곡이 흘러나오는 가운데 다들 거실로 자리를 옮겼고, 이그나시오는 그 어느 때보다 아치스파도한 것 같다. 그는 어린 시절에 습득했다는 파소도블레 춤을 선보이고 있고, 파트너 소피아는 놀랍게도 막상막하의 솜씨로 치맛자락을 흔들며 그의 리드를 따라가고 있다. 손님들은 박수를 치고 환호를 올리며, 에이드리언은 민망하지만 어쩔 도리 없다는 듯 고개만 젓는다. “손님들을 초대하면 늘 벌어지는 풍경이야. 아버지가 워낙 끼가 있으셔서."

우리는 냉장고에서 탄산수 두 캔을 꺼낸다. 에이드리언은 접시에 추로스를 가득 담아 초콜릿 소스를 뿌리고 밖으로 나가서 정원을 천천히 구경시켜 준다. 아버지가 30년 동안 정성을 들인 자기만의 베르사유 같은 곳이라고 한다.

"베르사유가 뭐야?"

"궁전 같은 곳, 프랑스에 있는."

베르사유를 들어본 적이 없다니 그는 놀란 것 같지만, 내가 뭐라고 할 수 있을까. 필라델피아 남부에서는 프랑스 귀족 이야기를 자주 하지 않는다. 그래도 나는 바보처럼 보이기 싫어서 거짓말을 계속 늘어놓는다.

"아, 그 베르사유." 나는 웃는다. "잘못 들었어."

우리는 오솔길을 따라 걸었고, 에이드리언은 정원의 비밀 장소를 모두 알려준다. 사워체리 나무에 둥지를 튼 홍관조 가족. 동정녀 마리아 제단 앞에서 조용히 기도를 올릴 수 있는 오목한 벽면. 폭포 옆 연못 기슭의 나무 의자. 우리는 여기 멈춰서 추로스를 물고기에게 던져준다. 일고여덟 마리가 수면에서 입을 벙긋거린다.

"정말 특별한 곳이구나."

에이드리언은 어깨를 으쓱한다. "난 수영장이 더 좋을 것 같아. 맥스웰네처럼."

"아니야, 여기가 더 좋아. 넌 운이 좋아."

나는 허리에 그의 손을 느낀다. 돌아보는 순간, 그는 내게 키스한다. 계피와 초콜릿 향이 나는 입술은 달콤하고, 나는 그를 조금 더 끌어당기고 싶다. 다시 키스하고 싶다.

하지만 우선 그에게 진실을 말해야 한다.

나는 그의 가슴에 손을 댄다.

"잠깐만."

그는 멈춘다.

나의 눈을 바라보며 기다린다.

정말이지 유감이지만 그에게 어떻게 말해야 할지 알 수 없다. 장면 전체가 그저 너무나 완벽하다. 부드럽게 반짝이는 작은 전구들, 음악처럼 떨어지는 폭포수 소리, 취할 것 같은 꽃향기. 도저히 망칠 수 없는 완벽한 순간이다.

나는 분명 돌아올 수 없는 다리를 건너고 있다. 에이드리언에게 거짓말을 한 것도 나빴지만, 이제 그의 부모님과 부모님의 친구에게까지 거짓말을 한 셈이다. 그들이 진실을 알게 되면 나를 받아들일 리가 없다. 에이드리언과 이루어질 가능성이 완전히 사라지는 것이다. 우리는 마치 테디가 갖고 노는 비누거품 같다. 공기보다 가볍게 부유하는 마법, 언젠가 흔적도 없이 터져 사라질 운명.

그는 뭔가 잘못되었다는 것을 깨닫고 물러선다.

"미안해. 내가 분위기를 오해한 것 같군. 하지만 주절주절 말하다 보면 아무 일도 없었던 것처럼 되겠지?" 그는 당황해서 일어선다. "차고에 탁구대가 있어. 탁구 칠까?"

나는 그의 손을 잡고 벤치로 다시 끌어당긴다. 이번에는 내가 그에게 키스한다. 내 마음을 오해하지 않도록, 그의 가슴에 손을 얹고 몸을 기댄다.

"아니." 나는 말한다. "난 여기서 떠나고 싶지 않아."

하지만 떠날 때가 왔다.

파티는 10시 30분쯤 파했다. 어둑어둑한 정원 의자에 앉아있으니, 자동차 문 닫히는 소리, 시동 거는 소리, 손님들이 웅장한 원형 진입로를 돌아 빠져나가는 소리가 들려온다.

에이드리언과 나는 자정 넘은 시간까지 정원에 머무른다. 집 안의 모든 불빛이 꺼지고, 그의 부모님이 잠자리에 드는 것 같다. 나도 이제 가야 할 시각이다.

에이드리언은 집까지 같이 걷자고 한다. 나는 겨우 몇 블록이니 그럴 필요 없다고 했지만, 그는 막무가내다.

"여긴 필라델피아 남부가 아니야, 맬러리. 스프링브룩 밤거리는 상당히 거칠다고."

"열쇠고리에 전기충격기가 있어."

"취해서 미니밴을 직접 모는 애 엄마들한테는 상대가 안 되잖아. 내가 직접 바래다줘야 마음이 놓일 것 같아."

동네는 고요하다. 거리는 텅 비어있고, 집들은 캄캄하다. 정원을 떠나는 순간, 마법이 깨지는 기분이다. 맥스웰 저택이 시야에 들어오자, 현실의 문제들이 모두 다시 떠오른다. 내가 실제로 어떤 사람인지 떠오른다. 다시 한 번 솔직해야 한다는 기분이 든다. 어쩌면 모든 것을 다 털어놓을 용기를 낼 수 없을지 모른다. 오늘 밤은, 아직은. 그래도 최소한 사실인 부분 하나는 말하고 싶다.

"오랫동안 남자친구를 사귄 적이 없어."

그는 어깨를 으쓱한다. "난 한 번도 남자를 사귄 적이 없다."

"그냥, 서두르지 말자고. 서로 잘 알게 될 때까지. 천천히 만나자."

"내일 밤에 뭐 해?"

"난 진심이야, 에이드리언. 네가 내게서 별로 마음에 들지 않는 점을 알게 될 수도 있어."

그는 내 손을 꽉 잡는다. "난 너에 대한 모든 걸 알고 싶어. 내 전공 과목을 맬러리 퀸으로 바꾸고 최대한 많은 걸 배우고 싶어."

아, 넌 아무것도 모른다고. 나는 속으로 생각한다. 넌 정말 아무것도 몰라.

그는 필라델피아에서 자기가 가장 좋아하는 식당 브리짓포이에 가봤느냐고 묻는다. 나는 6주 동안 필라델피아에 한 번도 가지 않았지만 그다지 급히 돌아가고 싶은 마음은 없다고 답한다. "그럼 프린스턴은? 대학 말고 도시. 거기 정말 훌륭한 타파스 식당이 있어. 타파스 좋아해? 거기 예약할까?"

우리는 맥스웰네 집 마당에 들어서서 별채 밖에 서있다. 나는 물론 좋다고, 5시 30분까지 준비하겠다고 대답한다.

우리는 다시 키스하기 시작한다. 눈을 감으면 다시 꽃의 성 정원이라고, 나는 미래가 창창하고 근심 걱정 하나 없는 크로스컨트리 슈퍼스타 맬러리 퀸이라고 상상하는 것이 쉽다. 나는 별채 벽에 몸을 기대고 있다. 에이드리언은 한 손으로 내 머리카락을 잡고 다른 한 손으로 내 다리를 쓸어 올려 드레스 안으로 미끄러져 들어가고 있다. 어떻게 진실을 말해야 할지 알 수 없다. 정말 모르겠다.

"이건 천천히 사귀는 게 아니잖아." 나는 말한다. "이제 집에 가봐."

그는 손을 내 몸에서 떼고 뒤로 물러나며 숨을 한껏 들이쉰다. "내일 다시 올게."

"5시 30분." 나는 말한다.

"그럼 그때 봐. 잘 자, 맬러리."

나는 포치에 서서 그가 마당을 가로질러 밤의 어둠 속으로 사라지는 모습을 바라본다. 사실대로 말해야 한다. 내일 프린스턴에서 저녁 식사를 하는 동안 모든 것을 털어놓아야겠다. 충격을 받는다 해도, 거기라면 당장 돌아설 수 없겠지. 집까지 태워주어야 하니까. 그동안 어쩌면 그를 설득해서 다시 기회를 얻을 수 있을지도 몰라.

별채 문을 열쇠로 열고 불을 켜보니, 테드 맥스웰이 내 침대에 누워있다.

18장.

그는 일어나 앉아 불빛을 피하려고 눈을 가린다. "맙소사, 캐럴라인. 불 좀 줄여줘." 잠에 취해 평소보다 한 옥타브 낮은 목소리다.

나는 문간에서 움직이지 않는다.

"맬러리예요."

그는 손가락 사이로 흘끗 내다보더니 자신이 내 별채에, 내 침대에, 내 이불을 덮고 있다는 사실에 놀란 것 같다. "아, 이런, 세상에. 미안해." 그는 침대에서 다리를 내려놓고 일어섰지만 곧 균형을 잃는다. 벽을 붙잡고 중심을 잡은 뒤 잠시 현기증이 그치기를 기다리는 모양이다. 너무 취해서 자신이 바지를 입지 않은 상태라는 것도, 폴로셔츠와 검은 사각 팬티 차림으로 벽에 기대서 있다는 것도 의식하지 못하는 것 같다. 침대에 들기 전에 허물을 벗듯 내던졌는지, 회색 면바지가 침대 발치에 널브러져 있다.

그는 말한다. "오해하지 말았으면 해."

경찰에 몸수색을 당하는 자세다. 테드는 양쪽 다리를 벌리고 두 손을 벽에 대고 있다.

"캐럴라인을 부를까요?"

"아니! 안 돼!" 그는 나를 돌아본다. "그냥 부탁인데… 아, 세상에, 이게 무슨 꼴이람." 그는 다시 벽을 돌아보며 중심을 잡는다. "물 좀 갖다 주겠어?"

나는 별채 안으로 들어서서 문을 닫는다. 싱크대에 가서 테디가 사용하는 작은 플라스틱 텀블러에 물을 따른다. 북극곰과 펭귄 그림이 그려져 있다. 컵을 테드에게 가져가니, 술 냄새가 풍긴다. 스카치 냄새, 시큼한 땀 냄새도 난다. 그는 목과 가슴에 철철 흘리며 꿀꺽꿀꺽 물을 마신다. 물을 다시 채워주었더니, 이번에는 대부분의 물이 입안으로 들어간다. 하지만 아직 중력에 맞설 준비가 되지 않았는지, 몸은 아직도 벽에 기대고 있다.

"테드, 여기 그냥 계시는 게 어때요? 제가 본채로 갈게요. 소파에서 자면 돼요."

"아니, 아니, 아니, 내가 돌아가야지."

"정말 캐럴라인을 불러야 할 것 같은데요."

"이제 괜찮아. 물을 마시니 나아졌어. 이것 봐."

그는 똑바로 서서 비틀비틀 이쪽으로 한 걸음 내딛는다. 그러다 팔을 뻗어 도와달라는 듯 허우적거린다. 나는 그의 손을 잡고 침대 발치로 인도한다. 그는 매트리스에 풀썩 주저앉더니 내가 옆에 앉을 때까지 손을 놓지 않는다.

"5분만." 그는 약속한다. "점점 좋아지는 것 같아."

"물 더 드릴까요?"

"아니, 토할 것 같아."

"타이레놀은요?"

얼른 일어나서 그에게서 떨어질 수 있는 핑계가 필요했기 때문에, 나는 욕실로 들어갔다가 씹어 먹는 베이비 아스피린 세 알을 가지고 온다. 땀이 밴 손에 쥐어주니, 그는 고분고분하게 약을 씹는다.

"캐럴라인과 싸웠어. 혼자 있을 수 있는 공간이 필요했어. 머릿속을 정리할 수 있는 작은 공간. 당신 방에 불이 꺼져있는 게 보이더군. 오늘 밤에 밖에서 자고 오나 보다 했지. 잠들 생각은 없었어."

"이해해요." 이해할 수 없지만, 그래도 나는 말한다. 왜 그가 내 침대에 올라왔는지 알 길이 없다.

"이해해 주니 고마워. 당신은 정말 마음이 따뜻한 사람이야. 그래서 엄마로서도 그렇게 훌륭한 거겠지."

"전 아직 엄마가 아닌데요."

"언젠가 훌륭한 엄마가 될 거라고. 친절하고, 배려심 많고, 아이를 항상 우선으로 생각하잖아. 이건 로켓 과학 같은 게 아니야. 캐럴라인의 드레스를 입은 거야?"

그의 시선이 내 몸을 훑었고, 나는 우리 사이에 장애물을 만들고 싶어서 부엌 작업대 뒤로 물러선다. "지난달에 옷을 좀 얻었어요."

"안 입는 옷. 물려받은 옷. 당신은 더 좋은 옷을 입을 자격이 있어, 맬러리." 그는 뭐라 알아들을 수 없는 말을 웅얼거리고 있지만, 마지막 한마디는 알아들을 수 있다. "저렇게 넓은 바깥세상을 두고 이 쥐구멍 같은 데 틀어박혀서."

"전 여기가 좋아요. 스프링브룩이 좋아요."

"다른 데 가본 적이 없으니까 그렇지. 여행을 많이 했다면, 휘드비섬에 간 적이 있다면 내 말을 이해할 텐데."

"거기는 어디예요?"

그는 북서부 태평양의 군도에 속한 섬이라고 한다. "대학 때 여름을 거기서 보냈어. 인생 최고의 여름이었지. 목장에서 일하면서 하루 종일 햇볕 아래서 지내고, 밤에는 해변에 앉아 와인을 마시고. 텔레비전도, 컴퓨터 화면도 없었지. 그저 좋은 사람들, 자연, 최고로 아름다운 경치."

문득 그는 침대 위에 널브러진 바지를 본다. 자기 바지라는 것을, 지금 입고 있어야 한다는 것을 그제야 깨달은 것 같다. 그는 바지를 낚아채서 발에 가져가다가 바로 바닥에 떨어뜨린다. 도와야 할 것 같다. 나는 그의 앞에 무릎을 꿇고 앉아 발을 꿰도록 바지통을 벌려준다. 한쪽 다리, 이어 반대쪽 다리. 그는 바지를 엉덩이 위로 끌어올리더니 내 눈을 본다. "장담하지만, 맬러리, 당신이 퓨젓사운드를 보면 스프링브룩은 5분 만에 잊어버릴 거야. 스프링브룩이 얼마나 쥐구멍 같은 곳인지 알게 될 거야. 여긴 덫이라고."

나는 그의 말을 귀담아 듣지 않는다. 필라델피아 남부에서 자라면 주정뱅이를 워낙 많이 보기 때문에, 그런 사람들이 하는 말은 대체로 헛소리라는 것을 알게 된다. 아무 의미 없는 소리들이다.

"스프링브룩은 아름다운 곳이에요. 여기서 얼마나 행복하게 살고 계세요. 아름다운 가족, 아름다운 아내."

"그녀는 손님방에서 자. 나를 건드리려고 하지 않아."

테드는 웅얼거리며 자기 바지를 내려다보고 있기 때문에 못 들은 척하기 쉽다.

"아름다운 집." 나는 말을 잇는다.

"그녀가 산 집이야. 내가 아니라. 나라면 여긴 절대 안 골랐어."

"무슨 뜻이에요?"

"캐럴라인의 아버지는 돈 많은 분이었어. 우리는 어디에서도 살 수 있어. 맨해튼, 샌프란시스코, 어떤 곳이든. 하지만 그녀가 스프링브룩을 선택했기 때문에, 이렇게 여기서 살고 있는 거야." 자기가 어쩔 수 없었던 일이라는 말투다. "오해하지 마, 맬러리. 그녀는 좋은 사람이야. 마음이 따뜻하지. 테디의 행복을 위해서라면 뭐든지 할 사람이고. 하지만 이건 내가 원했던 인생이 아니야. 내가 동의했던 건 이런 생활이 아니었어."

"물을 더 갖다 드릴까요?"

그는 내가 핵심을 놓친다는 듯 고개를 젓는다. "당신더러 날 돌봐달라고 하는 게 아니야. 내가 당신을 돌봐주겠다는 거야."

"알겠어요. 생각해 볼게요. 하지만 일단은 집으로 돌아가셔야 해요. 캐럴라인이 걱정하겠어요."

테드는 점점 더 횡설수설이다. 세네카호수와 와인 지대 이야기, 모든 것으로부터 도망치고 싶다는 이야기 같다. 그는 내 도움 없이 용케 일어서더니 바지를 끌어올리고 단추를 잠근다. "이건 불태워 버려야 해."

"내일요." 나는 말한다. "내일 태우자고요."

"별채에서 말고." 그는 벽의 연기 감지기를 가리켰다. "여기는 전부 노브앤드튜브 배선이야. 함부로 손대면 고장 나. 혼자 고치지 마. 나한테 도와달라고 해."

별채 문을 열자, 테드는 비틀거리며 포치로 나간다. 신통하게도 그는 넘어지지 않고 계단 세 칸을 무사히 내려가 잔디를 밟더니 본채를 향해 어둠 속으로 들어선다.

“안녕히 주무세요.” 나는 그의 등을 향해 말한다.

“잘 자.” 그는 외친다.

나는 별채 문을 닫고 잠근다. 침대 옆 탁자에 구겨진 휴지 뭉치가 눈에 띈다. 나는 키친타월로 감싼 채 휴지를 주워 쓰레기통 밑바닥에 깊이 찔러 넣는다. 담요와 침대보를 걷어내 보니, 내 브래지어 세 개가 같이 엉켜있다. 어떻게 이게 침대에 올라와 있는지 알 수 없고, 알고 싶지도 않다. 내일 세탁기에 다 같이 집어넣고 오늘 밤 일은 전부 잊어야겠다.

다른 침대보가 없기 때문에 목욕수건을 매트리스에 깔고 그 위에 눕는 수밖에 없다. 아주 불편하지는 않다. 눈을 감으니 나는 다시 폭포수가 부드럽게 쏟아지고 아치형 통로에 달콤한 꽃향기가 떠도는 아름다운 성 안의 정원으로 돌아와 있다. 그 무엇도 오늘 밤을 망칠 수는 없다. 교령회 때문에 벌어진 캐럴라인과의 말다툼도, 테드가 별채 안에서 취해있었던 일도. 잠들기 전, 나는 에이드리언에게 거짓말한 일을 용서해 달라고 하느님에게 기도한다. 사실대로 털어놓을 적당한 언어를 찾게 도와달라고 기도한다. 에이드리언이 내가 손댄 한심한 짓들에 눈을 감기를, 과거의 쓰레기 같던 내가 아닌 지금 이대로의 나를 보아주기를 기도한다.

19장.

다음 날 아침 본채로 가니 캐럴라인과 테드가 출근 복장으로 아침 식사 탁자에 앉아있다. 캐럴라인은 차를, 테드는 블랙커피를 마시고 있고, 둘 다 돌 같은 침묵을 유지한 채 서로를 바라보고 있다. 나를 기다리고 있었다는 것을 알 수 있다.

"잠깐 앉아보겠어?" 캐럴라인이 묻는다. "테드가 말하고 싶은 게 있다는데."

테드는 거지꼴이다. 숙취가 덜 풀린 것 같다. 위층으로 올라가 더 누워있거나, 욕실에 가서 변기 앞에 쭈그리고 앉아있어야 할 행색이다. "간밤의 내 행동에 대해 사과하고 싶어. 절대 용납할 수 없는 행동이었고…."

"테드, 괜찮아요. 전 벌써 잊었어요."

캐럴라인은 고개를 젓는다. "아니, 맬러리. 아무 일도 없었던 척할 수는 없어. 간밤에 있었던 모든 일을 인정해야 해."

테드는 고개를 끄덕이고 여러 사람 앞에서 외운 대로 발표하듯 순순히 말을 잇는다. “오만하고 무례한 행동이었어. 내가 한 짓이 부끄러울 따름이고, 특권을 어쩌다 남용하게 되었는지 깊이 반성하고 있어.”

“사과 받을게요.” 나는 말한다. “더 말씀하실 필요 없어요. 저는 그냥 이대로 넘어가는 게 더 편하겠어요. 네?”

테드는 캐럴라인을 보았고, 그녀는 어깨를 으쓱한다. 좋다는 뜻이다.

“이해해 줘서 고마워, 맬러리. 다시는 이런 일이 없을 거라고 약속해.”

그는 일어나서 서류가방을 들고 비틀거리는 걸음으로 현관을 향한다. 잠시 후 현관문 닫히는 소리, 진입로에서 자동차 시동 거는 소리가 들려온다.

“저 사람은 당신이 우리를 고소할까 봐 겁을 먹었어.” 캐럴라인은 말한다. “무슨 일이 있었는지 나한테 말해줄 수 있어? 당신 입으로?”

“캐럴라인, 맹세하지만, 별일 아니었어요. 간밤에 에이드리언의 집에 놀러갔어요. 부모님이 파티를 열었거든요. 자정이 넘어서 돌아와 보니 테드가 별채에 있었어요. 취해서. 둘이서 부부싸움을 했다면서, 머리를 식힐 조용한 공간이 필요했대요.”

“나는 아래층에 있다고 생각했어. 소파에서 자는 줄 알았지.”

“내가 들어오자마자, 테드는 미안하다고 하고 나갔어요. 그뿐이에요.”

“부부싸움 이야기도 했어?”

“아뇨, 그냥 당신이 좋은 사람이라고 했어요. 마음이 따뜻한 사람이라고요. 가족을 위해서는 무슨 일이든 할 사람이라고요.”

“그리고?”

“그뿐이에요. 횡설수설이었어요. 무슨 섬 이야기도 하고요. 대학 시절 여름을 보냈다는 곳."

"태양 아래서 일하고 별 아래에서 잠들고." 캐럴라인은 말한다. 남편을 흉내 내며 가볍게 조롱하는 투다. "취할 때마다 휘드비섬 이야기를 하지."

"난 신경 안 썼어요. 그냥 물과 베이비 아스피린을 갖다 주고, 문을 열어주니까 나갔어요. 끝이에요."

캐럴라인은 단서를 찾는 듯 내 얼굴을 살핀다. "이런 질문을 하게 돼서 민망하지만, 당신은 원칙적으로 내 직원이니까 물어야겠어. 그가 무슨 짓을 하려고 하지는 않았어?"

"아뇨, 전혀요."

뭐, 바지를 벗고, 내 속옷 서랍을 뒤지고, 내가 귀가하기 전에 내 침대에서 무슨 짓을 했다고 말할 수도 있다. 하지만 그래봐야 무슨 소용이 있나? 불쌍한 캐럴라인은 이미 괴롭기 짝이 없는 모습이고, 테드는 사과했다. 이런 이야기를 굳이 꺼낼 이유를 찾을 수 없다. 그 때문에 이 일을 그만두고 싶지도 않다.

"캐럴라인, 맹세하지만, 나한테 손끝 하나 안 댔어요. 전혀요."

그녀는 긴 한숨을 내쉰다. "테드는 이번 여름이면 쉰세 살이야. 중년 남성의 위기에 대한 이야기는 당신도 들어봤겠지만, 자신이 한 이런저런 선택에 대해 질문하기 시작하지. 게다가 요즘 테드의 사업도 잘 안 돼. 그 때문에 자존심에 상처를 많이 받았어. 올가을에 직원을 새로 뽑을 예정이라는데, 그것도 힘들어 보이고."

"회사 규모가 얼마나 되나요?"

그녀는 얼굴을 찡그려 보인다. "남편은 40명 정도 거느리고 싶어 하는데, 지금은 테드 혼자야. 일인 기업이지."

테드 혼자? 나는 막연히 그가 커다란 유리 통창으로 리튼하우스 광장을 굽어보는 시내 고층건물에서 비서와 멋진 컴퓨터를 잔뜩 두고 일한다고 상상하고 있었다. “크래커배럴과 같이 일한다고 하던데요. 양키캔들도요. 대기업들이잖아요.”

“만나서 회의는 했지. 그는 여러 기업들을 돌아다니면서 웹사이트 운영 기획안을 제시해. 하지만 일인 기업이 그런 대기업과 계약을 따내기는 쉽지 않지.”

“동료도 있다고 했어요. 마이크와 에드라는 이름이었나. 다 같이 점심을 먹는다고.”

“맞아, 다들 같은 위워크 사무실을 써. 월세를 내고 책상을 빌리는 공유사무실 말이야. 시내에 주소가 있어야 하니까. 상대에게 좋은 인상을 주는 게 이 사업에서는 아주 중요한 부분 중 하나지. 실제보다 더 중요한 사람처럼 보이는 거. 올여름에 스트레스를 많이 받았어. 그 아무렇지도 않은 겉모습의 갈라진 틈을 간밤에 당신에게 보였을 거야.”

목소리가 갈라진다. 그녀가 단지 테드뿐만 아니라 결혼 생활에 대해, 가족 전체에 대해 걱정하고 있다는 것을 알 수 있다. 무슨 말을 해야 할지 알 수 없다. 계단을 내려오는 테디의 발소리를 듣고 마음이 놓인다. 캐럴라인은 똑바로 앉아 냅킨으로 눈을 닦는다.

테디는 아이패드를 들고 부엌에 들어온다. 손가락으로 액정을 긁으니, 화면에서 요란하게 뭔가 폭발하는 불협화음이 난다.

“이야, 테디베어! 그거 뭐니?”

그는 화면에서 고개를 들지 않는다. “엄마가 어젯밤에 줬어요. 아빠 거였는데, 이제 내 거예요.” 그는 플라스틱 텀블러를 들고 싱크대에서 물을 채운다. 다른 설명 없이 그는 컵과 아이패드를 가족실로 가져간다.

"테디는 그림에서 잠시 손을 떼는 게 좋을 것 같아." 캐럴라인이 설명한다. "이런 혼란스러운 상황을 감안할 때, 새로운 관심사가 필요하다고 생각했어. 앱스토어에 교육용 자료도 잔뜩 있고. 수학 게임, 발음 교습, 외국어까지." 그녀는 부엌을 가로질러 테디에게는 한참 높은 냉장고 위 찬장을 연다. "크레용과 마커는 전부 모아 여기 뒀어. 테디는 아이패드에 잔뜩 들떠서 눈치도 못 챈 것 같아."

어머니의 판단에 의문을 제기하지 않는 것이 베이비시터에게 가장 중요한 규칙 1번이라는 것은 알고 있지만, 이건 실수가 아닐까 하는 생각이 든다. 테디는 드로잉을 정말 즐기는데, 그 즐거움을 빼앗는다는 것은 잘못된 일 같다. 게다가 이 모든 것이 나 때문에, 내가 애니 배럿에 대해 입을 다물지 못했기 때문에 벌어진 일이라는 기분이 든다.

캐럴라인은 내 실망감을 알아차린다. "실험적으로 해보자고. 며칠만. 대체 무슨 일인지 상황을 파악하는 데 도움이 될지도 모르고." 그녀는 결정 났다는 듯 찬장 문을 닫는다. "그건 그렇고 에이드리언 집에서 열린 파티 이야기 좀 해줘. 즐겁게 보냈어?"

"정말 즐거웠어요." 화제가 다른 곳으로 옮겨 가서 나도 기쁘다. 아침에 일어나자마자 저녁 식사 약속만 생각하고 있었기 때문이다. "오늘 밤에 만나기로 했어요. 프린스턴까지 드라이브하기로요. 무슨 타파스 식당이 좋대요."

"와, 정말 로맨틱한 곳인데."

"5시 30분에 데리러 오기로 했어요."

"그럼 내가 일찍 퇴근할게. 그러면 당신도 준비할 여유가 생기겠지.” 그녀는 시간을 확인한다. “이런, 가봐야겠어. 약속이 생겼다니 나도 정말 기뻐, 맬러리! 오늘 밤에 즐겁게 보내!”

캐럴라인이 나간 뒤, 가족실에 있는 테디에게 가보니 앵그리버드 게임에 푹 빠져있다. 손가락으로 거대한 돌팔매를 잡아당겼다가 줄을 놓으면, 돼지들이 장악한 나무와 쇠 구조물을 향해 알록달록한 새가 날아가는 놀이다. 한 번 공격할 때마다 끼이익, 폭발음, 쾅, 펑, 호루라기 소리가 제멋대로 뒤섞인다. 나는 테디의 맞은편에 앉아 손을 모은다. “자, 오전에는 뭐 할래? 마법의 숲에 산책 갈까? 빵 굽기 대회는?”

그는 열심히 손을 놀리며 고개를 젓는다. “안 할래요.”

새 한 마리가 표적을 빗나가자 테디는 답답한지 이마를 찌푸린다. 그는 화면 속으로 들어가려는 듯 한층 구부정하게 몸을 숙인다.

“자, 테디. 게임 치우고.”

“안 끝났어요.”

“엄마가 휴식 시간에 하라고 하셨잖아. 오전 내내 하라고 하신 건 아니야.”

테디는 몸으로 태블릿을 가리며 내게서 돌아앉는다. “레벨 하나만 더 하고요.”

“레벨 하나는 얼마나 걸리니?”

레벨 하나를 마치는 데 30분은 족히 걸렸다. 게임을 마친 뒤, 테디는 나중에 게임을 해야 하니 꼭 아이패드를 충전해 놓으라고 당부한다.

우리는 오전 중에 마법의 숲을 터벅터벅 돌아다닌다. 나는 테디 왕자와 맬러리 공주의 새로운 모험 이야기를 생각해 내려고 머리를 굴리지만, 테디는 앵그리버드 전략 토론만 하고 싶어 한다. 나무 구조물을 공격할 때는 노란 새가 최고다. 검은 새는 콘크리트 벽을 부술 수 있다. 흰 새는 알 폭탄을 투하한 뒤 가속한다. 대화라고 할 수 없다. 그는 머릿속에서 규칙을 정리하려는지 사실과 데이터만 외고 있다.

한 겹 쌓인 낙엽 속에서 뭔가 은색으로 반짝이는 것이 눈에 띄어, 나는 무릎을 꿇고 관찰한다. 부러진 화살이다. 깃털이 달린 위쪽은 없고, 남은 것은 알루미늄으로 된 대와 피라미드 모양의 촉이다.

"마법의 미사일이다." 나는 테디에게 말한다. "고블린을 죽일 때 쓰는 거야."

"멋져요." 테디는 말한다. "녹색 새는 부메랑 새예요. 공격할 때 두 배로 타격을 입혀요. 그래서 난 녹색 새로 게임을 시작하는 게 좋아요."

나는 거대한 콩나무까지 걸어가서 우리의 무기고에 화살을 넣어두자고 한다. 테디도 그러자고 하지만, 어쩐지 열의가 별로 없는 것 같다. 그냥 오전 시간이 지나가서 집에 돌아갈 수 있을 때까지 참고 기다리려는 기색이다.

점심으로 먹고 싶은 것은 뭐든지 만들어 준다고 했지만, 테디가 아무거나 먹겠다고 해서 나는 그릴드치즈 샌드위치를 만들었다. 아이가 샌드위치를 허겁지겁 먹는 동안, 나는 휴식 시간에 꼭 아이패드를 갖고 놀지 않아도 된다고 한다. 레고나 링컨로그, 농장 동물 놀이를 하면 어떨까 제안해 본다. 하지만 테디는 내가 사기 치려고 한다는 듯, 자기가 정당하게 얻은 특권을 뺏어 가려 한다는 듯 나를 쳐다본다.

"고마워요. 하지만 난 계속 게임 할래요."

그는 태블릿을 자기 방으로 들고 갔고, 잠시 후 나는 2층으로 올라가서 그의 방문에 귀를 대본다. 속삭이는 음성도, 반쪽짜리 대화도 들리지 않는다. 이따금 테디의 웃음소리, 돌팔매 잡아당기는 소리, 새 깍깍거리는 소리, 건물 폭발음 소리뿐이다. 테디는 즐거워서 키득거렸지만, 아이의 행복은 어쩐지 나를 서글프게 한다. 하룻밤 사이, 마치 스위치를 내린 것처럼, 마술적인 뭔가가 사라진 것 같은 느낌이다.

나는 아래층으로 내려와서 내 전화를 꺼내 레스트헤이븐 노후공동체에 전화를 건다. 안내원에게 입주민 중 돌로레스 진 캠벨이라는 사람과 통화하고 싶다고 말한다. 신호음이 몇 번 울리더니 기계 응답으로 넘어간다.

"음, 저는 맬러리 퀸이라고 합니다. 모르는 사이인데요, 혹시 도움을 좀 받을 수 있을까 해서요."

어떻게 물어야 할지 아무 준비가 안 되어있다. 전화하기 전에 뭐라고 할지 미리 연습할걸, 하는 생각이 들지만, 이제 너무 늦어서 그냥 어색하게 묻는다.

"혹시 어머님이 애니 배럿이라는 분 아니었나요? 뉴저지주 스프링브룩 출신. 혹시 그렇다면 말씀을 좀 나눌 수 있을까 해서요. 저한테 전화해 주시겠어요?"

나는 번호를 남기고 이미 막다른 골목에 다다른 기분으로 전화를 끊는다. 다시 연락이 오지 않을 거라고 확신한다.

점심 설거지를 하고 세제 묻은 스펀지를 들고 부엌을 돌아다닌다. 작업대를 청소하며 유용한 일을 하려고 애쓴다. 그 어느 때보다 일자리에 대한 강한 불안감이 엄습한다. 매일같이 캐럴라인이 나를 내보낼 새로운 이유만 생기는 것 같다. 그래서 내 업무가 아닌 일까지 열심히 한다. 바닥을 쓸고 닦고 전자레인지 안쪽도 닦는다. 토스터 오븐을 열고 작은 빵가루 쟁반도 비운다. 싱크대 아래에 손을 넣어 액체 세제 병을 채운 뒤 의자를 딛고 서서 실링팬의 먼지도 닦는다.

자잘한 일거리를 하고 나니 기분이 나아지지만, 캐럴라인이 알아볼 것 같지 않다. 좀 더 크고 야심찬 프로젝트, 절대 그녀가 놓칠 리 없는 일을 하고 싶다. 가족실로 가서 소파에 누운 뒤 이런저런 궁리를 하고 있는데, 문득 완벽한 아이디어가 떠오른다. 테디와 함께 슈퍼마켓에서 식료품을 사서 부모님을 위한 깜짝 저녁 식사를 준비하는 거다. 미리 음식을 만들어서 오븐에 데우면, 두 사람이 귀가하자마자 먹을 수 있겠지. 테이블 준비도 미리 해서 손 하나 까딱할 필요가 없도록 하자. 집에 들어서자마자 식탁에 앉아서 맛있는 음식을 먹으면 내가 이 가정의 일원이라는 데 감사한 마음이 들겠지.

하지만 아이디어를 실행에 옮기기 전에, 일어서서 쇼핑 목록을 만들기 전에, 그만 잠이 들었다.

어쩌다가 그렇게 됐는지 모르겠다. 대단히 피곤하지는 않았다. 그저 잠시 눈을 붙이고 싶었다. 한데 어느새 나는 어린 시절에 갔던 장소, 어느 가족이 운영하던 스토리북랜드라는 작은 놀이공원에 대한 꿈을 꾸고 있다. 온갖 고전 동화와 마더구스 동요를 주제로 1950년대에 지어진 곳이다. 아이들은 거대한 콩나무를 타고 오르기도 하고, 아기 돼지 세 마리의 집에 찾아가기도 하고, 창문 너머에서 공허한 눈빛으로 바라보는 〈신발 속에 살았던 할머니〉의 삐꺽거리는 기계인형을 향해 손을 흔들기도 한다.

꿈속에서 나는 테디와 함께 회전목마를 지나치고 있는데, 그는 아주 들떠서 한번 타보고 싶다고 연필과 크레용을 들고 있어달라고 한다. 그는 상자 안의 내용물을 다 들 수도 없을 정도로 내 손에 쏟아붓고, 연필들이 발치에 떨어진다. 다 들고 있을 수가 없어서 나는 주머니에 연필을 연신 집어넣는다. 전부 다 챙기고 나니, 테디는 사라졌다. 인파에 휩쓸려 찾을 수가 없다. 꿈은 악몽으로 변한다.

나는 다른 부모를 밀치고 공원을 달리면서 테디의 이름을 부르며 샅샅이 살핀다. 스토리북랜드는 다섯 살짜리 아이들로 가득 차있는데, 뒤에서 보면 다 똑같아서 전부 테디처럼 보인다. 테디는 아무 데도 없다. 나는 몇몇 부모들에게 도와달라고, 제발 도와달라고 애원하지만, 그들은 손사래를 친다. "이건 당신 책임이잖아. 왜 우리한테 도와달라고 해?"

맥스웰 부부에게 전화하는 것 말고 달리 방법이 없다. 상황을 털어놓고 싶지 않지만, 워낙 긴급하다. 휴대전화를 꺼내 캐럴라인의 번호에 연락하는데, 순간 그가 눈에 띈다! 공원 반대편, 빨간 모자 소녀의 오두막 계단에 앉아있다. 나는 팔꿈치로 인파를 헤치고 최대한 빨리 다가간다. 하지만 오두막에 도착해 보니, 이제는 테디가 아니다. 내 여동생 베스다! 노란 티셔츠와 빛바랜 청바지, 흑백 체커보드 무늬의 반스 운동화 차림이다.

나는 그쪽으로 달려가서 베스를 껴안고 들어 올린다. 그 애가 여기 있다니, 살아있다니, 믿을 수가 없다! 너무 꽉 껴안았는지 베스는 웃기 시작했고, 치열 교정기가 햇빛에 빛난다. "죽은 줄 알았어! 내가 널 죽인 줄 알았다고!"

"무슨 바보 같은 소리야." 베스는 말한다. 너무나 현실 같은 꿈이라 체취까지 느낄 수 있다. 코코넛과 파인애플 향. 베스가 친구와 같이 킹오브프러시아 상가의 값비싼 비누 가게 러시에서 사곤 했던 피나콜라다 입욕제 냄새다.

베스가 사고는 큰 오해였다며, 괜히 언니가 아무 일도 아닌데 자책했다고 한다.

“정말 괜찮은 거야?”

“응, 맬, 몇 번이나 괜찮다고 해야 해. 이제 고무공 타러 가도 돼?”

“그래, 베스, 가자! 뭐든지 좋아! 네가 하고 싶은 거 다 해!”

그때 테디가 나타나서 내 팔을 잡아당긴다. 나를 가볍게 흔들어 깨우고 있다. 눈을 떠보니 나는 가족실 소파에 누워있고, 테디는 아이패드를 내민다.

“또 꺼졌어요.”

잘못 본 거라고 생각했다. 방금 점심 먹는 동안 아이패드를 완전히 충전해 줬는데. 한데 일어나 보니, 가족실이 약간 어둑어둑하다. 북쪽 창문에서 햇빛이 더 이상 들어오지 않는다. 벽난로 위의 시계는 5시 17분, 그럴 리 없다. 불가능하다.

전화를 들어 시간을 확인하니, 이런, 5시 23분이다.

네 시간이나 잔 것이다.

맥스웰 부부는 곧 귀가할 것이다.

“테디, 어떻게 된 거야? 왜 안 깨웠어?”

“30레벨까지 갔어요.” 그는 자랑스럽게 말한다. “새 깃털 카드를 여덟 개나 해제했어요!”

내 손은 더럽다. 정원에서 흙을 파다 온 것처럼 손가락과 손바닥에 검댕이 잔뜩 묻어있다. 무릎에는 잔뜩 써서 닳은 몽당연필이 놓여있고, 바닥에도 연필과 마커, 크레용이 흩어져 있다. 캐럴라인이 부엌에 숨겨놓은 미술용품들이다.

테디는 눈을 커다랗게 뜨고 놀라 가족실을 둘러본다.

"엄마가 화낼 거예요."

그가 보는 곳을 따라 시선을 옮겨보니, 벽이 온통 스케치로 뒤덮여 있다. 바닥부터 천장까지 빽빽한 세밀화투성이다.

"테디, 왜 이랬어?"

"저요? 난 아무 짓도 안 했어요!"

당연하지. 테디 짓일 리가 없다! 이렇게 키가 크지 않다! 손에 목탄과 흑연을 잔뜩 묻히고 있는 것도 테디가 아니다. 나는 방을 가로질러 가까이 다가가 본다. 애냐의 그림이다. 틀림없다. 창문과 온도 조절기, 조명 스위치 사이의 빈 벽을 온통 차지하고 있다.

"맬러리? 괜찮아요?"

테디가 내 셔츠 자락을 잡아당기고 있다. 나는 괜찮지 않다.

괜찮을 리가 없다.

"테디, 들어봐. 엄마, 아빠가 돌아오시기 전에 이걸 치워야 해. 네 방에 지우개 있니? 크고 두툼한 분홍색 고무지우개?"

그는 바닥에 흩어진 연필과 크레용, 마커를 둘러본다. "이게 제가 가진 전부예요. 하지만 난 이제 이걸 갖고 놀면 안 돼요. 상황을 완전히 파악할 때까지는."

어쨌든 너무 늦었다. 진입로에 차가 들어오는 소리가 들린다. 밖을 내다보니 테드와 캐럴라인뿐만 아니라 에이드리언도 보인다. 그는 집 앞에 조경 트럭을 세우고 있다. 지금 나는 캐럴라인의 여름 드레스 차림으로 프린스턴 데이트에 나설 준비를 마치고 있어야 하는데.

"위층으로 올라가, 테디."

"왜요?"

"네가 여기 있으면 곤란하니까."

"왜요?"

"그냥 올라가 있어. 응?" 커피 탁자에 USB 케이블이 있고, 나는 케이블을 그에게 건넨다. "가서 네 방에서 아이패드 충전해."

"네, 알았어요."

테디는 횡재했다 싶은지 아이패드와 케이블을 들고 가족실을 달려 나간다. 작은 발이 토닥토닥 자기 방으로 올라가는 소리가 들린다.

현관 문 열리는 소리, 타일 바닥에 문이 부드럽게 끌리며 열리는 소리가 이어 들린다. 에이드리언을 집에 들이며 말을 건네는 캐럴라인의 목소리도 들린다. "저녁 식사는 어디서 할 거니?"

"아주 좋은 타파스 식당이 있어요." 그는 말한다. "파타타스 브라바스가 끝내줘요."

"음, 그게 뭐지?" 테드가 묻는다.

"맥스웰 씨도 그렇게 맛있는 프렌치프라이는 처음일 거예요. 장담합니다."

대화를 끊고 내가 저지른 짓을 눈으로 보기에 앞서 미리 마음의 준비를 시켜주어야 한다. 부엌으로 들어가 보니 캐럴라인이 에이드리언에게 음료를 권하고 있다. 냉장고 위 찬장은 아직 열려있고 안에 있던 물건들은 온데간데없지만, 캐럴라인은 아직 못 본 것 같다.

에이드리언은 가슴 아플 정도로 훤칠한 모습이다. 방금 샤워를 마치고 나온 것 같다. 머리카락은 약간 촉촉하고, 검정 데님과 빳빳한 흰색 버튼다운 셔츠를 차려입은 말쑥한 복장이다. 내가 입을 열 때까지 아무도 내가 부엌에 들어오는 모습을 보지 못한다.

"일이 생겼어요."

캐럴라인이 나를 돌아본다. "맬러리?"

"손은 왜 그래?" 테드가 묻는다.

에이드리언은 내 옆으로 급히 다가온다. "괜찮아?"

그는 나의 유일한 희망이다.

나를 믿어줄지도 모르는 유일한 사람.

"미친 소리처럼 들리겠지만, 사실이라고 맹세해요. 테디가 휴식하러 위층으로 올라간 뒤에, 좀 피곤했어요. 쉬려고 소파에 누워서 잠시 눈만 붙이자고 생각했어요. 한데 어떻게 된 건지 몰라도, 애냐의 영혼이 내 몸을 훔쳤나 봐요."

캐럴라인은 나를 멍하니 응시한다. "뭐라고?"

"알아요. 미친 소리로 들릴 거예요. 하지만 내가 잠든 사이 애냐가 연필과 마커와 크레용을 모두 꺼냈어요." 나는 냉장고 위 텅 빈 찬장을 가리킨다. "종이를 다 가져가 버려서 그런지, 나를 이용해서 벽에다 그림을 그렸어요. 테디에게 들어갈 수 없으니 내 몸에 들어갔다고요."

에이드리언은 내 허리에 팔을 감는다. "괜찮아. 이제 안전해. 어떻게 된 일인지 알아보자."

캐럴라인은 나를 밀어내고 가족실로 성큼성큼 향한다. 우리 모두 따라간다. 그녀는 믿기지 않는다는 듯 벽을 바라보며 숨을 깊이 들이마신다.

"테디는 어디 있어?"

"자기 방에요. 테디는 괜찮아요."

캐럴라인은 남편을 돌아본다. 그가 급히 위층으로 향한다.

나는 캐럴라인에게 오후의 상황을 설명하려고 애쓴다. "테디는 한 시에 자기 방에 들어갔어요. 휴식 시간에. 말씀하신 대로 아이패드를 가져가게 해줬어요. 테디는 10분 전에 방에서 내려왔어요. 바로 그때 귀가하신 거예요."

"네 시간 동안?" 캐럴라인은 묻는다.

나는 에이드리언에게 흑연과 목탄, 물감으로 덮인 내 오른손을 보여준다. "난 테디와 마찬가지로 왼손잡이야. 내가 그렸을 리가 없잖아. 별채에 남겨져 있던 그림과 화풍이 비슷해."

"맞아, 그렇네! 스타일이 똑같아!" 그는 스마트폰을 꺼내 방을 서성거리며 여러 장면을 사진에 담는다. "무엇보다 우선 이걸 다른 그림들과 비교해 보자. 이야기 순서가 어떻게 되는지 맞춰보자고."

"아니." 캐럴라인이 말한다. "무엇보다 우선 약물 검사부터 해야겠어. 지금 당장. 안 그러면 경찰을 불러야겠어."

에이드리언은 그녀를 바라본다. "약물 검사라뇨?"

"내 아들을 당신한테 맡기다니, 믿을 수가 없어. 당신을 믿었다니! 내가 대체 무슨 생각을 한 건지!"

"난 약 안 해요." 나는 마치 괄호 치고 대화하는 게 가능하기라도 한 듯 목소리를 낮추려고 애쓴다. 에이드리언이 바로 옆에서 듣고 있지 않기라도 한 듯. "맹세하지만 캐럴라인, 난 깨끗해요."

"그럼 검사하는 데 아무 문제 없겠네. 여기서 처음 일할 때 매주 무작위로 검사하는 것도 동의했잖아. 자진해서 그렇게 하자고 했었지. 면접 보던 날." 그녀는 내 손목을 붙잡고 주삿바늘 자국이 없는지 팔을 유심히 본다. "진작 그렇게 했어야 하는데."

테드가 위층에서 돌아와서 아이는 괜찮다는 눈빛을 캐럴라인에게 전한다. 한편 에이드리언은 오해한 거라고 캐럴라인을 설득하려 하고 있다.

"맥스웰 부인, 무슨 말씀을 하시는지 모르겠지만, 맬러리는 약을 하지 않습니다. 헤로인을 하면서 운동선수 장학금을 받을 수 있다고 생각하세요? 펜실베이니아 주립대학이 팀에서 눈 깜짝할 사이에 쫓아냅니다."

방 안에 어색한 침묵이 흐른다. 캐럴라인은 나에게 설명할 기회를 주고 있다. 눈물이 고인다. 이렇게 고백하려던 것이 아니었다. "잠깐만. 왜냐하면, 내가 너한테 정직하지 않았던 부분이 있어."

에이드리언은 아직 내 몸을 감싸고 있지만, 팔이 조금 느슨해진다. "무슨 뜻이야?"

"오늘 밤에 사실대로 말하려고 했었어."

"무슨 말을 하는 거냐고?"

아직 말할 수가 없다.

어디부터 시작해야 할지 알 수 없다.

"맬러리는 펜실베이니아 주립대에 다니지 않아." 테드가 설명한다. "지난 18개월 동안 재활센터에 있었어. 후반기 쉼터. 처방전 진통제와 헤로인 남용이었지."

"기타 본인이 기억조차 못하는 다른 약물들도 했어요." 캐럴라인이 덧붙인다. "뇌가 치유되는 데는 시간이 걸려, 맬러리."

이제 에이드리언은 나를 안고 있지 않다. 나는 커다랗고 불쌍한, 한심한 괴물처럼, 기생충처럼 그의 옆에 달라붙어 서있다. 그는 나를 떼어내고 얼굴을 똑바로 쳐다본다.

"사실이야?" 그는 묻는다.

"이제 약은 하지 않아. 맹세하지만, 에이드리언, 지난 화요일로 완전히 끊은 지 20개월이 돼."

그는 한 대 맞은 것처럼 한 걸음 물러선다. 캐럴라인은 그의 어깨에 가만히 손을 얹는다. "듣기 힘든 이야기일 거야. 우린 맬러리가 자기 이력에 대해 솔직하게 말했을 거라고 생각하고 있었어. 사실대로 말한 줄 알았지."

"아니, 전혀요."

"에이드리언, 나는 재향병원에서 중독자를 많이 상대해. 좋은 사람들이고, 그들을 사회에 복귀시키는 게 우리의 주된 목표야. 하지만 타이밍이 안 맞을 때가 있어. 준비되기 전에 사회에 내보내기도 해."

나는 격분해서 캐럴라인을 쳐다본다. "이건 그런 상황이 아니에요! 난 약을 하지 않았어요! 그림도 내가 그린 게 아니라고요! 맹세해요, 캐럴라인. 이 집에는 뭔가 문제가 있어요. 애니 배럿의 유령이 당신 아들에게 나타나고 있고, 이제 나한테도 들어온 거라고요. 이건 그녀의 메시지예요." 나는 사방의 벽을 가리킨다. "이건 그녀의 이야기예요!"

미치광이로 보이고 미치광이 소리로 들리는지, 에이드리언은 혼란스러운 눈으로 나를 뜯어보고 있다. 나를 난생처음 본다는 듯한 눈빛이다.

"하지만 나머지는 사실이야?" 그는 묻는다. "후반기 쉼터에 있었어? 헤로인을 했다고?"

너무나 수치스러워서 대답할 수가 없지만, 그는 내 얼굴에서 답을 읽는다. 에이드리언은 돌아서서 가족실을 나섰고, 나는 뒤따라가려 하지만 캐럴라인이 막아선다. "보내줘, 맬러리. 더 힘들게 하지 말고."

나는 창문 쪽으로 돌아서서 에이드리언이 판석을 따라 멀어지는 모습을 바라본다. 그의 얼굴은 상처로 일그러져 있다. 진입로를 절반쯤 내려가다가 그는 내게서 더 빨리 멀어지고 싶은지 천천히 뛰기 시작한다. 검은 픽업트럭에 올라탄 그는 그대로 출발한다.

다시 캐럴라인을 돌아보니, 그녀는 플라스틱 컵을 들고 있다. "자, 빨리 끝내지."

그녀는 파우더룸까지 같이 간다. 안에 들어서서 문을 닫으려고 했지만, 그녀가 고개를 저으며 막아선다. 내가 무슨 수로 시료를 조작할 거라고 걱정했는지, 만에 하나를 위해 매일같이 깨끗한 소변을 병에 담아 가지고 다닐 거라고 생각했는지. 바지를 내리고 변기에 쪼그리고 앉는 동안, 캐럴라인은 그나마 고개를 돌려준다. 수백 번 검사를 받았기 때문에 깨끗한 시료를 채취하는 건 이골이 나있다. 한 방울도

흘리지 않고 120밀리그램짜리 컵을 채울 수 있다. 나는 컵을 세면대 가장자리에 놓고 바지를 끌어올린 뒤 손을 씻는다. 물이 검게 변하고, 세면대에 흔적이 남는다. 비누로 손가락과 손바닥을 닦았지만, 흑연은 잉크처럼, 영원히 지워지지 않는 낙인처럼 피부에 남아있다.

"가족실에서 기다릴게." 캐럴라인이 말한다. "당신이 오면 시작하지."

티끌 하나 없이 희던 세면대에 내가 손을 씻은 흔적이 지저분한 회색 고리로 남는다. 다시 죄책감이 엄습한다. 나는 휴지로 자국을 닦아내고 손을 바지에 닦는다.

가족실에 들어가니 캐럴라인과 테드가 소파에 앉아있고, 내 시료는 커피 탁자 위에 깐 종이타월에 놓여있다. 캐럴라인은 미리 손을 댄 데가 없다는 것을 증명하기 위해 셀로판에 포장된 검사지를 보여준다. 그런 뒤 검사지를 꺼내 면 부분 다섯 군데를 노출시키고 컵에 담근다.

"저, 이러시는 마음은 이해하지만요, 양성으로 나오지 않을 거예요. 맹세해요. 전 20개월 동안 완전히 끊었어요."

"우리도 믿고 싶어." 캐럴라인은 벽에 온통 그려진 드로잉을 바라본다. "하지만 오늘 여기서 무슨 일이 있었는지 알아야 하잖아."

"이미 말씀드렸잖아요. 애냐가 내 몸에 들어갔어요. 날 인형처럼 사용한 거라고요. 이 그림은 제가 그리지 않았어요! 애냐가 그렸다고요!"

"이 문제에 대해 이야기를 하려면, 일단 진정해야 해. 서로 마구 고함을 지를 수는 없어."

나는 심호흡을 한다. "좋아요. 네."

"당신이 여기서 일하기 전에, 우린 당신의 이력에 대해 러셀과 한참 이야기를 나눴어. 당신이 겪는 문제에 대해 다 들었지. 엉터리 기억, 건망증….”

“이건 달라요. 요즘은 그런 문제도 더 이상 없어요.”

“며칠 전, 테디가 드로잉 연필 상자를 잃어버린 일이 있었지. 울면서 나한테 왔어. 아무 데도 없다면서 속이 상해있었지. 한데 그 직후 그 그림들이 당신 별채에 마술처럼 나타나기 시작했어. 우연치고는 너무 기막힌 우연의 일치 같지 않아?”

나는 컵을 내려다본다. 이제 1분밖에 지나지 않았다. 아직 결과가 나오려면 이르다.

“캐럴라인, 전 직선 하나도 잘 못 그려요. 고등학교 때 미술 수업을 딱 한 번 들었는데요, C+를 받았어요. 제가 이 그림을 그릴 수 있을 턱이 없어요. 이 정도 솜씨가 안 된다고요.”

“내 환자들도 늘 그런 말을 해. ‘난 그림은 영 못 그린다니까요.’ 하지만 일단 미술 치료를 받기 시작하면, 결과는 아주 좋아. 너무나 놀라운 이미지를 그려내서 트라우마를 이겨내는 데 도움을 얻지. 아직 똑바로 바라볼 마음의 준비가 되어있지 않은 진실에 다가가는 데.”

“이건 그런 게 아니라니까요.”

“당신 그림 속의 여자를 봐. 젊고, 키가 크고, 운동선수 같은 몸매. 실제로 달리고 있어, 맬러리. 누구 연상되지 않아?”

캐럴라인이 무슨 말을 하려는지 알 수 있지만, 틀렸다. “이건 자화상이 아니에요.”

“상징적 재현이야. 시각적 은유. 당신은 여동생을 잃었어. 고통스럽고, 어쩔 줄 모르고, 동생을 데려오기 위해 필사적이야. 하지만 너무 늦었어. 동생은 사망의 계곡으로 떨어졌어.” 그녀는 가족실을 돌아다니며 그림을 차례로 가리키기 시작한다. "그런데 천사가 그녀를 돕기 위해 나타나지. 대단히 미묘할 것도 없는 은유잖아? 천사는 베스를 빛으로 인도하고, 당신은 그들을 막을 수 없어. 베스는 건너갔어. 다시 돌아오지 않아. 당신도 알고 있잖아, 맬러리. 전부 벽에 그려져 있어. 이건 애냐의 이야기가 아니야. 당신의 이야기야. 베스의 이야기."

나는 고개를 젓는다. 이 일에 베스를 끌어들이고 싶지 않다. 캐럴라인이 그 이름을 부르는 것조차 원치 않는다.

"우리도 무슨 일이 있었는지 알아." 그녀는 말을 잇는다. "러셀에게서 사연을 다 들었는데, 너무나 끔찍한 일이야, 맬러리. 그 일은 나도 너무나 가슴 아파. 당신이 마음속에 죄책감과 고통을 많이 품고 있다는 것도 알아. 하지만 이런 감정들을 제대로 직시하지 않으면, 그냥 억누르기만 하면…" 그녀는 내가 그린 작품들을 향해 손짓한다. "이건 고압 증기 같아, 맬러리. 언젠가 틈을 찾아 탈출할 거야."

"다른 그림들은요? 목 졸리는 여자는?"

"추상적인 개념이 직설적으로 표현된 거지. 어쩌면 고통, 혹은 중독. 약물이 당신 몸을 옥죄는 상황."

"숲에서 끌려가는 여자는요?"

"어쩌면 당신을 위험에서 꺼내준 사람? 후견인이나 조언자? 러셀 같은 존재?"

"한데 그런 사람이 왜 날 땅에 묻어요?"

"묻는 게 아니야, 맬러리. 당신을 해방시키는 거지. 산더미 같은 헤로인에서 당신을 끄집어내서 다시 사회로 데려오는 거야. 지금 당신을 봐!"

캐럴라인은 검사지를 이쪽으로 돌려 보인다. 마리화나, 아편 유사제, 코카인, 암페타민, 메스암페타민, 다섯 개 모두 음성이다.

"20개월째 끊었다더니." 테드가 말한다. "그럼 그렇지."

"우린 정말 당신이 자랑스러워." 캐럴라인이 말한다. "하지만 아직 갈 길이 한참 남은 건 분명해, 안 그래?"

뭐라고 말해야 할지 알 수 없다.

애냐의 드로잉과 내 개인사에 알쏭달쏭한 유사점이 있다는 것은 동의할 수 있다.

내가 엉터리 기억과 건망증, 기타 약물 중독과 관련된 여러 심리적 증상을 앓았다는 것도 맞는 말이다.

하지만 별채에는 아직 죽음의 냄새를 풍기는 그림 열두 장이 더 있다. 그것을 그린 사람은 단 하나뿐이다.

"애냐가 그렸어요. 내가 아니라."

"애냐는 상상 속의 친구야. 테디도 가상의 존재라는 걸 알고 있어. 진짜가 아니라는 걸 안다고."

"테디는 두렵고 혼란스러워서 어머니가 가르치는 대로 되풀이하고 있을 뿐이에요. 두 분은 좋은 학교에 다녔고, 세상 모든 일을 통달하고 있다고 생각하시죠. 하지만 이 그림에 대해서는 틀렸어요. 이 집에 대해서, 테디에 대해서는 틀렸다고요. 코앞에서 정말 괴상한 일이 일어나고 있는데도, 두 분은 그저 부인하고 있어요!"

이 시점에서 나는 고함지르고 있다. 어쩔 수가 없다. 하지만 테드와 캐럴라인은 꿈쩍도 하지 않는다. 더 이상 내 말을 듣지 않는다는 것을, 다음 단계로 넘어가기로 작정했다는 것을 알 수 있다.

"이 문제는 그냥 의견이 엇갈리는 대로 두자고." 캐럴라인은 말한다. "유령일 수도 있고, 죄책감일 수도 있겠지. 상관없어, 맬러리. 요점은 당신이 우리 아들을 네 시간 동안 보호자 없이 내버려뒀다는 것이고, 난 더 이상 당신에게 테디를 믿고 맡길 수가 없겠어."

테드도 '변화가 필요하다'는 데 동의하고, 캐럴라인은 이 순간을 모두에게 좋은 방향으로 상황을 전환하는 갈림길이자 기회로 생각하는 것이 좋겠다고 한다.

둘 다 너무나 긍정적이고 격려가 되는 말만 해주어서, 나는 한참이 지나서야 해고당했다는 것을 깨닫는다.

20장.

별채에 돌아와서 10분쯤 지났을까, 전화가 울린다.

러셀이다. 66번 국도변, 라스베이거스와 그랜드캐니언 사이 어디쯤의 사막에 있는 작은 모텔에서 전화한다고 한다. 통화 품질이 좋지 않고, 지직거리고 튀는 소리가 난다.

"퀸! 무슨 일이야?"

"저 잘린 것 같아요."

"아니, 잘렸어! 캐럴라인이 네가 그린 미친 작품이라면서 사진을 문자로 보냈다. 대체 무슨 일이 벌어지고 있는 거야?"

"이 집엔 뭔가 있어요, 러셀. 심령 같은 거요. 처음에는 테디한테 씌었다가 이제 저한테 들어와요."

"심령?" 러셀은 대체로 무한한 에너지와 열의를 지닌 사람이다. 한데 갑자기 그의 목소리에 피곤함과 아주 약간의 실망감이 어린다. "귀신 같은 거 말이야?"

"약은 안 해요. 캐럴라인이 검사도 했어요."

"알아."

"이건 다른 문제예요. 이건…."

소음이 대화를 방해한다. 잠시 통화가 끊긴 게 아닌가 하는 생각이 든다. 그러다 그의 목소리가 다시 돌아온다.

"재활 모임에 나가봐. 거긴 몇 시지? 6시 30분? 금요일 밤? 구세주 성모교회에 나가봐. 7시에 시작할 거다."

"모임은 필요 없어요."

"전화할 만한 친구가 있니? 같이 있을 만한 사람은? 오늘 밤에는 혼자 있지 않는 게 좋겠어." 내 침묵을 통해 도움을 받을 만한 사람이 없다는 것을 짐작한 것 같다. "좋아, 그럼 내가 돌아가야겠다."

"안 돼요!"

"괜찮아. 여긴 어차피 재미도 없다. 날씨가 형편없고. 10분만 외출해도 심장마비가 올 지경이라, 러닝도 실내에서 트레드밀로 해야 돼."

그는 나를 데리러 올 때까지 2, 3일 정도 걸릴 거라고 한다. 지금 그랜드캐니언으로 가는 길이니까, 라스베이거스로 다시 차를 몰고 가서 항공편을 새로 예약해야 한다고 한다. "그러니 일요일, 늦어도 월요일까지는 갈 수 있어. 월요일까지만 버텨라, 알았지? 도린과 내가 데리러 갈게. 내 집에서 몇 주 지내면 돼. 의사도 알아봐 줄 테니까. 플랜 B라고 생각하거라."

"고마워요, 러셀."

나는 전화를 바닥에 떨어뜨리고 눈을 감는다. 침대에서 일어나야 한다. 재활 모임에 찾아가거나 최소한 저녁이라도 만들어 먹어야 한다는 것을 알고 있다. 하지만 밖에서 비가 내리기 시작한다. 느닷없이 쏟아지는 여름날의 뇌우다. 바람으로 지붕이 흔들리고 물이 창문에서 폭포처럼 흘러내린다. 나는 별채 안에 갇혀있다. 전화할 사람이 있다면 얼마나 좋을까. 눈앞에 놓인 긴 주말이, 러셀이 데리러 올 때까지의 길고 외로운 기다림이 두렵다. 내 몇 안 되는 친구들은 모두 세이프하버에 있지만, 내가 무슨 짓을 했는지 들려주기 부끄럽다.

물론 세이프하버 이전의 친구들도 있다. 연락처에서 이름과 번호를 모두 지워버렸지만, 수소문하는 것은 어렵지 않을 것이다. 필라델피아는 스프링브룩에서 기차로 30분 걸리는 거리다. 켄싱턴 애비뉴에 가면 아는 얼굴, 고향으로 돌아왔다고 나를 반겨줄 옛 친구들도 많이 있을 것이다. 은행계좌에는 1,200달러가 있다. 지금 기차를 타고 떠난다 해도, 여기는 나를 그리워할 사람이 없을 것이다.

테디만 빼고.

테디는 날 그리워할 것이다. 그건 분명하다.

작별 인사조차 없이 떠날 수는 없다.

상황을 설명하고, 이게 테디의 잘못이 아니라는 것을 알릴 때까지는 남아있어야 한다.

그래서 나는 아담하고 완벽한 별채에, 내가 평생 살아본 가장 멋진 곳, 내가 이제 잃어버린 모든 것을 상기시키는 아름다운 공간에 계속 있었다. 비는 오고 또 오고, 머릿속은 모기떼가 들어간 것처럼 윙윙거린다. 얼굴을 베개에 묻고 소리를 질러봐도 소음을 잠재울 수는 없다.

그날 밤 나는 열 시간, 열두 시간, 열네 시간 동안 잤다. 잠에서 깰 때마다 무슨 일이 있었는지 떠올랐고, 그러면 다시 담요 밑에 얼굴을 묻고 잠을 청했다.

토요일 오전 열 시, 나는 일어나서 억지로 샤워를 한다. 약간이나마 기분이 나아지는 것 같다. 밖으로 나가보니, 포치에 돌로 괸 쪽지가 한 장 있다.

맙소사! 나는 생각한다. 정말 미쳐가나 보다.

한데 이건 그냥 캐럴라인의 전갈이다.

맬러리,

테드와 나는 테디를 데리고 해변으로 나가. 당신이 그만둔다고 했더니, 아이는 당연히 속이 상했어. 오늘 하루 해변에 나가서 놀이기구를 타고 오면 섭섭한 기분도 날아가야 할 텐데. 늦게 돌아올 테니, 수영장과 마당은 마음껏 써도 돼.

그리고 러셀이 아침에 전화해서 소식을 전했어. 내일 야간 항공권을 예약했으니, 월요일 오전 열 시에서 열한 시 사이에 여기 도착할 거야.

내일 오후에는 당신이 우리 가족과 지낸 것을 기념하는 뜻에서 조촐한 자리를 마련하고 싶어. 수영, 저녁 식사, 디저트. 괜찮다면 세 시부터 할까 해. 필요한 것이 있거나 이야기할 사람이 필요하면 언제든지 연락해. 이 변화의 시기에 내가 곁에서 기꺼이 도울 테니까.

캐럴라인

나는 오렌지 주스를 마시려고 본채로 건너간다. 하지만 키패드에 비밀번호를 눌러도 문이 열리지 않는다. 당연히 그렇겠지. 벽에 온통 그런 그림을 그려놨으니, 자기 집 마당은 내줘도 다시 본채에 들일 리가 없다.

달리기를 하러 나가야 한다. 나가서 몇 킬로미터 뛰고 오면 기분이 좋아질 것이다. 하지만 마당을 나서기에는 너무 민망하고, 이웃에 얼굴을 내보이기에는 너무 부끄럽다. 내가 사람들을 속였다는 소식이 이미 다 퍼져서 스프링브룩 사람들 모두 내 비밀을 알고 있을 것 같다. 별채로 돌아가서 치리오스 시리얼을 그릇에 부었는데, 이번에는 우유가 없다. 나는 그냥 손가락으로 집어먹는다. 태블릿을 들고 침대에 누워 홀마크 채널에 접속해서 영화 목록을 훑어보지만, 갑자기 모두 한심하고 형편없이 가식적인 이야기로 보인다. 온통 엉터리 희망과 가짜 해피엔딩뿐이다.

〈신발 중독자의 크리스마스〉라는 영화를 10분 정도 보고 있는데, 포치에서 발소리가 들리더니 문에서 나직하게 노크 소리가 난다. 미치가 지난 교령회 때 행동을 사과하러 왔나 하는 생각이 들어서, 나는 "바빠요" 하고 소리치고 태블릿 음량을 높인다.

에이드리언의 얼굴이 창문에 나타난다.

"이야기 좀 해야겠어."

나는 침대에서 벌떡 일어나 문을 연다. "그래, 잘 왔어, 왜냐하면…."

"여기 말고." 그는 말한다. "집 앞에 트럭을 세워놨어. 드라이브하러 가자."

그는 행선지를 말하지 않았지만, 295번 고속도로 진입로에 들어서는 순간 알 수 있다. 자동차는 빠른 흐름에 섞여 76번 웨스트로 접어든 뒤 델라웨어 강변의 조선소와 항구 위로 높이 솟은 월트휘트먼 다리를 건넌다. 우리는 필라델피아 남부로 향하고 있다. 에이드리언이 나를 고향으로 데려가고 있다.

"이럴 필요 없어. 트럭 돌려."

"거의 다 왔어." 그는 말한다. "5분만 더 가면 돼."

풋볼 게임 시간은 아직 되지 않았고, 자동차 전용도로가 막히지 않고 잘 뚫리는 것을 보니 필리스 팀은 원정 중인 것 같다. 에이드리언은 오리건 애비뉴에서 전용도로를 빠져나간다. 그는 계속 GPS를 확인하지만, 여기서부터는 눈을 가려도 내가 길을 안내할 수 있다. 아직 모든 도로와 교통표지판, 신호등을 다 꿰고 있다. 예전에 있던 가게들도 다 그대로다. 패스트푸드 음식점과 치즈스테이크 가게, 아시아 슈퍼마켓과 휴대전화 매장, 고등학교를 졸업하자마자 동급생 둘이 취직했던 스포츠바 겸 스트립클럽까지. 내가 살던 동네와 스프링브룩을 헷갈릴 사람은 아무도 없다. 도로는 구멍투성이다. 보도에는 깨진 유리와 닭 뼈가 흩어져 있다. 그럼에도 동네를 정돈하려고 계속 노력하고 있는지, 벽체를 알루미늄으로 새로 꾸민 연립주택이 많아서 내가 기억하던 모습보다 한층 말쑥하다.

에이드리언은 8번가와 셩크 스트리트 교차로에서 멈춘다. 예전에 내가 살던 작고 납작한 연립주택 바로 앞으로 찾아온 것을 보니, 온라인에서 내 주소를 찾은 모양이다. 벽돌에는 줄눈 작업을 새로 했고, 셔터도 새로 칠했으며, 예전에 흰 자갈 마당이었던 곳에는 밝은 녹색 잔디가 깔려있다. 현관문 옆에서 한 남자가 사다리에 올라 작업용 장갑을 낀 채 빗물받이 홈통에서 낙엽을 걷어내고 있다.

에이드리언은 기어를 주차로 바꾸고 비상등을 켠다. 고등학교를 졸업한 뒤 이웃을 만난 적이 없는 나는 혹시 누가 알아볼까 봐 두렵다. 집들은 다닥다닥 달라붙어 있어서, 모두 문을 열고 나를 구경하러 나오는 광경을 쉽게 상상할 수 있다.

"그냥 지나치자."

"여기가 네가 자란 곳이야?"

"이미 알고 찾아온 거잖아."

"사다리에 있는 사람은 누구야?"

"몰라. 그냥 지나가자, 응?"

사다리 위의 남자가 고개를 돌려 우리를 지켜본다. 머리가 벗겨진 보통 키의 중년 남자는 이글스 운동복 차림이다. "뭐 필요한 거 있어요?"

전에 본 적이 없는 사람이다. 엄마가 부른 인부일지도 모른다. 아니, 이미 집을 팔고 다른 곳으로 이사 갔고, 이 남자가 새 주인일 수도 있다. 나는 미안하다는 뜻으로 손을 흔들고 에이드리언을 돌아본다. "지금 출발하지 않으면, 난 트럭에서 내려서 스프링브룩으로 걸어 돌아갈 거야."

에이드리언은 다시 주행 기어를 넣고 녹색 신호를 받아 출발한다. 나는 필라델피아 남부에서 소풍이나 생일, 결혼식 행사 사진을 찍을 때 즐겨 찾는 FDR 공원으로 길을 인도한다. 연못과 호수가 많기 때문에, 어릴 때 다들 이 공원을 '호수 공원'이라고 불렀다. 우리는 그중 가장 큰 메도호수가 잘 보이는 벤치에 앉는다. 지평선 저 멀리 회색 하늘을 배경으로 허공을 가로지르는 6차선 95번 주간고속도로를 따라 차량들이 공항으로 드나들고 있다. 한참 동안 우리는 아무 말도 하지 않는다. 둘 다 무슨 말부터 시작해야 할지 알 수 없다.

"장학금을 받았다는 건 거짓말이 아니야." 나는 말한다. "10학년

때 5킬로미터 달리기를 15분 23초에 끊었어. 펜실베이니아주 여자부 6위. 검색해 봐."

"벌써 찾아봤어, 맬러리. 우리가 만난 첫날에 집으로 달려가서 필라델피아의 맬러리 퀸을 샅샅이 검색했지. 고등학교 시절 기록도 다 찾았어. 그래서 네 이야기를 믿었지." 그는 웃는다. "한데 트위터든 뭐든 소셜미디어를 사용한 흔적은 전혀 없었어. 멋졌고, 약간의 수수께끼 같았어. 럿거스 대학 여학생들은 24시간 내내 인스타그램에 달라붙어서 멋진 사진을 올리고 칭찬을 기대하는데. 넌 달랐어. 자신감이 있다고 생각했지. 뭔가 숨기고 있을 거라는 생각은 전혀 못 했어."

"난 대체로 정직했어."

"대체로? 그게 무슨 뜻이야?"

"내가 거짓말을 한 건 내 과거에 대해서만이야. 다른 건 거짓말이 아니라고. 애냐의 그림, 특히 너에 대한 감정. 어젯밤에 사실대로 털어놓을 생각이었어. 저녁을 먹으면서. 맹세해."

그는 아무 말도 하지 않는다. 그저 호수만 응시한다. 근처에서 아이들이 드론을 띄우며 놀고 있다. 미니 UFO 같은 형태에 맹렬하게 회전하는 프로펠러 여덟 개가 달려있고, 지나칠 때마다 벌 떼 같은 소리가 났다. 에이드리언이 내 말을 기다리고 있다는 것을, 내게 기회를 주고 있다는 것을 알 수 있다. 나는 깊이 숨을 들이쉰다.

"좋아, 그러면…."

21장.

내 모든 문제는 단순한 천골 피로골절 하나에서 시작되었다. 척추 끝단의 삼각형 뼈에 미세한 금이 간 것이다. 고등학교 졸업반 시절 9월이었고, 하필 크로스컨트리 시즌 시작 무렵에 8주간의 휴식을 권고한다는 진단이 나왔다. 분명 나쁜 소식이긴 했지만, 완전한 재난 상황은 아니었다. 젊은 여성 육상 선수에게 흔한 부상이었고, 치료도 쉬웠으며, 펜실베이니아 주립대에서 제안한 장학금에도 영향은 없었다. 의사들은 진통제로 옥시콘틴을 처방했다. 40밀리그램짜리 알약을 하루 두 번 먹는 것이었다. 모두가 11월 동계 육상대회까지는 회복될 거라고 했다.

그래도 나는 모든 연습에 참가해서 장비를 나르고 선수들의 기록을 챙겼다. 하지만 같이 뛰어야 할 때 트랙 밖에서 팀원들을 바라보기만 하려니 힘들었다. 게다가 여가 시간이 많아지니 어머니가 집안일을 더 많이 시켰다. 요리, 청소, 쇼핑, 여동생 돌보기까지.

어머니는 혼자 몸으로 우리를 길렀다. 키가 작고 땅딸막한 체구였고, 담배를 하루 한 갑씩 피웠다. 머시 병원 수납처에서 일했기 때문에 흡연이 건강에 좋지 않다는 것을 알면서도 그랬다. 베스와 나는 항상 어머니에게 끊으라고 닦달하고 뉴포트 담뱃갑을 소파 밑이나 여기저기 찾지 못할 장소에 숨겨놓기도 했다. 그래도 어머니는 그저 밖에 나가서 새로 사 오면 끝이었다. 담배가 자신이 버티는 힘이라고, 그냥 내버려 두라는 것이었다. 우리한테는 조부모님도, 삼촌이나 이모도 없다, 엄마한테 두 번째 남편이 나타날 가능성도 없다, 그러니 우리 셋이 서로에게 힘이 되어야 한다고 늘 말했다. '서로에게 힘이 되어야 한다.' 어린 시절 귀에 못이 박히도록 들은 말이었다.

1년에 서너 번, 토요일에 갑자기 병원에 소환되어 아직 해결하지 못한 병원비 관련 이의 접수를 전부 정리하는 '시간 외 의무 근무'를 해야 할 때가 있었다. 어느 금요일 저녁에 어머니는 전화를 받더니 다음 날 일하러 가야 한다고 했다. 그러니 나더러 차로 여동생을 스토리북랜드에 데려가라는 것이었다.

"내가요? 왜 내가?"

"내가 데려가 준다고 약속을 했으니까."

"일요일 날 데려가세요. 일요일은 엄마 일 안 하잖아요."

"하지만 베스가 첸구앙을 데려가고 싶대. 첸구앙은 토요일 아니면 시간이 안 된단다."

첸구앙은 머리를 분홍색으로 물들이고 뺨에 고양이 수염을 그린 베스의 괴짜 단짝이었다. 그녀와 베스는 일본 애니메이션 동아리에서 같이 활동하고 있었다.

"난 내일 경기가 있다고요! 밸리포지에서. 세 시까지는 못 돌아와요."

"경기는 빠져도 되잖아. 네가 출전하는 것도 아닌데. 팀에 네가 필요한 건 아니잖니."

나는 내 존재가 팀원들에게 큰 심리적 응원 효과를 발휘할 거라고 설명했지만, 엄마는 납득하지 않았다. "네가 베스와 첸구앙을 데려다줘."

"스토리북랜드에 가기에는 나이가 너무 많아요! 어린애들이나 가는 곳인데!"

"그래서 가고 싶단다." 어머니는 뒷문을 열고, 담배에 불을 붙이고, 방충망 사이로 연기를 내뿜었다. "자기들이 너무 컸다는 걸 알기 때문에 가고 싶다는 거야." 그녀는 지극히 합리적인 행동이라는 듯 어깨를 으쓱했다.

다음 날 아침—10월 7일 토요일—첸구앙은 흰 반짝이 유니콘이 박힌 노란 셔츠와 빛바랜 청바지 차림으로 우리 집에 도착했다. 그녀는 스파게티 젤리를 봉지에서 꺼내 먹으며 내게도 권했다. 나는 고개를 젓고 차라리 죽겠다고 대꾸했다. 베스도 같은 유니콘 티셔츠와 청바지 차림으로 아래층으로 내려왔다. 오늘의 괴상한 모험에 똑같은 복장을 갖춰 입자고 미리 말을 맞춘 모양이었다.

나는 오전 아홉 시에 집에서 출발하자고 고집했다. 팀원들이 달리는 동안 고속도로에서 운전하다가 스토리북랜드에 도착하자마자 전화해서 결과를 듣는 것이 내 계획이었다. 하지만 첸구앙이 거미에 물린 데가 계속 간지럽다고 하는 바람에 베나드릴 연고를 사러 중간에 월그린 마트에 들러야 했다. 덕분에 여정은 30분이 늦어졌다. 우리는 9시 30분이 되어서야 월트휘트먼 다리를 건넜고, 9시 45분에 애틀랜틱시티 고속도로에 올라탔다. 시속 130킬로미터로 저지 쪽으로 넘어가려고 질주하는 차량들이 세 차선에 가득 차있었다. 나는 베스와 첸구앙이 뒷자리에서 키득거리는 소리를 듣기 싫어서 창문을 내리고 라디오 Q102 채널을 요란하게 틀었다. 둘은 쉬지 않고 떠들었고, 서로 말을 연신 끊으며 조잘거렸다. 내 휴대전화는 운전석과 조수석 사이 콘솔에 놓여있었다. 라이터 어댑터에 꽂아 충전 중이었다. 음악 소리 너머로, 수신 메시지 신호음이 연이어서 계속 들려왔다. 메시지를 하나로 간단히 보내지 않고 꼭 다섯 개씩 연달아 보내는 내 친구 레이시가 분명했다. 전방에는 차가 없었다. 나는 전화를 내려다보고 스크린에 흘러가는 수신 메시지를 확인했다.

맙소사

이런이런이런

!!!!!

누가 3등으로 들어왔게

대시보드의 시계는 9시 58분이었다. 여자부 경기가 끝나고 레이시가 그 결과를 보내주는 모양이었다. 나는 다시 도로를 확인한 뒤, 전화를 한 손으로 들고 비밀번호를 입력한 뒤 조심스럽게 답을 찍었다.
'말해줘.'

액정화면 한쪽에 레이시가 답변을 작성하고 있다는 의미의 점 세 개가 깜빡였다. 라디오에서 에드 시런이 언덕 위의 성에 대해 노래하던 기억이 난다. 룸미러를 확인한 기억도 난다. SUV가 내 차를 바싹 따라오고 있어서, 나는 별 생각 없이 거리를 두려고 가속했다. 거울을 통해 베스와 첸구앙이 스파게티 젤리 한 가닥을 나눠 먹는 모습이 보였다. 마치 영화 〈레이디와 트램프〉의 개처럼 양쪽 끝을 하나씩 물고 먹어 들어가고 있었다. 미치광이처럼 키들거리고 있어서, 나는 이런 생각을 했던 기억이 난다. 저 애들은 대체 어디가 잘못된 거야? 저게 일반적인 10대의 행동인가? 그때 레이시가 답장을 보냈는지 손에서 전화가 진동했다.

그리고 수요일, 나는 뉴저지 바인랜드의 병원에서 깨어났다. 왼쪽 다리가 부러졌고, 갈비뼈 세 개에 금이 갔고, 몸에 대여섯 개의 모니터와 기계가 연결되어 있었다. 어머니는 침대 옆에 앉아서 수첩을 움켜쥐고 있었다. 나는 앉으려 했지만 움직일 수가 없었다. 너무나 혼란스러웠다. 어머니는 알아들을 수 없는 말을 하기 시작했다. 도로에 자전거가 있었다. 어떤 가족이 SUV 뒷자리에 해변 캠핑 도구를 싣고 가고 있었는데, 산악자전거가 풀려나서 차들이 피하느라 급히 방향을 틀었다는 것이었다. 나는 말했다. "베스는 어디 있어요?" 어머니의 얼굴이 무너졌다. 그때 나는 알았다.

내 앞 차 운전자는 쇄골이 부러졌다. 내 뒤 SUV에 타고 있던 사람들은 모두 이런저런 경상을 입었다. 첸구앙은 긁힌 데 하나 없이 현장에서 걸어 나갔다. 유일한 사망자는 내 여동생이었지만, 의사는 하마터면 나도 마찬가지였을 거라고 했다. 모두가 내게 스스로를 탓하지 마라, 네 잘못은 없다고 했다. 모두가 산악자전거를 실었던 가족을 탓했다. 경찰 몇 사람이 병원에 다녀갔지만, 수사랄 것은 없었다. 차가 뒤집히는 과정에서 휴대전화는 유리창 밖으로 떨어졌다. 사고 때문에 가루가 되었든지, 도로변에 자라던 키 큰 보라색 야생화 덤불 사이로 영원히 사라졌을 것이다. 나는 누가 3등을 했는지 알아내지 못했다.

2주 뒤 '통증이 있을 때 사용할 것'이라는 지시가 적힌 옥시콘틴 처방전을 받아서 퇴원했지만, 눈을 뜨는 순간부터 침대에 쓰러지는 순간까지 매일같이 24시간 통증이 있었다. 약이 통증을 약간 무디게 해주어서 나는 의사들에게 처방전을 더 써달라고 애원했는데—핼러윈만 견디게 해주세요, 추수감사절만 견디게 해주세요, 크리스마스만 견디게 해주세요—2월이 되자 나는 다시 걷게 되었고, 의사들은 약 처방을 중단했다.

통증은 내가 경험한 그 어떤 아픔보다 심했다. 사람들이 옥시콘틴에 대해 모르는 것이 이 점이다. 아니, 그때만 해도 사람들이 잘 몰랐다. 몇 달간 약물이 통각 수용체를 차츰 차지해서 뇌를 완전히 재조립해 버렸기 때문에, 이제 나는 단순히 존재하기 위해 옥시콘틴이 필요한 상태였다. 잘 수도, 먹을 수도, 수업 시간에 집중할 수도 없었다. 아무도 이런 일이 일어날 거라고 경고하지 않았다. 아무도 고통스러울 거라고 말해주지 않았다.

이때부터 나는 급우들에게 의지하기 시작했다. 욕실이나 부모님 침실에서 훔쳐달라고 부탁한 것이다. 얼마나 많은 사람들이 옥시콘틴을 집에 비치하고 있는지 모른다. 이렇게 구하던 약도 한계에 이르자, 이번에는 친구의 남자친구가 아는 사람들에게 수소문하기 시작했다. 딜러에게서 옥시를 구하는 것은 합리화하기 쉬웠다. 어쨌든 의사가 복용하라고 처방했던 약물이었으니까. 나는 마약이 아니라 처방약을 구하고 있었다. 하지만 어처구니없이 비싼 가격을 지불해야 했고, 한 달 안에 저축이 전부 바닥났다. 식은땀과 구역질로 비참하게 사흘을 보낸 뒤, 나는 새로 알게 된 약물 조달처 한 사람으로부터 보다 값싸고 실용적인 대안을 소개받았다.

헤로인은 무시무시한 단어이지만, 옥시보다 훨씬 싼 값에 약효가 비슷했다. 주삿바늘에 대한 거부감만 없애면 된다. 다행히 유튜브에 도움이 되는 영상이 많았다. 핏줄을 찾고, 혈관을 정확히 찔렀는지 확인하고, 정확한 순간에 밀대를 부드럽게 뒤로 빼는 요령을 알려주는 영상들이었다(명목상으로는 당뇨병 환자를 위한 것이었다). 방법을 터득하고 나니, 모든 것이 최악으로 치달았다.

나를 안타깝게 여기는 선생님들 덕분에 간신히 고등학교는 졸업할 수 있었다. 하지만 코치들은 모두 내 상황을 알고 있었고, 펜실베이니아 주립대 역시 장학금을 철회했다. 학교 측은 자동차 사고와 부상을 문제 삼아 물리치료를 아무리 받아도 가을까지 준비되지 않을 것이라고 했고, 나는 실망한 기억이 없다. 소식을 전해 들은 기억조차 없다. 어머니에게 연락이 갔을 때, 나는 이미 매일 밤 노던리버티즈를 배회하며 서른여덟 살 먹은 새 친구 아이잭의 집에 쳐들어가서 소파 신세를 지고 있었다.

고등학교 이후 약을 하기 위해, 무슨 종류의 약이든 살 돈을 마련하기 위해 살았던 시절은 꽤 길었다. 옥시와 헤로인을 구할 수 없으면, 당장 손에 넣을 수 있는 것을 복용했다. 어머니는 나를 돕기 위해 많은 시간과 돈을 썼지만, 나는 젊고 예뻤고, 어머니는 늙고 돈이 없고 뚱뚱했다. 상대가 되지 않았다. 어느 날 어머니는 17번 버스 안에서 심장마비를 겪었고, 하마터면 구급차에 실려 병원에 도착하기 전에 사망할 뻔했다. 나는 6개월이나 지난 뒤, 재활센터에 입소했다는 좋은 소식을 전하려고 연락했을 때에야 그 소식을 알게 되었다. 어머니는 내가 돈을 더 달라고 전화한 줄 알고 그냥 끊어버렸다.

나는 몇 번 더 전화를 걸었지만 어머니는 받지 않았고, 나는 그저 사고는 내 잘못이었다, 모든 것이 미안하다는 길고 횡설수설하는 음성 메시지만 남기고 전화를 끊었다. 이때 나는 세이프하버에서 지내고 있었고 약은 완전히 끊은 상태였지만, 어머니는 당연히 믿지 않았다. 나라도 안 믿었을 것이다. 그러다 어느 날 한 남자가 전화를 받았다. 이름은 토니, 어머니의 친구라고 했고, 어머니는 더 이상 내 전화를 받고 싶어 하지 않는다고 했다. 다음에 연락해 보니, 없는 전화번호였다.

어머니와 연락하지 못한 것은 2년째였다. 어떻게 지내는지도 알지 못한다. 그래도 감사해야 할 이유는 너무나 많았다. 에이즈나 간염에 전염되지 않아서 감사했다. 강간당하지 않아서 감사했다. 프리우스 자동차 뒷자리에서 정신을 잃었을 때 나르칸(마약 응급 해독제—옮긴이)으로 살려준 우버 운전사에게도 감사했다. 교도소 대신 재활원에 보내준 판사에게 감사했다. 러셀을 만나게 되어서, 그가 나를 후원해 주고 다시 달리도록 격려해 주어서 감사했다. 그의 도움이 없었다면 여기까지 올 수 없었을 것이다.

에이드리언은 질문 없이 내 이야기를 끊지 않고 듣는다. 마침내 핵심 주제에 다다를 때까지 계속 말하게 해준다. "난 그 사건에 대해서 영원히 죄책감을 느낄 것 같아. 모두가 산악자전거를 실은 운전자만 탓했어. 하지만 내가 주의를 기울였더라면…."

"그건 모르는 일이야, 맬러리. 무사히 비켜났을 수도 있고, 아닐 수도 있어."

하지만 나는 내가 맞는다는 것을 알고 있다.

언제나 그럴 것이다.

시간을 돌이켜 그 순간을 다시 살 수 있다면, 차선을 바꾸거나 옆으로 급히 꺾거나 브레이크를 밟을 것이고 모든 것이 아직 무사할 것이다.

"우린 같은 침실을 썼어. 그 말 했었나? 2층 침대를 썼는데, 우린 그게 싫어서 엄마한테 늘 불평했지. 동네에 방을 같이 쓰는 아이들은 우리뿐이라고 했는데, 그건 사실도 아니었어! 어쨌든 사고 후, 퇴원하던 날, 어머니 차를 타고 집으로 돌아가서 위층으로 올라갔는데…."

그 뒤는 표현할 수조차 없다. 베스가 없는 방은 쥐 죽은 듯 고요했고, 동생의 숨소리와 뒤척이는 이불 소리가 없으니 도저히 잠들 수가 없었다.

"힘들었겠구나." 에이드리언이 말한다.

"동생이 너무 보고 싶어. 매일같이. 어쩌면 그래서 너한테 거짓말을 했나봐, 에이드리언. 모르겠어. 그래도 맹세하지만 다른 거짓말은 한 적이 없어. 내 감정이나 그림에 대한 이야기는 거짓말이 아니야. 난 그 그림을 그린 기억이 없어. 하지만 내가 한 짓이겠지. 그게 논리적으로 유일한 결론이니까. 난 월요일에 스프링브룩을 떠나. 2주 정도 도우미 집에서 지낼 거야. 머릿속을 정리하려고. 미치광이같이 굴어서 미안해."

이제 에이드리언이 뭐라 말할 차례다. '용서한다'가 아니더라도. 그게 너무 큰 기대라는 건 나도 알고 있지만, 최소한 방금 내 영혼을 드러내 보인 데 대해, 재활 모임 말고는 누구에게도 털어놓은 적이 없는 이야기를 해준 데 대해 뭔가 반응은 있어야 할 게 아닐까.

하지만 그는 그냥 일어선다. "이제 가보자."

우리는 잔디를 걸어 주차장으로 향한다. 에이드리언의 트럭 옆에서 어린 소년 셋이 손가락 총으로 상상 속의 총알을 쏘면서 놀고 있다. 가까이 다가가니 모두 고함을 지르고 미치광이처럼 팔을 흔들며 아스팔트 주차장을 가로질러 달려간다. 스프링브룩의 넓은 놀이터에서 놀던 아이들이 떠오른다. 모두 다섯 살에서 여섯 살 전후, 그림책과 스케치북을 끼고 다니는 조용하고 내성적인 테디와는 전혀 다르다.

에이드리언은 둘 다 트럭에 오를 때까지 아무 말이 없다. 그는 시동을 걸고 에어컨을 켰지만 기어를 넣지 않는다. "어제 너희 집을 나설 때는 많이 열받았었어. 순전히 네가 거짓말을 한 것 때문이 아니야. 물론 그것도 나쁘지만, 넌 내 부모님과 친구분들 모두에게 거짓말을 했어. 이건 정말 민망해, 맬러리. 어떻게 말씀드려야 할지 모르겠어."

"알아, 에이드리언. 미안해."

"하지만 들어봐. 어제 너희 집을 나와서, 난 집에 들어갈 수가 없었어. 부모님도 우리가 데이트하기로 한 걸 다 알고 계셔서, 그대로 얼굴을 볼 수가 없었지. 그래서 대신 극장에 갔어. 마블 신작이 개봉했더라. 시간 때우기 좋을 것 같아서, 그대로 앉아서 두 번 연달아 보다가 자정에 집에 들어갔지. 위층 침실에 올라가 보니, 책상에 이게 놓여있었어."

그는 앞자리 건너편으로 팔을 뻗어 글러브 박스를 열더니 검은 연필 자국으로 뒤덮인 종이 한 장을 꺼낸다.

"정말 미친 것 같다는 기분이 뭔지 알아? 부모님이 밤새 계신 집에 네가 몰래 들어와서 내 침실을 찾아서 책상에 이 드로잉을 올려놓고 나가는 것도 불가능하지는 않겠지? 다섯 살 난 테디가 우리 집에 몰래 들어왔을 수도 있을 거고? 아니면 그 집 부모들? 아니, 난 그렇게 생각하지 않아, 맬러리." 에이드리언은 고개를 저었다. "지금껏 네가 한 말이 모두 옳았다는 게 제일 신빙성이 있어 보여. 이 그림을 그리고 있는 건 애냐야. 그리고 애냐는 네가 진실을 말하고 있다는 걸 내게 알리려는 거야."

22장.

우리는 스프링브룩으로 돌아가서 곧장 일에 착수한다. 나는 별채에서 발견한 드로잉 전부와 테디의 침실에서 가져온 세 장의 그림을 모두 챙긴다. 에이드리언은 자기 책상에 놓여있던 드로잉과 맥스웰네 집 가족실에서 찍어 온 사진 전부를 갖고 있다. 그림 순서를 맞추어 보기 위해, 그는 이미 잉크젯 프린터로 사진을 출력해 놓았다. 러셀이 데리러 올 때까지 48시간도 채 남지 않았지만, 우리가 사실을 말하고 있다는 것을 그 전에 맥스웰 부부에게 반드시 납득시키고 싶다.

우리는 수영장 옆 파티오에 그림을 늘어놓고 돌과 자갈을 이용해서 고정시킨다. 그런 뒤 30분 동안 위치를 이리저리 바꾸어 가며 그럴듯한 줄거리가 만들어지도록 배열해 본다.

수많은 시행착오 끝에, 우리는 이런 결론에 다다른다.

“첫 그림은 열기구야.” 내가 시작한다. “여긴 공원이나 들판 같은 곳이야. 넓은 공터가 있는 곳. 탁 트인 하늘.”

“그럼 분명 스프링브룩은 아니군.” 에이드리언이 말한다. “여기는 필라델피아를 드나드는 비행기가 너무 많이 지나가.”

“여자가 열기구 그림을 그리고 있어. 일단 이게 애나라고 가정하자고. 소매 없는 드레스로 미루어 볼 때 여름이거나 기후가 따뜻한 곳이겠지.

304

곁에는 장난감을 갖고 노는 소녀가 있어. 애냐의 딸이겠지. 테디가 애냐한테 딸이 있다고 했었어. 애냐가 열심히 지켜보는 것 같지는 않아.

그리고 흰 토끼가 나타나고.

소녀는 궁금해. 지금까지 인형 토끼를 가지고 놀았는데, 이제 진짜 토끼가 나타난 거야.

그래서 소녀는 토끼를 따라 계곡으로 내려가고….

하지만 애냐는 작품에 너무 몰두한 나머지 소녀가 멀어지고 있는 걸 미처 몰랐어. 하지만 지평선에 어린 소녀가 멀어지는 모습이 보이지. 장난감을 남겨두고. 지금까지는 말이 되나?"

"그런 것 같아." 에이드리언이 말한다.

“좋아, 왜냐하면 여기부터 헷갈리기 시작해. 뭔가 잘못됐어. 토끼는 사라지고, 소녀는 길을 잃은 것 같아. 다친 것 같기도 하고, 죽었을 수도 있어. 왜냐하면 다음 그림에서….

천사가 다가와.

천사는 어린 소녀를 빛으로 인도해.

312

한데 누군가 그들을 멈춰 세우려고 해. 누군가 따라오고 있어."

"애냐야." 에이드리언이 말한다. "똑같은 흰 드레스야."

"맞아. 어린 소녀를 살리려고, 데려가는 것을 막으려고 달려오는 거야.

하지만 애냐는 너무 늦었어. 천사가 돌려주려고 하지 않아."

"돌려줄 수 없을지도 모르지." 에이드리언이 말한다.

"맞아. 여기서 이야기가 건너뛰어.

천사와 아이는 사라졌어. 이제 보이지 않아. 그리고 누군가 애냐의 목을 조르고 있어. 이건 우리가 아직 찾지 못한 퍼즐 조각 하나야.

시간이 흘렀어. 이제 밤이야. 애냐의 이젤은 방치되어 있어.

한 남자가 작업 도구를 들고 숲으로 들어와. 곡괭이와 삽 같아.

남자는 숲속에서 애냐의 시체를 질질 끌고….

삽으로 구덩이를 파고….

시체를 묻어."

"그럼 그 남자가 애냐의 목을 조른 거군." 에이드리언이 말한다.

"꼭 그렇다고 볼 수는 없지."

"그가 시체를 옮겼어. 땅에 묻었고."

"하지만 이야기는 낮에 시작돼. 남자는 나중에, 캄캄해진 뒤에 나타나."

에이드리언은 다시 그림을 이리저리 움직이고 다른 순서로 배열해 보지만, 내가 이미 가능한 모든 순서를 시도해 보았다. 이것이 말이 되는 줄거리를 만들 수 있는 유일한 순서다.

단지 아직 뭔가 빠진 것이 있다. 퍼즐을 맞춰 애써 전체 그림을 만들고 보니, 한복판에 들어가야 할 퍼즐 조각 서너 개가 상자 안에 없는 기분이다.

에이드리언은 두 손을 벌린다. "왜 그냥 말해주지 않는 걸까? 굳이 이런 그림을 그리지 않고 말로 하면 되잖아. '내 이름은 럼펠스틸트스킨(《그림 동화》에 등장하는 도깨비로, 지푸라기를 금으로 만드는 재주를 지녔다. 자기 이름을 맞추지 못하면 아이를 잡아가겠다고 한다—옮긴이), 대공에게 살해당했다.' 대공이든, 누구든. 이런 식으로 말이야. 왜 굳이 이렇게 수수께끼 같은 방식을 쓰는 거지?"

에이드리언은 갑갑해서 무심코 뱉은 말이지만, 나는 이 질문을 지금껏 한 번도 해보지 않았다는 것을 깨닫는다. 애냐는 왜 이렇게 수수께끼 같은 메시지를 보내고 있을까?

테디의 몸을 이용해서 그림을 그리는 대신, 말로 하면 안 되나? 편지를 쓰면 안 되나? 단지….

테디의 방에서 엿들은 반쪽짜리 대화가 떠오른다. 아이가 휴식 시간 동안 애냐와 벌였던 게임들. "테디는 애냐의 말투가 우습다고 했어. 이해하기가 어렵다고. 애냐는 혹시 영어를 못하는 게 아닐까?"

에이드리언은 대수롭지 않게 넘기려는 것 같더니, 문득 도서관에서 찾아낸 책을 집어 든다. 《앤 C. 배럿 작품집》. "좋아, 잠시 이걸 생각해 보자. 애니가 제2차 세계대전 직후 유럽에서 건너왔다는 건 확실해. 어쩌면 영어를 못할지도 몰라. 배럿은 본명이 아닐 수도 있어. 바리시니코프 같은, 길어서 발음하기 힘든 동유럽 이름의 영어식 표기일 수도 있고. 미국 생활에 동화하려고 가족이 성을 바꾼 거야."

"그렇지." 나는 맞장구를 치며 추론에 살을 붙인다. "조지의 글을 보면 그는 오랫동안 미국에 산 것 같아. 이미 동화된 거지. 교회 집사, 시의회 의원. 한데 느닷없이 보헤미안 같은 사촌이 스프링브룩에 나타난 거야. 자신의 출신을 일깨우는 존재, 조지는 그녀가 부끄러웠어. 책에 수록된 편지는 사촌에 대해 너무나 무시하는 투였잖아. 미미한 성취라는 둥 생각이 짧다는 둥."

에이드리언은 손가락을 딱 울린다. "심령판 일도 설명 돼! 단어가 이루어지지 않는 글자였다고 했지. 말이 안 되는 알파벳의 나열이었다고. 한데 그게 혹시 다른 언어였다면?"

나는 교령회를 떠올린다. 묘 안에 갇히는 것 같았던 기분, 손가락 밑에서 떨리던 플랑셰트.

분명 우리 외에 누군가 있었다.

분명 누군가 내 손을 움직여서 글자를 매우 의도적으로 골랐다.

"미치가 전부 다 적어뒀어." 나는 그에게 말한다.

우리는 마당을 건너 미치의 집으로 향한다. 주먹으로 현관문을 두드렸지만, 답이 없다. 우리는 미치의 고객들이 드나드는 집 뒤쪽 문으로 돌아간다. 뒷문은 열려있고, 방충문 너머로 미치가 내게 커피를 내놓던 포마이카 탁자와 부엌이 보인다. 방충망을 두드렸지만, 대답 대신 고양이 시계가 꼬리를 흔들며 나를 응시한다. 집 안 어딘가 텔레비전에서 기념금화 광고가 흘러나오고 있다. "수집가들에게 대단히 인기를 누리는 주화이며 가치가 보장되는….”

미치의 이름을 불러보지만, 이 광고를 뚫고 내 목소리가 들릴 것 같지 않다.

에이드리언이 손잡이를 흔들어 보니, 문은 열려있다. “어떻게 생각해?”

“피해망상증이 있는 것 같았는데, 총도 갖고 있었어. 몰래 들어가면, 우리 머리를 쏴버릴지도 몰라.”

“어딘가 아플 수도 있잖아. 샤워하다 미끄러졌거나. 노인들이 문을 열어주지 않으면, 확인해 봐야 해.”

나는 다시 노크했지만 여전히 대답이 없다.

“나중에 다시 와보자.”

하지만 에이드리언은 문을 열고 소리친다. “미치, 괜찮으세요?”

그는 안으로 들어갔고, 나도 별 도리가 없다. 이미 세 시가 지난 시각, 하루가 너무 빨리 흘러가고 있다. 미치에게 우리를 도울 수 있는 정보가 있다면, 최대한 빨리 얻어내야 한다. 나는 문을 열어두고 집 안으로 따라 들어간다.

부엌에서는 고약한 냄새가 풍긴다. 쓰레기를 내다 버리지 않았거나, 싱크대에 설거지거리가 쌓여있는 냄새다. 가스레인지 위 프라이팬에는 엉겨 붙은 베이컨 기름이 잔뜩 고여있다. 기름 표면에는 미세한 발자국이 찍혀있다. 이 벽 뒤에 어떤 해충들이 살고 있을지 상상하기조차 싫다.

나는 에이드리언을 따라 거실로 나간다. 채널은 폭스 뉴스에 고정되어 있고, 진행자들이 미국의 안보에 대한 최신 위협에 대해 게스트와 함께 왈가왈부하고 있다. 서로 고함을 하도 질러대서 나는 리모컨을 들고 소리를 죽인다.

"미치? 맬러리예요. 들려요?"

답이 없다.

"잠깐 나갔을 수도 있어." 에이드리언이 말한다.

뒷문을 열어두고? 그럴 리가 없다. 미치는 아니다. 나는 집 뒤쪽으로 가서 화장실을 확인해 본다. 아무도 없다. 마침내 미치의 침실 문이다. 몇 번 노크하며 이름을 부른 뒤, 나는 문을 연다.

침실 커튼은 닫혀있고, 침대는 헝클어져 있으며, 바닥에 옷가지가 널려있다. 시큼하고 퀴퀴한 냄새가 나고, 아무것도 손대기 싫다. 등나무 쓰레기통에 문이 부딪혀서 통이 옆으로 쓰러지고 구겨진 휴지 뭉치가 굴러 나온다.

"거기 있어?" 에이드리언이 묻는다.

만에 하나를 위해, 나는 무릎을 꿇고 침대 밑을 확인한다. 더러운 세탁물만 굴러다닐 뿐, 미치는 없다.

"없어."

일어서는데, 침대 옆 탁자가 눈에 띈다. 전등과 전화, 약솜 한 주먹과 소독용 알코올 병, 라텍스 압박대가 놓여있다.

"그건 뭐야?" 에이드리언이 묻는다.

"모르겠어. 별것 아니겠지. 가보자."

우리는 거실로 돌아갔고, 에이드리언은 소파에서 무거운 나무 심령판 밑에 깔려있는 수첩 하나를 발견한다.

"그거야." 내가 말한다.

쇼핑 목록과 할 일 목록을 빠르게 넘기니 마지막으로 기록된 페이지가 나온다. 교령회 기록이다. 나는 그 페이지를 찢어내서 에이드리언에게 보여준다.

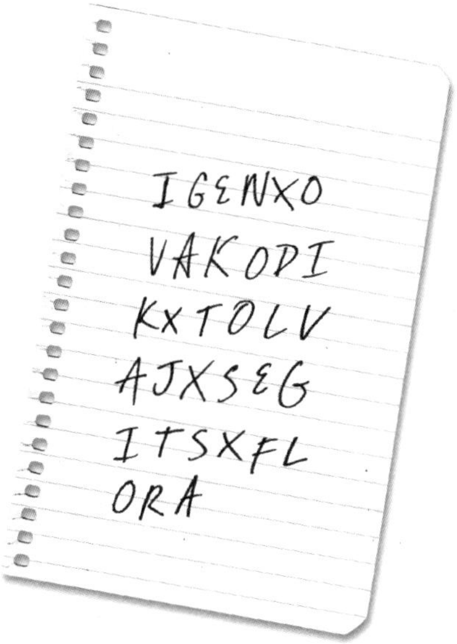

나는 고등학교 때 스페인어를 배웠고 프랑스어와 중국어를 배운 친구도 있지만, 여기 적힌 글자는 내가 아는 어느 언어로도 보이지 않는다. "애냐라는 이름은 러시아어 같은데." 에이드리언이 말한다. "하지만 이건 분명 러시아어가 아닐 거야."

나는 혹시나 해서 전화를 꺼내 구글에서 'IGENXO'를 검색한다. 단 하나의 검색 결과도 나오지 않는 문구는 처음이다.

"구글이 모른다면, 분명 단어는 아니야."

"암호문일 수도 있어." 에이드리언이 말한다. "모든 알파벳이 다른 알파벳으로 대체되는 퍼즐 말이야."

"영어를 모를 거라는 결론을 내리지 않았어? 유령이 두뇌 퍼즐을 만들 수 있을 거라고 생각해?"

"방법을 알면 그렇게 복잡하지 않아. 잠시만." 그는 암호를 풀겠다고 작정했는지 연필을 들고 미치의 소파에 앉는다.

거실을 여기저기 훑어보며 미치가 텔레비전을 켜놓고 뒷문을 열어둔 채 집을 비울 만한 이유가 뭘까 생각하고 있는데, 내 신발 밑에서 바삭하는 소리가 난다. 풍뎅이나 단단하고 잘 부서지는 껍질을 지닌 작은 벌레를 밟는 소리다. 발을 들어보니 7센티미터 길이의 얇은 오렌지색 플라스틱 원통형 튜브다.

나는 튜브를 집어 들었고, 에이드리언이 고개를 든다.

"그건 뭐야?"

"피하주사 뚜껑이야. 자기 몸에 주사를 놓는 것 같아. 인슐린이면 다행이겠지만, 미치라면 뭐가 될지 모르지." 방을 돌아보니, 주사 뚜껑 세 개가 더 나온다. 하나는 책장, 하나는 쓰레기통, 하나는 창틀이다. 고무 압박대를 생각할 때, 당뇨병은 아닌 것 같다.

"아직 안 끝났어?"

에이드리언의 수첩을 내려다보니, 전혀 진전이 없는 것 같다.

"까다롭네." 그는 인정한다. "보통은 가장 자주 나오는 알파벳을 찾아서 그걸 E로 교체해. 이 경우는 X가 네 번 나오는데, E로 바꿔도 도움이 안 돼."

시간 낭비 같다. 애냐의 언어 장벽에 대한 내 추측이 맞는다면—난 내 생각이 옳다고 거의 확신한다—영어로 소통하는 것 자체가 힘든 일일 것이다. 하물며 암호 같은 것을 만들 리 없다. 우리가 알아듣기 쉽게 표현하려 하지, 더 어렵게 할 것 같지 않다. 보다 명확한 메시지를 전하려 할 것이다.

"1분만 더 줘." 그는 말한다.

그때 뒷문에서 노크 소리가 들린다.

"여보세요? 안에 누구 계십니까?"

낯선 남자 목소리다.

점을 보러 온 미치의 고객일까?

에이드리언은 수첩에서 찢어낸 종이를 주머니에 쑤셔 넣는다. 부엌에 들어가니 뒷문 밖에 경찰 제복 차림의 남자가 서있는 것이 보인다.

"밖으로 나와주십시오."

23장.

경찰은 젊고—스물다섯도 채 안 된 것 같다—짧게 친 머리에 검은 선글라스 차림, 우락부락한 팔은 문신으로 뒤덮여 있다. 손목부터 셔츠 소매까지 맨살은 1센티미터도 없다. 온통 미국 국기, 대머리 독수리, 헌법 구절이다. 328

“미치가 잘 있는지 확인하고 있었어요.” 에이드리언이 말한다. “문이 열려있는데, 사람이 없어서요.”

“그래서? 그냥 안으로 들어왔다고? 그냥 한번 둘러보려고?” 정확히 사실 그대로인데도, 경찰은 말도 안 되는 억지라는 투다. “문을 열고 천천히 밖으로 나와. 알아듣겠나?”

마당 한쪽 끝에 경찰 두 명이 나무에서 나무로 노란 테이프를 길게 연결하고 있다. 더 멀리 숲속에도 뭔가 움직이는 것이 눈에 띈다. 표면에서 빛을 반사하는 외투다. 남자들이 서로 뭔가를 발견했다고 외치는 목소리도 들린다.

“무슨 일인가요?” 에이드리언이 묻는다.

"벽에 손을 대." 경찰은 말한다.

"진심이세요?"

에이드리언은 놀란다. 몸수색을 당하는 것은 처음인 것 같다.

"하라는 대로 해." 내가 말한다.

"말도 안 돼, 맬러리. 넌 운동복 차림이잖아! 어디 무기를 숨길 데도 없는데!"

하지만 '무기'라는 단어를 입 밖에 낸 것이 상황을 더욱 악화시킨 것 같다. 노란 테이프를 두르던 경찰 두 명이 걱정스러운 표정으로 이쪽으로 다가온다. 나는 지시대로 따른다. 손바닥을 벽돌 벽에 누른다. 경찰들이 내 허리를 손으로 더듬는 동안, 고개를 숙이고 잔디만 바라본다.

에이드리언도 마지못해 내 옆에 서서 벽에 손을 갖다 댄다. "말도 안 돼."

"입 다물어." 경찰이 말한다.

입을 다무는 것이 좋겠다고 생각되는 상황만 아니었다면, 에이드리언에게 이 경찰들은 사실 괜찮은 편이라고 알려주었을 것이다. 필라델피아에는 인사도 나누기 전에 쓰러뜨리고, 수갑을 채우고, 자갈에 얼굴을 누르는 경찰도 많다. 에이드리언은 경찰의 말을 들을 필요가 없다, 자신은 법 위의 존재라고 생각하는 것 같다.

그때 집 옆으로 남자 하나, 여자 하나가 나타난다. 남자는 키 큰 백인, 여자는 키 작은 흑인이며, 둘 다 약간 살이 붙어 체구가 통통하다. 내 고등학교 시절 상담사를 연상시키는 모습이다. 마셜이나 티제이 맥스 같은 할인점 옷걸이에 걸려있을 법한 업무용 복장이고, 두 사람 모두 목에 형사 배지를 걸고 있다.

"아, 다노스키, 이봐." 남자가 외친다. "그 아가씨한테 뭐 하는 거야?"

"집 안에 있었습니다! 피해자가 혼자 살았다면서요."

"피해자?" 에이드리언이 묻는다. "미치는 괜찮아요?"

우리 질문에 대답하는 대신, 그들은 우리를 갈라놓는다. 남자 형사는 에이드리언을 데리고 마당 저쪽으로 갔고, 여자 형사는 내게 녹슨 연철 파티오 탁자에 앉으라고 권한다. 그녀는 허리에 찬 복대 지퍼를 열고 알토이즈 사탕 통을 꺼내 한 알을 입에 넣는다. 내게도 열린 통을 내밀었지만, 나는 거절한다.

"나는 브릭스 형사, 저쪽은 내 파트너 코어 형사야. 저기 문신쟁이 젊은 친구는 다노스키 경관. 혹시 지나쳤다면 내가 대신 사과하지. 오랜만에 죽은 사람이 나와서 다들 긴장했어."

"미치가 죽었어요?"

"유감이지만. 아이들 둘이 한 시간 전에 발견했어. 숲에 쓰러져 있었지." 그녀는 숲을 가리킨다. "나무가 가리지 않으면 여기서도 보일 거야."

"무슨 일인가요?"

"당신 이름부터 시작하지. 당신은 누구고, 어디 살고, 미치는 어떻게 아는 사이지?"

나는 내 이름의 철자를 불러주고 운전면허증을 보여준 뒤 마당 건너 별채를 가리킨다. 옆집에서 일한다는 말도 한다. "캐럴라인 맥스웰과 그의 아들 테드네 집이에요. 난 그 아이의 베이비시터고, 손님용 별채에서 지내요."

"간밤에도 별채에서 잤니?"

"매일 밤 거기서 자요."

"평소와 다른 소리는 못 들었고? 소음이라든가?"

"아뇨. 일찍 잠자리에 들었어요. 비가 많이 내렸다는 것밖에 모르겠어요. 폭우와 천둥 때문에 다른 소리는 안 들렸어요. 언제 미치가…." 차마 '죽었다'는 말을 입 밖에 낼 수가 없다. 미치가 진짜 죽었다는 것을 믿을 수가 없다.

"우리도 이제 막 수사를 시작했어." 브릭스는 말한다. "마지막으로 그녀를 본 건 언제지?"

"어제 말고 그 전날. 목요일 오전 열한 시 반쯤에 미치가 내 별채에 왔어요."

"무엇 때문에?"

입 밖으로 내려니 민망하지만, 나는 사실대로 말한다. "미치는 심령술사예요. 내 별채에 귀신이 들었다고 했고요. 그래서 심령판을 가져와서—위자보드 같은 거예요—영혼과 대화를 시도했어요."

브릭스는 재미있다는 표정이다. "잘됐니?"

"모르겠어요. 알파벳 몇 개가 나왔는데, 말이 안 되는 단어였어요."

"그녀가 요금도 받았니?"

"아뇨. 그냥 공짜로 도와주겠다고 했어요."

"언제 끝났지?"

"한 시요. 에이드리언도 있었기 때문에 확실해요. 점심 휴식 시간에요. 에이드리언은 일하러 돌아가야 했어요. 그때 마지막으로 미치를 본 거예요."

"그녀가 뭘 입고 있었는지 기억하니?"

"회색 바지, 보라색 윗도리. 긴 소매의 아주 헐렁헐렁하고 낭창한 옷이에요. 장신구도 많았어요. 반지, 목걸이, 팔찌. 미치는 항상 장신구를 많이 둘렀어요."

"흥미롭구나."

"왜요?"

브릭스는 어깨를 으쓱한다. "지금은 전혀 안 하고 있으니까. 신발도 안 신고 있어. 나이트가운뿐이야. 혹시 미치가 나이트가운만 입고 밖에 돌아다니는 그런 여자였니?"

"아뇨, 제가 보기엔 오히려 그 반대였어요. 외모에 신경을 많이 썼어요. 특이했지만, 뭐랄까, 자기 취향이었으니까요."

"치매였을까?"

"아뇨. 이런저런 걱정이 많았지만, 사고력은 또렷했어요."

"방금 넌 왜 저 집에 들어갔니?"

"음, 어리석은 소리로 들릴지 모르겠는데, 교령회에 대해 물어볼 게 있었어요. 혹시 영혼이 다른 언어를 사용하는 건가, 그래서 알파벳이 아무 뜻도 안 되는 게 아닌가 싶었거든요. 미치에게 혹시 그런 경우도 가능할까 물어보고 싶었어요. 뒷문이 열려있으니 집에 있을 거라고 생각했고요. 에이드리언이 혹시 어디 아픈지도 모르니 들어가서 괜찮은지 확인해 보자고 했어요."

"건드린 게 있니? 이 집 물건을 만졌어?"

"침실 문을 열었어요. 자고 있나 해서요. 텔레비전 소리도 제가 껐고요. 요란하게 틀어놓은 상태여서 다른 소리가 안 들렸거든요."

브릭스는 내 허리를 바라본다. 주머니를 확인하는 것 같다. "집에서 가지고 나온 건 없니?"

"아뇨. 없어요."

"그럼 주머니를 한번 뒤집어 볼래? 네 말이 사실이라는 걸 믿지만, 확인하는 게 모두를 위해 좋을 것 같구나."

에이드리언이 교령회 쪽지를 가져가서 내가 거짓말을 할 필요가 없다는 게 다행이다.

"일단 질문은 이것뿐이야." 그녀는 말한다. "혹시 도움이 될 만한 다른 정보가 없을까?"

"저도 있다면 좋겠어요. 어떻게 된 일인지 알고 계세요?"

그녀는 어깨를 으쓱한다. "외상은 없어. 누가 상해를 입힌 것 같지는 않아. 바깥에서 나이 든 사람의 시체가 발견되었다? 잠옷 바람으로? 복용하는 약이 잘못된 경우가 많아. 착각하고 다른 약을 복용했거나, 2회분을 복용했거나. 혹시 처방약 이야기를 들은 적은 없니?"

"아뇨." 솔직한 대답이다. 주삿바늘 뚜껑과 압박대, 미치가 구름처럼 몰고 다니던 뱃줄 탄 냄새 이야기를 할까 하는 생각이 든다. 하지만 집 안을 잠시 둘러보면 브릭스도 다 알아낼 것이다.

"그래, 시간 내줘서 고맙다. 맥스웰 부부도 보내주겠니? 테드와 캐럴라인. 이웃 모두와 이야기를 나눠봐야겠다."

나는 그들이 오늘 해변에 놀러갔다고 설명하고 휴대전화 번호를 알려준다. "그분들은 미치를 잘 모르지만, 할 수 있는 한 도울 거예요."

형사는 돌아서려다가 무슨 생각을 했는지 다시 멈춘다. "약간 빗나간 질문인데, 알아둬야겠다. 네가 대화하려던 유령은 누구지?"

"이름은 애니 배럿, 제 별채에 살았대요. 1940년대에. 사람들 말로는…."

브릭스는 고개를 끄덕이기 시작한다. "아, 애니 배럿이라면 잘 알지. 나도 이 지역 사람이고, 이 숲 반대편 코리건에서 자랐어. 하지만 아버지는 헛소리라고 했어. 꾸며낸 이야기, 뻥이라고.”

“애니 배럿은 실존 인물이었어요. 제가 화집도 갖고 있어요. 스프링브룩 사람들은 다들 알던데요.”

브릭스는 반박하고 싶은 것 같다가 참는다. “재미있는 이야깃거리를 망칠 생각은 없다. 저 숲에 더 큰 수수께끼가 있는 지금은 더욱.” 그녀는 명함을 건넨다. “뭐라도 생각나면 연락 다오.”

에이드리언과 나는 한 시간 남짓 수영장 옆에 앉아 미치의 뒷마당에서 벌어지는 소동을 지켜보며 새로운 소식을 기다린다. 스프링브룩에서는 중대한 사건인지, 경찰과 소방관, 구급요원, 에이드리언이 시장이라고 한 남자까지 모여 뒷마당이 온통 북적거린다. 특별히 바쁜 사람은 없는 것 같다. 다들 그냥 모여서 서성거리며 이야기만 나누고 있다. 하지만 엄숙한 표정의 구급요원 네 사람이 지퍼를 채운 폴리비닐 시체포를 들것에 싣고 숲에서 나타났고, 곧 사람들도 하나둘 뜨기 시작한다.

캐럴라인은 우리가 어떻게 하고 있는지 확인하려고 해변에서 전화를 건다. 소식은 브릭스 형사에게 이미 들었다며 너무나 충격이라고 한다. “물론 내가 그분을 그리 좋아한 건 아니지만, 누구든 이런 죽음을 맞는 건 바라지 않아. 경찰이 어떻게 된 건지 밝혀냈니?”

“처방약을 잘못 복용한 것 같다고 해요.”

“정말 이상한 게, 목요일 밤에 우린 미치가 고함지르는 소리를 들었어. 테드와 나는 수영장 옆에 앉아서 말다툼을 하고 있었지. 그 부분은 너도 알고 있겠지만. 갑자기 미치가 자기 집에서 누군가를 향해 소리치는 게 들려왔어. 나가라고, 반갑지 않다고. 미치가 무슨 말을 하는지 또박또박 다 들릴 정도였어."

"그래서 어떻게 하셨어요?"

"경찰에 신고할 작정이었어. 실제로 911에 연락해서 신호음이 가고 있었는데, 미치가 밖으로 나온 거야. 잠옷 바람이었고, 목소리는 완전히 달랐어. 상대를 부르더라고, 기다리라고. '같이 가지.' 그녀가 말했어. 그 뒤로는 아무 일 없는 것 같아서, 난 그냥 전화를 끊고 잊어버렸지."

"미치와 같이 있던 사람은 누군지 보셨어요?"

"아니, 그냥 고객이라고 생각했어."

의외다. 미치는 날이 저문 뒤에 자기 집에 고객을 들일 사람 같지 않았다. 처음 내가 그녀를 찾아간 것은 겨우 저녁 일곱 시였는데, 그녀는 왜 이렇게 늦은 시간에 문을 두드리느냐고 했었다.

"맬러리, 우리가 좀 더 일찍 집에 돌아갈까? 혼자서 이런 일을 감당하고 있다는 게 신경 쓰이네."

에이드리언이 수영장에서 내 옆에 앉아서 미치의 집에서 찾아낸 메모를 해독하고 있다는 이야기는 굳이 하지 않는다.

"저는 괜찮아요."

"정말이야?"

"실컷 놀다 오세요. 테디는 재미있어하나요?"

"당신이 떠난다니까 슬퍼했는데, 바다가 기분 전환이 되네." 배경음으로 테디가 모래 양동이에서 뭔가 잡았다고 흥분해서 꺅꺅거리는 소리가 들린다. "잠깐만, 테디. 맬러리랑 통화 중이야."

나는 그녀에게 실컷 놀고 내 걱정은 하지 말라고 한 뒤 전화를 끊는다. 나는 대화 내용을 에이드리언에게 전한다. 특히 미치에게 밤늦게 수수께끼의 손님이 찾아왔다는 부분에 대해서.

그의 반응으로 미루어 볼 때 우리 둘 다 같은 결론 주위에서 맴돌고 있다는 것을, 오싹해서 차마 입 밖에 내지 못하고 있다는 것을 알 수 있다.

"애냐였을까?" 그가 묻는다.

"미치는 잠옷 차림으로 고객을 상대하지는 않았을 거야. 장신구도 없이. 자기 외모에 정말 신경을 많이 썼어."

에이드리언은 아직 숲에서 어슬렁거리는 경찰과 구급요원들을 바라본다. "그럼 넌 어떻게 된 거라고 생각해?"

"모르겠어. 나는 애냐가 비폭력적이고 선량한 영혼일 거라고 계속 생각해 왔는데, 어디까지나 추측이야. 내가 정말 알고 있는 건 그녀가 잔인하게 살해당했다는 것과 누군가 그녀를 숲으로 끌고 가서 구덩이에 버렸다는 사실이야. 어쩌면 화가 나서 스프링브룩에 사는 모든 사람들에게 복수를 하고 싶은지도 모르지. 미치가 그 첫 번째 대상일 수도."

"좋아. 그런데 왜 지금? 미치는 여기 70년이나 살았어. 왜 굳이 이렇게 오래 기다렸다가 학살극을 벌여?"

지당한 질문이다. 나도 알 수 없다. 에이드리언은 연필 끝을 질경거리며 마구 뒤섞인 알파벳에 이 모든 질문의 해답이 있다는 듯 다시 시선을 돌린다. 옆집의 소란은 서서히 잦아들고 있다. 소방차는 떠났고, 이웃들도 모두 흩어졌다. 경찰 몇 명만 남아서 마지막으로 뒷문에 노란 출입금지 테이프를 두 줄로 붙인다. 커다랗게 X자로 문을 봉한 테이프 두 줄은 그 집과 바깥세상을 가르는 장벽이다.

나는 미치의 수첩을 다시 내려다본다. 갑자기 너무나 확실한 답이 눈에 들어온다.

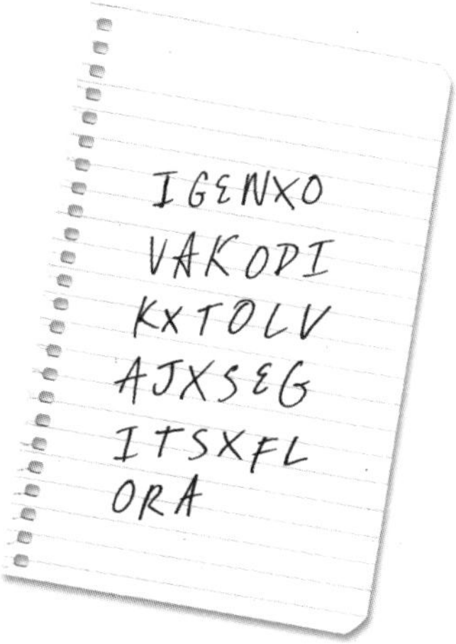

"X자." 나는 에이드리언에게 말한다. "그건 X가 아니야."

"무슨 뜻이야?"

"애나는 우리가 자기 언어를 모른다는 걸 알고 있었어. 그래서 단어 사이에 X를 넣은 거야. 장벽처럼. 빈칸이지, 알파벳이 아니야."

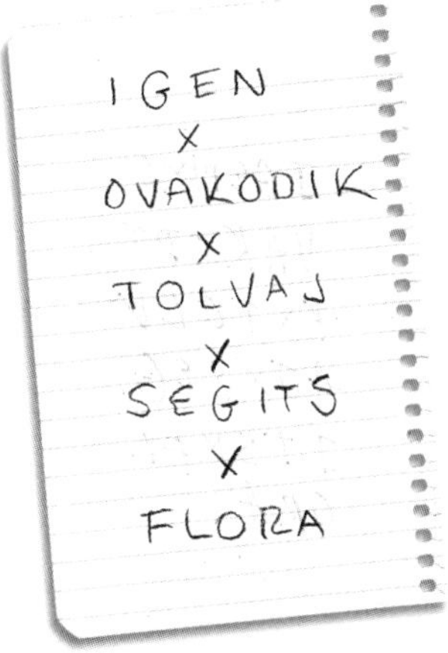

"어디?"

나는 그에게서 연필을 뺏어서 한 줄에 단어 하나씩 다시 쓴다.

"이제 뭔가 언어로 보이잖아. 슬라브 계통의 언어. 러시아어? 폴란드어?"

에이드리언은 스마트폰을 켜고 첫 단어를 구글 번역에 입력한다. 즉시 결과가 나온다. 'Igen'은 '그래'를 뜻하는 헝가리어다. 하나가 성공하니, 나머지를 번역하는 것은 쉽다. 그래 X 조심해 X 도둑을 X 도와줘 X 꽃.

"꽃을 도와줘?" 에이드리언이 묻는다. "무슨 뜻일까?"

"모르겠어." 나는 쓰레기통에서 회수했던 드로잉을 떠올린다. 활짝 핀 꽃 그림이 있지 않았던가? "하지만 유령이 그림을 이용해야 했던 이유는 확실해졌어. 유령의 모국어는 헝가리어야."

에이드리언은 스마트폰을 열고 사진을 찍는다. "캐럴라인에게 문자를 보내. 네가 거짓말을 하지 않았다는 증거야."

내게도 그처럼 자신감이 있다면 얼마나 좋을까. "이게 무슨 증거가 돼. 그저 누구든지 종이에 끄적일 수 있는 알파벳 몇 개일 뿐인데. 그냥 내가 헝가리어 사전을 샀다고 뭐라고 할 거야."

하지만 에이드리언은 물러서지 않는다. 그는 더 깊은 이중의 뜻을 찾으려는 듯 단어를 읽고 또 읽는다. "조심해라, 도둑을 조심해야 한다. 하지만 도둑은 누굴까? 뭘 훔쳤을까?"

퍼즐 조각이 너무 많아서 머리가 아프기 시작한다. 둥근 구멍에 네모난 못을 박으려고 애쓰는 기분이다. 혹은 아주 복잡한 문제에 대해 간단한 해답을 억지로 끼워 맞추려는 기분. 몹시도 집중해서 생각하고 있는데, 휴대전화가 울리기 시작한다. 짜증이 솟는다.

한데 발신자 명이 눈에 띈다.

오하이오주 애크런, 레스트헤이븐 노후공동체.

24장

"맬러리?"

"네?"

"안녕하세요, 저는 애크런시 레스트헤이븐의 잴리사 벨이라고 합니다. 어제 전화로 캠벨 부인을 찾으셨지요?"

"네, 통화할 수 있을까요?"

"음, 좀 복잡해요. 캠벨 부인을 바꿔드릴 수는 있는데요, 오래 대화하기가 힘드실 거예요. 말기 치매 환자랍니다. 제가 5년째 돌봐드리고 있는데, 대체로 아침에 절 알아보지도 못하세요. 질문을 하셔도 제대로 대답하실 수 있을지 모르겠습니다."

"그냥 기본적인 정보가 필요해요. 혹시 부인의 어머니 이름을 알고 계신가요?"

"글쎄요, 그건 모르겠네요. 하지만 안다 해도 그런 건 말씀드릴 수 없어요."

"혹시 상속 이야기를 하신 적이 있나요? 진 아주머니에게서 거액을 받았다거나?"

그녀는 웃는다. "그거야말로 절대 말 못 하죠. 사생활을 보호하는 법이 있는데. 쫓겨나요."

"그렇죠. 죄송합니다."

내 목소리의 절박함을 읽었는지, 그녀는 타협안을 제시한다. "내일 방문 시간이 12시부터 4시까지예요. 정말 캠벨 부인과 이야기해 보고 싶으면, 들르세요. 소개해 드리죠. 환자들에게 손님은 좋아요. 두뇌 활동을 자극하고, 뇌신경을 활성화시키니까. 너무 기대는 하지 마시고, 알겠죠?"

나는 시간 내주어서 감사하다고 말한 뒤 전화를 끊는다. 애크런은 여섯 시간 정도 가야 하는 거리지만, 맥스웰 부부에게 내가 사실대로 말하고 있다는 것을 증명할 여유는 오늘 밤과 내일밖에 없다. 대화 내용을 에이드리언에게 전했더니, 그도 가망이 희박한 단서에 시간을 낭비하지 않는 것이 좋겠다고 한다.

내 문제에 해법이 있다면, 스프링브룩에서 찾아내야 한다.

하루 일을 마치고, 우리는 비스트로라는 작은 식당으로 걸어간다. 음식은 괜찮은 저지의 식당 수준이지만, 은은한 실내조명, 주류가 갖춰진 바, 재즈 트리오를 곁들여서 모든 것이 생각보다 두 배로 비싸다. 저녁을 먹은 뒤 그냥 헤어지기 싫어서, 우리는 동네를 정처 없이 걸었다. 에이드리언은 노리스타운으로 찾아오겠다며 나에게도 마음 내키면 스프링브룩에 언제든지 놀러 오라고 한다. 하지만 나는 일자리가 없다면 다른 기분이 들 거라는 것을 알고 있다. 외부인처럼, 이제 여기에 소속되지 않는 사람처럼 느껴질 것이다. 내가 사실을 말하고 있다는 것을 어떻게든 맥스웰 부부에게 납득시킬 방법만 있다면 얼마나 좋을까.

에이드리언은 힘주어 내 손을 잡는다.

"별채로 돌아가면 새 그림이 있지 않을까? 모든 것을 이해할 수 있게 해주는 새로운 단서."

그러나 하루 종일 테디가 해변에 있었으니, 그럴 것 같지는 않다. "애냐는 혼자 그림을 그릴 수 없어. 손이 필요해. 매개가 있어야 작업을 한다고."

"그럼 네가 자원봉사를 해보는 게 어떨까? 유령에게 이야기를 끝마칠 기회를 주는 거야."

"어떻게?"

"별채로 돌아가서, 네가 눈을 감고 유령에게 몸을 차지하라고 초대해 보자. 어제는 됐잖아?"

가족실에서의 사건은 생각만 해도 소름이 끼친다. "다시는 그런 경험을 되풀이하고 싶지 않은데."

"내가 옆에 앉아서 안전한지 지켜볼게."

"내가 잠드는 걸 보겠다고?"

그는 웃는다. "그렇게 표현하면 변태 같잖아. 그냥 옆을 지키면서 네가 괜찮은지 보겠다는 거야."

썩 마음에 드는 계획은 아니지만, 시간이 흘러가고 있고 다른 대안이 없다. 에이드리언은 시간 순서로 나열하려면 빠진 그림이 한두 장 있을 거라고 확신하는 것 같다. 테디가 하루 종일 집을 비웠으니, 애냐가 자기 이야기를 마치려면 시간과 손을 빌려줄 사람이 필요하다.

"내가 그냥 잠들어 버리고 아무 일도 일어나지 않으면?"

"난 한 시간쯤 있다가 살짝 나갈게. 괜찮다면…." 그는 어깨를 으쓱한다. "내일 새벽까지 있어도 되고."

"오늘 밤에는 너랑 안 자고 싶어. 아직 너무 일러."

"알아, 맬러리. 그냥 돕겠다는 거야. 난 바닥에서 잘게."

"게다가 손님을 밤에 재우면 안 돼. 이게 이 집 규칙 1호야."

"이미 해고됐잖아." 에이드리언이 말한다. "더 이상 그 규칙을 지킬 필요는 없을 것 같은데."

우리는 월그린에 들러 에이드리언의 칫솔을 샀다. 매장 안의 작은 학용품 코너에서 스케치북과 연필 한 상자, 두꺼운 사인펜도 샀다. 애냐한테는 부족할지도 모르지만, 어떻게든 알아서 할 것이다.

별채로 돌아온 뒤, 나는 에이드리언에게 집 구경을 시켜주어야 할 것 같은 의무감을 느낀다. 3초밖에 걸리지 않는다.

"좋구나." 그는 말한다.

"알아. 그리울 거야."

"아직 희망을 버리지 마. 이 계획은 잘될 가능성이 높다고 생각해."

나는 음악을 틀었고, 우리는 한참 동안 이야기를 나눈다. 지금부터 하려는 일이 너무나 어색하게 느껴지기 때문이다. 차라리 같이 잠자리를 하려고 에이드리언을 데려왔다면, 어떻게 해야 할지 정해져 있다. 하지만 우리는 그보다 더 사적이고 은밀하게 느껴지는 짓을 해야 한다.

자정이 되자, 나는 마침내 잠자리에 들 용기를 낸다. 욕실에 가서 부드러운 운동복 반바지와 낡은 센트럴 고등학교 티셔츠로 갈아입는다. 이를 닦고, 세수를 하고, 크림을 바른다. 잠옷 바람으로 나가는 것이 어색하게 느껴져서, 문을 열기 전에 잠시 망설인다. 더 괜찮은 잠옷, 목 주위에 온통 구멍이 난 너덜너덜한 고등학교 티셔츠 말고 더 예쁜 잠옷을 갖출 걸 그랬다는 생각이 든다.

욕실을 나서니, 에이드리언이 나를 위해 이미 침대 커버를 벗겨놓은 상태다. 침대 옆의 작은 전등만 빼고 모든 불이 다 꺼져있다. 스케치북과 연필은 침대 옆 탁자에, 영감이 떠오르거나 필요할 경우 손을 뻗어 쉽게 잡을 수 있는 위치에 놓여있다.

에이드리언은 부엌에 등을 보이고 선 채 냉장고에서 탄산수 캔을 꺼내고 있다. 다가가서 바로 뒤에 설 때까지, 그는 내 기척을 눈치채지 못한다. "준비된 것 같아."

그는 돌아서서 미소 짓는다. "그런 것 같네."

"넌 너무 지루하겠지."

그는 휴대전화를 꺼내 보인다. "여기 〈콜 오브 듀티〉 모바일게임이 있어. 우즈베키스탄에서 인질을 구하고 있을게."

나는 발꿈치를 들고 그에게 키스한다. "잘 자."

"행운을 빌어." 그는 말한다.

나는 침대로 올라가서 이불 밑에 들어갔고, 에이드리언은 반대쪽 끝의 의자에 앉는다. 천장에서 팬이 돌아가고 창밖에서 귀뚜라미가 시끄럽게 울어대고 있으니, 에이드리언의 기척은 잘 느껴지지도 않는다. 나는 옆으로 돌아누워 벽을 바라본다. 길고 피곤한 이틀을 보낸 뒤라, 잠드는 것이 어렵지는 않을 것 같다. 베개에 머리를 얹자마자, 온갖 스트레스가 물러가는 것이 느껴진다. 근육에서 긴장이 풀리고,

몸에서 힘이 빠진다. 에이드리언이 몇 발짝 옆에 있지만, 누군가 지켜본다는 기분 없이 잠드는 것은 오랜만이다.

기억나는 꿈은 단 하나뿐이다. 나는 마법의 숲에서 단단하게 다져진 흙길에 누운 채 검은 밤하늘을 쳐다보고 있다. 다리는 지상에 떠 있다. 어른어른한 그림자가 내 발목을 잡고 마른 낙엽 위에서 내 몸을 끈다. 팔은 머리 위로 올라가 있다. 손가락이 돌과 풀뿌리에 긁히는 것이 느껴지지만, 잡을 수가 없다. 몸이 마비되어서 지금 처한 상황에서 도망칠 수가 없다.

그러다 보니 나는 구덩이 밑바닥에서 위를 올려다보고 있다. 우물 바닥에 빠진 것 같다. 몸이 프레첼처럼 비비 꼬인 상태다. 왼팔은 등 뒤에 고정되어 있고, 다리는 쩍 벌어진 채다. 분명 지금보다 더 심하게 아파야 하는데도, 나는 내 몸 안과 밖에 동시에 존재한다. 내 위 높은 곳에서 한 남자가 구덩이를 내려다보고 있다. 무언가 부드럽고 작은 것이 가슴을 친다. 그 물체는 옆으로 떨어졌고, 내려다보니 아이들이 갖고 노는 토끼 봉제인형 장난감이다. 곰 인형과 작은 플라스틱 공이 따라 떨어진다. "미안해." 남자는 말한다. 물속에서 말하듯 공허하게 메아리치는 음성이다. "정말, 정말 미안해."

얼굴에 흙이 떨어진다. 삽이 부드럽게 흙더미에 파고드는 소리가 들려온다. 더 많은 흙과 돌이 내 위에 떨어진다. 남자가 끙끙거리는 소리가 들린다. 흙의 무게가 가슴을 차츰 누르고, 몸에 압력을 가한다. 그러다 아무것도 보이지 않는다. 암흑이다.

나는 눈을 뜨려 애썼고, 다시 별채다. 불은 꺼져있고, 탁자의 시계는 3시 3분을 가리키고 있다. 나는 심이 부러진 연필을 쥔 채 침대에 누워있다. 어둠 속이지만, 부엌 의자에 아무도 없는 것은 알아볼 수 있다. 에이드리언은 무슨 일이 일어나기를 기다리다 지쳐 집에 간 모양이다.

나는 문이 잠겨있는지 확인하려고 일어난다. 이불을 젖히고 다리를 침대 아래로 내렸더니, 웃통을 드러낸 에이드리언이 침대와 평행하게 누운 채 셔츠를 베개 대신 뭉쳐 팔과 함께 베고 바닥에서 자고 있다.

나는 손을 뻗어 그의 어깨를 가볍게 흔든다. “에이드리언.”

그가 바로 일어난다. “무슨 일이야?”

“잘됐어? 내가 뭘 그렸어?”

“음, 그렇기도 하고, 아니기도 하고.” 그는 작은 전등을 켜고 스케치북을 펼쳐 첫 페이지를 보여준다. 온통 낙서로 뒤덮여 있다. 종이 전체가 흑연으로 검게 칠해진 상태다. 흰색으로 남아있는 곳은 두 군데뿐이다. 연필심이 종이를 뚫고 들어가서 다음 페이지가 드러난, 아주 작은 두 부분이다.

"한 시가 약간 지나서였어." 에이드리언이 설명한다. "네가 잠든 지 한 시간 정도 지났을 때, 나는 포기하고 잠을 청할까 하고 있었지. 불을 끄고 바닥에 누웠어. 한데 네가 돌아눕더니 스케치북을 집어 드는 소리가 들렸어. 일어나지도 않고. 어둠 속에 누운 채 네가 이걸 그렸어."

"그림이라고 할 수는 없잖아."

"애냐가 이제 끝이라고 말하는 걸지도 모르지. 더 이상 그림은 없다고. 필요한 건 다 줬다고."

하지만 그럴 리가 없다. 뭔가 아직 빠져있다. 확신한다. "난 구덩이 밑바닥에 빠진 꿈을 꿨어. 한 남자가 삽으로 내 위에 흙을 채우고 있었고. 어쩌면 이 그림은 흙일지도 몰라."

"어쩌면. 그래도 그게 무슨 도움이 되지? 흙 그림에서 뭘 알 수 있다는 거야?"

나는 나머지 그림을 찾으려고 일어선다. 전부 다 바닥에 늘어놓고 이 검은 낙서 그림이 시간 순서로 어디에 들어맞을지 알아보고 싶다. 에이드리언이 제발 좀 자라고 만류한다. "쉬어야 돼, 맬러리. 내일이 증거를 찾을 수 있는 마지막 기회야. 그냥 자."

에이드리언은 티셔츠를 세상에서 제일 불쌍한 베개 꼴로 다시 뭉친 뒤 마룻바닥에 도로 눕는다. 그는 눈을 감았고, 나는 그의 벗은 가슴을 감상하느라 애냐에 대해 잊는다. 온통 구릿빛으로 그을린 피부, 여름 내내 야외에서 일하느라 자연스럽게 생긴 훈장이다. 배에서는 트램펄린을 뛰어도 될 것 같다. 친절하고, 사려 깊고, 내가 본 최고의 몸매를 지닌 남자인데, 그런 사람을 인형처럼 바닥에서 재우다니.

에이드리언은 눈을 뜨고 내가 아직 자신을 쳐다보고 있는 것을 본다. "불은 네가 끌래?"

나는 손을 뻗어 그의 가슴을 손가락으로 쓸며 그의 손을 잡는다. "좋아. 하지만 먼저 네가 여기 올라와."

25장.

버터와 계피 향이 잠을 깨운다. 에이드리언은 이미 일어나서 부엌에서 움직이고 있다. 식료품 상자에서 초록 사과를 찾아 꺼내고, 뒤집개로 팬케이크 같은 것을 뒤집고 있다. 시계를 보니, 이제 겨우 아침 일곱 시 반이다.

"왜 일어났어?"

"애크런에 갈 거야. 돌로레스 캠벨을 만나보려고. 검색해 보니까, 지금 출발하면 두 시에 도착한대."

"시간 낭비야. 자기 간호사조차 알아보지 못하는 사람을 만나려고 650킬로미터를 달려야 돼."

"그게 우리의 마지막 단서야. 드로잉과 도서관에서 찾은 화집을 가져가게 해줘. 그걸 보여주면, 뭔가 기억을 자극할지도 몰라."

"그럴 리가 없어."

"네 말이 맞을 거야. 그래도 한번 해보려고."

그는 굳게 결심하고 있다. 같이 가야 한다는 의무감이 일지만, 나는 오늘 오후를 테디와 같이 보내기로 이미 약속했다. “난 여기 있어야 해. 가족들이 날 위해서 파티를 준비하고 있어.”

“괜찮아. 방금 새 오디오북 《제다이의 후계자》를 내려받았어. 애크런까지 갔다가 돌아오는 내내 들을 수 있을 거야.” 그는 차를 따른 머그잔과 애플시나몬 팬케이크 접시를 가져와서 나를 침대에서 일으켰다. “이거 어때? 우리 아버지의 비법 팬케이크야.” 나는 일어나 앉아서 한 입 문다. 정말 훌륭하다. 달콤하고 새콤하고 버터 향이 가득하고 맛있다. 추로스보다 더 좋다.

“진짜 맛있어.”

그는 고개를 숙여 내게 키스한다. “오븐에 더 있어. 가서 만나보고

전화해서 상황을 전할게.”

그가 떠난다는 것이 약간 서글프다. 수영장 파티가 시작되는 세 시 전까지 아직 한참 여유가 있는데. 하지만 내가 스프링브룩을 떠나지 않도록 하기 위해서라면 땅끝까지라도 단서를 추적하겠다는 에이드리언을 단념시킬 수는 없을 것 같다.

나는 짐을 싸면서 오전을 보낸다. 오래 걸리지 않는다. 6주 전에 나는 중고 슈트케이스에 몇 벌 안 되는 옷가지만 챙겨서 스프링브룩에 도착했다. 캐럴라인의 인심 덕택에 옷은 훨씬 불어났는데, 새 옷을 넣을 공간이 부족하다. 그래서 500달러짜리 드레스를 아주 조심스럽게 개어 40리터들이 쓰레기봉투에 넣는다. 세이프하버 친구들은 이걸 재활인 슈트케이스라고 부르곤 한다.

이어 스니커즈를 신고 마지막으로 동네를 한 바퀴 달린다. 내가 스

프링브룩을 얼마나 그리워하게 될지 생각하지 않으려고 애쓴다. 아담한 가게와 식당들, 화려하게 장식된 집들, 아름다운 정원과 잔디밭. 노리스타운에 있는 러셀의 아파트에 가본 적이 있는데, 그 동네는 이 정도로 아름답지 않았다. 그는 사무 단지와 아마존 물류센터 바로 옆에 있는 고층건물 10층에 살고 있다. 주위는 온통 고속도로와 김이 오르는 아스팔트, 콘크리트다. 어느 기준으로 봐도 예쁜 동네라고는 할 수 없지만, 앞으로 내가 지내게 될 곳이다.

수영장 파티는 사려 깊은 배려다. 캐럴라인은 뒤뜰 파티오에 알록달록한 줄을 연결하고 테디와 함께 직접 '고마워요, 맬러리'라고 쓴 배너를 걸었다. 테드와 캐럴라인은 나를 해고한 적이 없는 것처럼 군다. 우리 모두 내가 자의로 그만두는 척하고 있고, 덕분에 오후를 같이 보내는 것이 덜 어색하다. 캐럴라인은 부엌에서 음식을 준비하고, 나는 테드랑 테디와 함께 수영을 한다. 셋이서 수영 경주를 벌이고 테디가 항상 간발의 차로 이기게 해주기도 한다. 캐럴라인을 도울 일이 없을까, 잠시 나와서 수영하면 좋을 텐데, 말해놓고 나서 나는 그녀가 풀에 들어오는 것을 한 번도 본 적이 없다는 것을 깨닫는다.

"물에 들어오면 몸이 가렵대요." 테디가 설명한다.

"염소 때문에." 테드가 말한다. "산도를 조절하려고 애써봤는데, 소용없었어. 피부가 정말 민감해."

네 시가 되었지만, 아직 에이드리언에게서는 아무 소식이 없다. 문자를 보내볼까 생각했지만, 그때 캐럴라인이 파티오에서 저녁 준비가 다 되었다고 부른다. 탁자에는 얼음물을 담은 물병, 갓 짜낸 레모네이드를 비롯해, 구운 새우 꼬치, 감귤 해산물 샐러드, 막 찐 호박과 시금치, 통옥수수 등 각종 건강식이 차려져 있다. 어디를 봐도 정성을 많이 들인 상차림이다. 나를 내보내는 데 죄책감을 느끼는 모양이다. 혹시 캐럴라인이 내 미래에 대해 다시 생각했나, 아직 여기 남을 수 있는 기회가 있을까 하는 생각이 들기 시작한다. 테디는 들뜬 목소리로 바닷가 소풍과 놀이공원에 대해 이야기하고 있다. 마술의 집과 범퍼카 이야기, 바닷게가 작은 발가락을 꼬집었다는 이야기까지 끝이 없다. 테드와 캐럴라인도 이야기를 거들다 보니, 모든 것이 평소대로 돌아간 듯 다들 가족 간의 대화를 즐기고 있는 것 같다.

캐럴라인은 디저트로 초콜릿 라바 볼케이노를 내놓는다. 따뜻하고 끈적한 가나슈를 채우고 위에는 바닐라 아이스크림을 한 덩이 얹은 작은 스펀지케이크다. 너무나 완벽하게 잘 구워져서 한 입 무는 순간, 입에서 헉 소리가 나온다.

다들 내 반응을 보고 웃는다.

"미안해요. 한데 정말 제가 먹어 본 것 중에 최고예요."

"아, 다행이야." 캐럴라인이 말한다. "즐겁게 여름을 마무리할 수 있어서 얼마나 기쁜지."

그 순간 아무것도 변하지 않았다는 사실을 알 수 있다.

나는 설거지를 돕겠다고 했지만, 테드와 캐럴라인이 굳이 뒷정리를 하겠다고 한다. 나는 오늘 파티의 명예 손님이니 그냥 나가서 테디와 같이 놀라는 것이다. 그래서 우리 둘은 수영장으로 돌아가서 좋아하던 게임들을 마지막으로 전부 한다. 캐스트어웨이, 타이타닉, 오즈의 마법사 놀이도 한다. 그런 뒤 아주 오랫동안 구명보트에 누워서 둥둥 떠있는다.

"노리스타운은 얼마나 멀어요?" 테디가 묻는다.

"멀지 않아. 한 시간도 안 걸려."

"그럼 수영장 파티에 놀러 올 수 있겠네요?"

"그랬으면 좋겠어." 나는 말한다. "모르겠지만."

솔직히 말해 테디를 다시 볼 것 같지는 않다. 테드와 캐럴라인은 어려움 없이 새 베이비시터를 구할 것이고, 당연히 예쁘고 똑똑하고 매력적인 사람일 테니, 테디는 그녀와 같이 너무나 즐겁게 놀 수 있을 것이다. 나는 가족사를 잠깐 스쳤던 특이한 사람, 고작 7주 같이 지냈던 베이비시터로 기억될 것이다.

정말 가슴 아픈 부분은 이것이다. 오랜 세월이 흘러, 테디가 대학에 들어가서 추수감사절 파티에 여자친구를 집에 데려오면, 내 이름이 농담거리로 회자될 것이다. 벽에 온통 그림을 그렸던, 테디의 상상 속 친구가 실존한다고 믿었던 미치광이 베이비시터로 기억될 것이다.

테디와 나는 보트에 누운 채 멋진 석양을 바라본다. 모든 구름은 분홍색과 보라색으로 물들어 있다. 하늘은 미술관에서나 볼 수 있는 한 폭의 그림 같다. "편지를 주고받으면 돼." 나는 약속한다. "넌 그림을 보내주고, 난 편지를 쓸게."

"그럴게요."

테디는 흰 구름을 길게 남기며 지평선에서 솟아오르는 비행기를 가리킨다. "노리스타운까지 비행기를 타고 가요?"

"아니, 공항은 없어."

그는 실망한다.

"언젠가 나도 비행기를 타겠죠." 그는 말한다. "아빠가 큰 비행기는 시속 800킬로미터로 날아간다고 했어요."

나는 웃으며 테디에게 이미 비행기는 타보지 않았느냐고 한다. "바르셀로나에서 귀국할 때 말이야."

그는 고개를 젓는다. "우린 바르셀로나에서 차를 타고 왔어요."

"아니, 공항까지 차로 가는 거지. 그다음에 비행기를 타고. 바르셀로나에서 뉴저지까지 차를 타고 올 수는 없어."

"우리가 그랬어요. 밤새도록 달렸는걸요."

"다른 대륙에 있어. 중간에 거대한 대양이 가로막고 있는데."

"해저터널을 뚫었어요. 아주 두꺼운 벽이 바다 괴물을 막아줘요."

"그건 말도 안 되는 소리야."

"아빠한테 물어보세요, 맬러리! 사실이에요!"

그때 수영장 덱에 놓아둔 휴대전화가 울린다. 에이드리언에게서 전화가 걸려 오면 놓치지 않으려고 음량을 최고로 해두었다. "금방 돌아올게." 나는 테디에게 말하고 보트에서 내려 수영장 밖을 향해 헤엄친다. 하지만 늦었다. 전화를 집어 들었을 때는 이미 음성사서함으로 넘어간 뒤다.

에이드리언이 문자로 전송한 사진이 들어와 있다. 얇은 빨간색 카디건 차림으로 휠체어에 앉아있는 나이 든 흑인 여자. 눈빛은 멍하지만, 머리는 깔끔하게 단장하고 있다. 보살핌을 잘 받고 있는 듯하다.

그때 두 번째 사진이 도착한다. 동일한 여자가 50대의 흑인 남자와 나란히 앉아있다. 남자는 팔로 여자를 감싸며 카메라 렌즈 쪽을 보라고 손으로 가리키고 있다.

에이드리언이 다시 전화한다.

"사진 봤어?"

"누구야?"

"돌로레스 진 캠벨과 그녀의 아들 커티스야. 애니 배럿의 딸과 손자지. 방금 그들과 두 시간 동안 이야기를 나눴어. 커티스는 일요일마다 어머니를 방문해. 우리가 알고 있었던 건 전부 엉터리였어."

말도 안 된다.

"애니 배럿이 흑인이었어?"

"아니, 하지만 헝가리인은 분명 아냐. 영국에서 태어났어."

"영국인?"

"손자가 지금 내 옆에 서있어. 커티스를 바꿔줄 테니까, 나머지 이야기는 그에게서 들어봐, 알겠지?"

테디는 수영장에서 따분한 듯 빨리 돌아와서 같이 놀자고 나를 쳐다보고 있다. 나는 입모양으로 '5분만'이라고 외쳤고, 테디는 보트에 올라 작은 발로 물장구를 쳐서 돌아다니기 시작한다.

"안녕, 맬러리. 커티스라고 합니다. 정말 애니 할머니의 오두막에 살고 있어요?"

"아… 그런 것 같은데요."

"뉴저지주 스프링브룩. 헤이든스글렌 뒤쪽, 맞지요? 당신 친구 에이드리언이 그림을 보여줬어요. 한데 걱정하지 말아요. 거기에 저희 할머니 귀신이 나타나진 않을 테니까."

나는 어리둥절하다. "어떻게 아세요?"

"그때 일이 어떻게 된 건가 하면, 할머니는 제2차 세계대전 이후 영국에서 스프링브룩으로 이주했습니다. 알겠죠? 사촌 조지의 집에서 살았죠. 헤이든스글렌 동편에 집이 있었는데, 당시 유복한 백인 마을이었다고 합니다. 한데 제 할아버지 윌리는 헤이든스글렌 서편에서 살았어요. 코리건이라는 동네에. 흑인 마을이었습니다. 텍사코 주

유소에서 일했는데, 매일 퇴근 후에 저녁거리를 잡으려고 시냇물로 갔답니다. 할아버지는 낚시를 좋아했어요. 입질이 있으면 항상 송어와 농어를 먹었죠. 한데 어느 날, 스케치북을 들고 맨발로 돌아다니는 예쁜 백인 소녀를 본 겁니다. 소녀는 안녕, 하고 인사했는데, 할아버지는 너무 무서워서 쳐다보지도 못했대요. 1948년이니까요. 이해하지요? 내가 흑인 남자인데 백인 여자가 날 보고 미소 짓는다? 다른 데를 봐야 합니다. 하지만 애니 할머니는 영국 크레스콤 출신이었습니다. 카리브해 이민자들이 득실거리는 해변 마을이었어요. 흑인을 두려워하지 않았죠. 매일 오후 할머니는 할아버지를 볼 때마다 인사했답니다. 이듬해에 두 분은 친해졌고, 그러다 친구 이상의 사이가 되었어요. 할아버지는 한밤중에 몰래 숲을 가로질러 할머니의 오두막에 드나들었습니다. 여기까지 아시겠어요?"

"그런 것 같아요." 나는 테디가 잘 있나 수영장 쪽을 바라본다. 아직도 구명보트 위에서 원을 그리며 돌고 있다. 마지막 날에 아이를 이렇게 방치하는 게 미안하지만, 그래도 나머지를 들어야 한다. "그래서 어떻게 됐나요?"

"그러던 어느 날 애니 할머니는 사촌 조지한테 가서 임신 소식을 알렸습니다. 그때는 그 단어조차 사용할 수가 없었어요. 그냥 '아이를 가졌다'고 했을 겁니다. 애 아버지는 윌리다, 그와 함께 도망가서 살림을 차리겠다고 조지한테 말했답니다. 서부 오하이오로 가서 윌리의 가족이 소유한 농장에서 살면 아무도 방해하지 않을 거라고. 애니가 워낙 완강해서 조지도 막을 수 없다는 걸 알았습니다."

"그래서요?"

"당연히 조지는 노발대발했지요. 아이는 가문의 수치라고 했습니다. 이 결혼은 신이 허락하지 않는다고. 지금부터 자기한테 애니는 죽은 사람이다, 우리 가족은 네 존재를 모르고 살겠다고 했습니다. 애니는 괜찮다, 어차피 처음부터 당신들이 마음에 들지도 않았다고 했다죠. 그런 뒤 짐을 꾸려서 사라졌습니다. 조지한테는 매우 난감한 상황이었겠지요. 그는 공동체의 든든한 기둥이었습니다. 교회 집사였죠. 사람들에게 자기 사촌이 흑인과 눈이 맞아 도망쳤다는 말을 어떻게 하겠습니까. 사실이 새어 나가느니 죽는 것이 나았겠죠. 그래서 이야기를 꾸며냈습니다. 정육점에 가서 돼지 피 두 통을 사 왔어요. 당시만 해도 법과학 분석이니 이런 게 없을 때였으니까, 시뻘겋다, 그러면 그냥 피지. 그걸 오두막에 뒤집어씌우고, 가구를 넘어뜨리고, 누가 들어와서 뒤진 것처럼 난장판을 만들었습니다. 그리고 경찰을 불렀어요. 수사가 시작되고, 계곡을 그물로 훑었지만 시체는 발견되지 않았습니다. 애당초 시체는 없었으니까. 할머니는 그 일을 '대탈출극'이라고 불렀어요. 이후 60년 동안 애크런 근처 농장에서 사셨습니다. 1949년에 제 어머니 돌로레스를 낳았고, 1950년에 삼촌 타일러를 낳았습니다. 돌아가셨을 때는 슬하에 손자 넷, 증손자 셋을 두셨어요. 81세까지 사셨습니다."

커티스는 확신에 찬 목소리지만, 나는 아직 믿을 수가 없다. "그런데 진상을 알고 있었던 사람은 없나요? 스프링브룩에서는 아직도 다들 그녀가 살해당했다고 생각해요. 이 마을 괴담의 주인공이라고요. 아이들은 숲에 그녀의 유령이 나타난다고 해요."

"스프링브룩은 1940년 이후로 별로 변하지 않은 모양이죠. 당시에도 잘사는 동네였으니까, 지금은 '부유한' 곳이겠죠. 표현만 다르지. 그래도 코리건 쪽으로 가보면 진상을 아는 사람들이 꽤 있을 겁니다."

문득 브릭스 형사와 나눈 대화가 떠오른다. "이미 한 사람 만난 것 같아요. 제가 그분 말을 믿지 않아서 그렇지."

"이 통화로 마음이 좀 편해졌으면 좋겠습니다." 커티스는 말한다. "아내가 차에서 기다리고 있으니, 다시 친구분을 바꿔드리지요."

나는 커티스에게 시간 내주어 고맙다고 인사했고, 그는 다시 에이드리언에게 전화를 넘긴다. "대단하지?"

"그동안 모두 잘못 알고 있었던 거네?"

"애니 배럿은 살해당한 게 아니었어. 우리와 대화한 유령이 아니야, 맬러리. 이 그림은 다른 유령이 그린 거야."

"테디?" 고개를 들어보니 캐럴라인 맥스웰이 수영장 가장자리에 서서 아들을 부르고 있다. "늦었어, 테디. 이제 씻을 시간이다."

"5분만요." 그는 말한다.

나는 내가 알아서 하겠다는 뜻으로 캐럴라인에게 손을 흔든다. "끊어야겠어." 나는 에이드리언에게 말한다. "돌아오면 이쪽으로 올래? 내가 여기서 지내는 마지막 밤이니까."

"늦게까지 기다려도 괜찮다면 그렇게 해. GPS를 보니까 자정이나 되어야 도착할 것 같아."

"기다릴게. 운전 조심해."

머릿속이 복잡하다. 벽에 정통으로 부딪힌 기분이다. 지난 몇 주 동안 막다른 골목에서 시간을 낭비했다니. 이제 애냐에 대해 처음부터 다시 생각해야 한다.

하지만 일단 테디를 수영장에서 데리고 나와야 한다.

"자, 나와, 테디베어. 몸 씻자."

우리는 수건을 들고 마당 한쪽의 야외 샤워실로 향한다. 칸막이 밖에 작은 의자가 있고, 캐럴라인이 거기 테디의 소방차 잠옷과 깨끗한 속옷을 미리 내놓았다. 나는 문 안으로 팔을 뻗어 물을 틀고 따뜻한 물이 나오도록 수도꼭지를 조절한다. 테디는 안으로 들어가서 문을 잠갔고, 나는 밖에서 수건을 들고 서있는다. 테디의 수영복이 바닥에 철썩 떨어지는 소리가 들리더니, 작은 발이 수영복을 밖으로 차낸다. 나는 폴리에스터 섬유를 손으로 꾹 짜서 물기를 제거한다. 문득 마당 건너 미치의 집 쪽으로 눈길이 향한다. 부엌의 불이 켜져있고, 브릭스 형사가 범죄 현장으로 되돌아와 있다. 그녀는 무슨 쇠막대 같은 것을 들고 뒷마당에서 여기저기 흙을 쿡쿡 찌르며 거리를 재고 있다. 내가 손을 흔들었더니 그녀가 이쪽으로 온다.

"맬러리 퀸, 내일 스프링브룩을 떠난다고 들었어."

"일이 잘 안 됐어요."

"캐럴라인이 그렇게 말하더구나. 네가 그 이야기를 나한테 하지 않았다는 걸 알고 약간 놀랐다."

"화제가 나오지 않은 것뿐이에요."

그녀는 내가 더 자세히 설명하기를 기다렸지만, 뭐라고 말할까. 해고당하는 것이 자랑스러운 일도 아닌데. 화제를 바꾸고 싶다.

"방금 애니 배럿의 손자와 통화했어요. 커티스 캠벨이라는 남자. 오하이오주 애크런에 살아요. 자기 할머니는 81세가 될 때까지 잘 살았다고 하네요."

브릭스는 씩 웃는다. "가짜 괴담이라고 했잖니. 우리 할아버지가 윌리와 같이 자랐어. 같이 낚시를 했단다."

테디가 샤워 칸막이 안에서 소리친다. "맬러리?"

"그래, 테디."

겁에 질린 목소리다. "비누에 벌레가 있어요."

"무슨 벌레?"

"커요. 발이 무지무지 많아요."

"물을 끼얹어 보렴."

"싫어요. 해주세요."

그는 문고리를 따주고 비켜서서 칸막이 구석으로 물러난다. 나는 꿈틀거리는 좀 벌레를 예상하고 도브 비누에 손을 뻗었지만, 아무것도 없다.

"어디 있어?"

테디는 고개를 젓는다. 나는 벌레는 그저 문을 열 핑계였다는 것을 깨닫는다. 그는 속삭인다. "우리 체포되는 거예요?"

"누구?"

"여자 경찰요. 우리한테 화가 났어요?"

나는 어리둥절해서 테디를 본다. 아무것도 말이 되지 않는다. "아니, 테디. 괜찮아. 아무도 체포당하지 않아. 샤워나 마저 하렴."

나는 문을 닫았고, 그는 내 뒤에서 문을 걸어 잠근다.

브릭스 형사는 아직 기다리고 있다.

"무슨 일 있어?"

"괜찮아요."

"아니, 너 말이야, 맬러리. 방금 귀신이라도 본 얼굴이구나."

나는 생각을 정리하기 위해 의자에 주저앉으며 전화 때문에 아직 어안이 벙벙하다고 대답한다. "애니 배럿이 살해당한 거라고 굳게 믿고 있었는데. 사람들이 70년 동안이나 이 괴담을 퍼뜨렸다는 게 믿기지 않아요."

"음, 진실이 드러난다면 스프링브룩에 좋을 게 없잖니. 이 동네가 조금만 더 포용력이 있는 곳이었다면, 윌리와 애니도 여기서 계속 살 수 있었겠지. 조지도 굳이 범죄를 꾸며낼 필요가 없었을 테고." 브릭스는 웃는다. "우리 경찰서에도 아직까지 그 살인이 실화라고 믿는 사람이 있지. 아무리 사실을 말해도, 내가 무슨 문제를 일으키려는 것처럼 반응한다니까. 흑인 여자 경찰이 인종차별 문제를 건드려서 또 복잡하게 한다고." 그녀는 어깨를 으쓱한다. "그건 그렇고, 시간을 오래 뺏고 싶지는 않으니 간단히 물어보지. 미치의 휴대전화를 부엌에서 찾았어. 배터리가 거의 없었지만 충전기가 있어서 다시 작동시켰는데, 너한테 문자를 보내는 중이었던 것 같아. 나는 무슨 뜻인지 모르겠는데, 혹시 네가 보면 이해할 수 있을까 해서." 그녀는 수첩을 내려다보고 안경 위쪽으로 눈을 가늘게 뜬다. "이렇게 적혀있구나. '이야기를 해야겠다. 전에는 내가 잘못 알았어. 애냐는 이름이 아니다, 그건'" 브릭스는 말을 멈추고 나를 쳐다본다. "여기까지야. 무슨 뜻인지 알겠니?"

"아뇨."

"애냐는? 혹시 오타일까?"

나는 샤워 칸막이 쪽으로 턱짓을 한다. "애냐는 테디의 투명 친구예요."

"투명 친구?"

"다섯 살이잖아요. 상상력이 풍부해요."

"진짜가 아니라는 건 나도 안다고요." 테디가 소리친다. "상상 속의 인물이에요."

브릭스는 수수께끼의 메시지가 신경 쓰이는지 이마에 주름을 잡는다. 그러더니 수첩 몇 장을 더 넘긴다.

"어제 캐럴라인 맥스웰과 이야기를 했는데, 목요일 밤에 미치가 누군가와 말다툼하는 걸 들었다고 해. 오후 열 시 반경에 미치가 잠옷 차림으로 자기 집을 나서는 걸 봤다고. 넌 혹시 무슨 소리 들었니?"

"아뇨, 난 여기 없었어요. 에이드리언의 집에 있었어요. 세 블록 떨어진 곳이에요. 그의 부모님이 파티를 열었거든요." 목요일 열 시 반에 나는 꽃의 성 정원에서 《앤 C. 배럿 작품집》을 들고 시간을 낭비하고 있었다. "검시관은 미치의 사인에 대해 뭐라고 해요?"

브릭스는 테디가 듣지 못하도록 목소리를 낮춘다. "불행히도 마약 관련 문제인 것 같아. 과다복용으로 인한 급성 폐질환. 목요일 밤, 혹은 금요일 새벽 즈음에. 하지만 페이스북 같은 데 올리면 안 된다. 며칠만 모르는 걸로 해줘."

"헤로인이었나요?"

그녀는 놀란다. "어떻게 알았니?"

"그냥 추측이었어요. 그녀의 집에서 뭔가 봤거든요. 거실에 온통 주삿바늘 뚜껑이 흩어져 있었어요."

"네 추측이 맞았어." 브릭스는 말한다. "나이 든 사람들이 중독성 강한 마약을 한다는 이야기는 흔히 듣기 힘들지만, 필라델피아 병원에는 그런 사람들이 매주 찾아오지. 생각보다 흔해. 손님이 마약상이었을 수도 있겠지. 말다툼을 했을 수도. 아직 우리도 단서를 맞추는 중이야." 그녀는 다시 명함을 건네지만, 나는 지난번에 이미 받았다고 거절한다. "뭐라도 생각나면 연락 주렴. 알았지?"

브릭스가 떠난 뒤, 테디는 뽀득뽀득 깨끗한 몸에 소방차 잠옷을 걸친 채 샤워실 문을 연다. 나는 테디를 껴안아 주고, 아침에 다시 만나

작별 인사를 하겠다고 말한다. 나는 파티오까지 같이 가서 아이를 집 안에 들여보낸다.

나는 간신히 평정을 지킨 채 별채로 돌아와서 문을 잠근다. 곧장 침대 위로 무너져서 베개에 얼굴을 묻는다. 지난 30분간 너무나 많은 사실들이 폭탄처럼 드러났다. 어디서부터 시작해야 할지 알 수 없다. 너무 벅차다. 퍼즐 조각들은 그 어느 때보다 정신없이 흩어져 있다.

하지만 한 가지는 분명하다.

맥스웰 부부는 내게 거짓말을 하고 있었다.

26장.

365

나는 어두워질 때까지, 테디가 잠들 시간까지 기다렸다가 테드와 캐럴라인을 만나기 위해 본채로 건너간다. 그들은 가족실에서 내가 그린 어두운 숲과 잃어버린 아이들, 날개 달린 천사를 묘사한 스케치에 둘러싸인 채 소파 양쪽 끝에 앉아있다. 한쪽 구석 바닥에 깔개가 깔리고, 롤러, 석고반죽, 7리터들이 벤자민무어 아트리움 화이트 페인트 등 페인트칠 공구가 놓여있다. 러셀이 나를 데려가면 오전 중에 칠할 계획인 것 같다.

캐럴라인은 와인을 잔에 따라 마시고 있고, 손이 닿는 곳에 켄들-잭슨 메를로 병이 놓여있다. 테드는 뜨거운 차를 머그에 따라 조심스럽게 불고 있다. 알렉사 스피커에서 요트 록 전문 라디오 채널이 흘러나오고 있다. 둘 다 나를 보고 반색을 한다.

"안 그래도 들러줬으면 좋겠다 싶었는데." 캐럴라인이 말한다. "짐은 다 쌌어?"

"그럭저럭요."

테드는 머그를 내밀며 냄새를 맡아보라고 한다. "방금 물을 끓였다. 은행잎 차야. 한 잔 따라줄까?"

"아뇨, 괜찮습니다."

"맛이라도 보면 좋을 텐데, 맬러리. 염증에 좋아. 오랫동안 운동한 뒤에. 좀 갖다주마." 더 이상 선택의 여지가 없다. 그는 부엌으로 달려갔고, 캐럴라인의 눈빛에 분명 짜증이 스친다.

하지만 그녀는 이 말뿐이다. "저녁 식사는 즐거웠는지 모르겠어."

"네, 정말 좋았어요. 감사합니다."

"정식으로 작별하는 자리를 만들게 된 게 기뻐. 테디에게도 좋을 거야. 어떻게 인연을 마무리 지어야 하는지 보여줄 수 있어서. 아이들에게는 그게 중요하지."

어색한 침묵이 흐른다. 던져야 할 질문은 알고 있지만, 테드가 돌아온 뒤에 하고 싶다. 양쪽의 반응을 다 보고 싶어서. 내 시선이 방 안을 훑었고, 지금껏 주목하지 않았던 드로잉 두 개가 눈에 들어온다. 바닥 가까운 곳의 작은 그림이다. 에이드리언과 내가 못 본 것도 무리는 아니다. 전기 콘센트 바로 옆이다. 아니, 하나는 마치 전기가 흘러나와 그림 속으로 흘러들어 가듯 콘센트 주위에 그려져 있다. 천사가 무슨 마술봉 같은 것을 꺼내 애냐의 가슴을 누르자, 에너지장 같은 것이 주위에 형성되어 애냐가 마비되는 장면이다.

"이게 바이퍼텍 충격기인가요?"

캐럴라인은 와인글라스 너머로 미소 짓는다. "뭐라고?"

"이 드로잉요. 금요일에는 미처 못 봤어요. 천사의 봉이 전기충격기처럼 보이지 않나요?"

캐럴라인은 와인 병에 손을 뻗어 잔을 채운다. "이 그림의 상징을 전부 다 해석하려 들면, 밤을 새워도 모자라겠지."

하지만 나는 이 그림들이 상징이 아니라는 것을 알고 있다. 이것들은 시간 순서로 된 이야기의 일부이며, 빠뜨린 퍼즐 조각이다. 수수께끼의 검은 낙서에 대해 에이드리언이 했던 말이 맞았다. '애냐가 이제 끝이라고 말하는 걸지도 모르지. 더 이상 그림은 없다고. 필요한 건 다 줬다고.'

테드는 김이 오르는 회색 액체를 머그에 담아서 금방 돌아온다. 걸레 빤 구정물 같고, 애완동물 가게 냄새가 풍긴다. 나는 받침대를 가져다 커피 탁자에 잔을 놓는다. "우릴 필요 없어. 좀 식으면 바로 마셔도 돼."

그는 아내 옆에 앉아 랩톱을 만지작거리더니 음악을 마빈 게이에서 천사의 머리카락처럼 흐르는 구름, 공중의 몽실몽실한 아이스크림 성을 노래하는 조니 미첼로 바꾼다.

"미치에 대해서 흥미로운 걸 알아냈어요." 나는 그들에게 말한다. "죽기 직전에 저한테 메시지를 보내려고 했더군요. 애냐가 이름이 아니라고 썼어요. 다른 거라고. 브릭스 형사는 무슨 뜻인지 모르겠다고 하네요."

"음, 당연히 이름이지." 테드가 말한다. "러시아에서 안나를 애칭으로 그렇게 불러. 동유럽 전역에 인기 있는 이름이야."

"맞아요. 그런데 번역기에 입력해 봤어요. 헝가리어로 다른 뜻이 있더군요. '엄마'라는 뜻이었어요. 어머니가 아니라, 엄마요. 아이 말투로. 이상하지 않아요?"

"모르겠는데." 캐럴라인이 말한다. "이상한가?"

"차는 따뜻할 때 마시는 게 좋아." 테드가 말한다. "콧물을 맑게 해 줘."

"또 이상한 게 있는데요. 테디는 비행기를 타본 적이 없대요. 석 달 전에 바르셀로나에서 날아왔을 텐데. 아메리칸에어라인에 따르면, 여덟 시간 비행이에요. 확인해 봤어요. 어떻게 어린 꼬마가 평생 최장 시간 비행기를 탄 경험을 잊어버리죠?"

캐럴라인이 뭐라 대답하려 했지만 테드가 얼른 말을 가로챈다. "그게, 재밌는 사연이 있지. 테디가 비행기 때문에 긴장해서 내가 베나드릴을 먹였어. 그걸 먹이면 잠을 잘 잔다고 해서. 한데 캐럴라인이 이미 베나드릴을 먹였지 뭐야. 그래서 2회분을 복용한 거야. 하루 종일 뻗어서 잤어. 렌터카에 탈 때까지도 곯아떨어져 있었지."

"정말요, 테드? 그게 설명이에요?"

"사실이야."

"베나드릴 2회분?"

"무슨 뜻이지, 맬러리?"

그는 억지로 미소 짓는다. 눈빛은 더 이상 질문하지 말라고 사정하고 있다.

하지만 나는 멈출 수가 없다.

정말 큰 질문이 남아있다.

모든 것을 설명해 줄 질문.

"테디가 여자아이라는 걸 왜 나한테 말하지 않았죠?"

나는 캐럴라인의 반응을 주의 깊게 살핀다. 어디를 보나 정의로운 분노다. "음, 일단 당신 표현이 상당히 불쾌하군. 왜 그런지 알아?"

"샤워실에서 몸을 봤어요. 수영한 뒤에. 내가 언제까지나 모를 거라고 생각했어요?"

"모를 뻔했잖아." 테드가 서글프게 말한다.

"그건 비밀이 아니야." 캐럴라인이 말한다. "우린 아이 성별에 대해 부끄러운 게 없어. 단지 당신이 어떻게 받아들일지 몰랐을 뿐이야. 물론 테디는 여자로 태어났지. 3년 동안 우리는 그 애를 딸로 키웠어. 한데 갑자기 스스로를 남자아이로 생각한다고 분명하게 의사 표현을 하더군. 맞아, 맬러리. 그래서 옷과 머리 모양을 통해 자신의 젠더를 자유롭게 표현하게 해줬어. 더 남성적인 이름도 선택하게 해 주고. 아이가 자기 아빠 이름을 선택했어."

"트랜스젠더 아동에 대한 흥미로운 연구 결과가 많은데." 테드의 시선은 여전히 내게 애원하고 있다. 제발, 제발, 제발, 이제 입 다물어, 라고. "관심이 있다면 내 사무실에 관련된 책이 있어."

무엇보다 어처구니없는 부분은 이것이다. 그들은 정말 내가 이것을 정상적인 상황으로 받아들일 거라고 생각하는 것 같다. "다섯 살 아이가 트랜스젠더인데, 이 이야기가 지금까지 한 번도 입에 오르지 않았던 거라고요?"

"당신이 이런 식으로 반응할 줄 알고 있었으니까." 캐럴라인이 말한다. "강한 종교적 신념을 갖고 있다는 걸 알고 있고…."

"나는 트랜스젠더에 대해 어떤 거부감도 없어요."

"그렇다면 왜 굳이 문제 삼는 거지?"

나는 그녀의 말을 더 이상 듣지 않는다. 추론은 이미 성큼성큼 앞서가고 있다. 테디의 별스러운 성격과 묘한 행동거지가 어디서 비롯했는지 갑자기 분명해진다. 놀이터에서 소년들을 피하던 모습. 테드가 이발소에 데려가려고 하면 한바탕 난리를 피우던 모습. 보라색 줄무늬 티셔츠만 고집하던 모습. 라벤더에 가까운 연보라색이었는데, 옷장에서 가장 여성스러운 색이었다.

유치원 등록과 관련해서 학교 측이 제기한 짜증스러운 질문들….

"예방접종 기록이 없군요." 나는 깨닫는다. "출생증명서는 있겠죠. 그 정도는 돈만 있다면 위조 서류를 구할 방법은 있을 테니까. 하지만 스프링브룩의 학교는 예방접종에 대해 아주 까다로울 거예요. 의사가 직접 정식 서류를 보내도록 해달라고 했겠죠. 그걸 구할 수 없었을 거고. 그래서 학교에서 계속 전화한 거군요."

테드는 고개를 젓는다. "그렇지 않아. 바르셀로나에는 훌륭한 소아과의사가 있었고—"

"바르셀로나 소리 그만해요, 테드. 바르셀로나에 가본 적 없잖아요. 당신의 스페인어는 형편없어요. 감자라는 말도 할 줄 모르면서! 도대체 지난 3년 동안 어디 숨어있었는지는 몰라도, 바르셀로나는 아니에요."

내가 그렇게 흥분하지만 않았더라도, 캐럴라인이 갑자기 아주 조용해졌다는 것을 눈치챘을 것이다. 그녀는 이제 말을 멈추고 그저 지켜보면서 귀를 기울이고 있다.

"당신들은 남의 딸을 훔쳤어요. 아들처럼 옷을 입히고, 자기가 남자라고 생각하도록 키운 거예요. 그러고도 별 문제가 없었어요. 다섯 살이었으니까. 아이의 세상이 너무나 작았으니까. 한데 학교에 가면 어떻게 되죠? 친구를 사귀면? 더 나이 들어서 여성호르몬이 분비되기 시작하면? 대학 졸업장까지 있는 두 사람이 어떻게 이런 계획이 통할 거라고 생각한 거예요? 도대체 미….”

나는 마지막 문장을 끝맺지 않는다. ‘미치지 않고서야’라는 말이 나올 뻔했기 때문이었다.

입을 다물어야 한다는 것을 깨닫는다. 이 사람들에게 결론을 말해서는 안 된다. 맥스웰 부부가 진정 내게 동의해 줄 거라고 생각했을까? 잘못을 다 털어놓고 자기들이 저지른 짓을 자백할 거라고? 지금 당장 떠나야 한다. 브릭스 형사를 찾아서 모든 것을 말해야 한다.

“짐을 싸러 가야겠어요.” 나는 멍청하게 말한다.

그들이 순순히 나를 보내줄 거라고 생각했는지, 일어선다.

“테드.” 캐럴라인은 침착한 목소리로 말한다.

문까지 절반 정도 갔을까, 유리가 내 머리 옆쪽을 후려치고 산산조각 난다. 나는 휴대전화를 떨어뜨리며 앞으로 쓰러진다. 축축한 것이 얼굴과 목을 타고 흘러내린다. 피를 멈추려고 손을 갖다 대니 시뻘건 것이 묻어난다. 나는 켄들-잭슨 메를로 와인을 뒤집어쓰고 있다.

뒤에서 맥스웰 부부가 말다툼하는 소리가 들린다.

“부엌에 있어.”

“부엌은 확인했어.”

“큰 서랍. 우표 보관하는 곳!”

가족실에서 나오더니, 테드는 방금 내 머리에 와인 병을 휘둘렀으면서도 나를 밟지 않으려고 아주 조심스럽게 위로 넘어간다. 그는 양탄자 위에 엎어져 있는 스마트폰 바로 옆을 지나친다. 스마트폰 첫 화면에 긴급 버튼이 있다. 한 번만 누르면 맥스웰의 집 주소가 긴급신고

센터로 송신되는 앱이다. 하지만 너무 멀리 떨어져 있어서 손이 닿지 않고, 머리가 아파서 일어날 수도 없다. 스니커즈 앞코에 힘을 주어 배를 바닥에 대고 몸을 앞으로 조금씩 밀어내는 것이 최선이다.

"기어가고 있어." 캐럴라인이 말한다. "기어가려고 해."

"잠깐만." 테드가 외친다.

전화를 향해 손을 뻗은 순간, 나는 거리 감각이 이상하다는 것을 깨닫는다. 전화는 몇 센티미터가 아니라 갑자기 복도 절반 정도 떨어진 지점에 있다. 풋볼 경기장 가로 길이 정도의 거리 같다. 캐럴라인이 뒤에서 다가오는 소리, 신발이 산산조각 난 유리 조각을 밟는 소리가 들린다. 더 이상 그녀의 얼굴을 알아볼 수가 없다. 더 이상 그녀는 자기 집에 나를 들이고 나 자신을 믿으라고 격려해 준 친절하고 사려 깊은 어머니가 아니다. 뭔가 다른 존재로 변해있다. 눈빛은 차갑고 계산적이다. 그녀는 나를 마치 바닥에 묻은 얼룩처럼, 닦아야 할 오점처럼 바라본다.

"캐럴라인, 제발." 말이 입에서 똑바로 나오지 않는다. 어눌하다. 목소리를 높여 다시 말하려 했지만, 입술을 정확한 모양으로 만들 수가 없다. 배터리가 다 떨어진 장난감 같은 소리다.

"쉬이이." 캐럴라인은 입술에 손가락 하나를 갖다 댄다. "테디를 깨우면 곤란해."

옆으로 굴렀더니, 날카로운 유리 조각이 엉덩이를 누른다. 캐럴라인은 내게 너무 가까이 접근하지 않고 옆을 돌아 지나가려 하지만, 내 몸이 복도에 대자로 뻗어서 가로막고 있다. 나는 오른쪽 무릎을 굽힌다. 다행히 무릎은 말을 듣는다. 오른쪽 허벅지를 잔뜩 끌어올려 몸에 붙인다. 캐럴라인이 마침내 용기를 내어 내 위를 넘어가려는 순간, 나는 다리를 내질러 발뒤꿈치로 그녀의 정강이 앞쪽을 힘껏 찬다. 커다랗게 빠직 소리가 나면서, 그녀가 내 위에 쿵 쓰러진다.

이길 수 있다. 그녀와 테드를 합한 것보다 내가 더 힘이 세다. 지난 20개월 동안 이 순간에 대비해 왔다. 달리고, 수영하고, 식단 관리도 했다. 테드와 캐럴라인이 앉아서 와인이나 마시며 아무것도 안 하는 동안, 나는 이틀에 한 번씩 팔굽혀펴기를 50개씩 했다. 그러니 그냥 물러앉아 포기할 수는 없다. 캐럴라인의 팔이 내 얼굴 옆을 짚었고, 나는 입을 벌려 팔을 힘껏 문다. 그녀는 놀라 소리치더니 팔을 비틀어 잡아 빼고 내 스마트폰을 더듬거린다. 나는 그녀의 옷 뒤쪽을 붙잡고 잡아당긴다. 부드러운 면섬유가 종잇장처럼 찢어지며 목과 어깨의 맨살이 드러난다. 그 순간 존 밀턴과 《실낙원》에 심취했던 예술광 시절 새겼다는, 악명 높은 대학 시절의 문신이 마침내 보인다.

견갑골 사이 정중앙에 새긴, 커다란 한 쌍의 날개.

천사의 날개.

테드가 급히 부엌에서 돌아온다. 손에 전기충격기를 든 채, 캐럴라인에게 비키라고 소리친다. 나는 다리를 다시 들어 올린다. 나의 마지막 희망이다. 그를 발로 차 쓰러뜨리면, 전기충격기를 떨어뜨릴지도 모르고, 그렇게 되면….

27장.

나는 여러 번 눈을 깜빡이며 암흑 속에서
깨어난다.

어둠을 뚫고 익숙한 형체를 알아볼 수 있다. 내 침대, 침대 옆 탁자, 움직이지 않는 실링팬, 머리 위 굵은 목재 대들보.

나는 별채 안에 있다.

등받이가 단단한 의자에 똑바로 앉은 자세이고, 콧구멍이 타는 것 같다. 염소로 세척한 느낌이다.

일어나 앉으려고 해보지만, 팔을 사용할 수 없다. 손목이 등 뒤에서 고통스러운 각도로 꺾인 채 의자에 묶여있다.

입술을 움직여 도와달라고 외치려 하지만, 머리도 끈 같은 것으로 단단히 둘러져 있다. 입안에는 축축한 천이 사과 크기로 가득 들어차 있다. 턱에 가해지는 압력이 극심하다.

내가 할 수 없는 일들을 하나씩 깨닫자, 근육이 긴장하고 심장이 두근거린다. 움직일 수도, 말을 할 수도, 비명을 지를 수도 없다. 얼굴에서 머리카락을 걷어낼 수조차 없다. 투쟁도 도피도 불가능하니 남은 것은 그저 공황 상태다. 너무나 무서워서 구역질이 날 것 같다. 토하지 않는 것은 다행이다. 목구멍이 막혀 죽을 것이다.

나는 눈을 감고 빠르게 기도를 읊는다. 하느님, 도와주세요. 어떻게 해야 할지 알려주세요. 이어 나는 코로 천천히 심호흡을 하고 폐에 공기를 최대한 채운 뒤 내쉰다. 재활센터에서 배운 긴장 완화 운동인데, 불안감을 물리치는 데 도움이 된다. 맥박을 안정시키고 긴장을 풀어준다.

나는 이 운동을 세 번 반복한다.

그런 뒤에 생각하려고 애써 노력한다.

아직 할 수 있는 일은 있다. 다리는 묶여있지 않다. 일어설 수 있을지도 모른다. 물론 의자가 거북이 등껍질 꼴로 등에 묶여있을 것이다. 걷는 속도는 느리고 불편하겠지만, 완전히 불가능한 것은 아닐지도 모른다.

고개를 왼쪽, 오른쪽으로 돌려본다. 부엌의 전자레인지에서 빛을 발하는 LED 시계가 11시 7분을 나타내고 있는 것이 간신히 보인다. 에이드리언은 자정에 돌아온다고 했다. 날 보러 온다고 약속했다. 한데 별채 문을 두드렸는데 아무도 대답하지 않으면? 억지로 안에 들어오려고 할까?

아니, 그러지 않을 것이다.

내가 신호를 주지 않으면.

주머니에 손을 넣을 수도 없지만, 아마 비어있을 것이다. 휴대전화는 없을 것이다. 열쇠도, 충격기도 없다. 하지만 부엌 서랍에 칼은 잔뜩 있다. 어떻게든 해서 칼을 손에 쥐고 묶은 것을 자를 수 있다면, 의자에서 벗어나 무장할 수 있다.

바닥에 단단히 발을 딛고 몸을 앞으로 기울인 채 일어서려고 해보지만, 몸의 중심이 뒤에 가있다. 마지막 희망은 몸을 앞으로 내던져서 얻은 동력으로 일어나는 것이다. 혹시 앞으로 무너져서 바닥에 구르지나 않을까 걱정스럽다.

그래도 한번 시도해 보려는데, 별채 밖에서 낡은 나무 계단을 올라오는 발소리가 난다. 문이 안으로 열리고, 캐럴라인이 불을 켠다.

그녀는 아까처럼 목둘레가 둥근 드레스 차림이지만, 이번에는 파란 라텍스 장갑을 끼고 있다. 예쁜 슈퍼마켓용 손가방도 들고 있다. 비닐봉투가 해양을 오염시키는 것을 막기 위해 권장되는 종류의 장바구니다. 내가 깨어있는 것을 보고 놀란 것 같다. 그녀는 손가방을 부엌 작업대에 놓고 내용물을 꺼내기 시작한다. 바비큐 그릴에 불을 붙이는 막대기형 라이터, 금속 찻숟가락, 작은 주사와 오렌지색 플라스틱 뚜껑이 달린 바늘이다.

그동안 나는 그녀에게 애원하고 있지만, 말이 되어 나오지 않고 그저 소리뿐이다. 그녀는 나를 무시하고 일에 집중하려고 애쓰지만, 내가 신경에 거슬리는 기색이 역력하다. 마침내 그녀는 내 머리 뒤로 손을 뻗어 줄을 느슨하게 해준다. 젖은 헝겊을 토해내자, 천은 내 무릎 위로 굴러 바닥에 철썩 떨어진다.

“소리 지르지 마.” 그녀는 말한다. “평상시처럼 조용히 말해.”

“나한테 왜 이러는 거예요?”

“기분 좋게 보내주려고 노력했어, 맬러리. 해산물 샐러드도 만들고, 작별 배너도 내걸고. 테드와 내가 퇴직금까지 준비했다고. 한 달분 급여. 내일 아침에 수표로 깜짝 선물을 할 계획이었어.” 그녀는 슬프게 고개를 저은 뒤 손가방 안에서 흰 가루가 가득 든 작은 비닐봉투를 꺼낸다.

"그게 뭐예요?"

"네가 미치의 집에서 훔쳐낸 헤로인이야. 어제 오후에 그 집 침실을 기웃거리다가 가지고 나온 거야."

"그건 사실이 아…."

"당연히 사실이지, 맬러리. 넌 골치 아픈 문제가 많잖니. 대학생인 척, 육상 스타인 척하고 돌아다녔으니 얼마나 스트레스가 많겠어. 게다가 일자리까지 잃게 되었으니—급여도 못 받게 되고, 살 곳도 없어지게 됐으니—그 모든 스트레스 때문에 다시 약물에 의존하게 된 거야."

나는 캐럴라인이 자기 말을 실제로 믿지 않는다는 것을 깨닫는다. 그저 이야기를 연습하고 있을 뿐이다. 그녀는 말을 계속한다. "넌 약이 정말 필요했어. 미치가 약쟁이라는 것을 아니까, 몰래 그 집에 들어가서 약을 찾아낸 거야. 한데 그녀의 헤로인에 펜타닐이 섞여있었다는 건 미처 몰랐어. 2천 마이크로그램, 소도 때려눕힐 양이지. 아편수용기가 한계를 넘어서고, 호흡이 멎게 돼."

"경찰에 그렇게 진술할 건가요?"

"경찰은 그렇게 추론하겠지. 네 이력을 바탕으로. 부검 결과와 함께. 내일 아침에 나는 혹시 짐 꾸리는 데 도울 일은 없는지 별채 문을 두드릴 거야. 네가 대답하지 않아서, 예비 열쇠로 문을 따고 들어오겠지. 당신이 팔에 주사를 찌른 채 침대에 누워있는 걸 발견할 거야. 나는 비명을 지르고 테드를 부르겠지. 그는 심장 마사지를 하고 인공호흡을 실시할 거야. 911에 연락하지만, 구급요원들은 몇 시간 전에 사망했다고 하겠지. 우리가 할 수 있는 일은 아무것도 없었다고 할 거야. 우리는 착한 사람들이니까 장례식도 치러주고 묘비도 세워주지. 당신 여동생 옆에. 안 그러면 러셀이 그 부담을 다 지게 될 텐데, 그건 너무하잖아."

캐럴라인은 비닐봉투를 열고 숟가락 위에 조심스럽게 흰 가루를 붓는다. 작업대 위로 몸을 숙이고 잔뜩 집중하는 동안, 그녀의 목 바로 아래 문신이 다시 눈에 띈다.

"당신이 드로잉 속의 천사였군요. 애냐를 전기충격기로 마비시킨 뒤 목을 조른 게 당신이었어."

"그건 정당방어였어."

"정당방어로 사람의 목을 졸라 죽이지는 않아요. 당신은 그녀를 살해했어요. 어린 딸을 훔쳤고요. 몇 살이었죠? 두 살? 두 살 반?"

숟가락이 손가락에서 미끄러져 작업대 위에 달그락 떨어진다. 가루가 사방에 쏟아지고, 캐럴라인은 짜증스럽게 고개를 젓는다.

"상황을 다 아는 척하지 말라고. 당신은 내가 어떤 일을 겪었는지 아무것도 몰라."

그녀는 플라스틱 주걱으로 천천히 작업대를 밀어 가루를 한 곳에 작은 더미로 모은다.

"테드의 도움을 받았겠지요. 그가 그림 속의 남자라는 건 알아요. 당신이 애냐를 죽이고 딸을 빼앗은 거예요. 그런 뒤 테드를 보내 시체를 묻으라고 했겠죠. 언제 그랬어요, 캐럴라인? 어디 살 때?"

그녀는 고개를 저으며 웃는다. "무슨 수작인지 다 알아. 정신과 상담 때 우리도 늘 쓰는 수법이지. 이런 식으로 도망칠 수는 없을걸."

"당신과 테드는 문제를 겪었어요. 테드한테 들었는데, 아이를 가지려고 오랫동안 노력했다면서요. 이게 마지막 해결책이었나요? 아이를 훔치는 게?"

"나는 아이를 구출한 거야."

"무슨 뜻이죠?"

"상관없어. 지난 일은 지난 일이고, 이제 앞만 보고 살아야지. 당신이 더 이상 우리 가족의 일원이 아니라는 게 유감이야."

캐럴라인은 숟가락에 다시 조심스럽게 가루를 밀어 올리고 바비큐 그릴 라이터에 손을 뻗는다. 몇 번 찰칵거린 뒤 작은 파란색 불꽃이 솟는다. 손을 떨고 있는 것이 눈에 띈다.

"테디가 기억하는 게 혹시 있나요?"

"무슨 생각을 하는 거지, 맬러리? 아이한테 트라우마가 남았다? 슬퍼 보였다, 불행해 보였다? 아니, 그렇지 않아. 아무것도 기억 못 해. 행복하고 정신적으로 안정된 아이야. 내가 아이를 여기까지 이끌기 위해 얼마나 애를 썼는지 몰라. 내가 얼마나 많은 희생을 했는지도 모를 거야. 괜찮아."

캐럴라인이 말하는 동안, 숟가락 위의 가루가 연기를 내며 검게 그을더니 마침내 액체로 변한다. 동부 지역 헤로인에는 냄새가 거의 없는데, 뭔가 화학물질 냄새 같은 것이 코끝을 스친다. 펜타닐이거나, 기타 치명적인 첨가물일 것이다. 자기 제품에 에이잭스 세제를 섞는다는 캠든의 마약상 이야기를 들은 적이 있다. 캐럴라인은 라이터를 내려놓고 주사를 집어 든다. 숟가락 위의 액체에 바늘을 담그더니, 천천히 밀대를 당겨 끈적이는 갈색 액체를 주사에 가득 채운다.

"그 애는 토끼를 기억해요." 내가 말한다.

"뭐라고?"

"애냐의 그림에는 어린 소녀가 토끼를 쫓아가는 장면이 있어요. 소녀는 흰 토끼를 쫓아 계곡을 내려가죠. 면접 때를 다시 생각해 봐요, 캐럴라인. 내가 여기 온 첫날, 냉장고에 테디가 그린 드로잉이 붙어있었어요. 흰 토끼 그림. 어쩌면 테디는 당신이 아는 것보다 더 많이 기억하고 있을 거예요."

"그 그림은 엉터리야. 믿으면 안 돼."

"난 그림을 해석하느라 머리를 싸맸어요. 결국 제대로 된 순서를 알아냈죠. 침대 옆 탁자 위에 놓인 폴더 안에 있어요. 그림은 당시 상황을 정확히 묘사하고 있어요."

캐럴라인은 토트백에서 고무 압박대를 꺼낸다. 내 팔에 묶으려는 듯, 양손으로 압박대를 당겨 늘인다. 하지만 호기심을 참을 수 없는 모양이다. 그녀는 침대 옆 탁자로 가서 폴더를 펼치고 종이를 넘기기 시작한다. "아니, 아니, 이것 봐, 이 드로잉은 너무나 편파적이야! 이건 그쪽 시각이고. 이쪽 이야기도 들어봐야 할 것 아니야. 큰 그림을. 그러면 어떻게 된 건지 더 확실히 이해가 될 거야."

"큰 그림이라뇨?"

"죄책감을 느끼지 않는다는 건 아니야. 죄책감을 느껴. 회한도 있어. 그 일이 자랑스러운 건 아니야. 하지만 그녀가 내게 선택의 여지를 주지 않았다고."

"무슨 뜻인지 보여주세요."

"뭐?"

"탁자 서랍 안에 스케치북과 연필이 있어요. 어떻게 된 건지 그려보라고요. 당신 시각에서 이야기를 보여주세요."

최대한 시간을 벌어야 한다.

에이드리언이 차를 몰고 도착해서, 별채까지 와서 문을 두드리고 뭔가 아주아주 잘못됐다는 것을 알아차릴 때까지.

캐럴라인은 그리고 싶은 것 같다! 자신의 시각에서 이야기를 들려주고 싶은 마음이 간절한 것 같다. 하지만 자신이 조종당하고 있다는 것을 모를 정도로 어리석지는 않다. "내 죄를 입증하고 싶은 모양이군. 그림으로 자백을 얻어낸 다음에, 경찰이 그걸 발견하고 나를 체포하도록. 그렇지?"

"아뇨, 캐럴라인. 난 어떻게 된 사연인지 알고 싶을 뿐이에요. 왜 테디를 구출해야 했어요?"

그녀는 압박대를 집어 들고 내 의자 뒤로 움직이지만, 내 팔을 묶지 못한다. 손이 너무 떨리고 있는 것이다. "때로 그 여자가 내 머릿속에 들어오는데, 마치 공황발작 같은 기분이야. 1, 2분 정도면 사라져." 그녀는 침대에 걸터앉아 두 손에 얼굴을 묻는다. 깊이 숨을 들이쉬고 허파에 공기를 가득 채운다. "당신에게서 동정심을 바라지는 않지만, 이게 얼마나 힘들었는지 몰라. 끝나지 않는 악몽 같아."

호흡이 거칠다. 캐럴라인은 의지력으로 마음을 가라앉히고 싶은지 무릎을 움켜잡고 한껏 힘을 준다. "테드와 나는 맨해튼에서 살았어. 어퍼웨스트사이드 리버사이드 하이츠. 나는 마운트시나이 병원에서 일했지. 서른다섯 살, 이미 지칠 대로 지친 상태였어. 환자들은 문제가 너무나 많았어. 세상에는 고통이 얼마나 많은지, 절망이 얼마나 많은지. 테드는 따분한 정보통신 업계에서 일했는데, 그도 그 일을 싫어했어.

아주 불행한 두 사람이 애를 가지려고 노력했지만 계속 실패했고, 그 때문에 더욱 불행해졌어. 일반적인 방법은 다 동원했어. 인공수정, 체외수정 시술, 배란촉진제 클로미드, 이런 게 뭔지 아니?" 캐럴라인은 고개를 젓는다. “상관없어. 아무것도 안 통했어. 우리 둘 다 미친 듯이 일하고 있었지만, 내 아버지가 유산을 물려주셨기 때문에 돈이 필요한 것도 아니었어. 그래서 결국 관두자, 이렇게 됐지. 직장을 그만두고 1년만 안식년을 보내기로 했지. 뉴욕주 세네카호수에 집을 샀어. 정신 상태가 편안해지면 혹시 임신할 수 있지 않을까 해서.

유일한 문제는, 거기 가니 친구가 없더라는 거야. 단 한 사람도 몰랐어. 여름 내내 오두막에 나와 테드뿐이었지. 테드는 거기서 와인 제조에 흥미를 붙였어. 일대 와인 제조사에서 수업을 듣기도 하고. 하지만 나는 너무나 따분했어, 맬러리. 뭘 해야 할지 알 수 없더군. 글도 쓰고, 사진도 찍고, 정원도 꾸미도, 빵도 만들고 했지만 아무것도 꾸준히 할 수가 없었어. 나는 그다지 창조적인 사람이 아니라는 끔찍한 결론이 나더군. 자신이 이런 사람이라는 걸 알게 되다니, 가슴 아픈 일 아니니?”

나는 공감하는 척 열심히 이야기를 재촉한다. 그녀의 말투만 들으면 마치 카페에서 스콘과 커피를 앞에 놓고 모녀가 잡담을 나누는 풍경 같을 것이다. 단지 나는 팔이 등 뒤에서 의자에 묶여있고, 캐럴라인은 약을 가득 채운 주사를 초조하게 손가락으로 비틀며 만지작거리고 있다.

“내게 즐거움을 준 유일한 활동은 걷기였어. 호숫가 공원에는 녹음이 짙은 산책로가 있었는데, 거기서 처음 마르기트를 만났어. 그게 애냐의 진짜 이름이야. 마르기트 바로스. 그녀는 나무 그늘 밑에 앉아서 풍경화를 그리곤 했어. 재능이 아주 뛰어났는데, 나는 조금 부러웠어. 항상 자기 딸을 데려왔지. 두 살 난 어린 딸, 플로라. 마르기트는 딸을 담요 위에 앉혀놓고 거들떠보지도 않았어. 한 번에 두세 시간씩. 아이 손에 스마트폰을 쥐여주고 그냥 아예 무시해 버리는 거야. 한두 번이 아니야, 맬러리. 주말마다 봤어! 이게 그 여자의 일상이었다고! 지나칠 때마다 속이 부글부글 끓었어. 이렇게 완벽한 아이가 있는데, 이렇게 예쁜 여자애가 관심을 갈구하고 있는데, 엄마라는 사람은 유튜브 비디오나 던져주다니! 귀찮은 짐짝 다루듯! 난 스마트폰 시청에 대한 연구를 많이 접했어, 맬러리. 아이의 상상력에 독이야.

몇 번 그런 모습을 본 뒤, 나는 개입하기로 했어. 다가가서 내 소개를 했지만, 마르기트는 내가 무슨 말을 하는지 몰랐어. 영어를 못하더군. 그래서 손짓 발짓으로 용건을 전했지. 당신이 한심한 엄마라는 걸 보여주려고 했어. 한데 그걸 이상한 뜻으로 해석했나 봐. 화를 냈어.

나도 화가 났고. 그러다 보니 둘 다 한쪽은 영어로, 한쪽은 헝가리어로 고래고래 소리치게 됐고, 마침내 지나가던 사람들이 다가와서 우리 둘 사이를 가로막았지.

그 뒤로 나는 다른 공원, 다른 산책로에 가려고 애썼어. 하지만 그 어린 소녀 생각을 떨칠 수가 없는 거야. 내가 그 아이를 저버렸다는 생각이, 개입할 기회가 있었는데 놓쳤다는 생각이 자꾸만 들었어. 그러던 어느 날, 말다툼 이후 두 달쯤 지나서였나, 나는 다시 호수로 갔어. 토요일 오전, 성대한 열기구 축제가 벌어지고 있었지. 9월마다 수천 명이 몰리는 축제였고, 온갖 모양의 알록달록하고 커다란 기구가 하늘을 가득 채웠어. 아이의 상상력을 개발할 완벽한 기회잖아? 한데 마르기트는 기구 그림을 그리고 있고, 어린 플로라는 스마트폰만 들여다보고 있는 거야. 담요 위에 방치되어서 팔과 어깨가 온통 햇볕에 타있었어.

쳐다보고 있으니 속만 부글부글 끓어오르는데, 뭔가 눈에 띄더군. 토끼 한 마리가 땅에서 꼼지락거리며 튀어나왔어. 근처에서 굴을 팠는지. 잔디밭에서 튀어나왔는데, 플로라가 그걸 봤어. '애냐, 애냐!' 아이가 웃으면서 토끼를 가리키는데도, 마르기트는 돌아보지 않았어. 자기 작품에 너무 몰입했던 거야. 아이가 일어나서 걸어가는데도, 들판을 가로질러 계곡 쪽으로 내려가는데도 몰랐어. 시냇물 쪽으로, 맬러리. 내가 가만히 있을 수 없겠지, 그렇지? 이 상황을 못 본 척할 수는 없겠지. 나는 플로라를 따라 계곡으로 내려갔어. 아이한테 가보니 길을 잃었더군. 엉엉 울고 있었어. 나는 옆에 앉아서 괜찮다고 달래줬어. 내가 엄마를 찾아주겠다, 데려다 주겠다고 했어. 정말 그럴 생각이었어, 맬러리. 정말 플로라를 돌려줄 생각이었다고."

심령판에 나타났던 수수께끼의 메시지가 떠올라서, 캐럴라인의 이야기가 귀에 들어오지 않는다. 나는 구글 번역을 지나치게 믿고 있었다. 메시지는 꽃을 도와달라는 뜻이 아니라, 플로라를 도와달라, 자기 딸을 도와달라는 뜻이었다.

"나는 그냥 아이와 시간을 조금 갖고 싶었어." 캐럴라인은 말을 잇는다. "잠시 산책이나 하고 애한테 관심을 가져주고. 애 엄마는 신경 쓰지 않을 거라고 생각했지. 자기 애가 없어진 것도 모를 거라고. 근처에 숲으로 이어지는 작은 산책로가 있어서, 우리는 그쪽으로 갔어. 숲으로. 그런데 마르기트가 플로라가 없어졌다는 걸 알아차린 거야. 사방을 돌아다니면서 찾기 시작했어. 그러다 결국 우릴 찾았지. 숲으로 따라 들어왔어. 나를 알아보고 펄펄 뛰더군. 소리를 지르고 날 때리려는 듯이 팔을 휘둘렀어. 난 전기충격기를 항상 지니고 다녔으니까, 호신용으로. 그래서 정당방어로 그걸 사용한 거야. 단 한 번 공격했어, 물러서게 하려고. 한데 신경에 원래 무슨 문제가 있는지, 쓰러지더니 일어나지 못했어. 경련을 일으키기 시작했지. 옷에 오줌을 싸고, 근육이 부들부들 떨렸어. 불쌍한 플로라는 겁에 질렸어. 911에 전화해야 한다는 건 알았지만, 남들이 보면 어떻게 생각할지 뻔하잖아. 마르기트가 자기 입장에서 이야기하기 시작하면, 사람들은 당연히 오해하겠지.

그래서 나는 플로라를 데리고 나무 뒤로 갔어. 거기 가만히 앉아서 눈을 감으라고 했지. 무슨 일이 벌어지는지 보지 못하도록. 솔직히 말하자면, 그 뒤에 있었던 일은 나도 사실 기억나지 않아. 인간의 정신세계라는 것이 이래서 아름다운 것 아니겠어? 나쁜 기억은 모두 차단하지. 무슨 말인지 당신도 알지?"

그녀는 대답을 기다렸지만, 내가 아무 말이 없자 다시 말을 잇는다. "어쨌든. 나는 그녀의 몸을 낙엽으로 덮었어. 플로라를 내 차에 태워 집으로 데려왔지. 테드에게 무슨 일이 있었는지 이야기하니 경찰에 신고하겠다고 했지만, 아무 일 없도록 제대로 마무리하자고 내가 설득했어. 우리는 아는 사람 하나 없는 뉴욕주 시골에 살고 있었지. 그 여자는 이민자고, 영어도 못하는 걸로 봐서, 어느 집 가정부인 것 같았어. 시체를 숨기고 아이를 우리가 돌보면, 실종 사실을 아무도 모를 거라고 판단했어. 주변 사람들은 그녀가 그냥 딸을 데리고 도주했다고 생각하겠지. 그런 여자들은 많으니까. 그래서 나는 테드를 공원으로 보냈어. 그가 이젤과 담요, 플로라의 장난감을 챙겨서 숲에 전부 묻었지. 시체와 같이. 그는 밤새도록 밖에 있었어. 해가 뜬 뒤에야 집에 돌아왔지.

거기서 끝났으면 좋았을 거야. 한데 마르기트의 오빠가 세네카호수에서 상당한 유지였어. 여름에 사람들이 체험하러 다니는 염소 농장을 운영했는데, 그 오빠가 마르기트와 그녀의 남편 요제프의 미국 이민을 보증하고 일자리도 준 거야. 게다가 마르기트가 차를 직접 몰고 호수까지 왔을 거라는 생각은 미처 못 했어. 아동용 안전좌석이 부착된 셰비 타호였지. 경찰은 차를 주차장에서 발견하고 수색견을 동원했어. 두 시간 만에 시체가 발견됐어.

이제 그 지역 전체가 두 살 난 여자아이를 찾기 시작했어. 우리 오두막에서 소리 지르며 울고 있는 그 아이를. 나는 타깃으로 달려가서 남자아이 옷을 잔뜩 샀어. 스포츠 저지, 풋볼 선수 이름이 박힌 셔츠. 전동 이발기를 사서 플로라의 머리도 아주 짧게 깎았어. 스위치 누르는 것 같더군. 머리 모양만 바꾸었는데, 누가 봐도 천생 남자아이였어."

캐럴라인의 호흡은 더 이상 거칠지 않고, 손도 이제 떨리지 않는다. 양심에 짊어지고 있던 끔찍한 짐을 내려놓는 듯, 말을 하면 할수록 상태가 나아진다.

"우리는 차를 타고 달렸어. 더 이상 계획도 없었지. 그냥 떠나야 했으니까, 최대한 멀리. 웨스트버지니아의 길버트라는 마을까지 쉬지 않고 달렸어. 인구는 400명, 모두 휠체어를 탄 노인들이었지. 친구들한테 바르셀로나로 이사한다, 테드에게 도저히 놓칠 수 없는 기회가 왔다고 이메일을 보냈어. 그리고 4만 제곱미터 부지의 저택을 빌렸어. 이웃도 없고, 아이한테 집중할 수 있는 조용한 곳이었지.

맬러리, 맹세하지만, 내 인생에서 가장 힘든 한 해였어. 6개월 동안, 테디는 말을 하지 않았어. 너무 겁을 먹은 거야! 하지만 나는 끈질겼어. 매일 아이와 같이 지냈어. 사랑과 관심, 애정을 보여줬어. 집을 책과 장난감, 건강식으로 가득 채웠고, 우리는 서서히 나아졌어. 테디는 껍질을 벗고 나오기 시작했어. 우리를 받아들이고 신뢰하기 시작했고, 이제 테디는 우리를 사랑해, 맬러리. 처음 애가 날 엄마라고 불렀을 때는 통곡을 했지.

첫해가 지날 무렵이 되자, 우리 관계는 놀랍게 좋아졌어. 우리는 테디를 공공장소에 데리고 다니기 시작했어. 짧은 하이킹이나 식료품 가게 정도. 보통 가족들이 다니는 소풍도. 그림처럼 완벽했지. 모르는 사람이 본다면, 우리가 어떤 일을 겪었는지 상상도 못 했을 거야." 아직 희망이 있던 시절이 그리운지, 캐럴라인의 목소리가 잦아든다.

"그러다 어떻게 됐어요?"

"마르기트가 우리를 찾아낼 줄은 몰랐지 뭐야. 나는 원래 무신론자였어. 영계 같은 것은 믿은 적이 없었어. 한데 웨스트버지니아에서 첫해가 지난 뒤, 테디에게 손님이 찾아오기 시작했어. 흰 드레스를 입은 여자. 낮잠 자는 시간에 아이 방에서 기다렸어."

"당신도 봤어요?"

"아니, 한 번도. 그녀는 테디에게만 모습을 보였어. 하지만 나는 느낄 수 있었어. 그녀의 존재를, 역겨운 부패의 악취를. 우리는 테디에게 그녀가 상상 속의 친구라고 했어. 진짜가 아니지만 진짜인 것처럼 놀아도 된다고. 아직 어리니까, 아직 사리 판단이 미숙하니까."

"귀신이 당신한테도 찾아왔나요? 복수하려고?"

"아, 그쪽은 그러고 싶겠지. 할 수 있다면 날 죽이고 싶지 않겠어? 하지만 가진 능력이 신통치 않잖아. 위자보드를 사용해서 연필을 움직이는 것 정도가 다일 거야."

웨스트버지니아 시골 한복판에서 4만 제곱미터 부지의 집에 갇혀 있는 따분한 생활을 상상해 본다. 남편과 납치한 아이, 앙심을 품은 유령 외에는 아무 동무도 없는 생활. 나라면 제정신을 잃지 않고 얼마나 버틸 수 있을까.

"'바르셀로나'에 영원히 머물 수 없다는 건 알고 있었어. 우리의 삶을 계속 살아야 하니까. 나는 테디가 평범한 어린 시절을 누릴 수 있도록 좋은 학교가 있는 깔끔하고 아름다운 동네에 살고 싶었지. 그래서 4월에 여기 이사 왔는데, 어머니의 날에 애냐가 헝가리 자장가를 부르며 테디 방에 다시 나타났어."

"당신을 따라온 건가요?"

"그래. 어떻게 왔는지 모르겠어. 어쨌든 그녀에게서 달아날 수 없다는 건 확실해. 어디를 가든, 애냐는 따라올 거야. 그래서 중대한 결심을 내렸어. 제3자를 들이자. 테디의 관심을 애냐에게서 돌릴 수 있는 새 친구를 만들어 주자. 당신은 완벽한 후보였어, 맬러리. 젊고, 건강하고, 에너지가 넘치지. 영리하지만 지나치게 영리하지는 않고. 마약 중독 이력도 아주 큰 장점이었어. 불안정한 사람이니까. 뭔가 이상한 걸 봐도, 스스로의 판단을 의심하겠지. 어쨌든 한동안은. 그 멍청한 그림은 예상도 못 했어. 다른 소통 방법을 찾아낼 거라고는 상상조차 하지 않았으니까."

캐럴라인은 지난 3년간의 인생을 되새기느라 녹초가 된 것 같다. 나는 얼른 시계를 훔쳐본다. 아직 11시 37분이다. 계속 이야기를 시켜야 한다. "미치는? 미치는 어떻게 된 거예요?"

"지금 당신과 똑같은 상황이었지. 지난 목요일, 교령회를 마치고 몇 시간 뒤, 미치가 다급히 우리 집 문을 두드렸어. 심령판이 잠잠해지지 않는다는 거야. 플랑셰트가 계속 원을 그리며 똑같은 단어만 반복한다고. 오바코디크ovakodik, 오바코디크, 오바코디크. 우리를 자기 집에 데려가서 직접 보여줬어. 미치는 그게 '조심하라'는 뜻이라는 것도 알아냈더군. 당신 말이 다 옳았다고 했어, 맬러리. 이 집에는 귀신이 들렸으니 도움을 받아야 한다는 거야. 테드와 나는 집으로 돌아와서 어떻게 하는 것이 최선일까 다퉜지만, 결국 내가 이겼어. 그가 미치를 붙잡고 내가 약을 주사하기로. 그런 뒤 그가 숲으로 시체를 끌고 갔고, 나는 바늘 뚜껑을 거실에 뿌렸지. 압박대도 탁자에 놓아두고. 경찰이 추론하도록 단서만 남겨둔 거야. 너무 깔끔하게 끝나지 않도록, 밤늦게 미치에게 찾아온 손님이 있었다는 이야기도 꾸몄어."

나는 다시 시계를 확인한다. 1분밖에 지나지 않았다. 이번에는 캐럴라인이 내 눈길을 알아차린다.

"뭐 하는 거야? 왜 시계를 보는 거야?"

"아무것도 아니에요."

"거짓말이군. 하지만 상관없어." 그녀는 일어나서 압박대를 집어 든다. 손은 떨리지 않는다. 그녀는 다시 자신감을 찾아 정확하게 압박대로 내 팔을 감고 매듭을 짓는다. 눈 깜짝할 사이에 팔 근육이 저리기 시작한다.

"이러지 마세요."

"미안해, 맬러리. 일이 다른 방향으로 풀렸다면 좋았을 텐데."

부드러운 장갑을 낀 손가락이 내 팔 안쪽을 더듬으며 부풀어 오른 혈관을 찾는다. 그녀가 진지하다는 것을, 정말 저지를 작정이라는 것을 알 수 있다. "남은 평생 죄책감을 느낄 거예요." 나는 말한다. 두려워서 말까지 더듬었다. "당신 자신이 미울 거예요. 결코 평화롭게 살 수 없을 거예요."

어째서 그녀에게 겁을 주어서 마음을 돌릴 수 있다고 생각했을까.

내 경고에 오히려 그녀는 더욱 화가 난 것 같다. 따끔하면서 주사가 피부를 뚫고 들어와 혈관을 찌른다. "좋은 면을 봐야지." 그녀는 말한다. "넌 네 여동생을 다시 만날 수 있을 거 아니야."

캐럴라인은 밀대를 눌러 말 한 마리도 때려눕힐 헤로인과 펜타닐 혼합물 2천 마이크로그램을 내 몸에 주입한다. 바늘이 들어간 지점에 얼음을 댄 듯한 익숙한 한기가 엄습하고, 온몸이 얼어붙는다. 마지막으로 본 것은 캐럴라인이 서둘러 문으로 나가며 불을 끄는 모습이다. 그녀는 내가 죽어가는 광경조차 곁에서 지켜보려 하지 않는다. 나는 눈을 감고 하느님께 용서해 달라고, 제발, 제발 용서해 달라고 빈다. 몸이 의자와 함께 바닥을 뚫고 뒤로 하염없이 추락하는 느낌이 들더니, 나는 무중력 상태로 공중에 부유하고 있다. 헤로인 정맥주사는 반응이 눈 깜짝할 사이에 온다. 어떻게 아직 의식이 있는지 알 수 없다. 어째서 내가 아직 숨을 쉬고 있는 거지? 문득 눈을 떠보니, 어둠 속에 마르기트가 기다리고 있다. 이미 나는 과다복용 상태다.

28장

흰 옷을 입고 정중앙에서 가르마를 탄 긴 검은 머리의 여자가 일종의 안개 속에서 어른거리고 있다. 옷에는 낙엽 조각과 흙이 여기저기 붙어있다. 얼굴은 컴컴해서 잘 보이지 않고, 머리는 똑바로 세우기가 힘든지 삐딱하게 기울어져 있다. 하지만 이제 두렵지는 않다. 오히려 마음이 놓인다.

일어서서 그녀에게 다가가려 하지만, 나는 여전히 의자에 앉아있다. 손목은 등 뒤에서 묶인 그대로다.

무시무시한 생각이 떠오른다.

이것이 사후일까?

지상에서 보낸 시간에 대한 벌일까? 텅 빈 오두막에서 딱딱한 나무 의자에 묶인 채 영원히 혼자 지내는 것이?

"어떻게 해야 할지 모르겠어요." 나는 속삭인다. "절 도와주실 수 있나요?"

마르기트는 걷지도 않고 스르륵 다가온다. 유황과 암모니아가 섞인 고약한 체취가 느껴지지만, 이것도 이제 신경 쓰이지 않는다. 그녀의 존재가 너무나 감사하고, 냄새가 느껴져서 마음이 놓일 지경이다. 마르기트가 유리창 앞을 지나는 순간, 달빛이 얼굴과 몸을 비춘다. 긁힌 상처와 검은 멍, 부러진 목, 나뭇가지가 여기저기 걸리고 찢어진 옷차림에도 불구하고, 너무나 아름다운 여자다.

"도와주세요, 마르기트. 날 도울 수 있는 사람은 당신뿐이에요. 제발."

그녀는 고개를 들려고 애쓰지만—좀 더 잘 들으려고 귀를 기울이는 것 같다—부러진 꽃봉오리처럼 머리가 다시 뒤로 툭 떨어지고 만다. 그녀가 내 어깨에 한 손을 얹지만, 촉감이나 외부에서 가해지는 압력은 느껴지지 않는다. 그저 가슴 벅찬 슬픔과 죄책감이 밀려온다. 한 번도 가본 적이 없는 장소가 머릿속에 펼쳐진다. 호숫가의 들판, 이젤에 걸린 캔버스, 담요 위에서 노는 아이. 그림에서 보았던 곳이다. 마르기트가 내 포치에 남겨놓았던 드로잉에서, 그리고 캐럴라인이 가족실에 보관한 테디의 작품에서 보았던 그곳이다. 서로 다른 두 화가가 묘사한 같은 장소가 기억에 생생하게 떠오른다.

여자와 아이를 바라보고 있으니, 마르기트의 비탄이 나 자신의 감정처럼 느껴진다. '내가 좀 더 신경을 썼어야 했는데. 그렇게 다른 데 몰두하지 말았어야 했는데. 내가 좀 더 조심했다면 지금도 모든 것이 그대로일 텐데.' 아니, 어쩌면 그것은 나 자신의 감정일까. 마르기트가 동시에 이렇게 말하는 것이 들려온다. '당신의 잘못이 아니야. 과거와 화해해요. 당신 자신을 용서해요.' 내가 그녀를 위로하는지, 그녀가 나를 위로하는지 알 수 없다. 어디서 나의 죄책감이 끝나고 그녀의 죄책감이 시작되는지 알 수 없다. 어쩌면 이것은 우리가 영원히, 죽는다 해도 떨치지 못할, 그런 종류의 비탄일 것이다.

그때 문이 열리고 테드가 불을 켠다.

내가 눈물을 쏟고 있는 것을 보더니, 그의 얼굴이 어두워진다. "아, 세상에." 그는 말한다. "미안해, 맬러리. 잠깐만 기다려 봐."

나는 마르기트를 다시 돌아보지만, 그녀는 사라지고 없다.

나는 아직 오두막 안에 있다.

안개 같은 사후 세계가 아니라 뉴저지주 스프링브룩에서 나무 의자에 묶인 채 바닥에 발을 대고 있고, 전자레인지의 시계는 11시 52분을 가리키고 있다.

캐럴라인이 주사를 놓은 팔 안쪽에서 아직도 얼음장 같은 한기가 느껴지지만, 나는 아직 살아있고 전혀 약에 취한 상태가 아니다.

"캐럴라인이 내게 약물을 주사했어요. 당신 아내가…."

"베이비파우더야." 테드는 말한다. "내가 헤로인을 베이비파우더와 바꿔치기했어. 당신은 괜찮아." 그는 내 등 뒤로 다가와서 의자에 손목을 묶은 천 조각을 잡아당긴다. "이런, 정말 단단히 묶었군. 칼이 필요해." 그는 부엌으로 가서 식사용 집기 서랍을 뒤지기 시작한다.

"뭐 하는 거예요?"

"당신을 보호하려는 거야, 맬러리. 난 처음부터 당신을 보호하려고 노력했어. 면접 날 기억 안 나나? 베이비시터 자격을 알아본답시고 던진 무례하고 심술궂은 질문들? 난 당신이 겁을 먹고 도망가길 바랐어. 모든 후보들한테 다 겁을 줬지. 한데 당신은 끈질겼어. 정말 이 집에 오고 싶어 하더군. 캐럴라인은 당신이 우리 문제의 해결책이라고 생각했어."

그는 톱니 모양의 칼을 의자로 가져와서 빠르게 천을 끊는다. 팔이 옆으로 축 늘어지고, 다시 움직일 수 있다. 천천히, 조심스럽게, 나는 욱신거리는 머리의 혹을 손가락으로 누른다. 두피에 유리 조각이 아직 박혀있는 것이 느껴진다.

"때려서 미안해. 나중에 주유소에 들러서 얼음을 구해주지." 테드는 옷장 문을 열더니 옷걸이가 비어있는 것을 보고 반색한다. "짐을 다 쌌군! 완벽해. 내 가방은 차 안에 있으니, 바로 출발할 수 있어. 밤새도록 차로 달려야겠지. 호텔을 찾아서 잠시 눈을 붙이고. 그런 뒤 계속 서쪽으로 달리는 거야. 에어비앤비에서 멋진 집을 찾았어. 거기 자리를 잡자고. 당신 마음에도 들 거야, 맬러리. 퓨젓사운드를 굽어보는 절경이지."

"테드, 잠시만요. 무슨 말을 하시는 거예요?"

그는 웃는다. "맞아, 맞아. 내가 오랫동안 세운 계획인데, 미처 당신한테 이야기한다는 걸 잊어버렸어. 하지만 당신이 나에 대해 어떤 감정인지 알고 있어, 맬러리. 나도 마찬가지야. 이제 우리 감정이 시키는 대로 하자."

"감정이 시키는 대로요?"

"개인연금을 해지하고 현금을 챙겼어. 캐럴라인이 건드릴 수 없는 계좌에 8만 달러가 있지. 우리가 새로 시작하기에 충분한 돈이야. 워싱턴주에서 새로운 인생을 설계하자. 휘드비섬에서. 하지만 지금 당장 출발해야 해. 그녀가 뒤처리하러 돌아오기 전에."

"왜 캐럴라인을 그렇게 무서워하세요?"

"정신이 나갔으니까! 아직도 몰라? 지금 막 당신을 죽이려고 했잖아! 나도 망설이지 않고 죽일 거야. 경찰에 신고하면, 나도 감옥에 가야 해. 그러니 도망가는 수밖에 없어. 지금 당장. 아이를 내버려 두고 가면, 캐럴라인은 우리를 뒤쫓지 않을 거야."

"테디를 버리고 싶어요?"

"미안해, 맬러리. 당신이 그 아이를 사랑한다는 건 알아. 나도 사랑해. 정말 귀여운 아이지. 하지만 데려갈 수는 없어. 아이는 엄마 두 사람과 여기서 지내면 돼. 엄마들이 서로 싸우든, 죽을 때까지 전투를 벌이든, 내가 알 바 아니고. 더 이상 견딜 수가 없어. 단 1분도 여기 더 있고 싶지 않아. 이 모든 악몽도 오늘 밤으로 끝이야, 알겠지?"

오두막 밖에서 바삭 나뭇가지 부러지는 소리가 들린다. 테드는 창가로 가서 밖을 내다보더니, 고개를 젓고 잘못 들은 것 같다고 한다. "자, 이제 한번 일어나 보지. 도와줄까?" 그는 손을 내밀지만, 나는 그를 물리치고 혼자 힘으로 일어선다. "그렇지, 맬러리. 잘했어. 화장실 갔다 올 생각 있나? 자정 이후에는 가게가 대부분 문을 닫으니까 말이야."

화장실에 갈 생각이야 있지만, 생각을 정리할 조용한 곳이 필요해서다. "잠깐 갔다 올게요."

"최대한 빨리, 알았지?"

나는 화장실 문을 닫고, 물을 틀어 얼굴에 찬물을 끼얹는다. 이제 어떻게 해야 하지? 주머니를 두드려 보지만, 당연히 텅 비어있다. 약장을 열어보고 샤워실도 수색했지만, 방어용으로 쓸 만한 도구는 없다. 그나마 무기에 가장 가까운 것은 족집게다.

화장실 천장 근처에는 높이가 겨우 몇 뼘밖에 안 되는, 방충망이 달린 작은 환기용 창문이 있다. 나는 변기 뚜껑을 내리고 그 위에 올라선다. 창문은 남쪽, 헤이든스글렌 쪽이었고, 숲의 어둑어둑한 나무딸기 덤불을 바라보고 있다. 나는 방충망을 뚫어서 창밖으로 밀어낸다. 망은 숲속 바닥에 떨어진다. 하지만 창문 높이까지 몸을 끌어올린다 해도, 그 작은 구멍으로 나갈 방법은 없다.

테드가 문을 두드린다. "맬러리? 다 됐나?"

"다 돼가요!"

그와 같이 가야 한다. 선택의 여지가 없다. 그의 프리우스를 타고, 워싱턴주와 휘드비섬에 대한 이야기를 들으며 방긋방긋 웃어야 한다. 함께 만들어 갈 새로운 생활에 대한 열망으로 가득 찬 척해야 한다.

그러다가 기름이나 음식, 물을 구하러 가게에 들르는 즉시 경찰을 찾아서 있는 힘껏 비명을 지르자.

나는 물을 잠근다. 수건으로 손을 닦는다.

문을 연다.

테드는 서서 기다리고 있다. "준비됐나?"

"그런 것 같아요."

"그런 것 같아?"

그의 시선이 나를 지나 욕실 안쪽으로 향한다. 뭘 보고 있을까. 변기 뚜껑에 발자국을 남겼나? 창문 방충망이 사라진 걸 눈치챘을까?

나는 그의 몸에 팔을 두르고 가슴에 얼굴을 묻으며 최대한 힘껏 끌어안는다. "고마워요, 테드. 날 구출해 줘서 고마워요. 내가 얼마나 이러고 싶었는지 모를 거예요."

그는 갑작스러운 애정 표현에 놀란다. 그는 나를 한층 더 끌어당겨 고개를 숙이고 이마에 키스한다. "약속해, 맬러리. 널 절대 실망시키지 않을 거야. 매일 당신을 행복하게 해주기 위해 노력할게."

"그럼 빨리 여기서 나가요."

슈트케이스와 옷가지가 가득 찬 쓰레기봉투를 나르려는데, 테드가 굳이 한 손에 하나씩 집어 든다. "필요한 건 정말 이것뿐이야?"

"테드, 내가 가진 건 그것뿐이에요."

테드가 진정한 사랑과 애정이 가득 찬 미소를 보내며 뭔가 달콤한 말을 하려는 순간, 탕 소리가 천둥처럼 울리고 총알이 그의 왼쪽 어깨를 꿰뚫는다. 테드는 비틀거리고, 벽에 피가 튄다. 나는 비명을 지른다. 총성이 세 번 더 울리고, 나는 계속 비명만 지르고, 그는 슈트케이스 위로 무너진다. 가슴을 움켜쥔 그의 손가락 사이로 피가 흘러나온다.

캐럴라인은 열린 별채 창가에 서서 미치의 총을 내게 겨누고 있다. 입 닥치라고 계속 말하고 있지만, 네 번째인가 다섯 번째까지 아무 말도 내 귀에 들어오지 않는다. 그녀는 문을 열더니 의자에 다시 앉으라는 뜻으로 총을 까딱한다.

"당신 진심이야?" 그녀는 묻는다. "정말 테드와 같이 도망칠 생각이었어?"

질문이 귀에 들어오지 않는다. 바닥에 쓰러진 채 말더듬이처럼 뭐라 말하려고 애쓰는 그의 모습만 응시하고 있다. 어려운 단어를 발음하려는지 입술이 파르르 떨리더니 피가 흘러나와 턱과 셔츠를 적신다.

"아니지? 거짓말이겠지." 캐럴라인은 말을 잇는다. "지금 여기서 도망칠 수 있다면 무슨 소리를 못 하겠어. 하지만 장담하건대 여기 테드는 백 퍼센트 진심이야. 당신이 처음 이 집에 왔을 때부터 당신한테서 눈을 못 뗐으니까." 그녀는 부엌 벽에 설치된 하얀색 연기 감지기를 가리킨다. "화재경보가 왜 울리지 않는지 궁금하지 않았어? 저녁 준비를 하다가 음식을 태울 때도?"

나는 대답하지 않는다. 그녀는 부엌 작업대를 권총 손잡이로 커다랗게 세 번 두드린다. "맬러리, 내가 물었잖아. 화재경보가 작동하지 않는다는 거 알았느냐고."

도대체 무슨 말을 하기를 바라는 걸까? 그녀는 내 얼굴에 총을 겨누고 있고, 너무 무서워서 대답할 수가 없다. 틀린 답이 나왔다 하면 당장 방아쇠를 당길 것 같다. 나는 대답할 용기를 짜내기 위해 바닥을 내려다본다. "테드가 별채 배선이 낡았다고 했어요. 노브앤드튜브 배선이라던가 그랬어요."

"웹캠이야, 멍청아. 당신 면접을 본 직후 테드가 설치했어. 본채의 와이파이 네트워크에 접속할 수 있도록 신호증폭기도 달았고. 혹시 약을 하지는 않나 감시해야 한다고 했지. 만일을 위한 조치로. 하지만 내가 그런 소리에 넘어갈 것 같아? 난 멍청이가 아니야. 밤마다 늦게까지 자기 서재에 앉아서 당신이 샤워를 하기만 기다리고 있었을 텐데. 난 당신이 알고 있는지, 누가 지켜보는 것 같다고 느낀 적 있는지 항상 궁금했지."

"저는 애냐라고 생각했어요."

"아니, 엄마는 밤마다 자기 애 옆에 있었어. 그건 항상 여기 이 가장이었어. 올해의 아버지상감이지."

테드는 그게 아니라고 말하고 싶은 듯, 내게 진실을 말하고 싶다는 듯 고개를 젓는다. 하지만 입을 여는 순간, 피만 흘러나와 턱과 가슴을 타고 흘러내린다.

캐럴라인을 다시 돌아보니, 그녀는 여전히 총을 내게 겨누고 있다.

바닥에 주저앉고 싶다. 엎드려 살려달라고 빌고 싶다.

"제발." 나는 두 손을 든다. "아무한테도 말 안 할게요."

"당연하지. 당신이 미치의 집에서 훔친 총으로 테드를 죽였으니까. 몸싸움을 하다가 내가 권총을 뺏어 들었지. 당신이 부엌 서랍에서 꺼낸 칼을 휘두르는 바람에 어쩔 수 없이 총을 쏠 수밖에 없었고. 정당방어지." 그녀는 상황을 시간 순서로 정확히 구성하려는지 별채를 둘러본다. "당신은 냉장고에 좀 더 가까이 서있는 게 좋겠군. 칼이 들어있는 서랍 옆으로 가." 그녀는 내게 총을 겨눈다. "빨리, 두 번 말하게 하지 말고."

그녀는 가까이 다가오고—총도 가까워진다—나는 부엌 쪽으로 물러난다.

"좋아, 그게 낫군. 이제 손을 내려서 서랍을 열어. 끝까지 다 빼. 그렇지." 그녀는 부엌 작업대 반대쪽으로 위치를 옮기더니 고개를 숙여 도마를 점검한다. "식칼을 꺼내는 게 좋겠어. 제일 큰 걸로. 가장 바깥쪽에 있는 것. 손을 뻗어서 손잡이를 잡아봐. 아주 단단히, 꽉 잡아."

너무 겁이 나서 움직일 수가 없다.

"캐럴라인, 제발…."

그녀는 고개를 젓는다. "빨리, 맬러리. 이제 거의 다 됐어. 손을 뻗어서 칼을 쥐어."

캐럴라인의 어깨 너머로, 벽에 묻은 피가 흘러내리는 광경이 시야 가장자리에서 아직 보인다. 하지만 테드는 거기 없다. 어디론가 사라졌다.

나는 손을 뻗는다. 칼이 손에 닿는다. 손가락으로 손잡이를 감싼다. 죽기 전에 마지막으로 하게 될 일이라는 말을 듣고 그대로 하려니, 너무나 힘들다.

"그거야." 그녀는 말한다. "이제 들어 올려."

갑자기 캐럴라인이 비명을 지르며 넘어진다. 테드가 다리를 향해 덤벼든 것이다. 지금이야말로 다시 오지 않을 기회다. 어리석게도, 나는 칼을 손에서 놓는다. 서랍에서 끄집어내는 시간조차 낭비하고 싶지 않았기 때문이다.

나는 그냥 달리기 시작한다.

문을 벌컥 여는 순간, 등 뒤에서 총성이 울려 오두막 벽에 메아리친다. 나는 포치에서 뛰어내려 잔디를 달리기 시작한다. 3초 정도 내 몸은 탁 트인 넓은 정원에서 무방비로 노출된 상태다. 언제라도 다음 총성이 울릴 것 같다.

하지만 총성은 들리지 않는다. 나는 본채 옆면의 그늘로 숨어들어 쓰레기통과 재활용 수거함 옆을 지난다. 집 앞 정원을 가로질러 2차선 진입로 끝에서 멈춘다. 이웃집들은 모두 불이 꺼져있다. 블록 전체가 잠들어 있다. 자정을 넘긴 시각에 에지우드 스트리트를 돌아다니는 사람은 아무도 없다. 이웃집 문을 두드릴 생각은 나지 않는다. 아래층까지 사람이 내려오려면 얼마나 걸릴지 모른다. 지금 내가 가진 최고의 무기는 속도다. 나와 캐럴라인 사이의 거리를 벌려야 한다. 전속력으로 달리면 꽃의 성까지 3분밖에 걸리지 않는다. 문을 두드리고 에이드리언의 부모님에게 도와달라고 소리치자.

한데 맥스웰 저택을 돌아본 순간, 테디가 아직 2층에서 잠들어 있다는 생각이 떠오른다. 뒷마당에서 벌어지는 난투극에 대해서는 아무것도 모르고.

내가 도망쳤다는 것을 캐럴라인이 깨달으면 어떻게 될까?

테디를 차에 태워 웨스트버지니아로 도망치겠지? 아니면 캘리포니아? 멕시코?

자신의 비밀을 지키기 위해 얼마나 멀리 달아날까?

별채에서 다시 총성이 울린다. 최선의 상황을 기대하고 싶다. 테드가 아내에게서 무기를 빼앗은 거라고 믿고 싶다. 마지막으로 죽어가는 순간에, 나와 테디에게 탈출할 기회를 선물한 거라고 믿고 싶다.

하지만 그렇지 않다면? 만일 아니래도 아직 내게 시간은 있다. 나는 육상 선수 출신이다. 펜실베이니아주에서 여섯 번째로 빠른 여학생이었다. 집 옆으로 돌아가서 뒷마당으로 가보니, 고맙게도 부엌으로 이어지는 미닫이문이 잠겨있지 않았다.

나는 본채로 들어가서 등 뒤로 문을 잠근다. 1층은 어둡다. 나는 급히 식당을 지나 뒤쪽 계단을 통해 위층으로 올라간다. 테디의 방문을 벌컥 열었지만, 불은 켜지 않는다. 그냥 침대에서 담요를 걷고 테디를 흔들어 깨운다. "일어나, 테디. 빨리 가야 해." 그는 나를 밀어내고 베개에 얼굴을 묻지만, 달래고 어를 시간은 없다. 침대에서 억지로 일으키자, 테디는 잠이 덜 깬 채 싫다고 칭얼거린다.

"맬러리!"

캐럴라인은 벌써 집 안에 들어와서 현관에서 나를 부르고 있다. 나무 계단을 올라오는 발소리가 들린다. 나는 반대 방향으로 달려서 뒤쪽 계단을 통해 부엌으로 돌아간다. 테디는 20킬로그램도 채 안 나가지만, 하마터면 떨어뜨릴 뻔했다. 나는 아이를 어깨에 둘러메고 단단히 붙잡은 뒤 뒷마당 파티오로 달려 나간다.

밖으로 나가니, 마당은 더없이 고요하다. 들리는 것은 수영장의 부드러운 물소리, 이따금 매미 울음소리, 씩씩거리는 내 숨소리뿐이다. 하지만 나는 캐럴라인이 다가오고 있다는 것을 알고 있다. 집 안을 통과해서 마당으로 나오거나, 본채 옆으로 돌아 나올 것이다. 가장 안전한 방향은 전방, 마법의 숲으로 가는 것뿐이다. 마당을 한참 가로질러야 하지만, 테디를 업고 있으니 캐럴라인이 나를 총으로 쏘지는 않을 것이다. 일단 숲에 도착하면, 우리는 탈출할 수 있다.

테디와 나는 여름 내내 이 숲을 탐험했다. 오솔길 하나하나, 지름길과 막다른 골목 하나하나를 환히 꿰고 있고, 마침 어스름한 달빛이 길을 인도하고 있다. 나는 테디를 단단히 붙잡고 나무딸기 덤불로 뛰어든다. 나뭇가지와 덩굴과 가시덤불을 한참 헤치고 나아가니, 낯익은 노란 벽돌 길이 나타난다. 오솔길은 에지우드 스트리트에 늘어선 집들의 뒷마당과 평행하게 동서로 뻗어있다. 우리는 노란 벽돌 길을 따라 거대한 용의 알 바위까지 간 뒤 용의 고개로 접어든다. 등 뒤에서 숲을 헤치는 발소리가 들려오지만, 어둠 속이라 얼마나 가까운지, 어느 방향인지 전혀 짐작할 수 없다. 캐럴라인이 내 목덜미에 대고 씩씩거리는지, 백 미터쯤 뒤처져 있는지도 알 수 없다. 이제야 경찰차 사이렌 소리도 아스라이 들려온다. 차라리 그냥 꽃의 성으로 달려갔다면 지금쯤 안전할 텐데.

하지만 테디가 내 팔을 꽉 움켜잡고 있고, 중요한 것은 그뿐이다. 테디에게 무슨 일이 생기도록 내버려 둘 수는 없다.

왕의 강은 어둠 속에서 한층 요란하게 흐른다. 발소리를 숨겨주는 소음이 고맙다. 하지만 이끼투성이 다리에 도착하니, 더 이상 전진할 수 없을 것 같다. 통나무가 너무 가늘고 이끼가 가득 있어서, 테디를 업고 건널 수는 없다.

"테디베어, 들어봐. 이제 걸어가야 해."

그는 싫다는 뜻으로 고개를 젓고 나를 한층 더 꽉 움켜쥔다. 무슨 상황인지 몰랐지만 잔뜩 겁에 질려 있다. 나는 테디를 내려놓으려고 하지만, 그의 팔이 내 목을 단단히 감고 있다. 멀리서 경찰차 사이렌이 점점 더 크게 들려온다. 이제 맥스웰 저택에 도착한 것 같다. 총성을 들은 이웃이 경찰에 신고했을 것이다. 하지만 경찰은 너무 멀리 있어서 도움이 되지 않는다.

한 줄기 빛이 날카롭게 숲을 뚫고 들어온다. 캐럴라인의 전기충격기 손전등 불빛이다. 그녀가 나를 보았는지 알 수 없지만, 어쨌든 계속 움직여야 한다. 나는 테디의 몸을 꽉 붙든 채 다리 위로 한 걸음, 다시 한 걸음 내디딘다. 어디쯤이 썩었는지, 어디쯤에 미끌거리는 이끼가 끼어있는지 알 수 없다. 발밑에는 1미터 못 되는 깊이의 강물이 빠르게 흐르고 있다. 한 걸음 전진할 때마다 옆으로 미끄러질 것 같지만, 그래도 용케 계속 발을 내딛고 있다. 거대한 콩나무 밑동까지 다다르니, 더 이상 팔에 힘을 줄 수가 없다. 이제 테디를 안은 채 한 발도 옮길 수 없다. "테디, 여기서부터는 혼자 해야겠다." 나는 나무둥치 위에 마련한 우리의 비밀 무기고를 가리킨다. "자, 올라가야 해."

테디는 겁에 질려 움직이지 못한다. 마지막 남은 힘을 동원해서 아이를 나무 위에 밀어 올리자, 다행히 테디도 나뭇가지를 붙잡고 중심을 잡는다. 내가 엉덩이를 밀어 올려 주자, 천천히 조심스럽게 테디도 움직이기 시작한다.

손전등 불빛이 나무 밑동을 스친다. 캐럴라인이 강가에 있다. 점점 다가오고 있다. 나는 낮은 나뭇가지를 붙잡고 테디의 뒤를 따라 우리가 '구름 전망대'로 이름 붙인 가지까지 올라간다. 좀 더 높이 올라가고 싶지만, 이제 시간도 없고 혹시 무슨 소리가 나면 곤란하다. "이 정도면 됐어." 나는 속삭인다. 테디의 허리에 팔을 감고 가까이 끌어안은 뒤, 입을 아이의 귀에 갖다 댄다. "이제 아주 조용히 있어야 해, 알았지? 괜찮니?"

그는 아무 말도 하지 않는다. 몸이 바들거리고 있다. 스프링처럼 움츠린 상태다. 아니, 괜찮지 않다는 것, 뭔가 아주아주 잘못됐다는 것은 알고 있는 것 같다. 나는 좀 더 높이 올라갈 수 있으면 얼마나 좋을까 생각하며 땅을 내려다본다. 오솔길에서 겨우 3미터 정도의 높이에 지나지 않기 때문에, 캐럴라인이 길을 벗어나지 않는다면 바로 우리 아래를 지나치게 될 것이다. 테디가 칭얼거리는 소리라도 낸다면….

나는 옹이 안에 손을 넣어 돌과 테니스공이 가득 들어있는 무기고를 뒤진다. 부러진 화살이 손에 닿는다. 피라미드 모양의 촉이 달린, 짧고 비죽하게 부러진 화살대다. 무기로는 별 쓸모가 없다는 것은 알지만, 뭐라도 손에 쥐고 있다는 것 자체가 마음이 놓인다.

그녀가 다가오는 것이 보인다. 캐럴라인은 이끼투성이 다리를 건너 손전등으로 길을 비추며 이쪽으로 다가오고 있다. 나는 테디에게 아주 조용히 해야 한다고 속삭인다. 엄마가 보일 거라고, 하지만 아무 말도 하지 않겠다고 약속하라고 한다. 다행히 테디는 아무것도 묻지 않는다. 캐럴라인은 오솔길을 헤치고 우리가 숨은 나무 바로 아래에 멈춘다. 저 멀리서 목소리가, 남자들이 외치는 소리가 들려온다.

개 짖는 소리도 섞여있다. 캐럴라인은 그 방향을 돌아본다. 시간이 없다는 것을 알고 있는 것 같다. 너무나 무섭다. 나는 숨을 죽인다. 나도 모르게 테디를 끌어안은 손에 힘이 들어가는 바람에, 아이는 아픈지 나직하게 칭얼거린다.

캐럴라인이 고개를 든다. 손전등이 나무를 비추자, 너무 밝아서 손으로 눈을 가리지 않을 수 없다. "아, 테디. 이렇게 다행일 데가! 거기 있구나! 엄마가 얼마나 찾았는지 아니? 그 위에서 뭐 하는 거야?"

여전히 그녀는 반대쪽 손에 마치 아이폰이나 물병처럼 자연스럽게 권총을 쥐고 있다.

"여기 있어." 나는 테디에게 말한다.

"안 돼, 테디. 제발, 거긴 안전하지 않아." 캐럴라인이 말한다. "맬러리 말이 틀렸어. 빨리 내려오렴. 집으로 돌아가자. 넌 잘 시간이잖니!"

"움직이지 마." 나는 테디에게 말한다. "여기 있어야 안전해."

하지만 테디의 몸이 본능적으로 엄마의 목소리에 이끌리는 것이 느껴진다. 아이의 허리를 감은 팔에 힘을 주다가, 나는 문득 후끈거리는 온기에 놀란다. 테디는 열병이라도 앓는 것처럼 뜨겁다.

"테디, 내 말 들어." 캐럴라인이 말한다. "맬러리한테서 떨어져야 해. 머리가 아주 이상한 사람이야. 저런 증세를 정신착란이라고 해. 그래서 벽에 온통 그림을 그린 거란다. 미치에게서 이 총을 훔쳐서 네 아빠를 해치고 이제 너까지 훔치려는 거야. 경찰이 집에 와있어. 지금 너희를 찾고 있단다. 그러니까 이제 내려오렴. 가서 어떻게 된 일인지 경찰한테 말해줘. 맬러리는 나무에 그대로 내버려 두고, 우리가 가서 상황을 설명하자꾸나."

하지만 캐럴라인이 나를 나무에 버려둘 리는 없다. 이미 내게 너무 많은 것을 털어놓았다. 테디의 친모 이름도 말했다. 마르기트 바로스, 세네카호수 근처에서 살해당한 여자. 경찰이 내 증언에 대해 기본적인 수사만 한다면, 내가 사실을 말하고 있다는 것을 알게 될 것이다. 캐럴라인은 나를 죽이는 것 말고 선택의 여지가 없다. 테디가 나무에서 내려가자마자. 그런 뒤 모든 상황을 자기방어로 둘러댈 것이다. 거짓말이 통할지 어떨지 나는 영영 알 수 없다. 이미 죽었을 테니까.

"자, 아가, 집에 가자. 작별 인사 하고 내려와."

테디는 내 팔을 뿌리치고 나무둥치에서 내려가기 시작한다.

"테디, 안 돼!"

그가 이쪽을 돌아보는 순간, 눈의 흰자위가 보인다. 눈동자가 뒤로 넘어간 상태다. 아이의 오른손이 뻗어 와서 내가 쥔 화살을 빼앗더니 나무에서 훌쩍 뛰어내린다. 캐럴라인은 테디를 받아 안으려는 듯 두 팔을 위로 뻗는다. 하지만 몸무게 때문에 그녀는 뒤로 비틀거린다. 총과 손전등이 손에서 날아가 나무 덤불 사이로 사라진다. 무지막지한 쿵 소리와 함께 캐럴라인은 테디가 다치지 않도록 가슴에 끌어안은 채 뒤로 자빠진다.

"괜찮니? 테디, 아가, 괜찮니?"

테디는 캐럴라인의 허리에 걸터앉은 자세로 몸을 일으켜 앉는다. 계속 괜찮으냐고 묻는 것도 아랑곳없이, 그는 캐럴라인의 목에 화살을 박아 넣는다. 아이가 화살을 빼내서 두 번, 세 번째 찌르고 있는데도, 캐럴라인은 자신이 찔렸다는 사실을 모르고 있는 것 같다. 퍽, 퍽, 퍽. 비명을 지르기 시작할 때는 이미 목소리가 나오지 않는다. 입에서 나오는 것은 컥컥거리며 피를 토하는 소리뿐이다.

나는 "안 돼!" 소리치지만, 테디는 멈추지 않는다. 아니, 마르기트는 멈추지 않는다. 아들의 몸 전체에 빙의하지 못하고 그냥 오른손과 오른팔만 다룰 뿐이지만, 워낙 기습적인 공격이기 때문에 상대도 어쩔 도리가 없다. 캐럴라인은 자기 피에 숨이 막혀 컥컥거리고 있다. 뒤치락거리는 소리를 들었는지, 개 짖는 소리가 점점 더 크게 들린다. 남자들이 점차 가까이 다가오고 있다. 우리가 도우러 갈 테니 소리를 더 크게 내라는 외침도 들린다. 나는 허겁지겁 나무에서 내려가서 테디를 캐럴라인의 몸에서 떼어낸다. 아이의 몸은 가스레인지 위에서 끓는 주전자처럼 뜨겁다. 캐럴라인은 목을 움켜쥐고 누운 채 경련을 일으키고 있고, 테디는 피투성이다. 머리카락, 얼굴, 잠옷에서도 뚝뚝 떨어지고 있다. 어째서인지 나는 신기할 정도로 또렷하게 상황을 판단하고 있다. 마르기트가 나를 구해주었다는 것을 알고 있다. 내가 지금 재빨리 행동하지 않는다면, 테디는 남은 평생 정신병원을 전전해야 할 것이다.

그는 아직도 오른손으로 화살을 쥐고 있다. 나는 아이를 안아 올려 피가 내 몸에 묻도록 꼭 끌어안는다. 그리고 오솔길을 걸어 왕의 강둑으로 향한다. 나는 물로 들어간다. 질벅거리는 이끼와 진흙에 발이 푹푹 빠진다. 한 발, 한 발, 물이 허리에 차오를 때까지 깊은 곳으로 들어가자, 테디는 한기에 퍼뜩 정신이 드는 것 같다. 동공이 제자리로 돌아오고, 몸이 내 품에서 축 늘어진다. 화살이 손에서 빠진다. 나는 화살이 물에 빠져 가라앉기 전에 얼른 받아 든다.

"맬러리? 우리 어디예요?"

테디는 겁에 질려있다. 환각 상태에서 깨어났는데, 어두운 숲속에서 찬물에 목까지 잠겨있다니.

"괜찮아, 테디베어." 나는 아이의 뺨에 물을 끼얹어서 뒤집어쓴 피를 닦아준다. "우린 괜찮을 거야. 모든 게 괜찮아."

"이건 꿈이에요?"

"아니, 테디. 그렇지 않아. 현실이란다."

그는 강둑을 가리킨다. "왜 저기 개가 있어요?"

큰 개, 검은 리트리버가 연신 킁킁거리며 미친 듯이 짖고 있다. 야광복 차림의 남자들이 손전등을 이리저리 비추며 숲에서 달려 나온다.

"찾았다!" 남자가 외친다. "여자와 아이가 계곡 안에 있다!"

"아가씨, 괜찮나? 피가 나?"

"아이는 괜찮나?"

"이제 안전해, 아가씨."

"우리가 도와주지."

"이리 와, 아가. 손을 다오."

하지만 테디는 팔로 내 허리를 한층 더 꼭 감고 엉덩이에 달라붙는다. 더 많은 경찰과 개들이 강 건너편에서 나타나더니 사방에서 다가온다.

여자가 외치는 목소리가 멀리서 들려온다. "한 사람 더 있다! 성인 여성, 맥박과 호흡이 없다. 칼에 찔린 상처가 여러 개다!"

그들은 우리를 둘러싸고 사방에서 손전등으로 비추며 다가오고 있다. 괜찮다, 너희들은 이제 괜찮다, 이제 안전하다며 안심시키려 한다. 모두가 동시에 말하고 있었기 때문에 누가 지휘관인지 알 수 없다. 그런데 우리 옷에 묻은 피를 보고 다들 잔뜩 긴장한 기색이 역력하다. 테디도 겁에 질렸다. 나는 그의 귀에 속삭인다. "괜찮아, 테디베어. 우리를 돕기 위해 오신 분들이야." 나는 아이를 강둑으로 데려가서 조심스럽게 땅에 내려놓는다.

"여자가 뭔가 들고 있다."

"아가씨, 손에 그게 뭐지?"

"이쪽으로 보여주겠나?"

경찰 중 한 사람이 테디의 팔을 잡아 안전한 곳으로 당겼고, 그들은 다시 일제히 고함치기 시작한다. 천천히 물 밖으로 나와라, 화살을 땅에 내려놓아라, 혹시 다른 무기를 지니고 있나. 하지만 아무 말도 내 귀에 들어오지 않는다. 저 멀리, 주위를 둘러싼 경찰들 바깥에서 다른 한 사람이 지켜보는 것이 눈에 띄었기 때문이다. 달빛이 흰 드레스 자락에서 빛나고, 머리를 삐딱하게 옆으로 축 늘어뜨리고 있다. 나는 왼손을 들어 부러진 화살을 보여준다.

"제가 그랬습니다." 나는 말한다. "제가 한 거예요."

나는 팔을 내밀어 화살을 땅에 떨어뜨린다. 다시 고개를 들어보니, 마르기트는 사라지고 없다.

1년 후。

이 이야기를 종이에 적는 일은 힘들었지만, 아마 읽는 것은 그보다 더 힘들 거라고 생각해. 여러 번 그만둘까 했지만, 네 아버지가 기억이 아직 머릿속에 생생하게 남아있는 동안 계속 써달라고 간청하더구나. 언젠가, 10년, 혹은 20년이 지난 뒤, 스프링브룩에서의 그 여름에 무슨 일이 있었는지 네가 진실을 알고 싶어 할 거라고 확신하셨어. 어느 멍청한 범죄 실화 팟캐스트보다 내게서 직접 듣는 것이 좋을 거라고. 412

팟캐스트는 정말 얼마나 많았는지. 온갖 속보, 낚시성 제목, 심야 토크쇼 농담, 인터넷 밈이 넘쳤지. 네가 구출된 뒤 몇 주 동안, 〈데이트라인〉, 〈굿모닝아메리카〉, 〈복스〉, 〈TMZ〉, 〈프론트라인〉을 비롯해 온갖 뉴스 매체에서 연락이 왔어. 프로듀서들이 도대체 내 휴대전화 번호를 어떻게 알았는지 몰라도, 전부 똑같은 약속을 하더구나. 개입을 최소한으로 줄이고 내 이야기를 하도록 해주겠다, 내가 한 행동을 직접 변호하게 해주겠다. 독점 인터뷰를 하겠다고 약속하면 어마어마한 돈도 주겠다고 약속했지.

하지만 네 아버지와 오랫동안 상의한 뒤, 우리 둘 다 언론은 상대하지 않기로 결정했어. 가족과 재회했으니 네게는 치유할 시간이 필요하고, 이제 우리도 당분간 조용히 지내고 싶다는 공동 성명을 발표했지. 전화번호와 이메일 주소를 바꾸고, 사람들이 우리에 대해 잊기를 바랐어. 시간은 몇 주 걸렸지만, 그렇게 됐어. 더 큰 뉴스가 터지더구나. 샌안토니오의 정신병자가 식료품 가게에서 총격을 벌였다. 필라델피아의 청소 노동자가 8주 동안 파업을 벌였다. 캐나다의 한 여성이 여덟쌍둥이를 출산했다. 세상은 그렇게 우리를 잊었어.

몇 번 이 이야기를 쓸까 했지만 성과가 없었어. 백지를 앞에 두고 앉아서 완전히 얼어붙었던 기억이 난다. 지금까지 평생 써본 가장 긴 글이라고는 고등학교 시절 《로미오와 줄리엣》에 대한 다섯 페이지짜리 기말 과제가 고작이었거든. 심지어 책을 쓴다니, 진짜 무슨 《해리 포터》 같은 한 권짜리 책이라니, 너무 어마어마한 일 같았지. 그래서 에이드리언의 어머니에게 어렵다고 말씀드렸더니, 좋은 조언을 주셨어. 책을 쓴다고 생각하지 말고, 그냥 컴퓨터 앞에 앉아서 이야기를 한다고 생각해 보라고. 한 번에 한 문장씩, 커피 한 잔 앞에 놓고 친구한테 말하는 투로 이야기를 해보라고. J.K. 롤링 같은 언어가 아니라도 괜찮다고. 필라델피아 출신 맬러리 퀸이면 된다고. 그렇게 생각하고 다시 시도해 보니 이야기가 상당히 빠른 속도로 흘러나오기 시작했어. 8만 5천 단어짜리 파일이라니, 믿을 수가 없구나.

이런, 지나치게 앞서가고 있네!

잠시 앞으로 돌아가서 몇 가지 설명을 해야겠다.

총상을 입은 테드 맥스웰은 별채 마루에서 죽었어. 아내 캐럴라인은 30분 뒤 거대한 콩나무 둥치 옆에서 죽었고. 나는 정당방위를 위해 몇 주 전 숲에서 찾은 부러진 화살로 그녀를 찔렀다고 자백했어(전문 용어로는 석궁용 화살). 화살촉 끝이 목동맥을 파열시키지 않았다면 살아남았을 텐데, 구급요원이 도착했을 때는 너무 늦었지.

너와 나는 스프링브룩 경찰서로 옮겨졌어. 눈이 게슴츠레한 사회복지사가 봉제인형 한 바구니를 들고 와서 너를 구내식당으로 데려갔고, 나는 비디오카메라와 마이크가 설치된 창문이 없는 취조실로 들어가서 점점 더 적대적인 태도를 보이는 형사들을 대면했어. 네 안전을 위해서 이야기의 일부만 털어놓았어. 네 엄마가 그린 드로잉 이야기는 안 했어. 그림을 통해 내가 사건을 이해할 수 있도록 단서를 주었다는 이야기 말이야. 아니, 사실 네 엄마 이야기는 아예 입 밖에 내지 않았어. 맥스웰 부부의 비밀을 혼자 힘으로 다 알아낸 척했지.

브릭스 형사와 동료들은 회의적이었어. 내가 뭔가 말하지 않는 것이 있다는 걸 눈치챘지만, 그래도 나는 내 입장의 설명을 고수했어. 목소리가 커지고 질문이 적대적으로 변해가는데도, 나는 그럴듯하지 않은 답만 계속 내놓았지. 몇 시간 동안, 나는 내가 두 사람을 죽인 살인범으로 기소되겠구나, 남은 평생을 교도소에서 지내겠구나 생각했어.

하지만 해가 뜰 무렵, 내 이야기에서 사실과 부합되는 지점이 몇 가지 밝혀졌어.

테디 맥스웰이 다섯 살 여아의 신체를 갖고 있다는 걸 사회복지사가 알아냈어.

플로라 바로스라는 아이가 전국 실종아동 및 학대피해아동 데이터

베이스에 등록되어 있었는데, 테디 맥스웰은 그 아이와 신체적 특징이 일치했어.

플로라가 실종되기 겨우 6개월 전 맥스웰 부부가 세네카호수에 오두막을 매입했던 기록이 인터넷 검색을 통해 확인됐어.

테드와 캐럴라인의 여권(침실 옷장에서 발견)을 확인해 보니 스페인에 간 기록이 없었어.

게다가 네 아버지 요제프가 내 이야기에서 몇 가지 사실이 맞는다고 전화로 확인해 주었어. 아내가 몰았던 셰비 타호의 차종과 모델명은 일반에 공개되지 않은 정보였거든.

다음 날 아침 일곱 시 반, 브릭스 형사는 경찰서 근처 스타벅스에서 허브차와 달걀 치즈 샌드위치를 사다 줬어. 에이드리언도 취조실에서 만나게 해주었지. 밤새도록 로비의 불편한 철제 의자에서 기다리고 있었거든. 그는 내 몸이 바닥에서 들릴 정도로 꽉 껴안았어. 둘 다 눈물을 그치고 난 뒤, 난 그에게 처음부터 끝까지 전부 다시 이야기해 주었어.

"내가 좀 더 일찍 돌아오지 못해서 미안해." 그는 말했어.

911에 신고했던 건 에이드리언이었어. 별채에 도착해서 바닥에 쓰러져 있는 테드 맥스웰의 시체를 본 뒤였지.

"내가 오하이오에 가지 말았어야 했어. 너와 같이 스프링브룩에 있었다면 이런 일이 일어나지 않았을 텐데."

"그랬다면 우리 둘 다 죽었을지도 모르지. 이렇게 했더라면, 저렇게 했더라면, 하는 가정에 집착하는 건 쓸데없어, 에이드리언. 자신을 책망하지 마."

세네카호수에서 스프링브룩까지는 차로 다섯 시간이 걸리지만, 그날 아침 네 아버지는 세 시간 반 만에 달려오셨어. 주간고속도로를 총알처럼 달리면서 무슨 생각이 머릿속에 오갔을지 누가 알까. 네 아버지가 도착했을 때, 에이드리언과 나는 여전히 경찰서에서 잠을 쫓으려고 달콤한 스낵을 먹고 있었어. 브릭스 형사가 그를 취조실에 데리고 들어온 바로 그 순간은 아직도 기억에 생생해. 키가 크고 마른 체구, 덥수룩한 머리, 헝클어진 턱수염, 움푹 패고 물기 어린 눈매. 처음에는 옆방에 있던 범죄자인가 했지. 하지만 작업용 부츠, 디키스 바지, 단추 달린 플란넬 셔츠, 농부 같은 옷차림이었어. 그는 무릎을 꿇고 내 손을 잡더니 울기 시작했어.

이후 일어난 일을 전부 쓰자면 그것만으로도 책 한 권이 되겠지만, 간략하게 적도록 노력해 볼게. 너와 네 아버지는 세네카호수로 돌아갔고, 에이드리언은 럿거스 대학 마지막 해를 마치기 위해 뉴브런스윅으로 돌아갔어. 그는 집세는 생각 말고 자기 아파트에서 같이 지내면서 인생의 다음 장을 계획하는 게 어떠냐고 했지만, 내 세상이 온통 엉망진창으로 혼란스러운 상태로 약해져 있는 순간에 우리 관계에 대해 중대한 결정을 한다는 것이 두려웠어. 그래서 나는 일단 노리스타운에 있는 러셀의 집 손님방에서 지내기로 했지.

68세 남성이 그리 이상적인 룸메이트는 아니지 않나 싶겠지만, 러셀은 조용하고 깔끔했고 항상 온갖 종류의 단백질 파우더를 식료품장에 잔뜩 채워놓았어. 나는 당장 돈이 필요해서 운동화 가게에 일자리를 얻었어. 직원들이 비공식적으로 소소하게 만든 달리기 모임이 있었는데, 나는 일주일에 2, 3일씩 아침마다 같이 나가 뛰기 시작했어. 2, 30대 교인들이 꽤 있는 좋은 교회도 찾았지. 다른 사람들을 돕기 위해 중독자 모임에도 다시 나가서 내 이야기와 경험을 털어놓기 시작했어.

네 여섯 번째 생일을 맞아 10월에 널 찾아가고 싶었지만, 네 의사들이 그러지 않는 게 좋겠다고 하더구나. 아직 네가 너무 연약하고 상처받기 쉬운 상태라고, 아직 진정한 자신의 정체성을 '조립하는' 시기라는 거야. 통화는 괜찮지만 그것도 네 쪽에서 대화를 먼저 원할 때 하라고 했는데, 넌 나와 소통하는 데 전혀 흥미를 보이지 않았지.

그래도 네 아버지가 한 달에 한두 번 전화해서 네 소식을 알려주었고, 이메일도 자주 교환했어. 너와 네 아버지가 네 삼촌과 숙모, 사촌들과 큰 농장에서 같이 지내고 있다는 이야기도 들었고, 유치원에 입학하는 대신 이런저런 치료 프로그램에 참여하고 있다는 이야기도 들었어. 미술치료, 대화치료, 음악치료, 인형 역할극 같은 것들. 의사들은 침대에서 억지로 일어나고, 숲으로 끌려 들어가고, 나무 위로 올라갔던 기억이 네게 전혀 없다는 사실에 놀랐어. 트라우마에 대응하기 위해 두뇌가 이런 기억들을 억압했다는 것이 의사들의 결론이었어. 그날 밤 숲속에서 무슨 일이 있었는지 사실대로 알고 있는 건 네 아버지뿐이야. 내가 전부 다 들려드렸어. 미친 이야기 같았겠지만 네 엄마의 화풍으로 그려진 드로잉을 보여드렸더니 네 아빠도 내 말을 믿지 않을 수 없었지.

의사들은 아주 간략한 사실만 네게 들려줬다고 했어. 너는 플로라라는 이름의 여자아이로 태어났고, 진짜 부모님은 요제프와 마르기트라는 것이었지. 그리고 테드와 캐럴라인은 아주 많이 아픈 사람들이었고 실수를 많이 했는데, 그들이 저지른 가장 큰 실수는 널 부모님에게서 빼앗아 간 것이라고 말이야. 두 번째 실수는 네게 남자아이 옷을 입히고 이름을 플로라에서 테디로 바꾼 것이었고. 언젠가 넌 플로라든 테디든 뭔가 새로운 이름이든, 직접 원하는 이름을 고를 수 있을 것이고, 남자 옷이든 여자 옷이든 중간 정도 되는 옷이든, 원하는 옷도 고를 수 있다고 했어. 아무도 네게 급히 결정하라고 하지 않으니, 천천히 시간을 두고 스스로 맞는다고 느껴지는 선택을 하면 된다면서. 의사들은 네가 오랫동안 성정체성 문제로 혼란을 겪을지도 모른다고 했지만, 그렇지 않았어. 8주 만에 넌 사촌의 옷을 빌려 입고, 머리를 땋고, '플로라'라는 이름에 대답하게 되었으니 큰 혼란은 없었던 셈이야. 마음 깊이, 넌 스스로가 여자아이라는 걸 알고 있었다고 생각해.

핼러윈을 며칠 앞두고 무심코 전화를 받았는데, 놀랍게도 어머니의 목소리가 흘러나왔어. 내 이름을 부르자마자 울음을 터뜨리시더구나. 뉴스에서 우리 사건을 전해 듣고 몇 주 동안 내게 연락하려고 애쓰셨던 모양이야. 한데 난 언론을 피하려고 갖은 노력을 다하고 있었으니, 찾을 도리가 없었던 거지. 엄마는 약을 끊은 것이 자랑스럽다, 보고 싶었다, 집에 와서 같이 저녁 식사를 하지 않겠느냐고 했어. 나는 간신히 평정한 목소리로 '언제요?'라고 물었고, 엄마는 '지금 당장 바쁜 일 있니?'라고 하셨어.

엄마는 마침내 담배를 끊어서 보기 좋았고, 놀랍게도 재혼하셨더구나. 새 남편 토니—사다리를 타고 올라가서 빗물받이에서 낙엽을 치우고 있을 때 내가 언뜻 본 그 남자였어—는 정말 좋은 남자였어. 토니가 메스암페타민 중독으로 아들을 잃었을 때 지지 모임에서 만

난 사이였어. 셔윈-윌리엄스 페인트 대리점의 운영자로 튼튼한 직장을 가지고 있고, 집 이곳저곳을 정비하는 데 남는 에너지를 모두 쏟아붓고 있었지. 집의 모든 방을 새로 칠하고 전면의 벽돌 줄눈도 전부 새로 칠했어. 화장실은 새 샤워기와 욕조로 완전히 개조했고, 내가 쓰던 침실은 실내 자전거와 트레드밀을 갖춘 운동실이 되어있었어. 가장 놀란 점은 어머니가 달리기를 시작했다는 거야! 고등학교 시절 내내 베스와 내가 아무리 소파에서 일어나라고 해도 소용이 없었는데, 요즘은 1.6킬로미터를 9분대에 끊는 속도야. 레깅스 바지며 핏빗 스마트워치며 없는 게 없어.

어머니와 나는 오후부터 밤늦게까지 이야기를 나누었어. 맥스웰 사건에 대해 전부 다 말씀드릴 생각이었는데, 이미 대부분 알고 계시더군. 인터넷에서 읽은 이야기를 출력해서 커다란 폴더에 모아 갖고 계셨어. 《인콰이어러》 기사도 전부 잘라서 스크랩북을 만드셨지. 엄마까지 유명인 비슷하게 됐다고, 날 알던 동네 사람들이 정말 자랑스러워한다고 하셨어. 나와 다시 연락하고 싶어서 집에 전화한 사람들 명단도 작성하셨더군. 고등학교 친구, 옛 팀 동료와 코치님들, 세이프 하버의 하우스메이트들을 한 사람도 빠뜨리지 않고 이름과 전화번호를 일일이 적어놓으셨어. "이 사람들한테 연락해 봐라, 맬러리. 안부 전해줘. 아! 제일 특이한 전화를 잊을 뻔했네!" 엄마는 부엌 건너편 냉장고로 가서 자석으로 붙여놓은 명함을 가져왔어. 펜실베이니아 대학 페럴먼 의대의 수전 로언솔. "이분은 집까지 찾아왔더라니까! 널 무슨 연구 프로젝트에서 만났다면서? 오랫동안 널 찾으려고 노력했대. 도대체 무슨 일이냐?"

나는 잘 모르겠다고 둘러대고 명함을 지갑에 넣은 뒤 화제를 바꿨어. 아직 이 번호에 연락할 용기는 내지 못했어. 로언솔 박사가 나한테 하려는 말을 내가 듣고 싶은 건지 모르겠어. 대중의 관심이나 유명세가 싫은 건 분명해.

일단은 그저 평범한 생활을 하고 싶을 뿐이야.

7월 말—스프링브룩을 떠나고 딱 1년 뒤—나는 드렉설 대학의 약물 문제 학생 전용 기숙사에 입주할 준비를 하고 있었어. 이제 약을 끊은 지 30개월째, 회복 후의 내 삶에 대해 아주 뿌듯한 기분이었지. 1년 동안 다음 단계를 고민한 끝에, 나는 대학에 입학해서 교육학을 전공하기로 했어. 초등교육, 특히 유치부 교육을 공부하고 싶었어. 이미 수없이 연락했지만, 네 아버지에게 전화해서 여름에 한번 찾아가도 될까 여쭤보았지. 이번에는 기적적으로 의사들이 허락했어. 네가 새 생활에 잘 적응하고 있으니 다시 만나보는 게 좋겠다고 판단한 거야.

에이드리언은 같이 휴가를 얻어서 여행을 가자고 했는데, 함께 하는 여행은 처음이었어. 그가 럿거스 대학 마지막 학년을 보내는 동안 우린 계속 연락을 취했어. 그는 5월에 학교를 마치고 필라델피아 도심의 고층건물에 있는 컴캐스트에 입사했어. 일단 뉴욕 시골에 가서 널 만나본 뒤에 계속 북쪽으로 가서 나이아가라 폭포와 토론토를 구경하자는 것이 에이드리언의 계획이었어. 그는 커다란 아이스박스에 간식을 가득 챙기고 운전 중에 들을 음악 목록을 작성했고, 나는 네게 줄 선물을 가방 가득 준비했어.

네가 사는 세네카호수 서쪽 마을 디어런은 스프링브룩과 전혀 다른 분위기였어. 스타벅스도 상가도 대형 유통매장도 없었어. 그저 길게 뻗은 숲과 농장 사이에 집이 드문드문 서있었지. 자갈 깔린 도로를 구불구불 1킬로미터쯤 가니 배로스 농장 대문이 나오더구나. 네 아버지와 삼촌은 염소와 닭을 키웠고, 네 숙모는 핑거레이크를 찾는 부유한 관광객들에게 우유와 달걀, 치즈를 팔았어. 네가 사는 새 집은 녹색 지붕을 인 2층짜리 넓은 통나무집이었어. 염소들이 근처 목장에서 풀을 뜯고 있었고, 닭들이 헛간에서 꼬꼬댁거리는 소리가 들렸어. 나는 그런 곳에 한 번도 가본 적이 없었지만, 전체 분위기는 어쩐지 익숙하게 느껴졌어.

"준비됐어?" 에이드리언이 물었어.

너무 초조해서 대답도 나오지 않았어. 그냥 선물 꾸러미를 집어 들고, 현관 앞 계단을 올라 초인종을 눌렀어. 심호흡을 하고, 어린 소녀 모습으로 나타날 네 모습에 놀라지 않으려고 단단히 마음을 먹었어. 내가 이상한 반응을 보여서 혹시 너나 내가, 우리 둘 다가 어색해질까 봐 두려웠어.

하지만 네 아버지가 나타났어. 포치까지 나와서 날 안아주셨지. 다행히 한층 살이 붙은 모습이었어. 7킬로그램에서 9킬로그램 정도. 잘 다린 청바지, 부드러운 플란넬 셔츠, 검은 부츠 차림이었어. 그는 에이드리언과 악수를 나누려다가 그냥 그도 포옹했어.

"들어와, 들어와." 웃으면서 말씀하셨어. "너희들이 오니 좋구나."

집 안은 온통 따뜻한 분위기의 목재와 시골풍 가구로 꾸며져 있었고, 창밖에는 밝은 녹색 초원이 펼쳐졌어. 우리는 아버지를 따라 2층으로 올라가는 나선계단과 거대한 돌 벽난로가 있는, 부엌과 식당이 한데 있는 거실 비슷한 방으로 들어갔어. 카드놀이와 퍼즐 조각이 가구 위에 온통 흩어져 있었어. 네 아버지는 지저분해서 미안하다며, 네 삼촌과 숙모가 급한 업무로 외출 중이라 아이들을 혼자 돌보고 있다고 했어. 다섯 아이들이 위층에서 깍깍거리고 웃고 조잘거리는 소리가 들렸어. 네 아버지는 시끄러워서 당황한 것 같았지만, 나는 괜찮다고 했어. 너한테 친구가 있다니 다행이라고 말씀드렸지.

"곧 플로라를 불러주마. 일단 긴장 풀고 편히 있어." 아버지는 에이드리언에게 커피를, 내게는 허브차를 가져다주고 살구가 박힌 작은 빵도 내놓았어. "이건 콜라츠라고 한다. 먹어보렴."

1년 사이에 영어가 어마어마하게 좋아지셨더구나. 아직 특유의 억양이 남아있었는데—'디즈these'는 '디스', '위일we'll'은 '빌'—그래도 미국에 온 지 몇 년밖에 안 된 사람치고는 아주 훌륭했어. 벽난로 위에 화창하고 평화로운 날의 고요한 호수를 묘사한 커다란 그림이 걸려 있었어. 네 어머니의 작품이냐고 물으니, 아버지는 그렇다고 하고 거실에 걸린 다른 그림도 보여주었어. 부엌에도, 식당에도, 계단참에도, 집 안에 온통 네 어머니 그림이었어. 정말 재능 있는 분이었고, 아버지는 어머니를 무척 자랑스러워했어.

요즘도 네가 그림을 그리는지, 미술에 아직 관심을 가지는지 물었더니, 아니라고 했어. "의사들이 테디의 세계와 플로라의 세계에 대해 설명하더구나. 겹치는 부분이 별로 없다고. 테디의 세계에는 수영장이 많았지. 플로라의 세계에는 핑거레이크가 있어. 테디의 세상에는 그림이 많았는데, 플로라의 세상에는 동물을 기르는 일을 돕는 사촌들이 많지."

다음 질문을 던지는 것은 약간 두려웠지만, 묻지 않으면 후회할 것 같았단다.

"애나는? 플로라의 세계에 애나도 있나요?"

아버지는 고개를 저었어. "아니, 플로라는 더 이상 애냐를 보지 않아." 잠시 실망한 듯한 목소리였어. "하지만 당연히 이게 낫겠지. 이게 정상적인 상태니까."

어떻게 답해야 할지 몰라서, 나는 밖으로 시선을 돌려 풀을 뜯고 있는 대여섯 마리의 염소들을 바라보았어. 아이들이 위층에서 노는 소리가 계속 들렸는데, 문득 그 가운데서 네 목소리의 높이와 억양이 구별되더구나. 내가 기억하던 그대로였어. 네 사촌들은 〈오즈의 마법사〉를 연기하고 있었지. 넌 도로시였고, 먼치킨랜드 시장을 맡은 사촌 중 한 아이가 헬륨 가스를 풍선에서 들이마시고 우스운 목소리로 말했어. "가서 마법사를 만나보렴!" 캑캑거리면서 이렇게 말하니까 아이들은 일제히 웃음을 터뜨렸지.

그러더니 너희 다섯 명이 〈우리는 마법사를 만나러 간다〉를 부르며 단체로 아래층으로 내려왔어. 가장 나이 많은 사촌은 열두 살 아니면 열세 살쯤, 가장 어린 아이는 이제 아장아장 걷는 유아, 나머지는 그 사이로 보였어. 머리가 더 길고 밝은 파란색 드레스를 입고 있었지만, 나는 곧장 널 알아볼 수 있었지. 얼굴은 정확히 그대로였거든. 얼굴을 둘러싼 모든 것은 달랐지만, 부드럽고 섬세한 얼굴 윤곽은 여전했어. 넌 군악대 지휘봉을 머리 위에 높이 들어 올리고 있었지.

"플로라, 플로라, 잠깐!" 아버지가 불렀어. "손님들이 오셨다. 맬러리와 에이드리언. 뉴저지에서. 기억나니?"

다른 아이들은 멈춰 서서 우리를 빤히 쳐다보았지만, 너는 눈을 맞추지 않았어.

"우린 밖으로 나가요." 가장 큰 아이가 말했다. "에메랄드시티에 가는데, 플로라는 도로시예요."

"플로라는 여기 있어봐라." 아버지는 말했어. "누구 다른 사람이 도로시를 맡아."

다들 싫다고 항의하며 이 결정이 부당하고 비현실적이라는 이유를 대기 시작했지만, 요제프는 아이들을 밖으로 몰아냈어. "플로라는 안에 있어. 나머지는 좀 있다 들어오너라. 30분 뒤에. 밖에 나가 놀아."

너는 아버지와 나란히 소파에 앉았지만, 계속 나를 보지 않았어. 파란 드레스와 약간 긴 머리 때문에 너에 대한 인상이 완전히 바뀌는 것이 신기하더구나. 몇몇 미묘한 차이 때문에 두뇌가 나머지를 전부 다르게 해석하는 것 같았어. 예전에 넌 남자아이였지. 이젠 여자아이였어.

"플로라, 정말 예뻐 보인다."

"무이 보니타(아주 예쁘네)." 에이드리언이 말했어. "나도 기억하지?"

넌 고개를 끄덕였지만 눈은 바닥만 내려다보고 있었어. 면접 때 널 처음 본 순간이 떠오르더구나. 눈을 마주치지 않으려고 하면서 스케치북에 그림만 그렸지. 널 대화로 끌어들이느라 노력을 좀 해야 했어. 다시 낯선 사이로 새로 시작하는 기분이었어.

"다음 달에 1학년으로 입학한다지. 기대되니?"

넌 어깨만 으쓱했어.

"나도 학교 공부를 시작해. 대학교 1학년생으로 입학하는 거야. 드렉설 대학에. 교육학을 공부해서 유치원 교사가 되고 싶어."

네 아버지는 이 소식에 진심으로 기뻐하셨어. "그것 잘됐구나!" 그리고 몇 분 동안 헝가리 커포슈바르 대학에서 농학을 공부했던 이야기를 들려주셨어. 어색한 침묵을 피하고 싶어서 일부러 말을 많이 하려는 것 같았어.

그래서 난 다른 방식을 시도했어.

"선물을 가져왔어." 나는 쇼핑백을 내밀었는데, 내 평생 너처럼 선물받는 걸 무서워하는 아이는 처음이었어. 가방을 보고는 안에 뱀이라도 들어있을 거라고 생각했는지 뒤로 물러섰어.

"플로라, 이건 좋은 거다." 아버지가 말했어. "가방을 열어보렴."

넌 첫 꾸러미 포장지를 벗겼어. 스펙트럼처럼 다양한 색이 갖춰진 수채화 연필 상자였지. 나는 보통 연필처럼 쓰면 되지만 물을 한 방울 떨어뜨리고 붓을 사용하면 회화 같은 효과가 난다고 설명했어. "미술상 점원이 정말 재미있을 거래. 네가 드로잉을 다시 하고 싶다면 말이야."

"색깔도 예쁘구나." 아버지가 말씀하셨어. "정말 멋있고 사려 깊은 선물이다."

넌 미소 짓고 "고맙습니다"라고 말한 뒤 다음 선물 포장을 뜯었어. 흰 휴지곽 안에 든 반질반질한 노란색 과일 여섯 개였어.

넌 설명을 기다리며 나를 쳐다보고만 있었어.

"기억 안 나니, 플로라? 스타프루트야. 식료품 가게에서 샀어. 우리가 같이 스타프루트를 샀던 날 기억하니?" 나는 네 아버지를 돌아보았어. "가끔 오전 활동 시간에 슈퍼마켓으로 걸어가서 플로라가 원하는 걸 샀어요. 전에 먹어본 적 없고 가격이 5달러 이내인 식료품 중에서요. 한데 어느 날 플로라가 스타프루트를 골랐어요. 우리 둘 다 아주 좋아했죠. 그렇게 맛있는 건 처음이었어요!"

그제야 넌 어디선가 들어본 이야기라는 듯이 고개를 끄덕이기 시작했는데, 정말 기억이 나는 건지 알 수 없었어. 그래서 내가 당혹스러웠지. 마지막 선물은 열지 않는 게 좋겠다 싶어서 가방을 뺏을까 했지만, 너무 늦었어. 네가 포장지를 뜯자 복사점에서 제본한 '맬러리의 요리법'이라는 작은 책자가 나왔어. 우리가 함께 만들던 디저트의 재료와 요리법을 정리해 만든 거지. 컵케이크와 크림치즈 브라우니, 마법의 쿠키 바, 홈메이드 초콜릿 푸딩. "혹시 다시 먹고 싶어지면, 우리가 예전에 좋아하던 음식이 생각나면 만들어 봐."

넌 아주 예의 바르게 "고맙습니다" 하고 대답했지만, 아무도 손을 대지 않고 책장에서 먼지만 쌓일 것이 너무나 분명했어.

의사들이 왜 내가 찾아오는 걸 권하지 않았는지, 문득 마음 아프게 알겠더구나. 그건 바로 네가 원하지 않았기 때문이었어. 넌 날 잊으려고 노력하고 있었어. 스프링브룩에서 무슨 일이 있었는지 상황을 알지는 못해도, 안 좋은 일이라는 것, 어른들이 그때 이야기만 나오면 불편해한다는 것, 다른 이야기를 할 때 사람들이 더 행복하다는 것은 알고 있었던 거야. 넌 과거를 버리고 새 인생에 적응하고 있었어. 내가 그 인생의 일부가 아니라는 사실을, 나는 너무나 명료하게 깨달을 수 있었어.

현관문이 활짝 열리고, 네 사촌들이 의기양양하게 〈딩동! 마녀는 죽었어!〉를 부르며 다시 집 안으로 들어오더니 2층으로 쿵쿵거리며 올라갔어. 넌 아버지에게 같이 가고 싶다고 애원하는 눈빛을 보냈고, 아버지는 얼굴을 붉혔지. "그건 무례한 짓이야." 그는 속삭였어. "맬러리와 에이드리언은 우릴 보러 먼 길을 달려왔는데. 이렇게 선물도 듬뿍 가져왔고."

하지만 난 너를 놓아주기로 했어.

"괜찮습니다. 저는 괜찮아요. 너한테 친구들이 많이 생겨서 얼마나 기쁜지 몰라, 플로라. 나도 정말 기쁘다. 이제 2층으로 올라가서 놀아도 돼. 그리고 학교생활 잘해야 한다, 알겠지?"

넌 미소 지었어. "고맙습니다."

포옹 한번 할 수 있었으면 좋았으련만, 나는 그냥 방 건너편에서 손만 얼른 흔들었어. 넌 사촌들을 따라 2층으로 달려갔지. 아이들과 같이 마지막 가사를 신나게 따라 부르는 네 목소리가 들리더구나. "딩동, 사악한 마녀는 죽었어!" 넌 다시 까르륵거리며 웃기 시작했고, 네 아버지는 부츠만 내려다보고 있었어.

그는 차와 커피를 더 내놓고 점심을 먹고 가라고 했지. 네 숙모 조이가 달걀 국수와 같이 먹는 염소고기 스튜 파프리카스라는 걸 만들었다면서. 하지만 나는 가봐야겠다고 했어. 캐나다까지 차로 갈 건데, 나이아가라 폭포와 토론토를 구경할 거라고. 에이드리언과 나는 예의를 차릴 정도만 앉아있다가 일어날 준비를 하기 시작했어.

네 아버지는 내가 실망한 기색을 눈치챘지. "몇 년 뒤에 다시 해보자. 아이가 좀 더 크면. 그때 상황을 모두 이해하면. 분명 궁금한 게 많이 생길 거다, 맬러리."

나는 찾아오게 해주셔서 감사하다고 인사했어. 그의 뺨에 키스하고, 행운을 빈다고 말씀드렸지.

밖에 나오자, 에이드리언은 내 허리에 팔을 둘렀어.

"괜찮아." 나는 말했어. "난 아무렇지도 않아."

"플로라는 잘 지내는 것 같아, 맬러리. 행복해 보여. 이렇게 아름다운 농장에서 가족들과 자연에 둘러싸여 있잖아. 정말 멋진 풍광이야."

모두 사실이라는 건 알고 있었지만, 그래도.

나는 아마 뭔가 다른 걸 기대했던 것 같아.

우리는 자갈 깔린 곡선 진입로를 따라 에이드리언의 트럭으로 향했어. 그는 운전석으로 가서 문을 열었어. 내가 문손잡이를 쥐려는데, 타박타박 발소리가 등 뒤에서 따라오더니 네 몸이 있는 힘껏 내 엉덩이에 부딪혔어. 돌아서 보니, 네가 내 허리에 팔을 감고 얼굴을 내 배에 묻고 있었지. 넌 아무 말도 하지 않았지만, 그럴 필요가 없었어. 포옹 한 번이 그렇게 고마울 수가 없었지 뭐야.

넌 이내 팔을 풀고 집으로 도로 달려갔지만, 내 손에 반으로 접힌 종이 한 장을 주고 갔어. 작별 인사로 건네는 마지막 드로잉이었지. 그것이 내가 널 본 마지막이었어.

하지만 나도 네 아버지 말씀이 맞는다는 걸 알아.

언젠가, 앞으로 10년, 20년쯤 뒤에, 너도 불쑥 과거에 대해 궁금증이 일겠지. 납치 사건에 대한 위키피디아 글도 읽어보고, 네 사건을 둘러싼 온갖 소문도 알아내고, 경찰의 공식 수사기록과 일치하지 않는 부분도 한두 군데 발견하게 될 거야. 맥스웰 부부가 어떻게 그 많은 사람들을 그렇게 오랫동안 속일 수 있었는지, 스물한 살짜리 마약 중독자가 퍼즐 전체를 어떻게 꿰어 맞췄는지 궁금해질지도 몰라. 스프링브룩에서 정말로 무슨 일이 있었는지 이런저런 의문이 생기겠지.

그날이 오면, 이 책이 기다리고 있을 거야.

나도 기다리고 있을게.

감사의 말.

계약이 성사되고 원고가 완성되기 오래
전부터, 어떤 그림을 그릴 것인지도 명확하지 않은 시점부터 윌 슈텔레와 두기 호너가 이 책의 그림을 선뜻 맡겠다고 해주어서 기쁘다. 이 프로젝트를 믿어주어서, 멋진 그림을 그려주고 봉쇄령 시기에 말벗이 되어주어서 고맙다는 마음을 전하고 싶다.

질 워링턴 박사는 중독과 회복, 처방용 진통제에 대해 귀중한 지식을 나누었고, 그녀의 딸 그레이스는 초고를 읽고 몇 가지 민망한 실수를 지적해 주었다. 릭 실로트와 스티브 호켄스미스는 원고를 꼼꼼히 읽고 좋은 아이디어를 주었다. 닉 오크렌트는 동화 자료 조사를 도와주었다. 디어드리 스메릴로는 법률적 조언을 해주었다. 제인 몰리는 장거리 달리기에 대한 정보를 주었다. 에드 밀라노는 중독과 회복에 대해 미처 생각지 못했던 관점을 공유해 주었다.

더그 스튜어트는 좋은 사람이고 훌륭한 출판 에이전트다. 그가 소개한 탁월한 편집자 잭 왜그먼은 이 책을 나아지게 만들 여러 가지 방법을 제시해 주었다. 그 외에도 감사해야 할 사람이 많다. 맥신 찰스, 키스 헤이스, 셸리 페론, 몰리 블룸, 도나 노이첼, 플랫아이언북스의 모두들, 리틀브라운UK의 다시 니콜슨, 맥밀런 영업부의 브래드 우드와 여러 직원들, 스털링로드 리터리스틱의 실비아 모나르, 대니엘 부코스키, 마리아 벨, 고담그룹의 리치 그린과 엘런 골드스미스-베인, 애브너스타인의 카스피언 데니스, 딜런클라크 프로덕션의 딜런 클라크, 브라이언 윌리엄스, 로런 포스터, 넷플릭스의 맨디 베크너와 리야 가오에게 감사한다.

무엇보다 가족에게, 특히 어머니(육아도우미로 일하셨다), 아들 샘(크로스컨트리 육상 선수다), 딸 애나(연필을 쥐기 시작한 순간부터 계속 그림을 그렸다)에게 감사한다. 그들이 없었다면 나는 이 책을 쓸 수 없었을 것이다. 아내 줄리 스콧 역시 마찬가지다. 이 책을 사랑하는 그녀에게 바친다.

옮긴이_ 유소영

전문 번역가. 제프리 디버의 링컨 라임 시리즈에서 시작하여 스릴러와 SF 등 다수의 소설을 번역했고, 셰한 카루나틸라카의 부커상 수상작 『말리의 일곱 개의 달』, 팻 머피 SF 단편선 『사랑에 빠진 레이철』 등의 번역서가 근래 출간되었다. 그 밖의 역서로 비그디스 요르트의 『의지와 증거』, 앤 클리브스의 형사 베라 시리즈, 존 르 카레의 『나이트 매니저』, 존 스칼지의 『무너지는 제국』, 리처드 모건의 『얼터드 카본』, 존 딕슨 카의 『벨벳의 악마』 등이 있다.

히든 픽처스

초판 1쇄 발행 2024년 5월 3일
초판 13쇄 발행 2024년 12월 10일

지은이 | 제이슨 르쿨락
옮긴이 | 유소영
발행인 | 강봉자, 김은경

펴낸곳 | (주)문학수첩
주소 | 경기도 파주시 회동길 503-1(문발동 633-4) 출판문화단지
전화 | 031-955-9088(마케팅부) 031-955-9530(편집부)
팩스 | 031-955-9066
등록 | 1991년 11월 27일 제16-482호

ISBN 979-11-93790-08-3 03840

*파본은 구매처에서 바꾸어 드립니다.